Canções em Ursa Maior

Emma Brodie

Canções em Ursa Maior

Tradução: Maira Parula

Rocco

Título original
SONGS IN URSA MAJOR

Esta é uma obra de ficção. Nomes, personagens, lugares e incidentes são produtos da imaginação da autora, foram usados de forma fictícia. Qualquer semelhança com pessoas reais, vivas ou não, acontecimentos, ou localidades é mera coincidência.

Copyright © 2021 *by* Emma Brodie

Todos os direitos reservados.
Nenhuma parte desta obra pode ser reproduzida no todo ou em parte sob qualquer forma sem a prévia autorização do editor.

PROIBIDA A VENDA EM PORTUGAL

Direitos para a língua portuguesa reservados
com exclusividade para o Brasil à
EDITORA ROCCO LTDA.
Rua Evaristo da Veiga, 65 – 11º andar
Passeio Corporate – Torre 1
20031-040 – Rio de Janeiro – RJ
Tel.: (21) 3525-2000 – Fax: (21) 3525-2001
rocco@rocco.com.br
www.rocco.com.br

Printed in Brazil/Impresso no Brasil

CIP-Brasil. Catalogação na publicação.
Sindicato Nacional dos Editores de Livros, RJ.

B883c

Brodie, Emma
    Canções em Ursa Maior / Emma Brodie ; tradução Maira Parula. – 1. ed. – Rio de Janeiro : Rocco, 2022.

    Tradução de: Songs in Ursa Major
    ISBN 978-65-5532-245-3
    ISBN 978-65-5595-120-2 (e-book)

    1. Ficção americana. I. Parula, Maira. II. Título.

22-77523

CDD: 813
CDU: 82-3(73)

Meri Gleice Rodrigues de Souza – Bibliotecária – CRB-7/6439

O texto deste livro obedece às normas do
Acordo Ortográfico da Língua Portuguesa.

Nota da autora

Este livro foi inspirado nos discos produzidos na A&M Studios e na Sunset Sound, do final dos anos 1960 ao início dos anos 1970, em selos como Reprise Records, Ode Records e Warner Bros. Records.

Para as incríveis mulheres de minha família...
Especialmente minhas avós,
Anne-Marie e Esther,
e minha tia,
Rosemary

1

**Festival Folk da Ilha de Bayleen
Sábado, 26 de julho de 1969**

Enquanto um assistente de palco retirava os componentes desmontados da bateria da Flower Moon, a última réstia de luz formava uma curva dourada em torno do prato, piscando para a plateia; depois o sol vermelho deslizou para o mar. No anoitecer que se formava, a plataforma brilhava como uma concha esmaltada, reverberando com a expectativa do público.

A qualquer minuto, Jesse Reid começaria.

Curtis Wilks estava a nove metros da plataforma, com o resto da imprensa. Lá estavam Zeke Felton, da *Billboard*, dividindo um baseado com uma groupie da banda Flower Moon vestida com um caftan de miçangas; Ted Munz, da *NME,* lia suas anotações debaixo do holofote mais próximo, enquanto Lee Harmon, da *Creem,* trocava histórias com Jim Faust, da *Time.*

A groupie da Flower Moon aproximou-se de Curtis com o baseado entre os lábios, olhando o crachá pendurado no pescoço dele. Mostrava uma foto do rosto de Curtis — que Keith Moon certa vez havia comparado com "o ursinho de pelúcia de um sem-teto" — impressa acima de seu nome e as palavras *Rolling Stone*. A groupie ofereceu o baseado a Curtis. Ele aceitou.

A fumaça que ele soltou parecia uma pincelada em uma pintura impressionista; espirais de fumaça elevaram-se na brisa salina do mar, pernas e braços bronzeados e rostos jovens entrelaçando-se como colares de margaridas pela campina. Ele devolveu o baseado à garota e a viu pular para um círculo de hippies. Alguém tinha uma conga; ninfas de brechó passaram a dançar em um ritmo assíncrono.

Curtis era experiente como correspondente no circuito dos festivais. Berkeley, Filadélfia, Big Sur, Newport — nenhum deles conseguia chegar aos pés da Ilha de Bayleen, no clima: os altos penhascos de barro vermelho, a campina com flores silvestres, a vista do oceano Atlântico. Havia algo de mágico em ter de pegar uma balsa para chegar ao show.

Olhando a dança das meninas, Curtis sentiu uma onda de nostalgia prematura. Pensava-se na indústria da música que o folk estava acabando; a guerra do Vietnã se arrastara por tempo demais, as músicas de protesto que fizeram de Bob Dylan e Joan Baez o que eram agora pareciam vazias e batidas.

Curtis viera ver o que todos vieram ver: Jesse Reid inaugurando uma nova era para um gênero moribundo. Como quem segue uma deixa, as garotas que dançavam começaram a cantar o single de sucesso de Reid, suas vozes trêmulas de empolgação:

"My girl's got beads of red and yellow,
Her eyes are starry bright."[1]

Os risos febris lembraram Curtis da época em que um jovem Elvis Presley se apresentara em seu colégio, em Gladewater, no Texas, em 1955. Um Curtis de dezoito anos e obcecado por Buddy Holly tinha visto meninas que conhecia desde o jardim de infância chorarem e gritarem sem pudor algum, levadas pela fantasia de que Elvis poderia escolhê-las. Parecia o filme *Bye Bye Birdie* sem tirar nem pôr. Era este o poder de um verdadeiro astro do rock.

A personalidade de fala mansa de Jesse Reid não podia ser mais diferente da de Elvis, mas Reid parecia inspirar a mesma devoção nos fãs. Tinha o barítono de caubói de Kris Kristofferson (mas o de Reid parecia mais natural) e as habilidades líricas do violão de Paul Simon — além disso, era mais alto do que os dois, com olhos azuis que, segundo a *Snitch Magazine*, prazer culpado de Curtis, eram "da cor de uma Levi's meio desbotada".

"She makes me feel so sweet and mellow,
She makes me feel all right."[2]

---

[1] Minha garota tem um colar de contas vermelhas e amarelas,/ Seus olhos brilham como estrelas.
[2] Ela me faz sentir tão doce e suave,/ Me faz sentir tão bem.

"Sweet and Mellow" era uma música gostosa; ouvi-la era desejá-la. Foi facilmente o sucesso do verão, ficou na parada das dez mais da *Billboard* por dezoito semanas. Curtis vinha acompanhando Reid desde que ele fizera o show de abertura para a banda Fair Play no estádio de Wembley no ano anterior — mas esta música do álbum de mesmo título de Reid o transformara de um herói periférico em uma sensação geral da noite para o dia.

E esta noite Reid assumiria seu lugar de herdeiro aparente do folk rock.

O público irrompeu em aplausos quando um careca de barba grisalha andou pelo palco — Joe Maynard, presidente do Comitê do Festival. Quanto mais a plateia aplaudia, mais sofrido Maynard ficava. O radar de novidades de Curtis se eriçou.

— É, oi, meus lindos amigos — disse ele. Maynard silenciou a gritaria com as mãos. — Bom, não existe um jeito fácil de dizer isso, então simplesmente vou dizer. Infelizmente Jesse Reid não se apresentará esta noite.

Curtis sentiu uma pontada de decepção enquanto sua lista mental de manchetes virava cinzas. Uma onda visceral de choque percorreu o público. Uma por uma, expressões sonhadoras começaram a murchar, um campo de dentes-de-leão empalidecendo de raiva, prontos para explodir.

E eles explodiram. Os gritos de indignação soaram no crepúsculo como um sino. As garotas que estavam cantando e dançando instantes antes caíram aos prantos. Maynard se encolheu atrás do microfone.

— Mas temos um ótimo número para vocês agora... será só daqui a alguns minutos — disse ele, o suor brilhando nas têmporas. Um segundo rugido da plateia o empurrou para os bastidores.

Curtis se aproximou da plataforma. Algo devia ter acabado de acontecer — ele vira o roadie da A&R de Reid depois de ter entrevistado a Flower Moon. Talvez Reid tivesse ficado bêbado demais para se apresentar. Talvez tivesse perdido a cabeça nos bastidores. A noite do festival era a apresentação de número trinta e seis em uma turnê mundial em sessenta arenas. Às vezes os artistas simplesmente sucumbiam; Curtis já vira isso acontecer.

Ele viu de relance Mark Edison passar da área dos bastidores para a da plateia e seus olhares se encontraram. Edison era repórter do *Island Gazette*, um jornal local independente. A maioria no batalhão da imprensa presente no festival achava os sarcasmos de Edison insuportáveis, mas ele sempre foi útil a Curtis.

O desgosto inicial do público dera lugar a movimento. Em meio a gritos dos fanáticos mais fiéis de Reid, começaram a se formar filas pela multidão, empurrando-se para a saída.

Edison alcançou Curtis. Ofereceu seu frasco de bebida a ele — gim morno. Os dois tomaram um bom gole.

— O que está havendo lá atrás? — disse Curtis. — Onde está Reid?

Edison fez que não com a cabeça. Eles deram um passo para o lado enquanto duas garotas abriam caminho aos trancos, rasgando o cartaz PAZ AMOR JESSE que carregavam como uma faixa. Curtis não invejava a banda que estava prestes a se apresentar para aquela turba.

— Quem vai tocar? — perguntou Curtis. — Alguém da programação de amanhã?

— Não. É uma banda local... The Breakers — disse Mark.

— Não conheço — disse Curtis. — Qual é a gravadora deles?

— Gravadora? — disse Mark. — Eles não têm. São só um bando de garotos. Estava programado para eles tocarem no palco amador lá embaixo e o comitê simplesmente os pegou. O maior show que já fizeram tinha umas quarenta, cinquenta pessoas.

— Puta merda — disse Curtis. Aquilo ia ser um desastre completo.

Enquanto ele falava, três jovens chegavam ao palco. Não podiam ter mais de vinte anos. O baterista parecia o mais maduro, com um queixo cinzelado, cabelo preto na altura do ombro e a pele bronzeada. Visivelmente ele e o baixista eram parentes; o baixista parecia mais novo, o cabelo na altura do queixo, uma bandana vermelha amarrada na testa. O guitarrista era mais branco, com feições juvenis e um jeito soturno. O cabelo cor de areia caía nos olhos enquanto ele afinava o instrumento.

— Queremos Jesse! — gritou uma garota por cima do ombro de Curtis.

Curtis começou a se perguntar se não seria melhor voltar para a cidade. Os produtores da Elektra tinham alugado um iate e estavam dando uma *after-party* para o pessoal da indústria do folk. A Ilha de Bayleen ficava a menos de dez quilômetros das águas internacionais, o que significava muita droga boa; ele poderia estar a caminho em uma hora.

— Jesse Reid, Jesse Reid. — Um cântico se elevou na plateia entre os fiéis.

Os rapazes verificavam o equipamento e Curtis notou uma figura conectando o amplificador atrás da bateria. Quando ela endireitou o corpo, o holofote pegou seu cabelo louro, que caía até a cintura como um raio de seda dourada. As roupas eram simples: jeans cortados e uma camiseta branca, com um violão passado pelas costas. As pernas bronzeadas andando pelo palco principal eram de uma menina, mas as feições eram de uma mulher: lábios grossos, maçãs do rosto bem-definidas.

Ela brilhava.

— Quem é aquela? — perguntou Curtis.

— Jane Quinn — disse Mark. — Vocal e violão.

Enquanto a garota assumia posição, os rapazes instintivamente se aproximaram dela. Seus pés bateram no chão como cavalos ansiosos nos portões de largada.

— Queremos Jesse! — gritou uma garota histérica.

Jane Quinn foi até o microfone. Curtis viu então que ela estava descalça.

— Nossa — disse ela, corada de empolgação. — Que vista daqui de cima.

O público a ignorou. Os que seguiam para a saída continuaram andando, como se ela não estivesse ali. Um pequeno contingente de fãs de Reid entoava seu nome como uma melodia naquela barulheira.

"Jesse Reid, Jesse Reid."

Jane Quinn tentou de novo.

— Oi, pessoal — disse Jane. — Somos os Breakers.

Isso não teve impacto; o público ainda entoava como se estivesse em um estacionamento, e não em um show. No palco, os rapazes se remexiam sem sair do lugar. Jane trocou um olhar com o guitarrista.

— Saiam do palco — gritou uma voz estridente acima do caos.

Jane olhou para o baterista como se estivesse prestes a fazer a contagem. Ela hesitou. Curtis sentiu uma onda de pena. Como aquele fiapo de garota iria competir com um dos maiores astros do mundo?

"Jesse Reid, Jesse Reid."

E então Jane Quinn virou-se para a plateia, endireitando os ombros. Seus movimentos eram lentos e ponderados. Ela respirou fundo e colocou a mão no suporte do microfone, fechando os olhos. Ficou imóvel, ouvindo. O barulho do público baixou um decibel.

Quando abriu os olhos, tinha um olhar de pedra. Ela se curvou para o microfone.

"My girl's got beads of red and yellow."

O coração de Curtis parou enquanto o refrão de "Sweet and Mellow" descrevia um arco sobre a campina, como um cometa prateado. Os colegas de banda de Jane se entreolharam, perplexos. A plateia ficou boquiaberta.
Ela ia mesmo fazer aquilo?

"Her eyes are starry bright."

Jane Quinn examinou o público com autoconfiança, como quem diz: *Eu sei que vocês acham que querem Jesse Reid, mas estou aqui para mostrar algo muito melhor.* Era como ver alguém segurar um isqueiro contra um temporal. A garota era arrojada pra caralho.

"She makes me feel so sweet and mellow."

Que extensão vocal — uma soprano, da escola de Joan Baez e Judy Collins, mas nem de perto tão aristocrática quanto Collins nem tão combativa como Baez. Havia uma contundência inexperiente e primitiva em sua voz, uma aspereza quase apalache que eriçou os cabelos da nuca de Curtis. Simplesmente esplêndida.

"She makes me feel all right."

Jane olhou para o guitarrista. Ele assentiu — ela dera o salto e eles estavam prontos para segui-la. Os acordes básicos da música eram uma progressão simples em Lá Maior que qualquer banda com alguma experiência podia pegar. O baterista fez a contagem e os Breakers começaram a tocar.
O tempo ficou mais lento.

"My girl makes every day a hello."[3]

---

[3] Minha garota me dá todo dia um alô.

Quando Jesse Reid cantava "Sweet and Mellow", sua voz entoava a melodia; sem ornamentação, só o barítono puro e o violão. Ao cantar, Jane Quinn eliminava qualquer lembrança da versão de Reid, acrescentando fraseados e ornamentos ao prosseguir, como se compusesse a música em tempo real. Curtis ficou espantado. Nenhum outro músico teria feito as mesmas escolhas — nem poderia.

"Her eyes light up the night."[4]

O público não se conteve — começou a cantar junto. Todos tinham vindo testemunhar o nascimento de uma lenda e agora lá estavam eles: só que não era Jesse Reid.

"She makes me feel so sweet and mellow."

Curtis estava em Newport quando Bob Dylan subiu ao palco com sua Fender Stratocaster elétrica. Estava em Monterey, dois anos depois, quando Jimi Hendrix ateou fogo na guitarra durante a execução de "Wild Thing". Nenhum dos dois se comparava àquilo. Uma substituta desconhecida como atração principal — uma garota. Iam falar do Festival Folk da Ilha de Bayleen de 1969 para sempre.

"She makes me feel all right."

Quem estava de saída se virou. Os que estavam chorando sorriram. Eles gritavam e aplaudiam e se beijavam e se abraçavam. Quando a música terminou, estavam enlouquecidos.
— Janie Q! — gritou Edison, aplaudindo ao lado de Curtis.
Janie Q.
— Esta é mesmo uma linda noite — disse Jane, como se continuasse uma conversa anterior.
Com essa, ela puxou os Breakers para a música seguinte — uma original de ritmo acelerado chamada "Indigo" que lembrava "White Rabbit". Curtis

---

[4] Seus olhos iluminam a noite.

não conseguiu pegar a letra, mas a música era demais. Os Breakers tinham um som ótimo — um misto de art rock com rock psicodélico, todo notas distorcidas e acordes triturantes.

Ainda assim, a voz de Jane roubava o show. Seu encanto parecia pessoal — era impossível olhá-la e não deixar uma partezinha de você levantar voo. Enquanto ela cantava, Curtis teve aquela sensação de uma verdadeira estrela do rock — ele queria que ela o visse. Ela sacudiu de leve os ombros, a luz refletindo nas mechas sedosas de seu cabelo. Depois aconteceu. Jane Quinn sorriu direto para ele. Ele sacou tudo.

Horas depois, enquanto Curtis flutuava na festa da Elektra no iate, cheirando carreiras no abdome da groupie da Flower Moon, Mark Edison teve notícias de uma fonte no hospital da ilha. Trinta minutos depois disso, o *Island Gazette* correu para imprimir a manchete: ASTRO DO FESTIVAL FOLK JESSE REID ESCAPA POR POUCO DA MORTE EM ACIDENTE DE MOTO E CANCELA TURNÊ.

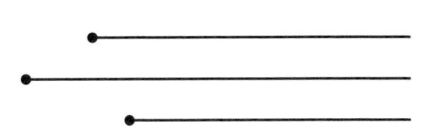

2

Deitada na cama, Jane fica ouvindo os sinos de vento batendo na varanda da frente. A luz do dia aqueceu suas pálpebras, mas ela as manteve fechadas. Ela não estava pronta para desistir ontem à noite.

Uma série de imagens voltou à sua mente: o momento em que jogou suas sandálias em Kyle enquanto ele afinava seu baixo atrás do palco amador; Greg, boquiaberto, enquanto colocava sua caixa na traseira de um jipe militar velho; a multidão gritando quando um funcionário do festival os deixou atrás do palco principal; o calor dos holofotes em sua própria face enquanto ela caminhava e percebia que havia deixado os sapatos para trás; os nós dos dedos de Rich ficando brancos de tanto apertar os trastes da guitarra quando a multidão se recusava a se aquietar.

Em três anos de apresentações no festival, Jane nunca tinha imaginado que ela poderia aparecer no palco principal. Fazia parte de seu mundo tanto quanto um iate de três andares atracado em Regent's Cove: claro, ela podia vê-lo, mas aquilo pertencia à esfera da riqueza e do poder. Jane não teve medo de subir no palco na noite passada porque não parecia real.

Então ela viu Rich prestes a perder a coragem, e seus instintos assumiram o controle: se as pessoas queriam "Sweet and Mellow", ela lhes daria "Sweet and Mellow". Ela ainda podia ouvir o som de sua própria voz estalando nos alto-falantes.

A ironia era que Jane nunca tinha ouvido o álbum de Jesse Reid — ela conhecia "Sweet and Mellow" porque a música havia tocado sem parar no salão de cabeleireiro de sua avó durante todo o verão, mas o álbum foi tão incensado (principalmente por Kyle) que ela opunha resistência para ouvi-lo. Ela precisou improvisar muito os versos, mas no final isso não comprometeu nada; ela ainda podia ouvir os aplausos depois de cantar.

Ela ouviu batidas na porta. Jane manteve os olhos fechados.

— Janie. — Grace entrou. — Eu esperei o máximo que pude, mas temos que estar lá na ilha às onze. — Sua tia puxou as cortinas, iluminando o chão desarrumado de Jane.

— Meu turno só começa ao meio-dia — disse Jane, rolando para o lado.

— Desculpe, eu sei. Mas eu tenho uma consulta às onze e meia no ambulatório. — Grace abriu o armário de Jane e jogou um uniforme azul engomado em sua cabeça. Jane reclamou com um gemido.

— Vamos lá. Hoje vai ser um *grande dia* — disse Grace. Jane se sentou. Ela sentiu uma pontada de pavor quando o uniforme caiu em seu colo.

No andar de baixo, Jane encontrou sua prima Maggie à mesa da cozinha, a cadeira afastada da mesa para acomodar seu barrigão. A avó delas, Elsie, ergueu os olhos do fogão.

— Bom dia — disse Elsie. A cozinha cheirava a limão e manteiga queimada.

— Bom dia — disse Jane, prendendo o cabelo em um coque com um pente. Maggie olhou para ela e em seguida para a primeira página do *Island Gazette*.

— E oi pra você — disse Jane. Maggie não respondeu. Tinha vinte anos, e Jane, dezenove. Com cabelos dourados, pernas e braços longos e pele bronzeada pelo sol, elas poderiam ser irmãs. Mas suas semelhanças paravam por aí.

Elsie piscou o olho para Jane e voltou a mexer as *hash browns* na frigideira. Ela estava com cinquenta e poucos anos e Jane herdara seus traços angulares e olhos cinzentos — embora o olhar de Elsie parecesse de outro mundo, realçado por seus cabelos grisalhos. Há dez anos ficaram dessa cor, desde a noite em que a mãe de Jane não voltou para casa.

Jane foi até o fogão e enfiou os dedos na frigideira.

— Por favor, sirva-se — disse Maggie, sem erguer os olhos. Jane colocou uma *hash brown* na boca e sentiu o óleo chiar em sua língua. Ela caminhou até a mesa e leu a manchete por cima do ombro de Maggie.

— Nossa... Jesse Reid sofreu um acidente?

— Eca, Jane, sai pra lá com este bafo — disse Maggie, afastando Jane com uma cotovelada. Elsie colocou um prato com *hash browns*, bacon e ovos na frente de cada uma de suas netas. Depois pegou o jornal, no momento em que Grace entrava vindo do jardim.

— Ótimo, você acordou, Janie — disse Grace, recolocando o regador embaixo da pia. Ela foi até a frigideira e pegou uma *hash brown*, exatamente como Jane havia feito.

— É daí que Jane tira seus modos — disse Maggie.

— Relaxe, sargentona, é a última — disse Grace. Ela e Maggie guardavam uma forte semelhança entre mãe e filha, embora os olhos castanhos de Grace se enrugassem nos cantos e seu cabelo tivesse escurecido pelo tempo que passava em ambientes fechados.

Elsie soltou um gritinho. Ela dobrou o *Island Gazette* e começou a ler em voz alta.

Enquanto Jesse Reid estava provavelmente tendo a pior noite de sua vida, os favoritos do Festival da Ilha de Bayleen, os Breakers, tiveram uma de suas melhores: na verdade, a ausência de Reid pavimentou o caminho para os Breakers tornarem-se a atração principal, e a vocalista Jane Quinn mostrou-se mais do que pronta para ocupar o centro do palco.

— Mark Edison escreveu isso? — disse Jane. Em seis anos, ele nunca dera aos Breakers sequer uma crítica favorável.

— Ele depois chama os Breakers de "quarteto de garagem em lenta evolução, mas com um trabalho aproveitável" — disse Maggie.

— Típico dele — falou Jane.

Elsie colocou o jornal na mesa.

— Como foi lá no festival? — ela perguntou.

Jane ainda podia sentir a música vibrando de seus calcanhares até o esterno, a energia da multidão passando sobre ela em ondas.

— Como um oceano — ela disse. Os olhos de Elsie brilharam, como se as duas compartilhassem a lembrança. Grace deu a Jane um sorriso cansado.

— Devemos sair em um minuto — disse ela.

Um barulho estrondoso fez tremer as escadas enquanto o baterista dos Breakers, Greg, descia do quarto de Maggie. Na mente de Jane, Gray Gables era um casarão antigo, mas sempre que via um homem enquadrado em uma de suas portas vitorianas, lembrava-se de que não passava de uma casinha de campo.

— Bom dia a todas — disse Greg.

Ele usava as mesmas roupas da noite anterior, empastadas de suor seco, o cabelo arrepiado em ângulos estranhos. Depois do show, eles ficaram bebendo até a última chamada.

— Janie Q! — ele disse, batendo a palma da mão na de Jane. — A noite de ontem foi épica. *Breakers forever!*

— Os Breakers são pouco originais, um clichê — disse Maggie.

— Mags, meu bem — falou Greg. — Eu sei que você se sente desconfortável, mas não há necessidade...

— Eu já disse que você não pode ficar aqui até o bebê nascer, e ontem à noite você simplesmente apareceu e desmaiou. Ficou roncando cinco horas sem parar, Greg.

— Você deveria ter me sacudido.

— Eu tentei. E não consegui. Você é como um boto bêbado gigante — disse Maggie. Ela virou-se para Jane. — E foi você que o trouxe para cá.

— Não é culpa de Jane — disse Greg com firmeza. — Me desculpe, foi descuido de minha parte. — Ele pegou uma *hash brown* do prato de Maggie. Maggie deu-lhe um olhar assassino.

— Está na hora de ir — disse Jane.

— Vocês estão indo para o Centro de Reabilitação? — perguntou Greg. — Podem me deixar na reserva?

— Você não vai ficar? — disse Maggie.

— Não posso — disse Greg. — Eu preciso de um banho. Preciso de roupas. Meus pés estão inchados... preciso descansar.

— Você só pode estar de sacanagem... — Maggie parou de repente e arquejou. Na mesma hora, o ambiente ficou em estado de alerta. Faltavam apenas duas semanas para a data do parto.

— Fiquem calmos — Maggie disse, movendo-se ligeiramente em sua cadeira. — É apenas um chute.

— Não seria mais fácil casar e morar junto? — disse Greg, com um suspiro.

— Não para mim — disse Maggie.

As mulheres Quinn sorriram. A última parente delas que se casou foi Charlotte Quinn, negociada como noiva aos quinze anos para o capitão de um baleeiro português, em 1846. Quando o baleeiro atracou na Ilha de Bayleen para deixar sua carga, Charlotte escapou dentro um barril de querosene. As sete gerações de mulheres Quinn que viveram na ilha desde então receberam muitos nomes — prostituta, bruxa, avó —, mas nunca o de esposa.

Elas saíram de casa às quinze para as onze e entraram na antiga caminhonete das Quinn, uma perua clássica com painéis laterais de madeira. Jane ficou girando os botões da rádio FM até encontrar "Yellow Submarine". Ela baixou a janela e deixou que a brisa do mar a envolvesse enquanto seguiam das casas brancas de Regent's Cove para as estradas arborizadas de Mauncheake. Ela cantarolava baixinho acompanhando a música do rádio com suave vocalização.

A pouca distância da costa de Massachusetts, a Ilha de Bayleen abrangia praias arenosas, prados de flores silvestres, fazendas e florestas em suas seis cidades: as três cidades que funcionam o ano todo — Perry's Landing, Lightship Bay e Regent's Cove — e as extensas cidades do alto da ilha — Caverswall e Mauncheake, que faziam fronteira com a Reserva Wampanoag.

A população local era de ascendência mista, com linhagens wampanoag, portuguesa, britânica e barbadiana tão inextricavelmente trançadas quanto as redes de um pescador. A diversidade da comunidade da ilha era tão intrínseca à sua identidade quanto seus penhascos de barro e ameixas de praia, contribuindo para seu amplo apelo como destino de férias.

O turismo era a principal economia da ilha, e a cada verão sua população aumentava dez vezes seu tamanho normal. Famílias em férias geralmente ficavam em Regent's Cove e Lightship Bay, com suas grandes praias públicas, enquanto os ricos frequentadores do resort se aglomeravam no iate clube em Perry's Landing. Os estratosfericamente ricos, incluindo várias famílias de ex-presidentes, magnatas do petróleo e os sangues azuis da Costa Leste, viviam em propriedades de mais de quatrocentos hectares em Mauncheake e Caverswall. Os moradores locais e os veranistas interagiam basicamente como vendedores e clientes.

Quando o carro das Quinn se aproximou da entrada sul da reserva, Grace diminuiu a velocidade para deixar Greg sair.

— Obrigado pela carona — disse Greg. Grace sorriu, colocando o carro em marcha a ré. — Janie Q — ele gritou. — Você vai trabalhar no Carousel mais tarde?

— Você sabe que sim — Jane gritou de volta. Ele acenou enquanto o carro voltava para a estrada.

— Você pode usar o carro depois do seu turno — disse Grace. — Vou pegar o ônibus.

— Tem certeza? — disse Jane. Grace fez que sim.

Cinco minutos depois, elas pararam em uma longa estrada pavimentada que Jane conhecia quase tão bem quanto a dela. Ela observou um cuidador vestido de azul ajudar um paciente a atravessar o jardim de recreação e sentiu-se entorpecer. Grace baixou o vidro da janela e acenou para o guarda no portão.

— As Poderosas Quinn — disse Lewis, abrindo o portão.

Alojado na casa palaciana de um magnata baleeiro do século XIX, o Hospital e Centro de Reabilitação Cedar Crescent era uma instituição privada de luxo conhecida entre os ricos por seu atendimento de última geração e discrição.

Grace trabalhava lá havia mais de uma década, e Jane formou-se assistente de enfermagem assim que concluiu o secundário. Ela pretendia trabalhar no Centro em tempo integral, mas descobriu que não suportava enfrentar seus corredores esterilizados todos os dias. Trabalhar como bartender acabou sendo igualmente lucrativo; mas com o bebê de Maggie chegando, elas precisavam de cada centavo extra, então Jane fazia alguns turnos no Centro.

Grace parou no estacionamento, desligou o motor, mas não saiu do carro.

Jane virou-se para encarar a tia. De perfil, Grace parecia quase exatamente uma cópia da mãe de Jane.

— O que foi? — disse Jane.

— Acho que não me imaginava avó aos trinta e nove anos — disse Grace, dando de ombros.

— Vovó devia ter mais ou menos essa idade quando se tornou avó.

Grace balançou a cabeça.

— Maggie apenas faz o que ela quer.

— Eu pessoalmente mal posso esperar para vê-la ter de trocar fraldas — disse Jane.

Grace deu uma gargalhada.

— Ela não entende. Ela nunca terá um dia de folga. E nós todas vamos ter que nos virar nos próximos dois meses. As contas do hospital só vão aumentar.

— Ela quer um parto em casa — disse Jane, mas Grace não estava ouvindo. Não eram apenas as contas, Jane sabia. O comércio parava durante os meses de inverno, deixando os moradores da ilha se poupando ao máximo para a temporada de turismo futura. Com Maggie sem trabalhar no auge do verão, o orçamento das Quinn ficaria apertado durante o ano inteiro.

— Vou me sentir melhor se conseguir um trabalho de longo prazo — disse Grace, se ajeitando no banco. Ocasionalmente, o Centro agendava os préstimos de enfermeiras de sua equipe, caso os pacientes precisassem de cuidados prolongados ou fisioterapia. Se Grace conseguisse o trabalho, seu salário líquido mais do que dobraria por um tempo.

— Você vai conseguir — disse Jane. — E mesmo se não conseguir... vovó e eu temos os clientes da Mag no salão. E estarei aqui no Centro algumas vezes por semana, além das gorjetas do Carousel. Nós ficaremos bem. Mais do que bem.

Grace fez que sim com a cabeça, mas ainda não se mexia para sair do carro.

— Há mais alguma coisa? — disse Jane. Grace olhou para seu próprio reflexo no espelho retrovisor.

— Estou com uma sensação desagradável — disse ela.

— Por causa do bebê?

— Não... acho que tem mais a ver com o festival — disse Grace, balançando a cabeça.

A adrenalina correu nas veias de Jane ao lembrar a noite anterior, mas baixou ao pensar nos problemas familiares.

— Não foi grande coisa — disse ela. — Apenas uma ótima noite.

— É assim que começa — falou Grace, saindo do carro. — Uma ótima noite, depois os tubarões começam a aparecer e a fazer promessas.

Jane riu, pisando na calçada.

— Não vai ser assim — disse. — Você ouviu Maggie. Somos pouco originais, um clichê.

— Nós duas sabemos que isso não é verdade.

Elas saíram do estacionamento na direção do jardim de recreação, acenando para um enfermeiro alto e vestido de azul que jogava croqué com um paciente.

— Oi, Charlie — disse Jane. — Vejo você num segundo.

O enfermeiro assentiu enquanto elas passavam.

— Só tome cuidado, aconteça o que acontecer — disse Grace, pegando o caminho de lajotas até a entrada dos funcionários.

— Não vai acontecer nada — disse Jane.

A possibilidade de acontecer a assustava e excitava ao mesmo tempo. A música não era a vida real — era apenas para se divertir, uma forma de aliviar a pressão. Se fosse mais do que isso, ela correria o risco de se decepcionar, ou pior. Grace estava certa em ser cautelosa: a família sabia muito bem como os sonhos não realizados podem levar à tragédia.

E ainda assim parte de Jane se sentia como se tivesse se encontrado no palco na noite passada. Foi tão natural para ela cantar para todas aquelas pessoas — como se tivesse nascido para isso. Depois que a gente sabe que pode se sentir assim a respeito de alguma coisa, seria possível que a vida continuasse como antes?

— Não vai acontecer nada — ela repetiu, mais para si mesma do que para Grace.

Grace deu um pequeno sorriso, mas Jane ainda podia ver uma curva de preocupação em torno dos lábios da tia quando elas entraram no hospital.

3

Escondido sob o Regent's Cove Hotel, o Carousel era mais conhecido como o pub onde a mídia nacional acampava durante o Festival Folk. No resto do ano, servia como um boteco para os moradores locais que queriam recordar e se embriagar com música ao vivo.

Jane examinou o bar por trás do balcão. Passava um pouco das 22 horas e a correria estava prestes a começar. Dentro de uma hora, os cotovelos estariam circulando-a como nadadeiras dorsais. Por enquanto, as mesas estavam cheias de clientes regulares, bebendo em silêncio sob fios entrecruzados de luzes coloridas.

A porta do beco se abriu e seu gerente, Al, entrou carregando um balde de gelo. Jane abriu o freezer com o joelho, dobrando-se para ajudá-lo a despejar o gelo na câmara fria.

— Obrigado, Janie — disse Al.

Uma nuvem fria se ergueu, pressionando as camadas de garrafas de bebida atrás de Jane como um beijo.

— Como estamos indo aqui? — Al perguntou, acenando em direção às torneiras.

— Estamos com pouca Narragansett — disse Jane. Al assentiu e estava se dirigindo ao porão quando Mark Edison sentou-se na banqueta do canto, seu lugar habitual.

— Está linda esta noite — disse Mark.

Jane revirou os olhos e pegou uma garrafa de Tanqueray na prateleira atrás dela. Ela estava vestida de preto da cabeça aos pés, com um pano de prato pendurado no ombro, o cabelo preso num coque desde o começo da manhã.

— Eu queria dizer que foi realmente um ótimo show ontem à noite — disse ele. Jane colocou uma bolacha na frente dele e o gim-tônica em cima dela.

— Para um "quarteto de garagem aproveitável" — disse Jane, servindo-se de uma dose.

— É curioso que você se importe com o que sai publicado no *Island Gazette* — disse Mark.

— Devíamos ter saído numa manchete — disse Jane.

— "Janie Q Conquista o Mundo" — disse Mark.

— "Heróis Locais Viram uma Lenda" — rebateu Jane.

Mark ergueu uma sobrancelha.

— Não quero discutir, mas Jesse Reid é uma figura local — disse ele. — Na verdade, acabei de receber a informação de que ele está convalescendo do acidente aqui. A família dele tem uma propriedade em Caverswall, passam o verão lá desde que ele era criança.

— Não é a mesma coisa — disse Jane. Os moradores do continente possuíam casas de veraneio na ilha, mas eram os moradores locais que as limpavam.

— A você — disse Mark, erguendo seu copo.

— Aos Breakers — disse Jane. Ela bebeu.

Al reapareceu, ofegante.

— Tente agora — disse ele.

Jane deixou a torneira escorrer em uma caneca até que esta se enchesse de espuma.

A porta se abriu e um bando de alunas da faculdade entrou. Jane percebeu pelas roupas bordadas e joias mínimas que o grupo era de Perry's Landing.

— Que uísques você tem aí? — perguntou uma jovem alta e bronzeada, com cabelos que pareciam penas coloridas.

Às vezes, Jane se sentia como uma farmacêutica guardando um grande estoque de tinturas. Ela declinou os nomes nos rótulos descascados atrás dela e serviu à garota um copo de uísque de oito dólares com gelo, depois fez o mesmo com cada uma de suas amigas.

— Pode deixar a garrafa aberta — disse a garota, entregando a Jane um cartão de crédito com o nome Victor Vidal, provavelmente o pai dela. Jane guardou o cartão na caixa ao lado da máquina registradora enquanto o grupo se dirigia para uma mesa perto do fundo.

— A garota vai gastar.

Jane ergueu os olhos. O comentário veio de um homem que ela não reconheceu, sentado a algumas banquetas de distância de Mark Edison.

Ele usava uma camisa polo xadrez vistosa e um par de óculos de sol verdes modelo aviador e parecia ter trinta e poucos anos. Jane sabia que ele era de uma cidade; seu cabelo castanho desgrenhado tinha um corte caro.

Jane observou dois reflexos verdes de si mesma dizendo:

— O que vai beber?

— O que você recomenda? — ele perguntou. Eles foram interrompidos por um grupo de garotos filhinhos de papai de vinte e poucos anos: os figurantes do grupo que Jane acabara de servir. Braços bronzeados repousavam sobre o balcão, dólares amassados presos em punhos sem calos.

— Duas jarras de Miller — disse o mais baixo. — Eu estou pagando.

— *DIGGSY* — gritou o amigo. Um coro de "Diggs" soou quando Jane completou a jarra.

— São nove dólares — disse ela.

— Fique com o troco — disse Diggs, colocando uma pilha de notas no bar. Jane as pegou, rápida como uma crupiê de cassino, enfiando a gorjeta em seu sutiã.

— Então — disse Jane, voltando-se para o estranho —, o que você gostaria? — Ele a olhou por um momento, depois tirou os óculos de sol, revelando um par de olhos castanhos astutos.

— Gostaria de falar com Jane Quinn — disse ele. Jane ergueu as sobrancelhas.

— E quem é você? — disse Jane.

— Willy Lambert — disse ele. — Sou o A&R da Pegasus Records. Eu vi sua apresentação ontem à noite, estive procurando por você o dia todo. — Jane olhou para Mark Edison; ela percebeu pela postura dele que ele estava ouvindo a conversa.

— Deixe-me adivinhar — disse Jane. Ela pegou um copo alto e abriu o freezer com um chute. — Você viu o show e está se perguntando se estou livre depois do meu turno desta noite para "discutir o meu futuro".

— Algo assim — disse Willy, parecendo constrangido. Jane pegou a tequila Casa Noble e uma garrafa de suco de laranja e começou a despejar ambas no copo.

— O que vou dizer pode chocar você, mas na verdade você não é o primeiro cara a tentar vir com esse papinho — disse Jane. Ela abriu uma garrafa de grenadine e derramou o xarope no copo pelas costas de uma colher.

— O quê? — disse Willy. — Não. Eu não quis dizer isso. Eu sou casado. — Ele ergueu a mão esquerda e mostrou a Jane um anel de ouro. — Aqui — disse ele, colocando a mão no bolso para recuperar um cartão de visita com seu nome e cargo, bem como um pedaço de jornal amassado que Jane reconheceu como uma matéria de Mark Edison sobre Jesse Reid.

— Mark, olha aqui, alguém leu um artigo seu no jornal e não o jogou fora imediatamente — disse Jane, enfeitando a borda do copo com uma fatia de laranja e uma cereja marasquino.

— Tim-tim — disse Mark, erguendo seu copo. Jane colocou o drinque na frente de Willy Lambert.

— O que é isso? — ele disse.

— Um Tequila Sunrise — disse Jane. — Para combinar com os seus óculos. — Willy sorriu, mas não riu. Jane afastou-se para completar a bebida de Mark, esperando que Willy já tivesse ido embora quando ela voltasse. Quando ela retornou, ele ainda estava lá.

— Eu disse a você — disse ele. — Perguntei pelo seu paradeiro o dia todo, não vou desistir em dois minutos.

— Como você me achou? — perguntou Jane.

— Uma mulher na loja Beach Tracks teve pena de mim quando eu disse a ela que sou o representante de Jesse Reid e me mandou ir até o Widow's Peak. E outra mulher no Widow's Peak disse que eu encontraria você aqui.

— Essa é minha avó — disse Jane, absorvendo a informação.

— Não brinca — disse Willy. — Oh, sim, eu posso ver a semelhança. Bem, se ela me enviou até você, eu não posso ser tão ruim, posso?

— Isso é o que veremos — disse Jane, concordando baixinho. — Ei, se Jesse Reid está chateado com "Sweet and Mellow"...

— Jesse está vivendo minuto a minuto agora — disse Willy, balançando a cabeça. — Na verdade, estou indo vê-lo daqui a pouco. Então... vou direto ao assunto: você tem contrato em algum lugar?

Todo o ruído ambiente diminuiu, exceto o som da pulsação de Jane em seus ouvidos.

— Não — disse Jane. — Isso é uma proposta?

— Sim. — Willy sorriu. — Eu nunca vi nada como ontem à noite. Sua *vibe* é totalmente original. Seu estilo, sua voz... ainda não tenho certeza de como você consegue essas notas. A música é sua?

Jane assentiu.

— Com o setup certo, você pode realmente decolar — disse Willy, os olhos brilhando.

— O setup certo? — disse Jane.

— Você deveria ter teclados, para começar. Talvez mais uma seção rítmica.

— Além da minha banda? — disse Jane.

— Ou em vez dela. — Willy deu de ombros. — Você já pensou em seguir carreira solo?

Os olhos de Jane se arregalaram. Eles estão juntos na banda desde o ensino fundamental. Ela nunca se apresentou sem eles.

— Nada contra a banda — Willy acrescentou rapidamente. — Eu só acho que você está em um nível diferente. Tipo, nível de nome de marca famosa. Cantores-compositores estão em alta, e acho que você poderia fazer parte disso em grande estilo. O que você diz?

Jane se imaginou iluminada em um palco grande e vazio. Ela usava um vestido preto, correntes de prata em volta do pescoço e um violão de prata nos braços. Ela podia sentir a atenção da multidão — aquela sensação de oceano amplo. Ela tocava e cantava, uma lua prateada puxando a maré.

A porta do Carousel se abriu e Greg entrou, rindo de algo que Rich acabara de dizer. Quando eles viram Jane conversando com Willy no bar, os olhos de Greg se estreitaram protetoramente. Rich o pegou pelo braço e o conduziu em direção à jukebox. O barulho inundou os ouvidos de Jane.

— Eu não sou uma cantora-compositora — disse ela. — Eu não faço as letras.

Isso não era estritamente verdade; Jane escreveu a letra de uma das canções dos Breakers, "Spark", e anunciou que nunca mais faria isso. Quando sua banda perguntou por que, ela se recusou a dar um motivo, insistindo que os Breakers já tinha um letrista: Rich.

A expressão de Willy pareceu iluminar-se com isso.

— Nós arranjaríamos um ghostwriter para fazer suas letras — disse Willy. — Você arrasaria com um repertório mais pessoal, como "Sweet and Mellow".

— As letras de Rich são boas — disse Jane. Apesar das próprias dúvidas de Rich sobre essa questão, seus versos sempre forneceram a Jane a estrutura de que ela precisava para se concentrar na música. Ela não conseguia se imaginar compondo músicas de outra maneira.

— Eu concordo — disse Willy. — Mas estou lhe dizendo, você pode fazer melhor do que apenas letras "boas".

Jane ergueu os olhos para se certificar de que Rich e Greg não o tinham ouvido. Ela se inclinou na direção de Willy.

— Você parece um cara legal — disse ela em voz baixa. — Mas eu não confio na indústria da música. Eu vi como eles tratam as pessoas. Quando querem algo, eles vão lá e pegam. Não estamos nem trabalhando juntos e você já está me refazendo à imagem da sua gravadora. Por que eu iria querer isso?

Willy olhou para ela.

— Mais noites como a de ontem, para começar — disse ele. — Um álbum, fãs, fama, dinheiro... Normalmente não preciso enumerar os benefícios de ser uma estrela do rock.

Estrela do rock. As palavras brilharam no ar como gotas de orvalho.

— Como vocês se conheceram? — perguntou Willy, estudando a expressão dela.

— Greg e Kyle são irmãos — disse Jane. — Rich estudou com Greg no ensino fundamental, eu estudei com Kyle.

— E quem faz o que na banda?

— Rich, na guitarra — disse Jane.

Willy balançou a cabeça afirmativamente.

— Típico garoto americano. Ele é boa-pinta, as garotas se amarram nisso. Quem mais?

Jane sorriu um pouco. Rich era extremamente tímido, especialmente perto de garotas.

— Kyle no baixo.

— Ele toca um baixo sem trastes, não é? Ele é bom — disse Willy, se recostando um pouco.

— E Greg é o da bateria — disse Jane, fazendo que sim.

— Não estou procurando uma banda no momento. — Willy Lambert esfregou o queixo.

— Por quê? — perguntou Jane.

— Bandas são um drama — respondeu Willy. Jane percebeu uma fila de clientes disputando sua atenção.

— Um segundo — ela disse. Ela atendia os pedidos, obrigando-se a não ter pressa. Quando voltou, Willy ainda não tinha tocado em seu drinque.

— Tem alguma bebida que você realmente quer? — disse Jane, acenando com a cabeça para o Tequila Sunrise intocado. Ele balançou a cabeça.

— Eu estou dirigindo — falou. Ele colocou seu cartão de visita no balcão. — Perdoe-me por dizer isso, mas para alguém tão jovem, você tem uma visão bastante ressentida da indústria fonográfica.

Jane não tinha certeza do que a levou a responder. Talvez fosse porque Elsie o havia enviado; talvez porque ela duvidava de que o veria novamente.

— Minha mãe era uma compositora — disse ela.

— Quem é ela? — ele perguntou, as sobrancelhas se erguendo.

Jane pigarreou.

— Charlotte Quinn — disse ela. — Você nunca ouviu falar dela.

— Não, não conheço — disse Willy.

— Ela compôs algumas canções para Lacey Dormon — disse Jane. — "I Will Rise" e "You Don't Know".

— Eu conheço Lacey de Los Angeles. — Os olhos de Willy brilharam em reconhecimento. — Essas músicas fizeram a carreira dela.

Jane respirou fundo.

— Você conhece "Lilac Waltz"?

As sobrancelhas de Willy se ergueram.

— A música de Tommy Patton? Essa música era fantástica.

Jane fez que sim.

— Essa música era dela também. Ela compôs e ele roubou.

Willy balançou a cabeça, o rosto sombrio.

— Essa música deve ter sido tocada por dezenas de artistas, em filmes, programas de televisão, comerciais... — A voz dele foi sumindo.

— Ela nunca viu um centavo — disse Jane.

— Isso é terrível — disse Willy. — Infelizmente não é a primeira vez que ouço uma história como essa.

Jane balançou a cabeça com expressão de desgosto.

— É uma música incrível. — Willy passou a mão pelo rosto. — Eu adoraria conhecer a mulher que a compôs.

— Eu gostaria que você pudesse — disse Jane. — Ninguém a vê há uma década.

— Ah — disse Willy. — Lamento muito ouvir isso. Eu... eu entendo agora por que você se sente assim. E eu segui os passos da família. Meu pai é do ramo, e meus dois irmãos mais velhos também. Todos eles fizeram seus nomes em produções de big bands, depois no Rock and Roll. Quando eu disse a eles que o soft rock seria o próximo a estourar, todos acharam que eu estava louco. Mas eu tinha ouvido Jesse e sabia que estava certo, e agora... ele está prestes a ser a maior estrela do mundo. Eu confio em mim mesmo para saber que algo é ótimo quando ouço.

Ele pigarreou.

— O que você disse antes, sobre a indústria pegar o que quer, pode ser verdade, mas não é assim que eu trabalho — disse ele. — Estou nisso pelos meus artistas. As sugestões que fiz anteriormente... estou apenas tentando ajudá-la a decolar. Mas também posso ver que isso poderia soar presunçoso.

Jane olhou para ele, sem saber o que dizer.

— O acidente de Jesse vai empurrar seu álbum para o início do próximo ano — Willy continuou —, e eu preciso preencher este espaço no outono.

— Este outono? — disse Jane. Willy confirmou.

— Precisamos estar prontos para gravar até outubro. Os Breakers podem estar prontos em outubro? — Jane sorriu a contragosto ao ouvir o nome de sua banda pronunciado por ele.

— Temos canções para isso.

— Eu gostaria de ouvi-las — disse ele, levantando-se da banqueta. — Eu acho que você é o que há de melhor, então estou disposto a considerar toda a banda. — Ele apontou para o seu cartão de visita sobre o balcão. Jane olhou para ele, branco cintilante em contraste com o verniz pegajoso do bar.

— Se fizermos isso, precisaremos ter o controle artístico completo — disse Jane. — Eu não quero ouvir mais essa conversa de seção rítmica ou ghostwriter.

— *Se* eu fechar com vocês, vocês terão o que pedem — disse Willy. Ele anotou as informações dela e prometeu telefonar pela manhã.

— Até amanhã — disse ele, recolocando seus óculos de sol.

Assim que ele saiu, Rich e Greg foram direto para o balcão.

— Quem era aquele sujeito? — disse Greg, abrindo caminho entre um grupo de hippies que vieram para o festival. Jane olhou do cartão branco no balcão para seus colegas de banda e seu rosto se abriu em um sorriso.

Seu turno terminou às duas da manhã e o pub demorou cerca de meia hora para fechar. Enquanto subia a colina para Gray Gables, ela mal conseguia enxergar direito. Trazia o sutiã cheio de dinheiro, mas tudo em que conseguia pensar era no cartão branco enfiado dentro da bolsa. Quando chegou em casa, ficou surpresa ao encontrar sua tia Grace sentada na varanda com um copo de licor de lilás caseiro de Elsie na mão.

— Você está acordada — disse Jane, despencando ao lado dela. Grace passou-lhe o copo e Jane tomou um gole do líquido doce e ardente.

— Não consegui dormir — disse Grace. — Você nunca vai adivinhar o que aconteceu comigo hoje.

— Você nunca vai adivinhar o que aconteceu comigo esta noite — disse Jane.

— Você conta primeiro — disse Grace, pegando o copo de licor de volta.

— Você que pediu... uma gravadora me procurou hoje. O A&R de Jesse Reid.

— Está brincando... — disse Grace, erguendo as sobrancelhas.

— Pura verdade — disse Jane. — E eu sei o que você está pensando, mas tivemos uma longa conversa e, até agora, ele parece um cara legal.

— Não é isso que estou pensando — disse Grace. — Pelo menos, ainda não.

— Então é o quê? — disse Jane.

Grace virou-se para encarar Jane com um sorriso irônico com covinhas.

— Você sabe aquele serviço de cuidados intensivos que eu estava querendo? Eu consegui — disse ela. — E o paciente é Jesse Reid.

4

Willy estava de braços cruzados, sentado em um caixote de tintura L'Oréal na sala dos fundos do salão de cabeleireiro de Elsie, o Widow's Peak. As paredes de concreto impregnadas pelos acordes finais de "Dirty Bastard". Jane sentia Kyle quicando ao lado dela. Willy telefonara naquela manhã pedindo para ouvir todo o material que eles tinham. Os Breakers tinham acabado de levá-lo por todo o seu repertório.

— Ótimo — disse Willy. Ele fez uma pausa. — Então... eu diria que vocês têm oito músicas.

Jane e Rich se entreolharam.

— Acabamos de tocar dez — disse Rich.

— Tudo bem — disse Willy. Ele consultou o seu relógio. — A canção que vocês acabaram de tocar...

— "Dirty Bastard"? — disse Greg.

Willy assentiu.

— Ela é muito parecida com uma outra... "Rebel Road" — disse ele. — Vocês deveriam substituí-la por uma balada. Vocês precisam de um verdadeiro single pop.

O rosto de Rich ficou vermelho.

— "Indigo" não serve? — disse Jane.

— Muito psicodélica para o mainstream — disse Willy, balançando a cabeça.

— E quanto a "Spark"? — disse Rich. A boca de Jane ficou seca, esperando o veredicto sobre sua música.

— "Spark" é muito boa — disse Willy. — Grande gancho. Mas ainda faltam quatro minutos. Para tocar no rádio, vocês precisam de uma música que seja acelerada e contagiante... uma música chiclete que não desgrude da cabeça das pessoas. "Spark" pode ser o segundo single.

— Então... tudo o que precisamos é de duas músicas? — disse Kyle, antes que alguém pudesse discutir. — Basta isso para um contrato?

— Claro — disse Willy.

— O que você acha? — disse Rich. Jane hesitou. Kyle pegou um modelador de cachos, de espuma, do chão e enrolou-o no braço do seu baixo; as cordas pressionaram linhas rosa-escuras na esponja.

— Não quero ser rotulada como uma outra Petula Clark — disse ela.

— Você não vai ser. — Willy riu. — É assim que todo mundo começa. Assim que vocês tocarem no rádio, vão construir sua base de fãs e eles os seguirão aonde quer que vocês forem.

Jane franziu a testa.

— Vamos fazer tudo rolar numa boa — disse Rich.

— Entra nessa, Janie, por favor — disse Kyle, atirando o modelador para ela. Ele quicou silenciosamente no corpo do violão dela e caiu no chão. — Você não quer ser tocada no rádio?

— Sim — disse Jane, sorrindo. — Eu quero.

— Então? Vamos fechar um acordo? — perguntou Willy.

— Sim — assentiu Jane. Willy bateu palmas.

— Excelente — disse ele. — Vou preparar o contrato assim que voltar para Los Angeles.

Eles se despediram e Jane acompanhou Willy até a saída do salão. Enquanto ela observava o corpo magro dele seguir pela rua principal, Elsie surgiu ao lado dela para fumar um Pall Mall. Ela ofereceu um para Jane.

— O que você acha? — perguntou Jane, aceitando o cigarro. Ela confiava na incomparável capacidade de Elsie de ler as pessoas.

— Ele faz acontecer mesmo, um empreendedor — disse Elsie. — Gostei dele.

Jane e Elsie tinham começado o processo de absorção dos clientes de Maggie no salão, então, conforme a data prevista para o parto de Maggie se aproximava, o ensaio da banda teve que ser feito em sessões de quinze minutos entre permanentes e tinturas. No dia em que Maggie entrou em trabalho de parto, o ar estava tão denso com tioglicolato de amônio que os Breakers foram obrigados a se esforçar para ensaiar "Don't Fret", cujo refrão simples poderia ser cantado em uma única respiração.

*"Don't fret,
You can't fight life,
Don't sweat,
No strife."*[5]

Quando Kyle começou seu longo solo de baixo, Elsie abriu uma fresta da porta. Os Breakers pararam de tocar.

— Está na hora — disse ela. Jane olhou para o relógio; faltava pouco para as 15 horas, quatro horas antes do término do turno de Grace.

Greg se levantou com dificuldade.

— Posso... — sua voz silenciou. Rich ficou tenso.

— Você pode me dar uma carona de volta para casa — disse Elsie. — Jane, a Sra. Clemens precisa ficar no secador de cabelo por mais uns dez minutos, então cancele a tarde e vá substituir Grace.

— Espere — disse Kyle. — Você vai substituir Grace no atendimento ao Jesse Reid?

— É o que parece — disse Jane. Elsie deu um sorriso compassivo.

— Não vai ser assim... estranho? — disse Kyle.

— Por quê? — disse Rich sarcasticamente. — Ela não se aproveitou do acidente dele, não foi nada disso.

Jane se lembrou das palavras de Willy: *Jesse está vivendo minuto a minuto agora.*

— Duvido que ele esteja sabendo da nossa existência — disse Jane. — Vocês deveriam ir ver a Maggie.

Era contra todos os instintos de Jane não seguir com eles, mas era assim que tinha de ser. O Centro de Reabilitação tinha regras rígidas sobre a continuidade do tratamento; uma enfermeira não podia sair no meio do turno, a menos que fosse substituída por outro cuidador profissional. Em tão pouco tempo, essa teria que ser a função de Jane. Maggie precisava da mãe, e todas elas precisavam do salário de Grace. Então Jane secou o cabelo da Sra. Clemens, fechou o salão e dirigiu para Caverswall.

Jane conhecia o caminho para a casa de Reid por deixar Grace lá em seus dias de atendimento, mas ela nunca ultrapassara a entrada. Quando se

---

[5] Não se preocupe,/ Não se pode combater a vida,/ Não se apavore,/ Não há luta.

aproximou do portão, ela reconheceu o segurança particular dos Reid. Era Ross Seager, um frequentador habitual do Carousel com quem ela dormiu uma vez, alguns verões antes.

— Oh, olá, Ross — ela disse, surpresa. — Você parece... bem. — Jane não via Ross desde que ele fora para a reabilitação dos usuários de drogas no ano anterior. A última vez que ele apareceu no pub, estava esquelético.

— Obrigado, Janie — disse Ross. — Eu não preciso te dizer que o Centro não é brincadeira. Estou limpo há oito meses. Nada mal para um viciado.

— Nada mal mesmo — disse Jane. Ela não ligava para a maioria das drogas e experimentou um pouco com Ross, mas nunca quis saber de heroína. Essa porcaria pode matar.

— Você tocou muito bem no festival, por falar nisso — acrescentou.

— Obrigada — disse Jane. — O bebê de Maggie está para nascer. Importa-se se eu entrar?

— Que legal — disse Ross. — Aposto que ela ainda está sexy.

O portão de ferro se abriu e Jane desceu um caminho de cascalho. Quando uma vasta propriedade apareceu, Grace correu para encontrá-la. Ela sentou-se no banco da frente e as duas trocaram de roupa. Jane vestiu o uniforme de Grace e Grace colocou o vestido A-line de cambraia de Jane.

— Ele está lá em cima com uma amiga, a Morgan — disse Grace quando Jane saiu. — Você pode esperar na sala de estar e ler uma revista, ele chamará você se precisar de alguma coisa. Eu disse a ele que outra enfermeira estava chegando. O telefone e as anotações estão na cozinha. Obrigada, Janie.

— Se cuida — disse Jane. Grace fez que sim e acelerou de volta para o portão.

Jane se sentiu leve ao se aproximar da mansão. A fachada angular de madeira começava a ficar prateada com a maresia; mais adiante, o mar brilhava nas margens da propriedade. Jane soube por Grace que em privado os Reid chamavam a casa deles de "o Barraco", o que lhe pareceu ainda mais abominável agora que ela via o tamanho do imóvel. Ela entrou pela porta da frente.

A casa cheirava a museu — limpa por profissionais e depois deixada intacta. A entrada era tão imponente e elegante como um jazigo. Jane entrou, sentindo-se uma intrusa. Ela prendeu o cabelo em um coque para imitar o estilo que Grace sempre usava para trabalhar.

Encontrou na cozinha o telefone que Grace havia mencionado e ligou para o Centro de Reabilitação para registrar sua chegada. Em seguida, folheou as anotações de turno de Grace. Jesse Reid amortecera a queda com o lado direito do corpo, fraturando três costelas, a ulna, o rádio e vários metatarsos. Ele tinha um punhado de ferimentos na pele, um dos quais infeccionou. Jane precisaria dar a ele uma injeção de gentamicina. Tirando isso, seria uma noite tranquila.

Ela passou por uma escada geométrica que levava ao segundo andar e entrou em uma grande sala de estar circular. Claraboias iluminavam estantes até o teto e móveis modernos brancos. O ponto focal do salão era um piano de cauda, preto e brilhante como um par de sapatos de couro envernizado totalmente novo. Jane ficou boquiaberta ao vê-lo.

A tampa de madeira do teclado estava fechada e polida, mas a tampa maior aberta revelava um espectro horizontal de cordas metálicas. Ela havia flertado com o piano vertical da sala de aula de música do colégio, mas nunca tinha visto o interior de um piano antes.

Jane tinha jeito com instrumentos de corda da mesma forma que algumas pessoas tinham jeito com animais: ela não tinha encontrado um que não pudesse domar. Não era algo que pudesse explicar completamente, exceto dizer que, com certos instrumentos, Jane podia ouvir onde as notas estavam só de olhar para elas. Enquanto estava lá, ocorreu-lhe que um piano não era nada além de um violão com mais de duzentas cordas e oitenta e oito teclas.

Ao vê-lo, Jane sentiu uma energia agitar-se profundamente dentro dela, como se vislumbrasse o céu noturno. Sentiu uma necessidade irresistível de se sentar e afundar os dedos no esmalte das teclas.

Ela não deveria. Era estranho o suficiente o simples fato de estar ali. Ela olhou em torno da sala, imaginando até onde o som se propagaria. Não havia fotos nas estantes, apenas uma pintura a óleo de uma mulher, um homem e um menino acima de uma lareira de pedra branca.

Os olhos de Jane viajaram de volta ao piano, e ela foi novamente atingida por uma compulsão magnética de tocá-lo. Quando estendeu a mão, Jesse Reid entrou na sala.

Mesmo de pé com os ombros dobrados para a frente para proteger os ossos quebrados, sua presença era impressionante. Ele era alto — Jane calculou cerca de um metro e noventa. Seus olhos se encontraram e Jane sentiu um choque; os dele eram da cor de um jato de chama azul.

Antes que qualquer um deles pudesse falar, uma jovem entrou atrás dele; Jane a reconheceu como a estudante de cabelos acobreados do Carousel. Ela tinha pele bronzeada naturalmente e cílios longos e escuros que faziam seus olhos parecerem dourados. Deve ser Morgan. Morgan Vidal — Jane lembrou do sobrenome que vira no cartão de crédito do pai da garota. Vê-la naquele ambiente confirmou a impressão de Jane de que aquela garota estava acostumada a estar perto de dinheiro; ela parecia totalmente à vontade naquele salão onde Jane se sentia uma alienígena.

— Ah, oi — disse ela a Jane, cujo coração começou a bater forte. Os dois eram como dois lindos felinos selvagens rondando um habitat exótico. Jane de repente percebeu seu uniforme e como ele a tornava invisível.

— Estou substituindo Grace — disse ela. — Eu sou a Jane.

— Jane Quinn — disse Jesse, uma faísca de reconhecimento em seus olhos. Jane se endireitou. Então de alguma forma ele deve ter ficado sabendo da existência dos Breakers.

— Prazer em conhecê-la — disse Morgan, já mudando de assunto. — Eu estava pensando em preparar algo para o jantar. Simples e rápido. Aprendi uma boa receita de ragu na França no ano passado.

— Parece bom — disse Jesse. — Mas acho que tudo o que temos em casa são refeições congeladas.

— Vamos comprar alguma coisa. Passei por pelo menos duas barracas de agricultores no caminho da casa dos meus pais para cá.

Jesse assentiu, e o corpo de Jane ficou rígido. Uma coisa era ela faltar ao parto de Maggie para substituir Grace. Outra coisa era ficar sentada sozinha em uma casa estranha enquanto o paciente estava na rua comprando mantimentos para o ragu.

— Não sei — disse Jesse, olhando para Jane. — Acho que preciso de uma injeção, não é?

Jane raramente ouvia pacientes se oferecerem para tomar injeção; percebeu então que a visita de Morgan não era esperada.

— Você pode fazer isso? — perguntou Morgan.

— Sim, posso — respondeu Jane.

— Ótimo, voltarei quando você terminar — disse Morgan. Depois sentou-se ao piano e começou a tocar sem hesitação. Jane sentiu uma pontada de inveja quando uma peça clássica encheu a sala.

— Acho que Grace guarda as coisas dela aqui — disse Jesse. Ele caminhou em direção à cozinha. Jane o seguiu.

— Eu sou o Jesse, por falar nisso — disse ele, lançando um rápido olhar para ela.

— Prazer em conhecê-lo — disse Jane, ajudando-o a tirar a tipoia. Ela deveria dizer mais alguma coisa? Pedir desculpas? Agradecer?

Ela começou a desabotoar a camisa dele — quase todo o torso estava enfaixado, hematomas aparecendo como um pôr do sol através de cortinas verticais.

— Seus ferimentos estão melhorando — Jane disse, por fim.

— É bom ouvir isso — disse Jesse. Ele não parecia convencido. — Foi tudo culpa minha — falou, sentando-se num banco. — Derrapei na Middle Road, destruí totalmente minha moto. Quebrei doze ossos. Perdi o festival. O resto você já sabe.

Jane sentiu suas faces ficarem vermelhas enquanto vasculhava os suprimentos de Grace para encontrar a gentamicina.

— Segundo o *Island Gazette*, você suou para ganhar o meu dinheiro — disse Jesse.

Jane olhou-o nos olhos.

— Parece que você ainda tem muito dinheiro — disse ela.

Os olhos de Jesse se arregalaram.

— Eu só quis dizer que parece que foi um show excelente — ele disse, gentilmente.

Jane calçou um par de luvas de borracha, feliz por ter outro lugar para procurar.

— Grace fala de você e Maggie o tempo todo — disse Jesse. — Como está Maggie?

— Ela entrou em trabalho de parto por volta das três — disse Jane, começando a testar uma veia em seu braço. — Grace deve chegar lá a qualquer minuto.

— Em Gray Gables — disse ele. Jane tirou uma seringa do invólucro e inseriu a agulha em um frasco de gentamicina, enchendo a seringa.

— Isso mesmo — disse ela. Ter de falar sobre isso a fazia perceber como se sentia ansiosa.

Jesse pareceu perceber isso.

— Honestamente, você deveria simplesmente ir embora — disse ele. — Tenho certeza de que esta é a última coisa que você quer fazer agora.

Jane não conseguiu explicar que não havia como ela "simplesmente ir embora", que o Centro monitorava a mesa telefônica para garantir que as ligações do turno realmente viessem das casas de seus pacientes e que sua família precisava demais do Centro para poder arriscar.

— Você quer desviar o olhar? — ela indagou.

Jesse balançou a cabeça.

— Eu não me importo — disse ele.

Quando eles voltaram para a grande sala de estar, Morgan se levantou abruptamente do piano, as notas se espalhando no ar, denteadas como pingentes de gelo.

— Pronto? — perguntou ela, fechando a tampa. Jane deu um passo para trás quando Jesse se permitiu ser conduzido em direção à porta. — Isso vai ser bom para você — Morgan disse a Jesse, enroscando o braço no dele. Ela olhou por cima do ombro para Jane. — Você disse que seu nome era Jane, não é?

— Isso mesmo.

— Devemos estar de volta antes das sete, mas se não voltarmos, você se importa em ficar um pouco mais para ver como ele está antes de sair?

— Morgan... — disse Jesse.

— Jane não se importa — falou Morgan, lançando-lhe um sorriso deslumbrante. — Não é mesmo, Jane? — Foi uma jogada que Jane tinha visto Maggic fazer centenas de vezes com a turma de amigas que a seguiam no colégio.

— Tenho certeza de que você estará de volta antes disso — disse Jane diretamente para Jesse. A expressão de Morgan endureceu.

— Nós estaremos — disse Jesse. Jane acenou com a cabeça, e então eles se foram. Ela esperou até que os faróis passassem pela entrada. Depois voltou para o piano e abriu a tampa de proteção, revelando uma fileira de teclas brancas como ossos. Jane as tocou com cautela, como se fizesse o primeiro contato com uma criatura selvagem. Ela começou a tocar.

Jane teve a sensação de um céu noturno pela segunda vez, só que agora ele estava todo em volta dela.

5

Barbara "Bea" Quinn nasceu no banheiro do andar de cima de Gray Gables pouco depois da meia-noite de 1º de agosto de 1969. Jane e Elsie estavam na porta enquanto Grace tirava o bebê da água do banho e o colocava no peito de Maggie.

— Ela não sabe que nasceu — disse Elsie. Maggie soltou uma risada incrédula enquanto Bea farejava o ar e emitia um grito agudo.

— Jane, ela tem a sua voz — disse Maggie. Jane estava emocionada demais para falar; em vez disso, respondeu a Maggie fazendo o sinal de coiote com a mão, um hábito que as duas tinham na infância. Maggie sorriu e sinalizou de volta.

Os fora da lei não fazem perguntas.

Cortaram o cordão umbilical e Elsie enxugou e enfaixou Bea. Ela colocou o bebê sonolento na nuca de Jane e a enxotou para que ela e Grace pudessem cuidar de Maggie.

Jane desceu as escadas rangentes como se carregasse água em um lenço; ela podia sentir-se suando com a concentração necessária para não deixar o bebê escorregar. Era surpreendente que um ser tão pequeno pudesse fazer uma pessoa se sentir uma estranha em sua própria casa. Quando ela apareceu, Greg, Rich e Kyle se levantaram, se acotovelando para dar uma espiada.

— Ela está dormindo — disse Jane. — Olhem.

Os olhos dos rapazes ficaram do tamanho de um pires quando Jane trouxe o bebê para eles conhecerem.

— Baby Bea — disse ela.

— Oh, ela é perfeita — disse Greg, com os olhos marejados. — Como está Maggie? Ela gritou tanto...

— Nunca vi nada parecido — disse Jane.

Kyle estava arrulhando. — Eu sou tio! — ele disse.

— Posso...? — perguntou Greg, estendendo a mão. Cautelosamente, Jane colocou o bebê em seus braços, mostrando-lhe como proteger sua cabeça. Jane olhou para Rich, que estava olhando para Greg com uma expressão suave no rosto. Jane apertou o braço dele.

— Tio Rich — disse ela. Rich desviou o olhar.

— Uau — disse Greg. — Uau.

No momento em que foram chamados para subir, o cabelo de Maggie tinha sido lavado e ela estava recostada em sua cama de dossel, coberta por uma colcha de tecido branco e lençóis limpos. Os rapazes se encostaram na parede para deixar Jane passar. Bea continuou a dormir ao ser transferida para os braços da mãe.

Greg deu um passo à frente.

— Como você está, Mags? — ele perguntou. Maggie sorriu.

Quando Greg começou a entoar uma canção de ninar wampanoag, Jane deu um passo para trás daquele diorama amoroso para o azul-escuro do corredor. Ela olhou para Maggie segurando sua filha pequena, e ocorreu a Jane que sua própria mãe devia tê-la segurado assim, protegendo-a enquanto ela dormia.

As recordações que Jane tinha de Charlotte eram como fotos manchadas por água — muitas de suas lembranças felizes foram estragadas por outras horríveis. Jane achou mais fácil bloquear tudo do que isolar as ensolaradas que restavam. Mas Charlotte sempre se infiltrava em seus sonhos.

Seus pesadelos recorrentes começavam todos da mesma maneira: com Charlotte se preparando para um encontro romântico. Naquela noite, enquanto dormia, Jane viu sua mãe com um vestido lilás examinando seu reflexo no espelho do corredor. O papel de parede de motivos florais era novo. O batom vermelho foi o toque final.

Quando a cor encontrou seus lábios, Charlotte arqueou as costas e soltou um gritinho, como se tivesse sido picada. "Larga isso!", Jane gritou, mas sua mãe não lhe deu atenção. Ela apenas continuou aplicando o batom, continuou estremecendo como se o batom fosse um atiçador em brasa.

Jane acordou encharcada de suor. Ela tentou se acalmar, mas a imagem da mãe no corredor brilhou atrás de suas pálpebras assim que ela as fechou. Em vez disso, ela se forçou a imaginar Charlotte caminhando por uma praia iluminada pela lua, sua respiração se acalmando enquanto uma linha de pegadas em arco se formava na areia.

Na manhã seguinte, Jane ficou surpresa ao descobrir que, mesmo com o nascimento de Bea, tudo em que ela conseguia pensar era no piano na casa de Jesse Reid. Ela tentou ignorar; ela precisava compor uma canção pop. Mas Jane não se sentia pop. Trabalhava em três empregos e seu cérebro estava ocupado demais contando dólares para contar *beats* de um compasso.

Com o novo bebê, era difícil encontrar espaço para pensar — alguém sempre precisava de ajuda. Quando a secretária de Willy em Los Angeles, Trudy, ligou no final da semana para informar a Jane que seus contratos estavam em andamento, Jane ainda não havia composto um acorde.

Naquela tarde, ela e Rich se reuniram na sala dos fundos do Widow's Peak. O braço de Jane balançava sobre o violão enquanto ela observava Rich rabiscar em um bloco de papel. Foi assim que eles compuseram a maioria de suas canções — eles discutiam uma ideia, Rich escrevia as letras e Jane fazia o resto.

Rich rabiscou as palavras "Spring Fling" no alto do bloco.

— Tente essa — disse ele, batendo na folha de papel.

Strong,
Yeah,
You bring me along,
When everything's wrong,
This is your song.[6]

Jane agarrou o braço do instrumento, deixando a ponta de seus dedos percorrerem a corda mi grave. A letra era uma perfeição pop — fácil de cantar, irreprimível, uma canção infantil para adultos. A natureza de Jane buscava mais complexidade: aqueles não eram versos que ela escolheria para si mesma.

— Eu sei que não é a sua praia — disse Rich.

Jane sorriu. Eles já compunham juntos havia muito tempo.

---

[6] Forte,/ Sim,/ Você me leva junto,/ Quando tudo vai mal,/ Esta é a sua canção.

— É uma letra boa para música pop — disse ela. Enquanto falava, as palavras de Willy ecoavam em seu ouvido:

Mas estou lhe dizendo, você pode fazer melhor do que apenas letras boas.

Jane começou a experimentar, mas sua apatia para com os versos transformou-os em borracha; nenhum de seus acordes iria pegar. A música de Jane era uma extensão de seu humor: quando ela não estava sentindo, a música não vinha. Tentou se lembrar de outra versão de si mesma, uma com menos responsabilidade, mas sua mente continuava recitando sua programação: pegar Grace, jantar, Carousel. Depois de uma hora, Rich havia escrito às pressas o resto da letra, e Jane ainda não tinha nada.

— Talvez seja a letra — disse ele. — Você quer fazer outra tentativa?

— A letra é perfeita — disse Jane. — O problema sou eu. Estou desconcentrada. Oh, merda, preciso ir.

Jane pegou as chaves do carro e correu até o Barraco de Jesse para pegar Grace. Ela chegou dez minutos atrasada e esperava que Grace estivesse esperando do lado de fora do portão quando estacionasse. Mas Grace não estava lá. Jane acenou para o segurança da noite e dirigiu até a casa.

— Olá? — ela chamou, empurrando a porta da frente.

O sol estava baixo, batendo nas paredes da antessala, formando retângulos roxos. Ninguém respondeu. Jane entrou na cozinha e depois na grande sala de estar. O piano brilhou.

— Olá? — ela chamou novamente. Nada. Jane apurou os ouvidos. Tudo o que podia escutar era a própria garganta engolindo em seco. Ela sabia que deveria procurar Grace, mas a tentação de tentar tocar o piano de novo foi avassaladora. Ela puxou o banco e sentou-se.

As teclas eram pesadas, satisfatórias ao toque, mas o som — que libertação. As ideias para "Spring Fling" explodiram como uma represa enquanto uma torrente de notas fluía dela — ansiosas, intrincadas, turbulentas. Enquanto tocava, mechas de seu cabelo caíam sobre os olhos, douradas ao sol poente. Jane não sabia o que era, mas certamente não era música pop.

Com um rangido, um conjunto de portas francesas se abriu e Grace entrou na sala pelo deque dos fundos. Jane deu um pulo, as mãos se afastando das teclas. Jesse entrou, seu olhar azul fixo nela.

— Eu não sabia onde você estava — disse Jane.

— Fomos para o jardim dos fundos fazer fisioterapia — disse Grace. Jane podia sentir a combinação familiar de orgulho e tristeza que Grace tinha em relação a sua música, uma lembrança eterna de Charlotte. Jesse ainda estava olhando para ela.

— Só vou ligar para o Centro — disse Grace, entrando na cozinha. Jane olhou para seus pés.

Jesse pigarreou.

— Você estava realmente tocando — disse ele. Jane ficou sem fôlego, como se tivesse sido interrompida no meio de um beijo. Ela balançou a cabeça.

— Como está se sentindo? — ela perguntou.

— Fraco — disse Jesse, flexionando a mão em seu braço bom. — Mas Grace está ajudando.

Jane podia ver o reflexo deles flutuando nas janelas escuras. Ela não gostaria de ficar sozinha à noite naquela casa.

— Tudo certo — falou Grace, voltando. — Trabalhamos bem hoje — ela disse a Jesse.

— Vejo você amanhã — disse ele. Eles acenaram um adeus e Grace colocou um braço em volta do ombro de Jane enquanto saíam da sala de estar.

— O que tem para o jantar? Estou morrendo de fome — disse Grace enquanto caminhavam em direção à porta da frente.

— Lasanha à Kyle — respondeu Jane.

— Minha porção anual de alho em uma só refeição — disse Grace. A risada de Jane ecoou no ambiente. A casa estava tão silenciosa que ela sabia que Jesse ainda podia ouvi-las. Ela parou de repente. Grace olhou-a sem entender. Antes que Grace pudesse dizer qualquer coisa, Jane voltou para a sala de estar. Jesse estava ao piano.

— Você quer vir jantar conosco? — Jane perguntou. — Minha banda vai estar lá. Mas só um aviso: você ficará com uma sede louca depois.

Por um momento, ela achou que ele não tinha ouvido. Mas quando ele ergueu a cabeça, seus olhos brilhavam de gratidão.

6

O sol já havia se posto quando a caminhonete voltou para Gray Gables, e a casinha vitoriana brilhava como uma lanterna. Jane podia ver Kyle e Rich andando pela cozinha; Greg e Maggie estavam sentados na varanda com Bea. Grace ajudou Jesse a descer do carro.

— Vocês escolheram o caminho de volta mais longo? — disse Maggie enquanto os três subiam os degraus. Seus olhos se voltaram para Jesse. — Quem é esse?

— Este é o Jesse — disse Grace. — Ele veio jantar conosco. — Maggie sustentou o olhar de Grace por um segundo a mais enquanto Greg arquejou de susto ao lado dela.

— Prazer em conhecê-los — disse Jesse. — Ouvi dizer que é preciso dar os parabéns. — Ele acenou com a cabeça para Bea.

— Jesse Reid... puta merda, cara! — disse Greg, um sorriso se espalhando por seu rosto enquanto ele se colocava na frente de Maggie para apertar vigorosamente a mão esquerda de Jesse. Jesse sorriu timidamente.

— Cara, que bom conhecê-lo. Eu sou Greg... sou o baterista da Janie. Esta é Maggie, o meu amor.

Ele tirou Bea dos braços de Maggie e a levou até Jesse.

— E esta é Bea, nossa filha — disse Greg.

— Ela é linda — disse Jesse.

Kyle saiu pela porta de tela, usando um avental florido.

— O jantar está pronto — disse ele, então avistou Jesse e soltou um gemido de surpresa.

— Ah, cara, Jesse Reid está aqui? Vocês deveriam ter me avisado... eu teria deixado o Rich cozinhar. — Kyle balançou a cabeça e colocou um braço em volta de Jesse, conduzindo-o para dentro. — Desculpe antecipadamente, cara. Deixe-me pegar uma cerveja. A propósito, eu sou o Kyle.

Greg seguiu atrás com Bea. Maggie se levantou devagar.

— Que história é essa? — ela perguntou a Grace.

— Jane o convidou — respondeu Grace.

— Ah... — disse Maggie. — Sei.

— Vou entrar — disse Jane.

— Não seja tímida — comentou Maggie. — Nós entendemos. Ele é alto e famoso.

— Não vou ficar aqui te ouvindo — disse Jane ao abrir a porta de tela que guinchou.

Kyle havia instalado Jesse na cabeceira da mesa e estava colocando mais talheres, enquanto Greg acomodava Bea no berço e Rich enchia os copos com água de uma jarra verde. Elsie apareceu ao lado de Jane. Avistando Jesse, ela piscou para Jane e se sentou.

Depois que todos foram apresentados, eles se acomodaram para uma lasanha à Kyle. Aquela oferenda de sal pareceu queimar o acanhamento de todos, e logo o grupo reunido estava rindo e brincando — exceto Maggie, que parecia determinada a deixar Jesse saber que ele não era especial. Enquanto todos faziam questão de incluí-lo, Maggie fingia que ele não estava ali.

— Como foi com a Sra. Robson hoje? — ela perguntou a Elsie. — Ela mudou de penteado ou voltou ao mesmo *flip hair*?

— De volta ao *flip* — respondeu Elsie.

— Eu sabia — disse Maggie, revirando os olhos. — Quando é que as pessoas vão aprender que manter o penteado de quando eram jovens na verdade as faz parecer mais velhas?

— Mags, não acho que Jesse queira ouvir sobre o cabelo da Sra. Robson — disse Greg.

— Bem, então ele não deveria ter vindo... sem ofensa — disse Maggie.

— Eu pensei que nem existisse mais *flip hair*, não é? — disse Jesse. Todo mundo riu.

Quando a conversa foi retomada, Jane lançou um olhar furtivo para Jesse e percebeu que os olhos azuis brilhantes dele a observavam.

Depois do jantar, Elsie e Grace insistiram em lavar a louça, e Maggie subiu para alimentar Bea, deixando Jesse sozinho com os Breakers na sala de estar. Quando eles mudaram da cerveja para o licor de lilás de Elsie, a conversa voltou-se para música.

— Você tem algum conselho? — Rich se aventurou hesitantemente, olhando para Jesse através de sua franja comprida e ruiva. — Para o nosso primeiro álbum, quero dizer.

Jesse franziu o cenho.

— Confie em mim, você não vai querer ouvir o meu conselho — disse ele. Em vez disso, ele contou a eles sobre sua gravação em Londres, de como ele estava no corredor do estúdio da banda inglesa Fair Play e como ele conseguiu assistir a algumas das sessões do último álbum deles, *High Strung.*

— Não acredito que você estava gravando no mesmo estúdio que o Hannibal Fang — disse Kyle, seus olhos arregalados. — Esse cara é uma lenda viva.

— Para ser sincero, nem me lembro muito bem — disse Jesse. — Eu estava completamente fora do ar. Mas, sim, o cara é um baixista e tanto.

— Você falou tudo — disse Kyle, segurando um baixo imaginário e imitando os notórios giros pélvicos de Hannibal Fang com seus quadris ossudos. Todos riram.

— Então... você vai ajudar Jane? — perguntou Kyle. Jane olhou para ele. Kyle era o membro mais extrovertido do grupo; nunca lhe ocorreu que nem todos compartilhavam de sua franqueza.

— Ajudar em quê? — indagou Jesse.

— Ela precisa compor uma música pop — disse Kyle. — Para o nosso álbum. Um single.

— E aquela música que você estava tocando no piano? — ele perguntou.

— Jane não toca piano — disse Rich.

— Claro que toca — afirmou Jesse, rindo.

Kyle, Rich e Greg gemeram.

— Existe alguma coisa que você não saiba tocar? — disse Greg para ela.

— Não entendi — disse Jesse.

— Jane é um gênio — disse Kyle. — Ela tem a capacidade de aprender sozinha qualquer instrumento. Primeiro foi o violão acústico, depois o violino...

— O bandolim — disse Rich.

— O dulcimer — disse Greg.

— O ukulele — acrescentou Kyle. — E agora ela é a *domadora de pianos*.

— A *domadora de pianos* — disseram Rich e Greg em coro.

— Isso é incrível — exclamou Jesse.

— Kyle está certo — disse Jane, desviando os olhos. — Só precisamos de algo acelerado e com som meio distorcido para tocar no rádio. Rich acertou em cheio na letra... eu só preciso me concentrar.

— Qual é o seu processo, cara? — perguntou Greg, virando-se para Jesse. — Você faz as canções mais contagiantes que já ouvi.

— Não sei — disse Jesse, olhando para as mãos. — Sinceramente, eu sinto mais que eu encontro as músicas, não que as faço.

— Jesse Reid, você é muito modesto — disse Kyle.

Enquanto a conversa continuava, Jesse virou-se para Jane e, em voz baixa, disse:

— Quando tudo der errado, basta um acorde com sétima maior.

Jane ergueu os olhos, surpresa.

— Obrigada — disse ela, fazendo uma anotação mental para confirmar do que se tratava.

Ele assentiu com um gesto de cabeça para ela, depois voltou para a conversa.

Por volta das onze da noite, Greg começou a roncar alto em sua cadeira e eles decidiram encerrar a noite.

— Eu posso deixá-lo em casa — disse Kyle, dando um tapinha no ombro bom de Jesse. — Estou muito feliz por você ter vindo, cara.

— Foi uma noite ótima — disse Jesse. Ele olhou para Jane. — De verdade.

— Você deveria ouvir a gente tocar — disse Greg com um bocejo. — Estamos no Carousel quase todo fim de semana.

Jesse assentiu. Ele virou-se para Jane.

— E você sinta-se à vontade para usar o piano quando quiser.

— Eu gostaria muito — disse Jane, seu estômago revirando quando os olhos dele permaneceram em seu rosto por um momento além.

Jesse seguiu Kyle porta afora. Rich cochichou para Jane:

— "Eu gostaria muito" — ele a imitou piscando os olhos. Jane deu um soco no braço dele e ele correu atrás de Kyle enquanto Greg subia as escadas.

Jane estava sem sono algum. Uma vez em seu quarto, ela pegou o bloco com os versos anotados de "Spring Fling". De repente, a letra fazia sentido de uma forma que não fazia antes. Aqueles versos foram feitos para noites como as de hoje: para nos sentirmos jovens, descontraídos, como se qualquer coisa pudesse acontecer.

Strong,
Yeah,
You bring me along,
When everything's wrong,
This is your song.

Jane pegou o violão e o esfrangalhado caderno para notações musicais que Kyle lhe dera no último Natal e começou a trabalhar a melodia, dedilhando silenciosamente para não acordar o bebê. Jesse tinha razão — acrescentar a sétima a um dó maior funcionou. Quando terminou, suas notações superavam em número os versos de Rich no bloco de papel. Ela se recostou para admirar seu trabalho.

Jane ouviu uma batida na porta e soube que era sua tia, antes de entrar.
— Oi! — disse Jane.
— Oi — respondeu Grace. — Desculpe interromper, não vou demorar.
Jane fechou seu caderno enquanto Grace se sentava ao pé da cama.
— Esta noite foi divertida — disse Grace. Ela apertou as mãos. Jane sentiu o pavor se manifestar de leve em meio à satisfação. Ela esperou que Grace continuasse. — Não sabia que você estava interessada em fazer a social com Jesse.
Jane engoliu em seco.
— Não estou, apenas me senti mal em deixá-lo lá, sozinho.
— Ele é uma pessoa doce — disse Grace em concordância. — Mas também é um paciente.
Jane se mexeu desconfortavelmente.
— E daí? — ela disse.
— E daí que pessoas com a história dele não são conhecidas por serem confiáveis. — Grace se calou; ela não deveria discutir informações médicas privilegiadas, mesmo com a equipe júnior.
Jane sentiu a poça de pavor aprofundar-se dentro dela.
— Então... o que você está querendo dizer? — Os olhos delas se encontraram.

— Estou querendo dizer, não se apegue muito — disse Grace. — E tome cuidado com o que diz a ele.

Essas palavras eram dirigidas exatamente à Jane de dez anos de idade — aquela que Grace resgatara de uma tentativa quase fatal de fugir durante o furacão Donna. Ao longo da adolescência, Maggie pôs à prova a paciência de Grace, pois sabia que tinha uma mãe para se comportar assim. Mas não Jane. Jane preferia morrer a desapontar a mulher que a encontrou perdida e apavorada naquela tempestade.

— Claro — disse Jane, dando-lhe um sorriso rápido. — Eu sei como é. Sério, eu nem gosto dele dessa forma. É que vai ser bom conhecê-lo... para a banda.

— Tudo bem — Grace concordou. Elas se abraçaram e Grace foi para a cama.

Depois que ela saiu, Jane olhou para a letra de "Spring Fling"; os versos voltaram a parecer os hieróglifos insípidos que ela leu naquela tarde.

Jane recolocou o violão no estojo e vestiu uma camiseta largona onde se lia CAROUSEL VERÃO 1967. Ela desceu para pegar uma bebida e encontrou Elsie relendo *Jamaica Inn*, de Daphne du Maurier, na mesa da cozinha. A jarra verde ainda estava pela metade desde o jantar. Elsie observou Jane derramar água em um copo limpo. Como Jane não saiu imediatamente, ela abaixou o livro.

— Eu amo minha filha — disse Elsie. — Mas às vezes ela sabe ser um pouco desmancha-prazeres.

Jane examinou o rosto de sua avó.

— O que você acha de Jesse? — ela perguntou.

— Ele é um astro do rock — disse Elsie, dando de ombros. — Suas batalhas vão de mãos dadas com sua fama. Não é o primeiro a se enquadrar nessa descrição. A verdadeira questão é: o que você acha dele?

— Eu gosto dele — Jane admitiu. — Mas esse disco é minha prioridade agora. Eu ficaria feliz apenas em aprender o que ele sabe.

Elsie sorriu maliciosamente.

— Por enquanto — ela disse.

Jane revirou os olhos e deu um beijo de boa-noite na avó.

7

Em meados de agosto, Maggie anunciou que estava pronta para atender alguns clientes selecionados no salão. Para facilitar seu retorno, Greg fez para Bea um pequeno berçário na sala dos fundos do Widow's Peak. Ele procurou um berço, que encontrou na Goodwill, em Perry's Landing, e o instalou sob um móbile com luas de metal. Maggie deu uma olhada e gargalhou. O sorriso de Greg se desmanchou. O coração de Jane afundou.

— Você não pode realmente pensar que eu a colocaria nisso — disse Maggie. Ela pegou Bea e voltou para o salão. Greg parecia ter sido mordido por uma víbora. Rich deu um passo à frente quando os ombros de Greg começaram a se inclinar, e Jane seguiu Maggie.

— Quem você pensa que é? — ela sibilou para Maggie no balcão da frente.

— Eu sou a mãe dela — disse Maggie e depois a porta da loja se abriu. — Jane, se mexa, temos uma cliente.

Jane foi de carro até o Barraco no início da tarde, ainda transtornada de raiva. Ela encontrou Grace e Jesse jogando bocha na garagem. Os olhos dele seguiram Jane quando ela saiu do carro.

— Jane, ainda são 6 horas — disse Grace, parecendo surpresa, provavelmente achando que Jane não deveria estar lá.

Jane não se importou.

— Eu sei — ela disse. — Jesse, posso usar o piano?

Jesse fez que sim. Enquanto Jane entrava, ocorreu-lhe que Jesse poderia não estar realmente esperando que ela aceitasse seu convite para vir ali tocar piano. Ela sentiu uma pontada momentânea de arrependimento que foi imediatamente superada pela visão do piano.

Seus dedos formigaram quando ela levantou a tampa do teclado. Ela alisou as teclas, a cabeça inclinada para a frente como se estivesse fazendo uma reverência para o instrumento. *Ajude-me*, ela pensou. Ela estava tão cansada de Maggie. Maggie se comportava como se todo mundo tivesse obrigações para com ela — todos eles trabalhando extra para cobrir a ausência dela, Greg e sua bondade. Ela nunca dizia um obrigada. Nunca foi nem simpática. Jane não conseguia esquecer da expressão no rosto de Greg quando Maggie dispensou o berço que ele tanto procurara.

Enquanto seus dedos afundavam nas teclas, um emaranhado de frases e sequências invadiu a sala. Jane as reconheceu pelo que eram: um conjunto de componentes que, uma vez desembaraçados, constituiriam um verso, um refrão e uma ponte. Enquanto trabalhava, ela cantava para si mesma.

"Viper twisted in your nest,
Wearing wallets for your skin,
Apple green as original sin,
How much like a girl you are,
Lounging breezy in your denim,
Killing love with words of venom."[7]

Esses versos eram como um metrônomo, zumbindo no fundo da mente de Jane. Para ela, eles não eram mais do que marcadores de trilha enquanto ela entrava em um pântano de melodia e harmonia. Quando o turno de Grace terminou, ela já havia elaborado o refrão e o verso da segunda música de que precisavam para completar o álbum dos Breakers: a balada.

— Você poderia voltar para terminar — disse Jesse enquanto Jane agradecia a ele na saída. Jane sorriu. — Amanhã.

Jane ouviu Grace ligar o carro.

— Amanhã — ela disse.

No dia seguinte, ela mostrou a Rich o que tinha feito até agora.

Quando Rich gostava de uma música, sua cabeça se inclinava ligeiramente para a direita. Enquanto Jane cantava para ele o refrão, usando sua

---

[7] Víbora enrolada em seu ninho,/ Usando carteiras como pele,/ Maçã verde do pecado original,/ Como parece uma menina,/ Relaxando de calça jeans,/ Matando o amor com palavras venenosas.

letra improvisada, ela sentiu um tremor de orgulho quando o crânio dele tombou em seu eixo.

— Eu amei isso, Janie — disse ele. — Relaxando de calça jeans, com palavras venenosas... essa é a Maggie, é isso aí.

Jane franziu a testa.

— Essas palavras são como aquela história do Paul McCartney e "Scrambled Eggs" — disse ela, referindo-se ao primeiro título de McCartney para "Yesterday".

— Por quê? — disse Rich. — Eu realmente gostei.

Jane foi inflexível. Ela entregou-lhe o bloco de notas.

— Bem, eu não. Faça o que quiser — ela insistiu, incitando-o com o acorde de abertura. Aquela não era a primeira vez que eles tinham esse tipo de conversa, e Jane não estava com energia suficiente para retomá-la agora.

Suspirando, Rich abriu o bloco em uma nova página e rabiscou uma única palavra no alto: "Run."

Jane esperava voltar para o Barraco mais cedo para trabalhar na ponte, mas quando olhou o relógio, faltava apenas uma hora no turno de Grace. Enquanto Jane saía correndo pela porta, ela ouviu Elsie gritar para ela que Grace havia ligado.

— Estou indo para lá agora, falarei com ela em alguns minutos — Jane gritou de volta, não querendo perder mais um minuto longe do piano.

No momento em que entrou no Barraco, ela pôde sentir que algo estava errado. Um álbum de big band estava tocando em volume máximo no primeiro andar, transformando as superfícies planas e modernas em uma câmara de eco de mármore. Uma voz dentro de Jane disse-lhe para dar meia-volta e sair dali, mas ela estava decidida demais a terminar sua música para ter cautela.

Na sala de estar, encontrou Jesse curvado como se tentasse ficar invisível. Parado no centro da sala estava um homem que Jane soube imediatamente ser o pai de Jesse. Ele tinha a altura de Jesse, mas nada de sua gentileza, uma figura imponente com olhos de gelo.

— Se ela pudesse te ver, ficaria horrorizada — ele estava dizendo, o braço apoiado no piano como se fosse uma peça da mobília. Grace não estava em lugar algum. Jane começou a sair da sala.

— Bem, quem temos aqui agora? — perguntou o pai de Jesse com um forte sotaque da Carolina do Sul. Jane sentiu-se constrangida por estar vestindo uma roupa gasta.

— Esta é Jane — disse Jesse, se levantando. Ele pareceu animado com a presença dela. — Ela também é uma artista da Pegasus Records. Jane, este é meu pai, Dr. Aldon Reid.

— Prazer em conhecê-lo, Dr. Reid — disse Jane. Depois para Jesse: — Onde está Grace?

— Mandei Grace levar alguns comes e bebes para o cais — disse o Dr. Reid.

— Eu disse a ele que isso não é função dela — falou Jesse, mortificado.

— Ela não pareceu se importar — disse o Dr. Reid. — Ela é uma mulher inteligente. Entende que estou pagando o salário dela. Isso significa algo para algumas pessoas, filho.

— Eu deveria ir ver se ela precisa de ajuda — disse Jane, dando um passo para trás.

— Espere um minuto, mocinha — disse o Dr. Reid, não acostumado a ter pessoas saindo antes de dispensá-las. A música mudou e "Lilac Waltz" começou a tocar no aparelho de som. A boca de Jane ficou seca.

— Sente-se. Como *colega de gravadora* de Jesse, você não pode sair antes de ouvir essa música. Tommy Patton... isso sim é um artista. Aumente o volume, Jesse, está bem?

Jesse se levantou para obedecer, embora o Dr. Reid estivesse mais perto do painel de controle. A bela e triste melodia de "Lilac Waltz" começou a pulsar pela sala com quarenta trompetes soprando as nuances da música, a voz sentimentaloide de Tommy Patton cantando a letra.

"Sometimes I think about,
The nights we used to dance,
Among the lilac trees.
Summer breeze,
Filled the air,
With sweet perfume,
And promises."

Jane ficou imobilizada, ouvindo uma frase específica na segunda estrofe:

> *"The moon hangs low,*
> *White as a pearl,*
> *I'm the guy in your arms."*[8]

  Jane ainda podia ouvir sua mãe reclamando disso. "Nem rima!", ela disse. Esta não era a mulher elegante de seus sonhos, mas um fantasma desesperado cuja ideia original havia sido arrancada dela. "As palavras obviamente deviam ser 'I'm the *girl* in your arms', e não *guy*. *Girl* rima com *pearl*."
  Jane não tinha entendido totalmente na época. *Basta escrever outra!*, ela diria. Só agora, prestes a ter a sua própria chance, é que ela pôde começar a compreender como deve ter sido para a sua mãe — presa naquela ilha sem recursos, com aquela música tocando sem parar no rádio.
  — Claro, música com guitarras elétricas é bacana... — Dr. Reid estava dizendo. — Original. Como um sampler. Mas se você realmente quiser crescer na carreira, vai precisar prestar atenção nesse cara.
  — Ou na pessoa de quem ele tirou essas músicas.
  Depois de um tempo, Jane percebeu que o comentário viera de Jesse.
  — Como é que é, filho? — disse o Dr. Reid, tomando um gole de seu copo.
  — Só não acho que Tommy Patton seja uma pessoa que eu queira imitar — disse Jesse. Seu tom era educado como sempre, mas Jane pôde detectar a raiva em suas palavras. O Dr. Reid também.
  — Esse é o problema da sua geração. Nenhum de vocês acha que tem algo a aprender — disse o Dr. Reid. Ele voltou-se para Jane. — Você parece uma boa garota. Você ouve o seu pai?
  — Não conheço o meu pai — disse Jane. O Dr. Reid olhou para Jane, avaliando-a friamente; Jane ficou sentada lá sendo avaliada.
  — Você tem razão, Jesse — disse o Dr. Reid após um momento. — Você realmente conhece as pessoas mais interessantes através da sua música.
  Jesse cruzou a sala e tocou o braço de Jane enquanto o Dr. Reid terminava sua bebida.
  — Vamos — ele disse. — Aposto que ainda podemos pegar a Grace.

---

[8] Às vezes ainda penso/ Nas noites em que dançávamos/ Entre os lilases./ A brisa do verão/ Enchendo o ar/ Com doce perfume/ E promessas./ A lua caindo/ Branca como pérola/ E eu o homem em seus braços.

— Cuidado ao andar, filho — disse o Dr. Reid, servindo-se de mais uísque. — Prefiro não pagar por mais um mês de cuidados intensivos.

Jesse deixou Jane sair pelas portas francesas para a varanda dos fundos. Eles caminharam juntos por um jardim arborizado. Jane podia ver a água brilhando à distância.

— Peço desculpas por isso — disse Jesse. — Tentamos telefonar antes de você chegar. Ele apareceu ontem à noite, sem aviso e... bem, aqui é a casa dele.

— A culpa é minha — disse Jane. — Eu não deveria ter entrado. — Ela parou e olhou para ele. — Por que você fez aquele comentário... sobre Tommy Patton?

— Willy me contou o que aconteceu com sua mãe — disse Jesse, passando a mão pelo cabelo.

— Como surgiu esse assunto? — perguntou Jane, surpresa.

Jesse corou.

— Bom... foi ela que compôs aquela música — disse Jesse, evitando a pergunta dela.

Jane confirmou.

— Não entendo como Patton escapou impune — disse Jesse. — As pessoas não a teriam ouvido cantar? Ela não teria... sei lá, testemunhas?

— Ela não fez muitos shows — respondeu Jane. — O único lugar em que cantou foi no palco amador do festival. Foi lá que Tommy Patton ouviu essa música. Quando ela tocou pela primeira vez no rádio, minha mãe tentou fazer uma denúncia à imprensa local, mas ninguém deu atenção... a ilha precisa demais do festival para se arriscar a enfrentar as grandes gravadoras. Depois que minha mãe foi embora, minha avó decidiu desistir de tudo.

Jesse balançou a cabeça.

— Posso perguntar... o que aconteceu com ela?

Tome cuidado com o que diz a ele.

Jane olhou profundamente nos olhos dele; para sua surpresa, sentiu-se compelida a contar a ele. Mas também não podia ignorar as palavras de Grace. Ela ponderou, com cautela.

— Quando eu era mais jovem, minha mãe era... diferente — ela disse depois de um momento. — Ela era radiante. Tinha um ótimo trabalho na biblioteca. Passávamos horas penduradas nessas antologias espinhosas, lendo sobre os mitos gregos até os outros bibliotecários nos mandarem calar a boca.

Ela dizia que quando eu tivesse idade suficiente iríamos nós mesmas... para Creta, o lar do Minotauro.

Jane olhou para o mar, suas ondas brancas e cintilantes além das árvores.

— Deus, ela era obcecada por aquela história. Adorava Teseu, escapando do labirinto do monstro com apenas um fio de lã. Isso é o que a música era para a minha mãe, um fio que a prendia à luz.

"Girl" rima com "pearl".

Jane fez uma pausa para se firmar.

— Depois que Tommy Patton lançou "Lilac Waltz", sua personalidade mudou — disse ela por fim. — Foi como se o fio tivesse se rompido. Ela largou o emprego e ficou em casa a semana inteira assistindo a reprises. Passava dias sem falar com nenhuma de nós; depois ela e Grace fariam isso por horas.

Os olhos de Jesse brilharam de interesse, incentivando-a a continuar.

Jane respirou fundo.

— Perto do fim, ela realmente começou a agir mal. Fez algumas coisas que não eram estritamente... dentro da lei. Então, uma noite, ela saiu e nunca mais voltou.

Jesse permaneceu em silêncio. Depois perguntou.

— Para onde ela foi?

— Não sei — disse Jane. Ela sentiu um arrepio. — Nunca mais ouvimos falar dela.

— Você deve ter procurado por ela — disse Jesse, incrédulo.

— Claro — disse Jane. Ela já havia falado mais do que pretendia.

— E aí? — perguntou Jesse. Suas íris não tinham anéis em torno, apenas mármore azul até o branco.

— E aí nada — disse Jane. — Ela pode estar em qualquer lugar. Pode estar morta.

Os olhos de Jesse se arregalaram. Jane percebeu que havia levantado a voz.

— Sinto muito, Jane.

— Meu tesouro está em Creta — disse Jane calmamente, imaginando uma trilha de pegadas em uma praia iluminada pela lua.

— Quantos anos você tinha quando isso aconteceu? — questionou Jesse.

— Nove — respondeu Jane.

Jesse expirou.

— Isso não está certo — disse ele. Ele parecia genuinamente triste.

— É triste — disse Jane. — Mas eu tive sorte. Grace é basicamente uma segunda mãe, e eu tenho Elsie e Maggie. Você sabe.

Os olhos de Jesse pareciam distantes.

— Eu sei — disse ele. — Minha mãe morreu inesperadamente três anos atrás. Câncer de pâncreas. Não tínhamos ideia de que ela estava doente. Um dia ela estava bem, e então, três semanas depois, ela se foi.

— Jesse, sinto muito.

Jesse assentiu.

— Para o meu pai foi muito difícil — disse ele. — Acho que ele se culpa, sendo médico e tudo. Eu sei que ele parece rude, mas eu não fui... fácil. Eu sou tudo o que resta a ele, e depois do que aconteceu naquele verão, e antes, acho que ele também está com medo de me perder.

— O que aconteceu antes? — perguntou Jane.

Jesse ficou olhando para ela.

— Passei algum tempo em uma instituição psiquiátrica — disse ele.

Jane ficou em silêncio. Era sobre isso que Grace a estava alertando?

— No Centro? — ela perguntou. Ela gelou só de imaginar Jesse em um dos uniformes brancos de paciente, um cuidador levando-o para o isolamento.

— Eu até gostaria — disse Jesse, fazendo que não. — Eu fiquei internado no Hospital McLean, perto de Boston. Só o melhor para o filho de Aldon Reid.

— Como foi isso? — ela perguntou.

— O zoológico? — Jesse inclinou a cabeça para trás e Jane observou seu pomo de adão subir e descer. — Limpo. Organizado. É como viver dentro de um arquivo de escritório. Tudo é tão rotineiro, o tempo simplesmente passa. Você entra em junho, e antes que possa perceber já é dezembro. Só não posso superar a comida que serviam lá.

Jane bufou.

— Por que chamam de zoológico?

— Tem grades em todas as janelas — disse Jesse.

Jane olhou para ele.

— Eu não conseguiria trabalhar num lugar desses — disse ela. — Eu odiava ver como era para os pacientes, dia após dia, sem nenhuma noção do mundo lá fora.

— Isso nem sempre é uma coisa ruim — disse Jesse calmamente. — Fiquei muito deprimido depois que minha mãe morreu. Completamente fora de mim... eu não conseguia lidar. Era tudo que eu podia fazer para passar o dia. Eu precisava de ajuda para aceitar isso...

— A realidade era a realidade — disse Jane.

— Tenho vergonha de admitir isso, considerando que tinha o dobro da sua idade — disse Jesse, fazendo que sim com a cabeça.

— Ninguém espera que alguém suporte quando tem nove anos — falou Jane.

Ele olhou para os próprios pés.

— Como você está lidando com isso agora? — ela perguntou.

Jesse oscilou sem sair do lugar.

— Já se passaram três anos — disse ele. Depois ergueu os olhos para ela. — Agora as coisas estão... diferentes.

Eles ficaram juntos por um momento. Em seguida Jane começou a caminhar em direção ao cais. Ela sentiu um pequeno aperto no peito quando Jesse caminhou ao lado dela.

8

Às quartas-feiras, Jane ajudava a carregar os óleos, tinturas, sabonetes e velas de Elsie na caminhonete, e as duas seguiam até o mercado das pulgas em Mauncheake. Elsie geralmente conseguia vender algumas velas, mas seu verdadeiro objetivo era conversar com seu amigo Sid, que sempre trazia um baú cheio de antiguidades e muitas fofocas de sua loja em Perry's Landing.

— As senhoras Quinn, radiantes como sempre — disse Sid, erguendo os olhos enquanto tentava obter recepção em um radiotransístor verde-limão, segundo ele "edição de colecionador". O rádio tinha apenas sete anos, mas isso não impedia Sid de colocar uma etiqueta de preço nele, só para garantir. — Lila Charlotte, você nunca vai adivinhar quem acabou de pedir o divórcio pela terceira vez! — ele disse alegremente para Elsie, pegando uma garrafa térmica que havia escondido dentro de um carrinho de vime vitoriano.

— Não! — disse Elsie. — Isso significa que a C.C. está de volta?

— Nem me fale — disse Sid, entregando a Jane e Elsie um copo cheio de um líquido rosa. Jane cheirou o copo e ergueu as sobrancelhas. — É basicamente suco de grapefruit, Jane — esclareceu Sid. — A propósito, como está indo aquele músico melancólico?

— Acho que ele está bastante interessado em Jane — disse Elsie, tomando um gole de sua bebida.

— Não é bem assim — falou Jane. Ela mal tinha visto Jesse na semana desde o encontro com o Dr. Reid, e eles apenas se falaram de passagem. A distância deu alívio a Jane; ela não tivera a intenção de contar a ele tantas coisas e não conseguia entender por que o fez.

— Claro que não — disse Sid com ar compassivo. — Por falar em melancólicos irresponsáveis, você nunca vai adivinhar quem entrou na minha loja outro dia para me passar um sermão sobre como eu estacionei meu carro.

— Mayhew — disse Elsie, os olhos de se estreitando.

Quando Sid e Elsie começaram a tagarelar sobre o inimigo de Elsie, Drexel Mayhew, Jane ouviu uma música familiar no radiotransístor. Jane estendeu a mão para aumentar o som e ouvir o refrão.

"Nothing's wrong when Sylvie smiles,
Yeah, nothing can go wrong when Sylvie smiles."[9]

Era Jesse. Sua voz cortava a música como uma bala de prata, um som tão puro e doce que fez Jane se sentir... alegre. Seu coração começou a bater forte quando percebeu que nunca tinha realmente ouvido aquela música antes — ela reconheceu que havia se enganado por não querer ouvir. Ela se recostou, em transe.

No ensaio da banda, Jane ainda estava pensando nisso.

— Você já ouviu aquela música "Sylvie Smiles"? — ela perguntou a Kyle.

— "Ela tem um jeito bonito de sorrir..." — Kyle citou um verso. — Janie, você está vivendo no passado. Essa música foi lançada há meses.

— É tão boa — disse Jane.

Kyle assentiu fervorosamente.

— Se você gosta dessa, *precisa* ouvir "My Lady".

Após o ensaio, eles atravessaram a rua e seguiram para a Beach Tracks, empório de música da Ilha de Bayleen, onde a coproprietária, Dana, deixou que eles se fechassem em uma sala de ensaios com o álbum *Jesse Reid*. Jane não morreu de amores pelo disco: a influência do rock londrino era exagerada. Introduções de cravo agregadas a canções que viriam a ser inteiramente de guitarra, quartetos de metais encravados em outras, como strass em couro.

Tudo parecia desnecessário para Jane, porque Jesse era um guitarrista muito bom. Mesmo com a desordem, sua voz era surpreendente, seu tom claro e rico e tão perfeitamente afinado que cortava os arranjos exagerados como um laser. Ali sentada, ouvindo faixa após faixa, Jane teve que admitir: ela era fã de Jesse Reid.

---

[9] Tudo está bem quando Sylvie sorri,/ Ééé, nada pode dar errado quando Sylvie sorri.

Naquela noite, Willy ligou para avisar a Jane que ele havia chegado à Ilha de Bayleen.

— Eu gostaria de encontrá-los amanhã para ouvir as novas músicas, talvez confirmar a ordem das faixas — disse ele.

— Claro — assentiu Jane.

— Beleza, vou falar com o Jesse. Seria bom que ele fosse também para dar a vocês algum feedback técnico.

Jane nunca se sentiu constrangida musicalmente perto de Jesse, mas isso foi antes de ela se permitir admitir o quão talentoso ele era. Ela demorou muito para responder.

— Ou eu não preciso chamá-lo, se você preferir... — disse Willy.

— Está tudo bem — disse Jane. — Traga-o se ele quiser.

No dia seguinte, Willy foi ao salão com Jesse a reboque. De suas cadeiras, as clientes os observavam passar pela loja, os olhos acompanhando os espelhos como se fossem quadros de uma galeria. Willy olhou para trás através de suas lentes escuras, enquanto Jesse andava curvado atrás dele como uma garça.

— Willy! — disse Kyle, dando-lhe um abraço de urso. — Que bom que você está aqui. E Jesse! Isso é o máximo!

Ele pegou alguns caixotes vazios e os virou como assentos para os convidados. A luz entrava por uma faixa de janelas no teto, exibindo as prateleiras de suprimentos industriais atrás de Willy e Jesse. Jane de repente percebeu o carpete cor de meleca e como o trocador de fraldas de Bea devia parecer estranho no canto. Talvez Maggie estivesse certa — talvez ali não fosse um bom lugar para um bebê.

— Como está Rebecca? — Kyle perguntou a Willy.

Willy ergueu os olhos surpreso.

— Ela está bem — disse ele, tocando sua aliança de casamento. — Fazendo uma dieta à base de sucos. — Claro que Kyle pensou em perguntar sobre a esposa de Willy, mas Jane nem se lembrava de Willy já ter mencionado o nome dela.

Jesse cumprimentou Jane com um gesto de cabeça. Jane estava afinando os instrumentos com Rich. O rosto de Jesse tinha um pouco de cor e seus olhos brilhavam — se Jane não soubesse disso, ela diria que ele estava animado. Ela sentiu seu estômago revirar, tê-lo ali naquele espaço era surreal.

Willy ajudou Jesse a sentar-se em um caixote e depois se sentou.

— Ok, Janie Q — disse ele. — Qual é o plano?

Jane pigarreou. Ela não conseguia se lembrar de ter se sentido nervosa dessa forma desde seus primeiros dias de apresentação nos tempos do colégio.

— Acho que podemos simplesmente ir tocando todas as músicas escolhidas — disse ela. — Estamos querendo um feedback sobre uma possível ordem das faixas, mas se você tiver alguma observação específica, tudo bem também.

— Interessante — disse Kyle. Ele olhou para Jesse e sussurrou alto. — Jane odeia anotações.

— Conhecendo Jane, não precisará de nenhuma — disse Willy.

A lista de faixas começou com "Dirty Bastard", uma ode ao pai de Kyle e Greg, que aparecia uma vez por ano esperando ser tratado como o homem da casa. Felizmente para Jane, não havia outra forma de cantar "Dirty Bastard" senão com energia e determinação.

Depois disso, Jesse e Willy passaram despercebidos na sala. Eram apenas Jane, Rich, Kyle, Greg e a música, e eles estavam totalmente ligados; "No More Demands", "Don't Fret" e "Sweet Maiden Mine" transcorreram sem problemas.

Então era hora de "Spring Fling". Jane revirou os olhos com a clara emoção de Willy durante a introdução, mas assim que ela entoou o primeiro verso da letra, ela se entregou à sedução da música e mergulhou nos tons fervilhantes de sua voz. Jesse balançou a cabeça com a mudança de tom no refrão.

"Hey! We should be a movie,
We should be a show,
Yeah, hey!
You make me feel groovy,
Light it up and go, yeah,
Light me up and go."[10]

Depois da música, Willy se levantou e bateu palmas.

---

[10] Ei! Nós devíamos ser um filme,/ Devíamos ser um show,/ Ééé, ei!/ Você me faz sentir um barato,/ Se liga e vai nessa, ééé,/ Me liga e vai nessa.

— Ok, ok — disse Jane. Ela olhou furtivamente para Jesse e ele piscou para ela. Agora Jane achava impossível não olhar para Jesse. Ela havia entrado em altos transes de performance, os sentidos alertas, as inibições diminuídas.

O lado B do álbum começou com "Indigo", depois "Caught", "Be Gone" e "Run". Quando os Breakers concluíram com "Spark", os olhos de Jane se fixaram nos de Jesse.

"She goes down easy after it's done,
Gale force winds and blistering sun,
She starts at a hundred, ends back at one,
A lightning storm at the touch of a thumb.
Shock comes quick, a wave in the dark,
This will make it better, this little spark."[11]

Quando eles terminaram de tocar, todos estavam sem fôlego.
— Isso aí — disse Willy.
Kyle e Greg se abraçaram. Rich e Jane sorriram um para o outro.
— "Spring Fling" é *perfeita* — disse Willy. — Vou ficar com essa merda na cabeça pelo resto da semana. E "Run"? Porra, se isso não é sobre uma namorada minha da faculdade. Vocês acertaram em cheio. Jesse, o que você achou?

Os olhos de Jesse brilhavam.
— Vai ser um puta álbum — disse ele, sua voz profunda e rouca. Ele olhou para Kyle. — Nunca vi ninguém tocar baixo assim antes, sem os trastes, é incrível. Você parece um ginasta, cara.
— Obrigado, Jesse — disse Kyle, corando de orelha a orelha.
— Greg, arrebentando na batera, sério, cara, manda ver mesmo. — Ele virou-se para Jane e Rich. — Vocês dois soam como se fossem um único instrumento às vezes. Sério, a expressividade é pura dinamite. E Janie Q... — disse ele, experimentando o apelido pela primeira vez. Jane sorriu. Ele balançou a cabeça, mas não disse mais nada. Jane sentiu Willy observando e desviou o olhar.

A partir daí, Jesse os conduziu pela *setlist*, música por música.

---

[11] Ela sai tranquila depois de tudo terminado,/ Rajadas de vento e sol abrasador,/ Começa pelo cem, termina no um,/ Uma tormenta elétrica ao toque de um polegar./ O choque vem rápido, uma onda na escuridão,/ Isso vai deixar tudo numa boa, esta pequena faísca.

— Eu estava me perguntando como essa seria traduzida do piano. — Jesse se referia a "Run". — Kyle, meu irmão, é com você.

A maior sugestão geral de Jesse foi reordenar "Sweet Maiden Mine" e "Spring Fling".

— Vocês podem usar o break como um recurso composicional por si só — disse ele. — É melhor finalizar o lado com algo pesado, porque quem estiver escutando vai ter de fazer uma pausa depois, para virar o disco.

Os rapazes olharam para Jane, esperando que ela contra-argumentasse, mas ela apenas assentiu.

— Eu não tinha pensado nisso — disse ela.

Jesse esfregou o braço na tipoia.

— Vai ser incrível — disse ele. — Quando vão gravar?

— No início de outubro — disse Willy. — Temos três semanas reservadas na Pegasus Studios de Nova York.

— Quem está produzindo? — perguntou Jesse.

— Vincent Ray — respondeu Willy.

Jesse soltou um assobio baixo.

— Quem é Vincent Ray? — perguntou Rich.

— Um produtor visionário — disse Jesse. — Shane's Rebellion, The Deals, Bulletin, Sunrise Eclipse...

Willy pareceu satisfeito.

— Então, nós o chamamos de Vincent Ray, ou Ray é o sobrenome? — perguntou Kyle.

Maggie entrou antes que Willy pudesse responder.

— Mamãe está lá fora, estacionada em fila dupla, com o almoço — disse ela. — Você vai ajudá-la a descarregar? — Greg quase saltou sobre sua bateria, e Rich, Kyle e Willy o seguiram, deixando Jesse e Jane sozinhos. Jesse começou a se levantar e Jane se abaixou para ajudá-lo. Quando os dedos dele tocaram seu braço, um choque percorreu seu corpo inteiro. Jesse pigarreou.

— Acho que minha perna está dormente — comentou, soltando-a e apoiando-se na parede ao lado do berço de Bea. — Jane... aquela música. Você realmente tem um dom.

Jane olhou para o chão, sem saber o que dizer.

Ele estendeu a mão para tocar as luas de metal no móbile de Bea.

— "Spark" — disse ele num tom casual. — Essa parece... diferente.

— Eu escrevi a letra dessa música — disse Jane, erguendo os olhos.

Jesse deu a ela um olhar apreciativo.

— O que a inspirou?

Jane fez uma pausa. A verdade era que "Spark" surgiu em um piscar de olhos após um dia cansativo no Centro de Reabilitação: em um minuto Jane estava sentada em seu quarto, no seguinte ela tinha uma música. Ela não imaginava de onde tinha vindo, mas lá estava, com letra e tudo. Jane nunca havia experimentado nada parecido, e a perda de controle a deixara perturbada. Isso era algo que teria acontecido com sua mãe. Jane deu a música para a banda na tentativa de dissipar o seu efeito sobre ela, e isso funcionou perfeitamente; ainda assim, ela se recusara a fazer as letras desde então.

Agora Jesse estava curioso ao lado dela, calmo como um lago.

Jane reagiu por instinto.

— Sexo — disse ela. Tchibum.

Aqueles brilhantes olhos azuis voaram para ela com surpresa. Ele riu.

— E eu aqui pensando que você diria terapia de choque.

As sobrancelhas de Jane se ergueram.

— Você está falando por experiência própria?

— Você está? — ele rebateu, o rosto enrubescido. A maneira como ele olhou para ela fez com que o espaço entre os dois parecesse incidental. Ele estava tão perto e cheirava tão bem. Não custaria nada tocá-lo.

A porta da sala dos fundos se abriu. Era Willy.

— Vocês dois vêm? — disse ele, os óculos de sol de aviador de volta ao lugar. Quando ele os viu juntos, seu rosto se encheu de alegria.

9

Após a sessão no Widow's Peak, Jane pegou um turno extra no Centro de Reabilitação e trabalhou em dobro no Carousel. Ela racionalizou que ficaria fora por três semanas e que precisaria do dinheiro. A verdade é que precisava tirar Jesse da cabeça. Quando estava perto dele, dizia coisas que não queria dizer, sentia coisas que não queria sentir. No terceiro dia, Jesse telefonou para Gray Gables. Elsie passou o aparelho para Jane com um olhar matreiro.

— Você pode passar por aqui? — ele disse. — Tem uma coisa em que eu acho que você poderia me ajudar.

— Não sei, estou muito ocupada agora — disse Jane, com o coração acelerado.

— Por favor, Jane — disse ele.

Ela olhou para o teto.

— Tudo bem.

Jane chegou ao Barraco por volta das cinco da tarde naquele dia e encontrou Jesse e Grace na sala de estar. Grace foi para a cozinha, mas Jane se sentiu mais calma sabendo que ela estava lá; ela confiava em si mesma de que não faria nada de impulsivo com a presença de sua tia na mesma casa.

Jesse parecia bem; ele havia se barbeado e seus olhos brilhavam quando ele lhe ofereceu uma cadeira.

— Devo começar a gravar em dezembro — disse ele. — E eu não fui capaz de escrever fisicamente uma única coisa. Eu ainda tenho um mês até o gesso sair e preciso começar.

— Você tem alguma música? — Jane perguntou.

Jesse apontou para a própria cabeça.

— Está tudo aqui — disse ele. — Eu esperava que você pudesse me ajudar a transcrever, experimentar coisas, ser as minhas mãos.

As faces de Jane coraram.

— Jesse, eu tenho que te dizer uma coisa, eu não sei ler música.

Para sua surpresa, o rosto de Jesse se iluminou.

— Eu vou te ensinar — disse ele. — Pode ser uma troca por você me ajudar a deslanchar o meu álbum.

Naquele primeiro dia, Jesse apenas falou com ela sobre as notações básicas. Ele mostrou-lhe algumas de suas notas de seu primeiro álbum, acompanhadas de sequências de rabiscos apressados e pequenas sugestões musicais para si mesmo, explicando os termos técnicos à medida que avançava. Quando Jane viu a introdução de "Sylvie Smiles", ela fez uma pausa, memorizando a página.

— Quem diria que uma música sobre Sylvia Plath seria tão popular — disse Jesse.

Jane releu a letra exatamente onde foi escrita:

She'll be Venus if you'll be Mars,
Catch her in a glass bell jar,
But nothing can go wrong when Sylvie smiles.[12]

— Puta merda — disse Jane.

Jesse riu.

— Uma colega paciente do Hospital McLean.

Jane adorou olhar para a escrita musical dele e descobrir como aqueles símbolos se traduziam em canções reais. Transcrever era uma história diferente. Ela confiava principalmente na memória ao compor, escrevendo enquanto mantinha o ritmo e a melodia presos em sua cabeça. Usar as notações de pauta parecia tão restritivo quanto as próprias barras de compasso.

— É como qualquer forma de alfabetização — disse Jesse, com paciência. — Dê um tempo, você vai entender.

Ele estava certo. No início, as sessões avançavam passo a passo. Mas à medida que eles estabeleceram uma rotina, Jane continuou a melhorar; em

---

[12] Ela será Vênus se você for Marte,/ Pegue-a num redoma de vidro,/ Mas nada pode dar errado quando Sylvie sorri.

meados de setembro, ela já conseguia acompanhar quando Jesse mostrava escalas, progressões de acordes e divisões de compasso. Enquanto o observava trabalhar, ela começou a perceber que a composição de um álbum era em si uma forma de arte. Ouvir Jesse falar sobre temas fez Jane sentir sua própria ignorância e falta de sofisticação.

— Nosso álbum inclui apenas as músicas que tínhamos, na ordem em que soavam melhor — disse ela, decepcionada.

— Você está em uma ótima posição — disse Jesse. — Os primeiros álbuns destinam-se apenas a divulgar o seu nome. Se você conseguir emplacar uma música no rádio, terá se saído bem.

A própria estreia de Jesse teve dois singles nas dez mais, então as expectativas para o seu segundo álbum eram enormes.

A pedra angular do álbum seria uma música comovente que ele compôs sobre a perda de sua mãe, intitulada "Strangest Thing". Jane não tinha a proficiência de Jesse com o violão, mas mesmo ouvindo-o cantar com os acordes, ela sabia que a música era especial.

"Oh, I know shadow follows light,
I know clouds are only water in the sky,
I know everybody has to say goodbye,
I just didn't know this was your time."[13]

Na primeira vez que ele a cantou, Jane teve a sensação de que o estava vendo receber algum tipo de comunicação. Eles não eram semelhantes nesse aspecto. Para Jane, escrever canções era uma prática de controle, um processo metódico no qual moldava fragmentos de sentimento e melodia da forma que desejava. Para Jesse, era um processo de rendição; ele parecia estabelecer canais com outro reino de coisas, as composições fluindo através de seu corpo inteiro. Foi como o que aconteceu com Jane quando ela escreveu a música e a letra de "Spark", apenas Jesse poderia abrir e fechar a frequência voluntariamente.

---

[13] Oh, eu sei que as sombras vêm depois da luz,/ Sei que as nuvens são apenas água no alto céu,/ Sei que todos um dia vão dizer adeus,/ Só não sabia que chegou a sua hora.

Infelizmente, as músicas que compunha nem sempre combinavam com as diretivas da gravadora.

— Eles ficariam felizes com mais dez exatamente iguais a "Sweet and Mellow" — disse ele a Jane.

Embora "Strangest Thing" ainda contivesse um estilo pop, sua gêmea, "Chapel on a Hill", soava mais como um cântico. A música era circunspecta, misteriosa e belíssima — em desacordo completo com a imagem de indiferente de Jesse. Ele havia se resignado a descartá-la, mas Jane se recusou a permitir.

— Quem se importa com o que a gravadora diz? — ela falou. — É o seu álbum. Se for bom, as pessoas vão comprar.

— Espere aí, Jane — disse ele. — A mesma coisa vai acontecer com você quando "Spring Fling" estourar.

— O que você quer dizer? — questionou Jane.

Ele deu a ela um sorriso irônico.

— Depois de fazer algo que deu certo, a gravadora vai insistir que você continue fazendo a mesma coisa até o dia em que não der mais certo.

— Essa música é ridícula — disse Jane.

Jesse riu.

— Sério, eu queria "Indigo". Estou apenas cantando "Spring Fling" porque Willy quis de nós uma canção chiclete.

— Você sabe que a maioria dos artistas mataria para conseguir compor uma música que não saísse da cabeça do público, não é? — disse ele, sorrindo.

— Essa música não sou eu.

— Não — disse Jesse. — Mas é assim que você se parece, e é isso que vende discos. Willy sabe o que está fazendo.

Jane fez uma careta.

— Você está dizendo que ficaria satisfeito apenas em continuar fazendo versões da mesma música repetidamente por toda a sua carreira? Só para satisfazer alguma imagem arbitrária?

— Tudo isso é arbitrário. — O olhar de Jesse endureceu. — Fracasso. Sucesso. Quem vive. Quem morre... Não há lógica por trás de nada disso, Jane. Então, sim, farei minha parte neste espetáculo absurdo e espero ganhar grana o bastante antes que eles me chutem para o olho da rua.

— Suas músicas são importantes para as pessoas — disse Jane, boquiaberta. — Elas realmente importam. Quando você não apareceu no festival, as pessoas se sentiram perdidas. Isso é o que eu quero, fazer música que importe. Tudo bem no começo fazer merdas como "Spring Fling" para divulgar o meu nome, mas um dia vou decidir o que canto e quando.

— Veremos o que a Pegasus tem a dizer sobre isso — argumentou Jesse.

— Eles estão apenas fazendo a gravação — disse Jane. — Por que deveriam ter algo a dizer? — Jesse lançou-lhe um olhar astuto que a inflamou.

— Apenas fazer um álbum não garante que será um sucesso — disse ele. — Para cada disco de que você ouve falar, há dezenas que você não conhece. A gravadora determina quem recebe o quê: marketing, publicidade, turnês. Acredite em mim quando digo que é do seu interesse mantê-los ao seu lado.

— Eu não preciso de nada disso — disse Jane. — As pessoas virão pelo disco.

— Elas não vão se nunca ouviram falar de você — disse Jesse.

— Elas vão ouvir falar — disse Jane.

— Como? — disse Jesse.

— Você nunca me viu na frente de uma multidão — disse Jane.

Os olhos de Jesse se suavizaram.

— "Spring Fling" é uma música perfeitamente respeitável — disse ele após um momento. — Eu só acho que "Indigo" poderia melhorar com uma parte de violino na ponte. O estúdio pode ser capaz de arrumar alguém para você.

— Eu sei tocar violino — disse Jane olhando para ele. — O que você tinha em mente?

À medida que setembro se aproximava do fim, a ansiedade de Jane com a gravação começou a mantê-la acordada à noite. Ela ficava desperta tentando se inserir nas cenas da Nova York que conhecia dos programas de TV e do cinema: comendo um croissant na frente de uma loja de departamentos ou chamando um táxi amarelo. Na última semana de setembro, Jane recebeu um telefonema de Linda, a assistente de Willy em Nova York.

— Você ficará no Plaza, quatro quartos serão suficientes? — Linda disse, mascando chiclete do outro lado da linha. Jane se perguntou se as bandas já exigiram mais quartos do que o número de membros. Provavelmente. O plano era gravar por três semanas, depois disso o produtor faria a mixagem das faixas em um álbum acabado.

Jane e Jesse começaram a trabalhar na sexta música do disco dele, uma canção intitulada "Morning Star". Eles trabalharam a melodia primeiro,

Jesse parado atrás de Jane enquanto ela tocava acordes em seu violão. Jane se sentia como se estivesse em uma corrida contra sua própria resistência. Ela tentou dizer a si mesma que a amizade deles poderia ser o suficiente, mas conforme sua data de partida se aproximava, tornou-se mais fácil admitir que tê-lo tão perto dela por horas era uma tortura.

Jesse estava mais agitado com as notações dela nesta composição do que com o resto — sempre educado, mas insistia que ela corrigisse os erros que ele teria deixado passar. Foi só na terceira vez que reescreveu o refrão que ocorreu a Jane que ela não tinha ouvido a música real.

— Talvez fosse útil se você cantasse para mim? — ela sugeriu. As faces de Jesse coraram, seus olhos examinando o rosto dela. Jane de repente achou difícil respirar. Ele deu de ombros em assentimento e ela começou a tocar os acordes iniciais.

"Morning Star, and your guitar,
Wherever you are, near or far,
I think of you."[14]

Enquanto ele cantava, Jane teve a sensação de que o chão se dissolvia sob os seus pés. Essa música era sobre ela.

"Morning Star, when clouds roll by,
Through my blue sky, I close my eyes,
I think of you."[15]

Jane não sabia mais o que suas mãos estavam fazendo, mas de alguma forma elas continuaram tocando. A música encheu a sala como água, suspendendo-os, sem peso, enquanto se olhavam. Jane sabia que no momento em que a música terminasse, a gravidade voltaria. Mas as notas demoraram, e Jesse ainda estava olhando para ela mesmo depois de parar de cantar.

— Jesse — sussurrou Jane. — Isso foi lindo. — Ele deu um passo em sua direção.

---

[14] Estrela da Manhã, e seu violão,/ Onde você estiver, longe ou perto,/ Eu penso em você.
[15] Estrela da Manhã, quando as nuvens passam,/ Pelo meu céu azul,/ Eu fecho os olhos,/ E penso em você.

O telefone começou a tocar. Grace atendeu na cozinha.

— Jesse, é o seu pai — ela gritou um momento depois.

— Claro que é — disse Jesse. Jane desabou.

Na última noite de Jane antes de Nova York, Jesse foi jantar em Gray Gables. Maggie e Greg haviam saído, deixando todo mundo encarregado de Bea. Eles comeram com Grace e Elsie, embora nem Jesse nem Jane tivessem muito apetite. Depois de lavarem a louça, Elsie se preparou para descer ao porão.

— Jane, você se importa em levar o bebê? — ela perguntou.

— Eu posso levá-la — disse Grace.

— Não, Grace — disse Elsie. — Eu preciso de uma ajuda com a roupa.

Grace sustentou o olhar de Elsie enquanto Jesse e Jane levavam o bebê para a varanda. Eles se sentaram juntos, observando as estrelas surgirem.

— Está pronta? — perguntou Jesse.

— Acho que sim — disse Jane. Ela mal podia esperar para ver Nova York, para fazer seu álbum. Ela também não conseguia acreditar que não o veria amanhã. — Alguma última palavra de sabedoria?

Jesse riu.

— Mulher, você não precisa do meu conselho — disse ele. — Você conhece sua própria cabeça.

Jane sorriu.

— Vai ficar quieto por aqui — disse ele. Ele esticou o braço bom. — Quando você voltar, este gesso terá sido removido — acrescentou ele casualmente.

Bea começou a gritar.

— Fim de uma era — disse Jane. Ela se levantou, balançando Bea suavemente nos braços. Jesse se levantou e ficou ao lado dela, apoiando o braço bom em uma das colunas da varanda.

— Você sabe — disse ele, em voz baixa —, há muito que espero este gesso ser retirado para fazer umas coisas.

Jane examinou o rosto dele.

— Como o quê? — ela perguntou.

Ele engoliu em seco.

— Bem, tocar violão, para começar.

— E você toca violão? — disse Jane com ironia, sentindo-se puxar para ele.

— Claro. E eu gostaria de nadar — disse ele, sorrindo.

Jane fez que sim. Ela sentiu Bea adormecendo em seu ombro.

— Eu gostaria de... — Ele ficou um pouco mais perto dela, e ela podia ver seus olhos brilhando ao luar. Havia tanta beleza em seu rosto que Jane não pôde deixar de amar olhar para ele.

Suas pupilas se transformaram em alfinetadas quando os faróis varreram a calçada. Jesse recuou, piscando. Jane forçou um sorriso.

— Ei, crianças — disse Greg, saindo do banco do motorista. — Onde está o meu leãozinho? ROAR! — Ele correu até a varanda e tirou Bea dos braços de Jane. Suas mãos caíram para os lados; sem o calor do bebê, ela sentiu um arrepio no ar.

— Jesse, que bom que você estava aqui para ficar de olho em Jane — disse Maggie.

— O prazer é todo meu — disse Jesse. Jane sentiu suas faces esquentarem quando Bea acordou com um soluço.

— Está tudo bem — disse Maggie, pegando Bea e entrando em casa.

Jesse pigarreou.

— O que você acha, devemos ir agora? — Era normal que Jane o levasse para casa, mas Jane percebeu com repentina clareza que se ela o levasse para casa esta noite, ela faria algo de que não poderia voltar atrás. Ela não podia arriscar, precisava se concentrar para Nova York.

— Eu... acho que bebi demais — disse Jane. Jesse olhou para seus pés.

— Eu posso te dar uma carona — disse Greg. Seu tom era indiferente, mas a maneira como ele colocava as mãos nos quadris era quase paternal. — Eu preciso deixar algo na reserva de qualquer maneira. — Ele deu um tapinha no braço de Jesse e voltou para o carro. Jane se sentiu paralisada. Jesse mudou de posição.

— Acho que é isso — disse ele. Ele olhou para Jane e ela sentiu sua respiração prender no peito. Sentiu seu corpo doer enquanto ele passava a mão boa pelo cabelo. — Você vai arrasar com eles.

— Obrigada — disse Jane, absorvendo a cor de seu olhar. Ele sorriu para ela timidamente, então se virou e foi até o carro de Greg.

10

Simon Spector saiu do elevador em direção à entrada de vidro e mármore da Pegasus Records. Ele cumprimentou com um aceno as duas recepcionistas coroadas com fones de ouvido e passou por uma sequência de baias até entrar em um corredor industrial, acarpetado do chão ao teto. Usando sua chave mestra, ele entrou no Estúdio A, acendeu as luzes da sala principal e da cabine de controle. Enquanto se preparava para a sessão, sua silhueta esguia e o cabelo escuro refletiam na janela envidraçada que separava a sala principal da cabine.

Simon estava curioso para conhecer os Breakers. Ele ouviu as demos e ficou surpreso ao saber que a vocalista era uma mulher. Ele havia trabalhado em mais de cem álbuns para Vincent Ray — incluindo sete indicados ao Grammy e três vencedores — e nenhum deles contava com uma mulher como vocalista principal. Simon suspeitou que o único motivo pelo qual Vincent Ray estava produzindo este era porque o A&R (Artistas e Repertório) da gravadora era o filho caçula do titã da música Jack Lambert — proprietário do poderoso Conglomerado de Mídia Golden Fleece.

A banda chegou às 9h30. Willy Lambert acenou para Simon quando ele entrou no estúdio, conduzindo a banda atrás de si. Simon ajustou seus óculos redondos enquanto os Breakers examinavam os amplificadores e cadeiras, as estantes de partitura e superfícies cobertas por tecidos. Ele saiu da cabine de controle para a sala principal.

— Simon Spector, engenheiro de som — ele disse, apertando a mão de todos eles. Jane Quinn usava um vestido estampado, seu cabelo louro solto até a cintura. Ela era sem dúvida muito bonita, embora não fosse o tipo de Simon (seu tipo era mais o tímido rapaz da guitarra). Talvez tenha sido por isso que Simon ficou mais impressionado com a seriedade de Jane. Enquanto seus companheiros de banda preparavam seus instrumentos, Jane apurava os ouvidos, alerta.

— O que foi? — disse Willy.

— Você está ouvindo isso? — ela perguntou. Ela cantarolou o tom, um si bemol.

— São as luzes do teto — disse Simon, que reconheceu a nota porque também conseguia ouvi-la. Ele era conhecido por ter um ouvido sensível, mas não se lembrava de outro artista sequer mencionar o ruído das lâmpadas.

— Isso vai interferir na gravação? — Jane perguntou. Simon balançou a cabeça.

— Eu tenho outras lâmpadas na parte de trás — disse Simon. — Podemos trocá-las antes de começar. — Jane deu-lhe um sorriso agradecido.

No que dizia respeito à banda, o objetivo de hoje era ajustar os níveis de som e fazer toda a preparação para os takes das faixas básicas. Na verdade, aquela era uma última chance para Simon, Willy e Vincent Ray avaliarem a banda. Vincent Ray nunca vinha trabalhar antes das onze da manhã, então os Breakers tiveram um pouco de tempo para o aquecimento.

Simon avisou-os da cabine e eles começaram a tocar: "Dirty Bastard" depois "No More Demands", "Don't Fret" e "Spring Fling".

Os dois irmãos eram contrastantes: Kyle, o baixista, escondia um talento incrível por trás de um comportamento brincalhão, provavelmente com medo de superar o baterista, Greg, que parecia ter duas configurações: ligado e desligado. Simon notou que este seria um ponto focal na mixagem. Rich, o guitarrista bonitinho, também era um bom instrumentista.

Quanto a Jane Quinn, sua voz era verdadeiramente notável. Jane tinha a versatilidade de Linda Ronstadt, mas seu tom era inteiramente único. Ouvi-la cantar foi emocionante; Simon raramente trabalhou com um vocalista capaz de tantas nuances. Ele poderia dizer que cada take seria um experimento.

Enquanto a banda se preparava para "Sweet Maiden Mine" a porta do estúdio se abriu e a silhueta escura de Vincent Ray apareceu no quadro. Ele estendeu a mão e acendeu as luzes do teto. Os Breakers recuaram e apertaram os olhos. Vincent Ray avançou com os dentes à mostra, um lobo cinzento com roupa bem cortada e cabelo curto.

— Aí está ele — disse Willy. Ele foi um pouco familiar demais quando cumprimentou Vincent Ray. Simon tinha a sensação de que Willy pensava que já havia provado o seu valor por causa de Jesse Reid, enquanto todos os outros ainda o viam como um auxiliar de seu pai. — Breakers, é com grande prazer que apresento o produtor de vocês, Vincent Ray.

Vincent Ray observou-os com olhos lacrimejantes.

Jane deu um passo à frente.

— Prazer em conhecê-lo. Eu sou Jane Quinn — disse ela, oferecendo-lhe a mão. Vincent Ray parecia confuso. Pegou a mão dela e apertou-a frouxamente, olhando mais para trás, para Kyle, que a seguia hesitantemente.

— Oi, eu sou o Kyle. — Vincent Ray apertou o braço de Kyle algumas vezes, sorrindo maliciosamente dele para Rich e depois para Greg.

— Finalmente os Breakers — ele disse com uma voz baixa e áspera. — Vocês têm uma grande oportunidade em vista. Estou animado para vê-los em ação.

Simon percebeu então que Vincent Ray não deve ter ouvido as fitas demo que Willy havia distribuído. Ele não sabia que Jane era a vocalista principal. Ele provavelmente pensou que ela fosse uma groupie.

— Conseguimos roubá-lo da Bulletin por algumas semanas — disse Willy. Kyle e Greg fizeram ruídos de apreciação. Jane olhou inexpressivamente para Willy.

— Eles não estão em Londres? — perguntou Rich.

— Eu ficarei indo e voltando, me chame de *Queen Elizabeth II* — disse Vincent Ray. Kyle riu educadamente. Vincent Ray olhou para Willy pela primeira vez. — Tudo bem — falou ele. — Façam de conta que não estou aqui. — Ele e Willy se juntaram a Simon na cabine.

— Simon, como estão os melhores ouvidos da nossa gravadora? — perguntou Vincent Ray.

Simon só respondeu com um aceno de cabeça. Ele e Vincent Ray se davam bem porque Vincent Ray não sabia nada de Simon.

— Simon está arrasando — disse Willy.

— Como eles estão? — perguntou Vincent Ray, ignorando Willy.

— Bem, estão indo bem — Simon disse. Ele e Willy tinham trinta e poucos anos, ambos judeus. Mas Willy era de Bel Air, e Simon, da

Lituânia; um estava lá por causa de sua família e o outro por causa de seu talento. Simon jamais faria um cruzeiro pelo Caribe com Vincent Ray, algo que Willy já havia feito duas vezes como parte da comitiva de seu pai. No entanto, Simon tinha o que Willy parecia desejar: o respeito de Vincent Ray.

— O que vem a seguir, "Spring Fling"? — disse Willy, afavelmente. Ele também parecia ter percebido que esta seria a apresentação de Vincent Ray aos Breakers e os faria repetir o single.

Simon acionou o microfone de comunicação.

— Toquem "Spring Fling" — disse ele.

As sobrancelhas de Jane ergueram-se, mas ela e Rich começaram a se preparar sem comentários. Simon desligou o microfone de comunicação. Jane se encaminhou para apagar as luzes do teto.

— O que ela está fazendo? — questionou Vincent Ray.

— Nova técnica — disse Simon, se preparando para gravar. — Sucesso em Los Angeles.

Vincent Ray olhou para Willy.

— Não sabia que tinha mulher na banda — disse ele.

— É um... híbrido — disse Willy. — Jane e Rich compõem as canções juntos.

— Isso não me parece bom. — Vincent Ray franziu a testa. — Ela é a única vocalista?

— Jane sabe o que está fazendo — disse Willy. — Confie em mim, vai ser exatamente como foi com Jesse. Na verdade, eles são amigos. O próprio Jesse a acha fantástica.

— Oh, bem, se é assim — disse Vincent Ray. Com o passar dos anos, Simon descobriu que Vincent Ray fora criado em uma série de bases do exército por um pai que não sabia nada além de autoridade e disciplina. Como ele entrou no ramo da música permanece um mistério; o boato que soava mais crível que Simon ouvira era de que, após sua passagem pelo serviço militar, Vincent Ray se reinventou como pugilista profissional e, em seguida, usou seus ganhos para entrar na indústria fonográfica. Os músicos gostavam dele porque ele tinha manha para os negócios, e ele ascendeu rapidamente nas gravadoras porque era. Em sua carreira de vinte anos, ele cultivou uma reputação de competidor feroz.

Simon ligou o microfone e começou a gravar. A banda estava aquecida desde a manhã e fez um take decente; Simon se pegou torcendo por eles enquanto Jane cantava o último verso.

Vincent Ray não disse nada quando "Spring Fling" terminou, mas ele deve ter pensado que valeu a pena, porque não saiu dali. Ele ficou sentado com o rosto impassível o resto da sessão. Os Breakers tocaram o restante de suas músicas e Simon ajustou os níveis. Willy fingia observar Simon enquanto realmente observava Vincent Ray.

Quando os Breakers terminaram a última música, Vincent Ray pigarreou.

— Isso é tudo? — ele disse.

— Essa é a lista — disse Willy. — O que você achou?

— Bonita — disse Vincent Ray. — Talvez um guarda-roupa um pouco mais sexy.

— Eu me referi à música — disse Willy.

Vincent Ray deu de ombros.

— A música é boa, mas a letra soa como se uma garota a tivesse escrito — disse ele. Ele saiu da cabine. Simon e Willy trocaram um rápido olhar antes de Willy sair atrás dele. — Então... estou pensando que começaremos com "Indigo" — disse Vincent Ray à banda. — Amanhã.

— Mas são apenas três da tarde — disse Jane.

Vincent Ray a ignorou.

— Vejo vocês então — disse ele, sem olhar para Jane. Ele saiu.

— Ótimo primeiro dia — disse Willy, batendo palmas ruidosamente. — Mesmo. — Jane olhou para Rich. Ele balançou sua cabeça.

No dia seguinte, os Breakers chegaram por volta das 9h30 para estabelecer as faixas básicas de "Indigo". Simon os fez gravar como um grupo, mas sua atenção estava em Greg. A percussão estabelecia a base para qualquer faixa; acertar a parte da bateria era fundamental, pois seria virtualmente impossível ajustar mais tarde. Simon conduziu os Breakers pela música uma dúzia de vezes, com melhorias limitadas de Greg; ainda assim, a banda tinha uma química incrível, e Simon ficou impressionado com sua concentração e foco.

Quando pararam para o almoço, Vincent Ray ainda não tinha aparecido. Simon era a única pessoa que restava no estúdio quando Luke Gaffney apareceu com seu saxofone tenor.

— Ei, Simon — Luke falou na direção da cabine. Simon ergueu os olhos surpreso.

— Ei, Luke — ele disse. — Acho que você está na sala errada, os Adelaides ficam no final do corredor, Estúdio F.

— Estou aqui para os Breakers — disse Luke.

— Luke G — disse Vincent Ray, entrando no estúdio. Willy seguia atrás dele, o rosto pálido. — Que bom que você pôde vir.

Luke tirou seu instrumento do estojo e estava se aquecendo no estúdio quando os Breakers voltaram do almoço. Jane Quinn olhou para ele e entrou na cabine de controle.

— O que está acontecendo? — ela perguntou. — Quem é esse cara?

— *Esse cara* — disse Vincent Ray — é Luke Gaffney. Eu o trouxe para tentar salvar a ponte.

— Obrigada — disse Jane. — Mas eu realmente toco violino durante a ponte nesta aqui.

Vincent Ray olhou para ela com olhos entediados e lacrimejantes.

— Não mais — disse ele.

— Por quê? — perguntou Jane, sem se mover.

Uma veia começou a latejar na têmpora de Vincent Ray.

— Porque eu estou dizendo — disse ele.

Jane estava prestes a responder quando Willy a interrompeu.

— Não precisamos decidir agora — disse ele. — Por que Jane e Luke não gravam cada um uma versão, e podemos ouvir e tomar a decisão mais tarde?

— Tudo bem — disse Jane. — Eu toco primeiro. — Ela saiu da cabine.

— Nem se preocupe em gravar isso — disse Vincent Ray.

— É melhor gravar — disse Simon. — Por via das dúvidas.

Se Simon já não tivesse ficado impressionado com Jane Quinn, isso o teria conquistado — em termos de musicalidade e coragem. Ela demorou a preparar o violino, mesmo enquanto todos olhavam para ela. Ela foi até a guitarra de Rich e dedilhou a corda lá para afinar. Ergueu o violino até o ombro e o segurou ali com o queixo enquanto sustentava o arco. Quando estava pronta, e somente nesse momento, ela colocou os fones de ouvido e acenou para Simon na cabine. Ela tocou primorosamente, como um rouxinol cantando ao vento. Quando terminou, uma névoa de pó de breu subiu da ponte do violino. Simon bateu no microfone de comunicação.

— Captado — disse ele.

Luke Gaffney tocou sua versão a seguir. Ele foi correto e profissional como sempre, mas seu instrumento não era adequado para a música; parecia jazzístico demais, muito legato. Luke fez três takes e acenou para a cabine de controle ao sair. Vincent Ray se levantou.

— Vamos encerrar aqui — disse ele. Ele e Willy entraram na sala e acenderam as luzes.

— Bem, foi interessante — disse Vincent Ray. — Verei o que posso fazer com a mixagem quando voltar de Londres.

— Você está indo para Londres? — perguntou Greg.

— A Bulletin precisa de mim.

— E nós? — questionou Jane.

— Vocês? — disse Vincent Ray.

Jane não falou nada.

— Estarei de volta em duas semanas — continuou ele.

— Duas semanas — disse Rich. — Isso é quase todo o nosso tempo.

Vincent Ray deu de ombros.

— Não há como evitar — disse ele. Virou-se para Willy e apertou sua mão. — Diga a Jack que eu mandei um olá.

— Diga o mesmo a Freddy — disse Willy quase inaudivelmente quando Vincent Ray saiu apressado pela porta. Todos ficaram em silêncio por um momento; então Jane se voltou para Willy.

— Isso não está certo — disse ela.

— Eu sei — concordou Willy.

— Você falou que teríamos controle artístico total e simplesmente o deixou passar por cima de nós — disse ela. — Esta é a nossa chance de fazer algo por nós mesmos, e ele está boicotando isso.

— Não sei o que está acontecendo — disse Willy, balançando a cabeça. — Eu nunca o vi agir assim.

— Vou lhe contar o que está acontecendo — disse Rich, com a voz trêmula de raiva. — Jane é uma mulher, então ele está nos tratando como se fôssemos uma piada.

Willy empalideceu, mas Jane assentiu.

— Sim — ela disse. — É exatamente isso.

Simon poderia dizer que a descrença de Willy era genuína. Willy nunca tinha entrado em uma sala como aquela e sido tratado com outra coisa senão deferência automática. Sua psique parecia rejeitar a ideia de que ele acabara de ser desprezado por um dos maiores produtores do ramo. Simon observou a própria narrativa de Willy começar a substituir o que ele acabara de experimentar.

— Vamos beber alguma coisa — disse Willy. — Eu vou dar um jeito nisso. Eu prometo. — Eles acenaram para Simon enquanto saíam do estúdio, deixando Simon trabalhar nas gravações.

Algumas horas depois, Simon desceu de elevador até o saguão e saiu para a rua 42. Uma faixa azul e rosa riscava o céu entre os prédios enquanto ele caminhava em direção à Linha Amarela com destino a Astoria. Simon amava o pôr do sol. Talvez ele se mudasse para Los Angeles.

Na manhã seguinte, Jane e Willy estavam esperando por ele na cabine de controle quando ele chegou.

— Simon... — disse Jane. — O que você falaria se tentássemos acabar o álbum... antes de ele voltar?

Simon ergueu as sobrancelhas.

— Gravado e mixado? — ele perguntou.

Jane fez que sim.

Simon considerou a ideia. Seria uma reviravolta tensa, mas os Breakers estiveram ensaiando durante todo o verão, e os takes estavam com um som relativamente limpo. Tecnicamente falando, era factível.

— Claro — disse ele.

— Obrigada. — Jane sorriu. Ela voltou para a sala principal e começou a tirar seu violão do estojo. Willy ficou olhando para o estúdio com ar confiante, nobre.

— Você tem certeza disso? — questionou Simon. — Vincent Ray não vai ficar nada satisfeito.

Willy deu de ombros. A possibilidade de que Ray fosse passar por cima dele parecia não existir em sua mente. Ele havia pressionado para lançar Jesse Reid apesar de o folk estar morto, e agora achava que o céu era o limite.

— É Rock and Roll — disse ele, ajustando seus óculos de sol de aviador.

Simon se perguntou se Willy tinha alguma ideia do que estaria por vir quando Vincent Ray voltasse e de repente lembrou-se de que Prometeu já tinha sido um Titã.

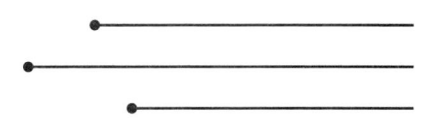

11

Alex Redding só aceitava certos serviços secundários para financiar a sua arte. A Pegasus ligava para ele sempre que estava se preparando para lançar um novo catálogo, e ele montava cenários e equipamentos de iluminação em uma de suas salas de conferências, mesa e cadeiras empilhadas ao lado. Os artistas iam passando um após o outro, e ele os fotografava como crianças no início do ano escolar.

Esses eram discos com baixo orçamento de produção; os grandes lançamentos tinham dinheiro para sessões de fotos ao ar livre, cenários elaborados, arte original. Não esses álbuns. Esses iriam para o mercado trazendo imagens dos rostos de seus criadores em tomadas de ângulo fechado; a maioria venderia menos de quinhentas cópias. As fotos podiam não ser icônicas, mas, por um dia de trabalho como este, Alex poderia embolsar mais de dez mil dólares. Isso seria o suficiente para financiar sua próxima exposição de instantâneos em preto e branco.

Alex já havia fotografado uma dupla de cantores-compositores e um grupo de R&B quando os Breakers chegaram para posar. Ele estava realmente curioso para conhecer este grupo — corria um boato de que, quando Vincent Ray os rejeitou para ir cuidar da Bulletin, eles foram em frente e produziram o álbum inteiro sem ele. Isso era apenas uma parte do boato. A outra parte é que eles eram realmente bons.

Alex observou a banda entrar na sala de conferências; eles eram como cachorrinhos, a meio caminho entre crianças e adultos. A garota, Jane, se destacava de imediato; ela atraía a luz em sua direção, escurecendo tudo à volta.

Alex estava acostumado a trabalhar com modelos e muitas vezes não se incomodava com mulheres bonitas. Ele não era particularmente bonito, mas tinha duas coisas principais a seu favor: tinha pouco mais de um metro e noventa e cinco e olhos muito azuis. Isso era o suficiente, ele acabaria descobrindo. No entanto, havia algo em Jane que a igualava a ele.

— Olá — disse ele, assustado. Jane olhou para ele e sorriu, quase como se eles já se conhecessem. Willy Lambert entrou atrás da banda e fechou a porta, os janelões ao longo da parede da sala de conferências refletindo nas lentes de seus óculos verdes.

— Alex, que bom ver você, cara — disse ele, apertando a mão de Alex. Willy era um verdadeiro defensor dos artistas, pelo que Alex sabia; eles haviam se conhecido no ano anterior quando Alex fotografou para a capa do álbum de lançamento de Jesse Reid, e Alex raramente tinha visto um representante de gravadora tão atencioso. — Conheça os Breakers — falou Willy. — Jane, Greg, Kyle, Rich.

— Oi, pessoal — disse Alex. Eles vestiam um conjunto de flanela e veludo cotelê, exceto por Jane, que usava um vestido azul estilo camponesa, cabelo preso em duas longas tranças amarelas. Eles ficaram em fila, inquietos, como ovos prestes a eclodir. Alex seria capaz de dizer que eles nunca tinham sido fotografados profissionalmente antes. Ele sorriu.

— Vai ser moleza — disse ele.

Ele colocou o *Beggars Banquet* dos Stones no toca-discos e aumentou o volume até que o ritmo de abertura de "Sympathy for the Devil" ricocheteou nas janelas altas. Quando Alex começou a ajustar o equipamento de iluminação, ele ouviu Jane Quinn acompanhando Mick Jagger baixinho. Alex sentiu um arrepio; ela definitivamente tinha o talento desligado de uma estrela do rock.

Alex começou a posicionar a banda — os dois irmãos, Kyle e Greg, tinham pele mais escura e cabelo preto como azeviche, e precisavam estar mais perto da fonte de luz para que seus traços fossem exibidos corretamente na foto. Ele tentou colocar Jane no meio e depois a trocou por Rich, de cabelos claros.

Nenhum dos cenários parecia adequado. A banda aparentava ser tão caseira que fazia com que os planos de fundo — pôr do sol tropical, tundra de inverno, paisagem urbana das ruas — dessem a impressão de ser ainda mais artificiais do que o normal. A seguir, Alex os colocou contra um fundo preto puro e depois um fundo branco puro, o que melhorou um pouco, mas não muito.

— O que você acha? — disse Willy, parando ao lado de Alex enquanto ele se curvava sobre o tripé, ajustando a distância focal em suas lentes. Jane deu um passo à frente.

— Podemos experimentar um pouco lá? — ela perguntou, apontando para a mesa de conferências desmembrada e cadeiras no canto. A luz no quadro seria quase perfeita, e Alex só precisaria trazer um refletor para cuidar das sombras. — Alguém já pode ter tentado isso — disse Jane. — Mas se não, acho que seria engraçado um bando de hippies circulando por aí com toda essa mobília corporativa. — Ela soltou uma risadinha e Alex ficou mudo. Ele olhou para Willy, que deu de ombros com aprovação.

— Por que não? — disse Alex. — Eu nunca fotografei isso.

Kyle e Rich o ajudaram a trazer seu tripé e a tela refletora, e a banda começou a organizar os móveis em uma pirâmide. Quando terminaram, o cabelo de Jane estava cheio de estática.

— Jane, seu cabelo tá muito doido — disse Rich. Kyle riu.

— Aqui — disse Kyle, estendendo a mão para consertá-lo.

— Não, não, não — disse Rich. Os dois começaram a prender o cabelo de Jane para trás em suas tranças, Greg olhando em concentração. Jane cruzou os braços.

— Jane — disse Alex. Ela ergueu os olhos quando a câmera disparou. — Deixe solto.

Jane soltou o cabelo e o grupo começou a escalar todos os móveis como se fosse um trepa-trepa. Quando eles fizeram uma pose que lembrava o quadro *Washington Crossing the Delaware*, a porta da sala de conferências se abriu e Vincent Ray entrou.

Os rostos na frente das lentes de Alex ficaram perplexos. Tanto Kyle quanto Greg pareciam estar lutando contra o desejo de se esconder debaixo das mesas. Rich olhou para Jane; os olhos dela se estreitaram. A reação deles não foi nada em comparação com a de Vincent Ray; quando os viu montados na mobília, seus ombros começaram a tremer. Willy se colocou entre eles, uma raposa tentando despistar um predador.

— Vincent Ray — disse ele. Seu tom era leve, como se estivesse cumprimentando um velho amigo e os dois estivessem contando uma piada.

A expressão de Vincent Ray era letal. Ele ignorou Willy e falou diretamente com Jane.

— Você deve estar achando que é grandes merdas — disse ele. — O que é? Uma sessão de fotos comum não é boa o suficiente para você? — Ele apontou para os cenários abandonados pendurados sem vida no teto.

— Fica frio, cara — falou Willy. — Fizemos as fotos regulares, só tivemos algum tempo extra.

— Esta sessão acabou — disse Vincent Ray. — Este álbum está terminado, *cara*.

— Como é que é? — questionou Jane.

— Alex, desligue tudo — ordenou Vincent Ray. Alex fez que sim, fingindo desmontar a aparelhagem, mantendo tudo intacto. Algo interessante estava acontecendo dentro do quadro. Os rapazes começaram a fazer um círculo em torno de Jane, que permanecia firme no centro, inflexível. Alex tirou uma foto.

— Eu disse para desligar tudo — disse Vincent Ray.

— Você não tem o poder de cancelar nosso álbum — disse Jane. — Nosso contrato é com a Pegasus, igual ao seu.

— Você acha que a diretoria terá uma boa impressão com esse uso dos recursos do estúdio?... com a mixagem do seu álbum sem seu produtor...? — Vincent Ray deu um passo à frente. Apenas mais um metro e meio e seu ombro estaria ao alcance de uma foto.

— Você se mandou para Londres e nos deixou sozinhos. Você acha que isso vai causar uma boa impressão? — disse Jane.

— Alguém precisa lhe dar uma lição — disse Vincent Ray. Ele deu mais um passo à frente. Alex ajustou seu ângulo. — Você não sabe com quem está lidando. Você encerrou sua carreira antes mesmo de ela começar.

— Ora, vamos lá — disse Willy, ainda tentando afetar uma nota de camaradagem. — Essa discussão não leva a nada. Estamos todos nessa para fazer um bom álbum. Não é disso que se trata? Romper limites, subverter expectativas...

Vincent Ray virou-se para ele, os dentes à mostra.

— Ter peitos não conta como subverter expectativas, mesmo que Jesse Reid goste deles.

Jane ficou rígida.

— Isso foi totalmente desnecessário — disse Willy. — Você precisa...

— Espero, por você, que Jesse Reid acabe sendo tão grande quanto as pessoas pensam — disse Vincent Ray. — Porque esta é uma gravadora pequena, e se Jesse não for... eu nem tenho certeza se o seu pai poderá te salvar dessa merda. E não pense que ele não sabe disso.

Willy tentou tirar os óculos, as mãos tremendo; os óculos caíram silenciosamente no tapete. Quando Willy se abaixou para pegá-los, Vincent Ray ergueu o pé. Alex ouviu o barulho das lentes quebrando.

Jane colocou as mãos nos quadris e deu um passo à frente.

— Jane — Willy alertou-a.

— Saia — disse Jane.

Vincent Ray pairou sobre ela, seu ombro agora claramente enquadrado por Alex, bloqueando Willy de vista. Jane estava no centro, irradiando calor, os rapazes atrás dela, meio protetores, meio apavorados. Mas não Jane. Seus olhos estavam duros.

— O que você disse? — falou Vincent Ray. Ele estava tão irado que não conseguiu ouvir o clique do obturador da máquina.

— Eu disse para sair — repetiu Jane. Vincent Ray parecia um adversário nas cordas e, por um momento, Alex pensou que teria de se colocar entre eles. Ele se ergueu em toda a sua altura. Então Vincent Ray soltou uma risada fria.

— Vocês estão fodidos — disse ele. — Todos vocês. — Ele saiu da sala.

Willy se endireitou.

— Eu sinto muito — disse ele. — Jane, eu...

Os olhos de Willy estavam nos cacos de suas lentes verdes agora incrustados no tapete. Ele parecia como se o oxigênio lhe tivesse sido cortado. Ele seguiu em direção à porta para ir atrás de Vincent Ray, como um pneu gasto rolando pela estrada.

— Eu deveria arrumar alguém para limpar isso — disse ele, com os olhos sem foco. — Eu deveria... esperem um momento, por favor.

Ele saiu rapidamente da sala. Jane seguiu-o com o olhar, suas feições na sombra. Kyle, Rich e Greg suspiraram e sacudiram os corpos, tentando dissipar a tensão.

— Achei que ele fosse matar você — disse Greg, dando um tapinha na cabeça de Jane.

— Achei que Jane fosse matá-lo — disse Kyle.

— Espero que esta seja sua última sessão do dia — disse Rich, na direção de Alex.

Alex já estava pensando em como iria processar os negativos, que tipo de filtros usaria, se havia uma maneira de fazer os olhos cinzentos de Jane aparecerem como estavam um momento atrás, ardentes e inteligentes. Não seria apenas uma capa, era um momento real capturado em filme; isso era arte.

12

Jane sentou-se em sua cama, pedaços de papel espalhados a sua volta como pétalas de flores secas. Todos eles disseram versões parecidas da mesma coisa: "Jesse ligou."

O período de Grace como cuidadora em tempo integral de Jesse havia acabado enquanto os Breakers estavam gravando em Nova York; quando eles voltaram, os turnos de Grace no Barraco tinham se reduzido para sessões de fisioterapia quinzenais. Depois de retornar de um desses compromissos, Grace encontrou sua sobrinha pendurando roupa sob o sicômoro amarelo no jardim da frente. Ela ajudou Jane a desdobrar um lençol úmido, chamando sua atenção.

— Jesse comentou que você não está retornando as ligações dele — disse ela enquanto prendiam o lençol no varal. As faces de Jane coraram. — Está tudo bem? — perguntou Grace.

— Sim, tudo bem — respondeu Jane. — Eu só... você tinha razão. Melhor a gente não se apegar.

Grace estudou o rosto de Jane por um momento, assentiu com um gesto de cabeça e mudou o tema da conversa para Millie, sua nova paciente em Perry's Landing.

Jane chegara em casa na última semana de outubro, arrasada; ela pensava que estava preparada para enfrentar a indústria fonográfica e se viu totalmente derrotada. Não se arrependia exatamente de como lidou com as questões com Vincent Ray; ela só gostaria de ter previsto as repercussões.

Ela adorou cada parte do processo real de fazer o álbum. As sessões de gravação foram algumas das melhores horas de sua vida, e os dias e noites que ela passou mixando as faixas com Simon foram instrutivos e estimulantes. No entanto, ela duvidava que esse conhecimento adquirido fosse usado novamente; Jane sabia que era improvável que algum dia viesse a fazer outro álbum.

Willy havia telefonado alguns dias depois de seu retorno para informá--la de que Vincent Ray havia depreciado o *Spring Fling* para a diretoria executiva da gravadora, após o que a Pegasus reduziu a impressão inicial do álbum para trezentas cópias.

— Esse número pode subir se, digamos, um DJ popular se apaixonar e decidir executá-lo — disse Willy.

— Mas as chances de isso acontecer são reduzidas — comentou Jane.

— Sabíamos que havia a hipótese de reação negativa — disse Willy. — Mas eu nunca vi nada assim. Vincent Ray falou mal do álbum na maioria das principais publicações impressas e na maior parte dos programas de *hit parade* do rádio e da TV. Ainda assim podemos obter algum apoio, mas terá que vir da base, ser mais popular. Eu sinto muito.

Kyle, Greg e Rich receberam a notícia com tranquilidade.

— Eles que se fodam — disse Kyle. — Fizemos um álbum bom pra cacete, mesmo que ninguém vá ouvir.

Depois dessa comunicação inicial, os silêncios entre um telefonema e outro de Willy começaram a se estender para dias, e depois semanas. Jane temia que os Breakers tivessem sido contaminados a ponto de mesmo seu mais vigoroso apoiador não poder mais se dar ao luxo de se associar a eles. Vincent Ray era muito poderoso. E ele estava certo: Jane não sabia com quem estava lidando.

Ela não suportava a ideia de encarar Jesse. Ela se encolhia só de pensar em como tinha sido presunçosa; seus comentários de que ela não precisaria de gravadora agora pareciam a sentença de morte para o seu álbum. Ele a alertara, ela reagiu com descaramento e acabou fodendo regiamente com a sua carreira.

Jesse certa vez se referiu a Vincent Ray como um "produtor visionário"; Jane sabia que não devia esperar que ele ficasse do lado dela. E mesmo que ficasse... Jesse estava destinado ao estrelato internacional e Jane sempre estaria ligada à ilha. Jane vira uma rampa de saída e decidira pegá-la.

Não havia sido nada fácil. Jesse ficara telefonando todos os dias durante várias semanas após o retorno dela. Então, na terceira semana de novembro, as ligações pararam. Na primeira noite em que o telefone não tocou, Jane ficou acordada até tarde, olhando suas mensagens. Ela gostava de olhar para o nome dele. Por volta da meia-noite, Elsie bateu em sua porta. Ela viu as notações na cama e sentou-se ao lado de Jane, pegando uma e traçando a escrita com o dedo.

— Eu só acho que isso é mais fácil — disse Jane depois de um momento.

— Você não viveu nada e acha que o amor é fácil? — disse Elsie, lançando-lhe um olhar severo.

Jane tirou o papel da mão de Elsie e alisou-o em seu joelho.

— Tudo está ficando emaranhado — disse ela. — Entre a gravadora, a mamãe e o Jesse... está começando a parecer um labirinto.

— E você é Teseu?

— Eu sou Dédalo — disse Jane, amassando o papel nas mãos.

Elsie olhou para ela com tristeza, mas não disse mais nada.

Jane se isolava em seus turnos regulares no Carousel, fins de semana no Centro de Reabilitação, uma cliente ocasional no salão de cabeleireiro. Os rostos que ela via todos os dias eram os rostos que vira durante toda a vida e, pelo que parecia, era como se aquele verão nunca tivesse acontecido.

Mas aconteceu, e não importa o quanto Jane tentasse se convencer de que estava bem, parte dela sabia que não estava. O álbum poderia ter sido alguma coisa. Jesse poderia ter sido alguma coisa. Mas estaria ela com tanto medo de perder o controle que sabotou os dois? À noite, ela ficava acordada imaginando-se mais velha, vagando pelo Centro de Reabilitação. O que sua mãe diria se estivesse aqui?

O álbum dos Breakers foi colocado à venda na sexta-feira após o Dia de Ação de Graças. Naquela manhã, a banda seguiu para a Beach Tracks. Quando os Breakers entraram, ambos os proprietários, Pat e Dana, saíram correndo de trás do balcão, gritando:

— Feliz Dia dos Breakers!

— Vocês têm que autografar nossos discos! — disse Pat. — Já vendemos três esta manhã!

— Quantos desses foram para Elsie? — perguntou Jane.

— Dois! — disse Pat, contornando o balcão e aumentando o volume de "Run" no aparelho de som. Jane sorriu. Era emocionante ouvir sua música sendo tocada na loja de discos de sua cidade natal.

Pat e Dana haviam colocado uma caixa com os discos deles ao lado da caixa registradora. Jane o pegou e o segurou na mão. Era uma foto incrível: o ombro desfocado de Vincent Ray em primeiro plano, Jane assustadora no centro, os rapazes atrás dela. O título do álbum, *Spring Fling*, fazia parecer que ela poderia ser uma estudante rebelde olhando para o diretor do colégio, embora a justaposição do vestido azul e o orgulho em sua postura quase sugerissem uma revolta camponesa. Jane virou o disco; a contracapa do álbum mostrava Rich e Kyle concentrados em arrumar o cabelo dela, enquanto Greg supervisionava. Isso dava um toque de bom humor ao clima geral de tensão visto na capa.

— Icônico — disse Dana.

— Eu quero ver nas pilhas — disse Greg, vasculhando a seção de Rock para achar os "Breakers".

— Já existe muito amor por este aqui! — disse Dana quando Greg tirou um disco atrás da etiqueta Breakers. — Não se preocupe, tenho mais cópias lá nos fundos.

Jane sorriu. Ela se perguntou quantos por cento das trezentas cópias tinham ido para esta loja. Provavelmente a maioria.

Naquela noite, o Carousel estava abarrotado de rostos conhecidos que apareceram para apoiar os Breakers. Jane se sentia feliz e calma. O álbum estava lançado, eles fariam uma festa e então tudo continuaria como sempre. Ela tentou não se deixar enfurecer por dentro.

— Vamos aplaudir nossa prata da casa, Janie Q e os Breakers — disse Al.

Quando eles subiram no palco, o pub explodiu. Jane usava jeans e uma blusa branca, o cabelo caindo sobre os ombros, os pulsos cobertos por pulseiras. Ela olhou para a multidão e viu Maggie e Elsie paradas na frente. Grace tinha ficado em casa com Bea. Jane tirou os sapatos.

— É assim que tem de ser — disse ela ao microfone. — Estamos em casa, afinal.

A maior parte do público já estava de pé, mas depois de "Dirty Bastard" todos se levantaram. Jane pôde até ver Mark Edison balançando a cabeça no balcão do bar.

Eles tocaram "No More Demands", depois "Don't Fret" e "Indigo". Com o passar da noite, Jane lembrou por que amava fazer música — não para vender discos, mas para se conectar com as pessoas. Suas canções foram tão bem ensaiadas desde a preparação até a gravação que Jane se viu flutuando no ar do pub enquanto tocava; ela olhou para baixo no meio de "Caught" e se perguntou como havia chegado lá. Ela se sentia leve e livre; era como se tivesse armazenado todas as suas emoções e essa performance fosse sua libertação.

"Run" teve uma sensação diferente esta noite; enquanto observava Maggie balançando junto com a multidão, piscando para Greg, ocorreu a Jane que, com o tempo, as palavras de Rich passaram a se parecer mais com ela do que com Maggie.

"Oh, living in your bubble,
You think that I am fine,
But darling I am trouble,
My code's hard to define,
And I am never going
To put it all on the line,
For you or anyone... so,
Run. Run."[16]

Jane pensou em Jesse e sua voz pairava acima do violão, tão terna e insegura quanto ela se permitiu sentir desde que voltou de Nova York. Era o penúltimo número dos Breakers, lento e comovente, e quando eles terminaram, Jane descobriu que tinha lágrimas nos olhos. Ela riu enquanto a multidão aplaudia. Rich pigarreou, abaixando a cabeça para afinar seu instrumento.

— Jesse está aqui — disse ele baixinho.

— O quê? — perguntou Jane.

Rich apontou com a cabeça em direção ao fundo do bar. Enquanto a multidão ondulava, Jane teve um vislumbre de azul. Seu estômago se

---

[16] Oh, você vive numa bolha,/ E acha que eu sou legal,/ Mas querida eu sou só problema,/ Meu código é difícil de definir,/ E nunca vou me arriscar,/ Por você ou por ninguém... então,/ Corra. Corra.

contraiu e seu corpo registrou a presença de Jesse, semiescondido atrás de uma coluna. Ela se sentiu como se tivesse acabado de falar de alguém que estava bem atrás dela. Rich ajustou o seu capo para tocar "Spring Fling" e Jane fez o mesmo.

— Vocês são um público maravilhoso. Esta é a nossa última música — disse Jane. Enquanto ela falava, o público oscilava e seus olhos encontraram os de Jesse. Seu coração acelerou e ela disse: — É uma música que fala de uma paixão.

Ela começou a cantar e a introdução do coro entre Kyle e Rich reverberou pelas paredes. Jane observou Maggie dançar enquanto cantava o primeiro verso; sua linda prima, que raramente parecia satisfeita com qualquer coisa, parecia tão feliz agora. Ela e Elsie balançavam juntas, e a multidão exultava em volta delas. Enquanto o lugar todo girava, Jane olhou nos olhos de Jesse e cantou:

"You make me feel groovy,
Light it up and go,
Light me up and go."

Em seguida, ela olhou para os rapazes e os quatro terminaram em um acorde.

A zoeira dentro do pub era o melhor barulho que Jane já ouvira, e mais uma vez ela se sentiu à beira das lágrimas.

— Venham pegar uma bebida! — Al gritou do balcão. Kyle, Rich e Greg pularam da plataforma, Greg abraçando Maggie, Kyle e Rich indo direto para o barril de cerveja.

Jane colocou seu violão no palco e olhou para Elsie, que piscou para ela, e em seguida foi se juntar ao público. Desceu do palco e mãos se estenderam para ela; ela não registrou o que estava dizendo ou para quem, ela só precisava falar com Jesse.

No momento em que chegou ao fundo do bar, ele já tinha ido embora. Jane se virou, seu estômago afundando. Ele se foi? Ela olhou para as escadas que levavam para a rua. Sem pensar, ela deslizou para a noite.

Lá fora, a lua estava alta. Jane sentiu o suor no peito e seus braços arrepiados de frio. Ela entrou na rua principal e olhou em volta — a cidade parecia abandonada. Então ela viu o olho vermelho de um cigarro brilhando ao lado da grade do hotel. Jesse estava diante dela, um casaco de flanela aberto sobre a camisa. Sem gesso e tipoia, ele parecia maior para Jane, recuperado.

— Belo show — ele disse. Jane deu um passo na direção dele. Sua corporalidade combinava com aquela gravada em sua memória: o jeito de ficar parado, o jeito como olhava para ela.

— Você veio — ela disse. Aqueles olhos azuis a examinaram, enigmáticos.

— Sim — disse ele. — Grace me convidou.

— Grace convidou? — perguntou Jane, erguendo os olhos.

Jesse fez que sim.

— Seu braço parece melhor — comentou Jane.

Ele abriu e fechou a mão reflexivamente para mostrar a ela.

— Como novo — ele falou, sorrindo. Quando seus olhos se encontraram, sua expressão tornou-se inescrutável novamente. Jane não sabia o que dizer, então acenou com a cabeça para o cigarro. Ele considerou por um momento, então enfiou o cigarro na boca, entregando-lhe o casaco. Jane tentou ignorar como aquele casaco cheirava bem. Seus ouvidos ainda zumbiam por causa do show.

— Como está o seu álbum? — ela perguntou.

— Está vindo por aí — disse ele. — Vou para Los Angeles para gravar em uma semana ou mais. — Ele deu uma tragada no cigarro. — Eles já começaram a agendar uma turnê por vinte e cinco cidades, começando em março.

Jane olhou para baixo para esconder sua inveja. Ela havia deixado os sapatos no palco, e seus pés pareciam azuis ao lado das botas de trabalho dele na calçada.

— Willy me contou o que aconteceu com Vincent Ray — disse ele. Jane manteve os olhos baixos. Depois de um momento, ele continuou. — Parece que você deu as ordens por lá, como disse que faria. — Era um tom brincalhão o que ela detectou na voz dele?

— E agora minha carreira acabou — disse Jane.

— Você não sabe disso — falou Jesse.

Jane riu.

— Não sabe, não — disse ele. — Eu adorei o que você fez. Comprei o disco hoje de manhã e fiquei ouvindo o dia todo... mas que droga, vou ter de pagar você para mixar o meu.

— Isso é... bom de ouvir. — Jane sorriu um pouco.

Jesse pareceu emocionado com isso.

— Eu acho que vocês deveriam abrir para nós — ele continuou. — Nossos sons são diferentes o suficiente, e você é incrível com a multidão. Tenho certeza de que Willy vai dizer que sim se eu perguntar a ele.

Jane ficou boquiaberta, dividida entre o temor de sua oferta e a inveja de sua confiança.

— Jesse... — disse ela — não seria justo, não merecemos...

— O cacete que não merecem. Você não ganhou essa merda do Vincent Ray... Eu ainda não consigo acreditar no que ele disse a você. — Jesse estava com raiva. — Deixe-me consertar isso.

— Ficaríamos em dívida com você — falou Jane. — Como eu iria compensá-lo?

Jesse engoliu em seco.

— Para ser sincero, estou cansado de ficar sem você. — Ele deu uma última tragada e jogou o cigarro no meio-fio. A partícula laranja chamejou no chão e se apagou. O rosto ficou taciturno. — Você sumiu.

— Desculpe — disse Jane, se retesando, com a boca ficando seca. — Eu deveria ter ligado. Mas, no final, não adianta. Eu só posso levar as coisas até certo ponto. Depois do que aconteceu com minha mãe, eu estou... limitada. Não importa o quanto eu possa te querer, há certas coisas que eu simplesmente não posso arriscar.

A mão de Jesse encontrou a dela no escuro. Seu toque enviou um choque por seu braço. Ele deu um passo em sua direção.

— Eu sei que você está com medo — disse ele. — Eu também estou com medo. Mas estou tentando lhe dizer que fisicamente não suporto ficar longe de você. — Jane mordeu o lábio. Jesse deu mais um passo à frente. Sua voz era baixa e urgente quando ele falou. — Você acabou de dizer que me quer?

— Meu Deus, sim — respondeu Jane. As palavras saíram de sua boca antes que ela pudesse detê-las.

Quando o champanhe estourou e a jukebox foi ligada no andar de baixo, Jesse a puxou para perto. Suas mãos encontraram os quadris dela e depois o rosto. Ela inclinou a cabeça em direção à dele. Jane sentiu uma onda de antecipação quando os olhos dele procuraram seu rosto, um lindo azul. Um suspiro escapou dela quando seu nariz roçou sua face. Jesse sussurrou seu nome e os lábios dos dois se uniram suavemente, depois com fome.

13

**Pegasus Studios
Los Angeles
Março de 1970**

— Tem certeza de que essa camisa não me faz parecer um pai? — disse Greg. Inspirado pela Califórnia, ele havia comprado uma camiseta listrada de azul e branco no estilo Beach Boys para usar no primeiro dia de turnê dos Breakers. Ele não tinha percebido, então, que haveria uma sessão de fotos.

— É tarde demais agora — disse Kyle.

— Você parece bem — disse Jane. — Para um pai.

— Rich? — disse Greg, estremecendo.

Rich olhou para ele.

— Você parece bem — ele murmurou.

— Podemos ter um pouco de silêncio aqui? Por favor e obrigado — disse Archie Lennox, diretor de publicidade da Pegasus Studios. Os Breakers foram para o lado como se estivessem em um intervalo de jogo. Jane ergueu os olhos e viu os de Jesse fixos nela. Seu rosto enrubesceu.

— Jesse — disse Archie. — Olhe para cá.

Jesse e sua banda foram posicionados na frente do ônibus da turnê *Painted Lady*, um ônibus azul-marinho coberto com a arte psicodélica laranja, amarela, branca e verde da contracapa do álbum de Jesse. Archie havia apresentado a ideia a eles como "apenas algumas fotos rápidas de estúdio". Isso acontecera quase duas horas antes e ninguém estava satisfeito.

Huck Levi, o baterista de Jesse, estava atrasado, então, em vez de o grupo de Jesse ter prioridade, eles foram forçados a ficar parados e assistir aos Breakers posarem desajeitadamente na frente do ônibus. Os Breakers estavam nervosos e compensavam a situação por meio de brincadeiras; isso tinha contribuído pouco para fazê-los conquistar a banda de Jesse, seus novos companheiros de ônibus.

Quanto mais tempo a sessão de fotos durava, mais exposta Jane se sentia na frente dos melhores músicos de estúdio do mundo.

Quando Huck finalmente apareceu, Archie enxotou os Breakers para longe do ônibus e começou a posicionar os colegas de banda de Jesse em volta dele. Huck apertou a mão de Jesse e se agarrou à lateral do ônibus para se apoiar, ainda de ressaca às três da tarde. Jesse tinha dividido um quarto com Huck em Laurel Canyon durante as sessões de *Painted Lady*, e parecia que o quarto de Huck tinha uma porta giratória. Isso fez sentido quando Jane o viu: ela soube por Jesse que seu pai fora dono de uma mercearia em Forest Hills e sua mãe, tailandesa, havia participado de concursos de beleza, e a combinação deu a Huck um dos melhores rostos que Jane já vira.

— Você está bem? — Jane ouviu Loretta Mays perguntar a Jesse, que estava imerso em seus próprios pensamentos. Jesse assentiu e Loretta ajustou a manga do vestido listrado de algodão, jogando os cachos castanhos por cima do ombro. Jane ficou um pouco impressionada com Loretta, que tocava piano no grupo de Jesse e era uma compositora talentosa por mérito próprio. Ela era apenas alguns anos mais velha do que Jesse, mas sua voz rouca e seu recente novo casamento a faziam parecer muito mais sofisticada para Jane. Jane e Loretta eram as duas únicas mulheres presentes na turnê, e Jane queria desesperadamente ser sua amiga.

— Ele está bem — disse Benny Vogelsang, empurrando o braço de Jesse. — Olhe só para esse sorriso. — Jesse continuou concentrado nos seus pensamentos.

Benny era o Rich de Jesse: seu fiel aliado e guitarrista de apoio. Eles se conheceram na escola preparatória, e Benny foi a pessoa que insistiu para que Jesse seguisse a carreira musical após sair do Hospital McLean. Ele costumava acompanhar Jesse na melodia, retomando exatamente de onde havia parado se Jesse precisasse fazer uma pausa para cantar.

— Duke, anime-se — disse Archie, carrancudo, por cima do ombro do fotógrafo.

Duke Maguire tomou posição, acenando cortesmente para Benny. Duke era um pouco mais velho, um baixista de estúdio e um profissional da indústria com trezentos álbuns e várias turnês nacionais em seu currículo. Ele era reservado e não parecia querer um relacionamento próximo com ninguém da banda. Para ele, essa turnê era apenas um trabalho.

Esses cinco — Loretta no teclado, Jesse nos vocais, Duke no baixo, Benny na guitarra e Huck na bateria — foram os principais colaboradores de Jesse em *Painted Lady*, seu segundo álbum de estúdio lançado duas semanas antes.

O primeiro single do álbum — com a música de divulgação "Strangest Thing" e no lado B "Morning Star" — já estava subindo nas paradas. Em antecipação às vendas da turnê, a Pegasus havia prensado 150 mil cópias. Graças a Willy, a Pegasus também havia relançado cinco mil cópias do single "Spring Fling" com a música "Spark" no lado B. As vendas de Jesse estavam aumentando e todos na turnê sentiram que estavam à beira de um sucesso.

— Tudo bem — disse Archie. — Será que ousamos tentar uma foto em grupo?

Quando os Breakers timidamente entraram na foto, a porta do ônibus se abriu e Willy saiu. Ele usava novos óculos estilo aviador de lentes amarelas e havia recuperado a maior parte de sua arrogância. Não havia nada como ter um single subindo nas dez mais da parada de sucessos para colocar o salto de volta em um A&R de gravadora.

— Bem, isso não é uma foto — disse ele, seguindo na direção de Archie.

Por causa da foto, as duas bandas se reuniram e sorriram como se fossem realmente amigas. Mas assim que a foto foi tirada, o grupo de Jesse entrou no ônibus sem dizer uma palavra. Kyle, sempre o membro mais sociável dos Breakers, foi o único que o seguiu.

Jane e Rich ficaram para trás enquanto Greg procurava um telefone público. Sua empolgação inicial com a turnê logo deu lugar à apreensão de abandonar Maggie e Bea. Todos eles receberam uma pequena quantia após a conclusão de seu álbum; tanto Greg quanto Jane haviam deixado a parte deles com as Quinn, mas não era a mesma coisa que estar lá. Greg detestava a ideia de ficar longe de suas garotas; deixá-las para trás o fazia se sentir desconfortavelmente como seu próprio pai.

Em um gesto de atípico comprometimento, Maggie prometeu se juntar aos Breakers para a etapa final da turnê na Costa Leste, mas isso só seria em junho. Até lá, se falariam apenas por telefones públicos.

Archie Lennox foi até Rich e Jane, verificando itens em uma prancheta.

— Não foi nossa sessão de fotos mais eficiente, mas está feito — disse ele.

— Para que são essas fotos? — perguntou Jane.

Archie sorriu, seus olhos, não.

— É parte do esquema — disse ele, afastando a pergunta com a caneta. — Não se preocupe, vamos fazer de você uma estrela.

Jane olhou para Rich.

— Essa é uma boa questão — disse Rich. — Eu estive me perguntando a mesma coisa.

Archie ergueu os olhos da prancheta.

— Promoção e merchandising. Teremos pôsteres e *flyers* com essas fotos estampadas para serem enviados para todos os locais da turnê — disse ele. — Para alguns dos estádios maiores, também teremos banners. E as fotos estarão ainda em camisetas, bótons e impressos para venda.

Mesmo enquanto respondia à pergunta dela, Archie se dirigia a Rich. Jane começou a voltar para o ônibus. Ela sempre sentiu que era ela quem cuidava de seus companheiros de banda, mas agora se via olhando para eles para definir o tom em suas interações com outros homens. Jane tinha esperança de que fazer o álbum deles tivesse sido uma experiência isolada, como um estranho experimento em um laboratório subterrâneo.

Descobriu, porém, que o laboratório era mais ou menos representativo de toda a instituição. Todos na música eram homens — desde os agentes de reservas, diretores de som e técnicos de iluminação até os executivos de gravadoras, jornalistas e fotógrafos. Fora da proteção da Ilha de Bayleen e de sua tribo das mulheres Quinn, Jane ficara perturbada ao descobrir que muitos homens inicialmente reagiram a ela com condescendência, ceticismo ou desdém. Ela entrou no ônibus sem que Archie percebesse que ela havia saído da conversa.

— Jane — Jesse gritou atrás dela. Ela olhou para ele, de pé ao lado de Willy. — Guarde um lugar para mim — disse ele. Jane deu-lhe um pequeno sorriso.

Enquanto subia as escadas do ônibus, ela cumprimentou Pete, o motorista barbudo. A banda de Jesse estava sentada nas primeiras poltronas; eles acenaram para ela quando ela passou, mas nenhum deles tentou contato.

Jane caminhou na direção de Kyle, no fundo do ônibus, mas parou momentaneamente ao lado de Loretta.

— Ei — disse Jane. — Gostei da sua camisa. — Foi a primeira observação que lhe veio à cabeça.

Loretta semicerrou os olhos para Jane como se tentasse decidir se ela não era original ou simplesmente burra.

— Ok — respondeu Loretta. Depois olhou pela janela na direção de Jesse.

Jane corou e continuou seguindo para o fundo do ônibus.

— Tenho certeza de que esse comentário teria funcionado com Greg — disse Kyle, dando um tapinha no ombro dela.

Jane se acomodou na poltrona em frente à de Kyle e observou Willy e Jesse apertarem a mão de Archie. Não havia dúvida de que Jesse era o centro de tudo. O gentil e educado Jesse, que nunca erguia a voz nem dava a impressão de vaidade, era a pessoa de quem todos queriam um pedaço. E Jane era a pessoa de que Jesse parecia precisar.

Devido ao seu conflito com Vincent Ray, Jane sabia que os sentimentos de Jesse por ela eram a única razão pela qual ela e seu grupo tinham conseguido participar da turnê; todos os outros ali sabiam também. Isso foi parte da razão pela qual Jane insistiu que os dois fossem discretos em público. Ela temia que, se o mundo a conhecesse como o interesse amoroso de Jesse antes que ela abrisse a boca nos palcos, ela não passaria desse rótulo para sempre.

O itinerário da turnê começou com uma abertura suave: duas semanas para resolver os problemas em locais menores em todo o noroeste do Pacífico. O primeiro show da turnê "oficial" seria em San Francisco.

Jane observou Rich olhando para a estrada. Ele parecia pequeno para ela de uma forma que nunca pareceu antes. Quando Greg voltou do telefone público, Rich apagou o cigarro e os dois entraram no ônibus, seguidos por Jesse. Jesse cumprimentou sua banda e parou por um momento para conferenciar com Loretta antes de se acomodar na poltrona ao lado de Jane. Ele manteve os olhos à frente, mas Jane sentiu um choque quando seu joelho roçou levemente o dela.

Willy, o último a entrar, fez uma rápida contagem de cabeças antes de levantar o polegar para Pete. O freio a ar chiou, os faróis foram acesos e o ônibus saiu para a Sunset Strip. Jane olhou pela janela. Ela nunca estivera na

Costa Oeste antes e ainda não conseguia entender sua falta de familiaridade: os prédios, a vegetação de arbustos, a imensidão.

Ela sentiu a mão de Jesse deslizar casualmente entre sua coxa esquerda e a poltrona, o calor irradiando de seu peito enquanto ele olhava pela janela por cima do ombro. Quando eles entraram na 101, o ônibus inteiro ficou em silêncio; eles não perceberam, mas era porque Jesse estava quieto. Se ele estivesse falando, todos eles teriam começado a falar também.

14

O set da turnê dos Breakers tinha quatro músicas — "Dirty Bastard", "Spring Fling", "Indigo" e "Spark" —, suas canções mais agitadas e agradáveis ao público. A banda estava em seu melhor momento: eles conheciam suas músicas de trás para a frente e tinham um nível incomum de sintonia um com o outro. Mais do que tudo, porém, eles queriam se provar. Agora, na sua primeira noite, tocando no Carlson Theatre do Bellevue College, eles estavam tão inquietos quanto corredores esperando o sinal de largada.

— Vamos ser excelentes — disse Jane a eles quando se reuniram num abraço.

E eles foram. O estádio ganhou vida ao som da voz de Jane e da guitarra de Rich.

Jane e Jesse não haviam se aquecido juntos, então, na primeira vez que saiu do palco, alegre e radiante, ela se assustou ao encontrá-lo abatido e tenso, como um homem a caminho de um pelotão de fuzilamento. Jesse normalmente se iluminava ao vê-la, mas dessa vez apenas ergueu as sobrancelhas e virou-se para Loretta e Benny.

— Grande show — disse Willy, entregando a Jane um copo d'água. — Vocês arrasaram.

— Jesse está bem? — perguntou Jane, observando a nuca dele.

— Claro — disse Willy. Parecia que ele iria dizer mais uma coisa, e Jane esperou. Ele limpou a garganta e falou em voz baixa. — Você acertou em cheio, hein? — ele disse.

Jane assentiu.

— O que é ótimo para vocês, como banda que abre os shows. A expectativa é que vocês deem conta do recado. Se não derem, não importa, as pessoas vão simplesmente pegar uma cerveja. Se forem bons, elas ficarão felizes. Mas se forem incríveis, como a apresentação desta noite, vocês têm toda a chance de saírem daqui com milhares de novos fãs. A única maneira de sair daqui é para cima. — Ele fez um movimento com a mão como se fosse um avião decolando. — Para Jesse, no entanto — continuou Willy, baixando a voz ainda mais —, a expectativa é de que seja incrível. Ele não vai converter ninguém em fã, se já não fossem fãs não teriam comprado um ingresso com o nome dele impresso. — Ele olhou para Jesse em meio ao seu grupo. — Se *ele* não for incrível, as pessoas pedirão o dinheiro de volta — disse Willy. — É muito peso fazer um show desses. Não se tem permissão para fazer uma apresentação fraca.

Jane e Willy observaram Benny dar um tapinha nas costas de Jesse. Jesse olhou para Jane e deu-lhe um sorriso rápido antes de entrar no palco, seu rosto inundado de luz. A multidão explodiu e Jane sentiu uma onda de admiração. Ela jurou a si mesma que um dia seria o nome dela que estaria no ingresso.

Naquela noite, enquanto o ônibus seguia para Seattle, Jesse cochilou no ombro de Jane. Willy parou na fileira deles.

— O promotor de vendas no Carlson Theatre disse que o *Spring Fling* já esgotou — disse ele, dando uma piscadela para Jane. — Vou pedir ao pessoal de vendas da gravadora para fazer uma nova projeção. Acho que prensamos poucas cópias.

Jane não pôde deixar de sorrir ao pensar que essa informação chegaria a Vincent Ray.

Os Breakers fizeram sucesso novamente na Universidade de Washington e na Universidade de Seattle. Os sets de Jesse estavam melhorando passo a passo, e seus fãs — principalmente as garotas da faculdade, que vinham em massa para gritar seu nome — não tinham ideia de que a banda ainda estava ajustando sua atuação. Eles não percebiam se o baixo estava atrasado nas mudanças de tom em "Chapel on a Hill" ou se Jesse errava a letra na segunda estrofe de "Painted Lady". Mas Jesse e a banda sabiam que sim. Esse tipo de ajuste era uma parte natural do processo, e nenhum deles esperava algo diferente; era por isso que haviam programado as duas semanas de shows em universidades para começar.

O que a banda de Jesse não esperava era que os Breakers detonassem desde o início. Por mais talentosa que fosse, uma banda profissional não conseguia igualar a química existente em um grupo de garotos que haviam tocado juntos a vida toda. Alguns encararam a coisa numa boa — Jesse estava mais animado com os sets dos Breakers do que com os seus, e Huck cumprimentava cada membro dos Breakers sempre que eles saíam do palco. Já os outros, não.

— É como se eles nunca tivessem visto uma garota loura antes — Loretta comentou secamente depois que os Breakers fizeram seu terceiro show consecutivo.

Naquela noite, Pete dirigiu o ônibus para um motel à beira da estrada, do outro lado da fronteira entre Washington e Oregon. Jane e Jesse sempre ficavam em acomodações separadas, mas Willy dava um jeito de garantir que os dois ficassem em quartos contíguos. Jesse deu boa-noite para sua banda e Jane deu boa-noite para a dela, e os dois se retiraram para seus quartos.

Momentos depois, Jane ouviu uma batida na porta ao lado. Quando ela abriu, Jesse entrou segurando uma escova de dentes, uma camiseta e uma cueca, como se fosse passar a noite ali. Ele jogou tudo na cama quando Jane correu para ele. Os dedos de Jesse se enredaram nos cabelos dela e trouxeram seus lábios aos dele. Depois de um dia inteiro de olhares roubados, Jane sentiu-se fraca com a necessidade de tocá-lo.

Jesse tirou a camisa e a conduziu para o banheiro minúsculo. Jane tirou a roupa e abriu o chuveiro enquanto Jesse tirava um sabonete sem marca de sua embalagem branca brilhante.

— Apenas o melhor para a Pegasus. — Jane deu uma gargalhada e puxou-o com ela para dentro do chuveiro. Jesse esfregou rapidamente o sabonete, cobrindo Jane com espuma, as mãos dele incitando prazeres na pele dela onde quer que a tocassem. Jane pegou o sabonete e lavou os ombros, quadris e traseiro de Jesse. A barra caiu no ralo quando ele a puxou para si, prendendo sua língua em sua boca, um grunhido baixo em sua garganta. Jane podia senti-lo ereto encostado em seu ventre quando ele deslizou um dedo dentro dela.

Eles se beijaram até que a pele dos dois ficou lisa demais e, enquanto o sabão escorria pelo ralo, Jesse virou Jane, com Jane na ponta dos pés, e penetrou-a. Com um braço em volta da cintura dela e o outro apoiado em seu osso pélvico, ele movia seus quadris juntos, a água caindo em cascata pelas costas dos dois.

— Porra — disse Jane, arqueando as costas em resposta à intensidade da sensação. Os braços dele eram fortes, e ela cedeu ao prazer do ato, apoiando-se totalmente nele enquanto gozava.

— Vamos, baby — ele sussurrou em seu ouvido.

Ela ficou lá por um momento, derretendo no calor, enquanto ele metia com movimentos controlados. Jane percebeu que ele ia gozar e se afastou quando estava prestes a terminar. Ele a perseguiu na cama e a imobilizou, olhando em seus olhos enquanto a penetrava novamente. Jane se deleitou com seu peso, sua respiração irregular em seu ouvido. As mãos dele encontraram as dela e as seguraram sobre sua cabeça, o prazer balançando silenciosamente os dois.

— Porra, Jane — ele sussurrou em seu ouvido, sua mão apertando o quadril dela enquanto gozava.

Jane acariciou o rosto dele com o nariz. Eles ficaram assim por um momento, ouvindo a respiração um do outro. Então Jesse saiu de cima dela e a beijou na testa. Ele foi fechar o chuveiro, depois deitou-se na cama. Sua mão percorreu a coluna dela, parando na base de seu pescoço para traçar sua tatuagem — o brasão da família Quinn.

— Todos vocês têm isso — disse ele.

Jane fez que sim.

— Sol, lua, água — explicou ela.

— Isso é tudo que se precisa — disse ele. — Eu gostaria que pudesse ficar assim. Quando estivermos nas cidades, vai ser... diferente.

— O que você quer dizer? — disse Jane.

Jesse deu de ombros.

— Está tudo planejado, cada minuto contabilizado. É como estar de volta ao zoológico. — O corpo de Jesse ficou tenso; Jane estendeu a mão e tocou o rosto dele. Jesse sorriu, pegou a mão dela e a beijou. Ele estendeu a mão e apagou a luz, envolvendo-a confortavelmente em seus braços, e os dois adormeceram por um tempo.

Faróis atravessavam as cortinas do painel como fantasmas no teto, passando em zunidos e zumbidos. Jane acordou e se virou de costas, o coração galopando, enquanto as molduras estáticas de seu pesadelo se dissolviam no quarto: vestido lilás, corredor, espelho, batom. Ela respirou fundo; o ar parecia rarefeito em seus pulmões. Ela se lembrou da praia iluminada pela lua, mas as pegadas apareceram muito rápido, acompanhando o ritmo de seu coração.

De todos que ela conhecia, apenas sua mãe havia trilhado essa estrada. Jane desejou poder falar com ela novamente. Ela procurou por algum fio que as ligasse: Jane podia imaginar Charlotte em um quarto não muito diferente daquele, com um colibri preso dentro do peito. Foi assim que ela se sentia, para ter feito o que fez?

Jane saiu da cama e vestiu a camiseta de Jesse, pegando seu isqueiro e um maço de Pall Mall que havia roubado da bolsa de Elsie. Ela colocou um dos calçados perto da porta, saiu para o corredor externo e acendeu um cigarro. Jane olhou além da rodovia para a escuridão: era o Oregon, uma terra misteriosa que ela nunca tinha pensado em visitar. Ela sabia que ali era uma parte de seu país, mas não tinha conhecimento de seus compatriotas que viviam naquele lugar. A lua estava cheia, mas Jane mal conseguiu encontrar a Ursa Maior, que brilhava em um lugar diferente em Massachusetts. Os americanos viviam sob estrelas diferentes.

A porta se abriu e Jesse apareceu, vestindo apenas jeans. Só o fato de vê-lo fez Jane querer de novo. Ele colocou os sapatos e pegou o cigarro dela, tragando.

— O mesmo sonho? — ele perguntou.

Jane assentiu.

Ele devolveu o cigarro a ela, mas não o largou quando ela quis pegá-lo. Jane sorriu para ele e se aproximou.

— Você já tentou escrever sobre isso? — ele disse.

Jane fez que não.

— Isso não vai funcionar para mim — disse ela. Tudo em torno deles estava tingido pelo amarelo forte das luzes da estrada, mas os olhos de Jesse, como sempre, eram frios e azuis.

— Por que não tenta? — ele indagou.

— Eu simplesmente não gosto de escrever — respondeu Jane, dando de ombros.

— Isso me parece estranho — disse Jesse, mudando de posição. — Porque você pode escrever. Quer dizer, "Spark" é uma boa música, talvez a mais liricamente desenvolvida do seu álbum.

— "Spark" foi única — disse Jane.

— Por que seria assim? Sua mãe escrevia, está no seu sangue. — Jesse ergueu uma sobrancelha para ela.

— Bem, eu não sou ela — disse Jane, arrepiada ao se lembrar de como se sentiu separada do corpo após escrever a letra de "Spark".

— Talvez — disse Jesse. — Mas eu, pelo menos, gostaria de ver o que você pode fazer.

Ela deu o último trago e apagou a guimba no corrimão. Eles ficaram juntos em silêncio enquanto alguns carros passavam.

— Estamos longe da ilha — disse Jesse. Jane ergueu os olhos para ele. Ele pegou a mão dela e a puxou para um abraço.

— Vamos entrar — disse ele.

Jane deixou que ele a conduzisse para dentro. Ele tirou as cobertas do lado dela da cama, e ela enfiou-se por baixo delas. Ele desligou o abajur e começou a esfregar suas costas. Com uma voz suave e gentil, ele cantou:

"Let the light go,
Let it fade into the sea.
The sun belongs to the horizon,
And you belong to me."[17]

Jane ficou muito quieta.

— Isso é lindo — disse ela calmamente.

— É sua — disse Jesse.

— Minha? — perguntou Jane.

— Quer dizer, eu escrevi para você — disse ele. Ele pigarreou. — Escute, Jane. Muita coisa pode... dar errado. Mas aconteça o que acontecer, entre nós, seja o que for... que acontecer... essa música será sempre para você.

Por um momento, Jane ficou em silêncio. Depois disse:

— Tem mais? — Ela sorriu no escuro.

---

[17] Deixe que a luz se vá,/ Deixe que desapareça no mar./ O sol é parte do horizonte,/ E você é parte de mim.

15

    Willy trabalhava em turnês desde os seus vinte e dois anos, e se havia uma coisa que aprendera foi que o sucesso distanciava as pessoas e o fracasso as unia. Os Breakers queriam tanto impressionar a banda de Jesse que acabavam os afastando. Willy não estava preocupado. Mais cedo ou mais tarde, algo iria dar tão errado que eles não teriam escolha a não ser se unir.

    Aconteceu em Portland. No meio do set dos Breakers no Lincoln Hall, da Universidade Estadual de Portland, o sistema de alto-falantes enguiçou. Durante a primeira estrofe de "Indigo" o microfone de Jane começou a dar retorno; centenas de pessoas cobriram os ouvidos em agonia quando um grito metálico ecoou pelo auditório como um alarme de incêndio. Willy viu Jane se virar para Rich.

    — O que fazemos agora? — ela disse. O som de Rich e o de Kyle ainda estavam funcionando corretamente, e os dois tocavam para cobrir o vazio. Os alto-falantes internos que projetavam os amplificadores de Jane e Greg fritaram.

    — "Don't Fret" — disse Rich. — Kyle, é com você.

    Eles não ensaiavam "Don't Fret" há semanas, mas Kyle era um showman. Ele assumiu o centro do palco e ele e Rich começaram a improvisar. Os dois eram capazes de lançar frases musicais de um para o outro mais rápido do que um arremessador da Liga Juvenil, mas a música dependia da seção de percussão. Greg e Jane sabiam disso mais do que Willy — enquanto Greg continuava a tocar, embora silenciosamente, Jane atravessou o palco, foi até o piano de Loretta e abriu a tampa. Willy observou enquanto ela se abaixava até as teclas, como se estivesse se curvando em oração.

    — Podemos aumentar o som do teclado? — Willy chamou o técnico. Jane começou a improvisar um acompanhamento enquanto Kyle passava a melodia para Rich. Um por um, os companheiros de banda de Jesse saíram de fininho dos bastidores para assistir aos Breakers; primeiro Jesse, depois Huck, Benny, Loretta e por fim Duke. Os Breakers tocaram por pouco menos de dez minutos, o tempo previsto para concluírem o seu set, e fecharam com um solo demolidor de Kyle. A multidão explodiu em aplausos quando eles terminaram.

— O que aconteceu aqui? — Greg exclamou enquanto eles saíam do palco.

— Puta merda — disse Rich, apertando o peito.

— Que trio... arraso total — disse Jane, batendo na palma da mão de Kyle.

— E você, domadora de pianos? — disse Kyle, fechando as mãos em torno das dela e sacudindo seus braços. Eles pararam abruptamente quando perceberam que a banda de Jesse os estava observando. Duke foi a primeira pessoa a falar, de baixista para baixista.

— Cara — disse ele, abraçando Kyle. — Isso é que é música. — Kyle sorriu. Era como se os dois grupos tivessem percebido de repente que falavam a mesma língua; eles começaram a tagarelar como parentes há muito perdidos. Willy sentiu o nervosismo de Jane quando Loretta aproximou-se dela.

— Da próxima vez que você se apropriar do meu piano, talvez queira dispensar o pedal de sustentação — disse Loretta. — Já ouvi órgãos de catedral mais vibrantes.

Quando Jane abriu a boca para responder, os olhos de Loretta suavizaram.

— Mesmo assim, não foi nada mau. Para uma garota ainda.

Ela piscou para Jane, depois virou-se para Benny. Loretta fizera tudo segundo as regras, primeiro como compositora, depois como performer. Willy sabia que seu objetivo final era um álbum só dela, e ela havia trabalhado constantemente por anos para construir sua reputação e se insinuar para a gravadora. Deve ter sido devastador para ela ver a bela Jane Quinn de apenas vinte anos entrar em cena, quebrar todas as regras, acabar realizando um álbum e conseguindo um espaço para fazer um show de abertura em uma turnê pelo país.

Willy observou Jesse e Jane. Jesse estava falando com Kyle, mas seu braço continuava esbarrando em Jane como se quisesse se assegurar de sua presença. Willy nunca tinha visto alguém tão apaixonado. Jane gostava muito de Jesse, mas ela estava ali pela música. Provavelmente foi por isso que ela pediu a ele. A maioria das garotas mataria para que o mundo soubesse que Jesse Reid as escolheu, mas Jane não queria que ninguém descobrisse.

— Ei — disse Jesse, reunindo todos em torno dele. — E se fecharmos o show com um grande número, todos juntos?

— É uma ótima ideia — disse Willy reflexivamente.

— Que música? — Benny perguntou. — Já tocamos todo o álbum.

— Que tal "My Lady"? — disse Kyle.

— Ou poderíamos tocar outra música dos Breakers — Jesse sugeriu.

— Que tal "Let the Light Go"? — disse Jane. Jesse fez uma cara que parecia que ela havia acabado de se voluntariar para o serviço social.

— Não conheço essa música — falou Huck.

— É nova — disse Jane. — Jesse que fez. É realmente boa.

— Se é isso que você quer — disse Jesse. Ele deu a ela um pequeno sorriso, mas quando virou-se para pegar seu violão, Willy viu uma sombra de desapontamento passar pelo rosto dele. Em seguida, os dois grupos começaram a conversar usando termos técnicos, formando uma falange de frases como "preste atenção quando eu variar de tons" e "vou no semitom", o que deixou Willy do lado de fora.

O avô de Willy, Seb, emigrou do Egito em 1875, junto com um garanhão árabe que correu para a vitória em Preakness antes de continuar para o oeste. Chegando a Los Angeles, ele mudou seu nome de Laghmani para Lambert e usou os prêmios do cavalo para investir na tecnologia do gramofone do Volta Laboratory. Ele deu ao filho um nome americano, Jack, e duas obsessões que Jack viria a dominar: corridas de cavalos e a indústria da música. Willy fora criado com uma sendo a metáfora predefinida para a outra.

Jesse era um cavalo puro-sangue, da melhor linhagem, uma aposta segura, o tipo de artista que sempre terminaria em primeiro. Jane era um cavalo selvagem castrado. Willy chegara a pensar que ele poderia domesticá-la, mas ele estava enganado. Ou ela apenas correria de cabeça para as arquibancadas ou cruzaria a linha de chegada. Acontece que às vezes um cavalo campeão domesticado precisa de um parceiro de treinamento para manter seu espírito intacto. Foi assim que Willy defendeu diante do seu pai e do resto da diretoria da Pegasus a ideia de que os Breakers fariam o show de abertura para Jesse. "Ela o fará correr mais longe e mais rápido", afirmara Willy. Apesar dos protestos de Vincent Ray, a diretoria havia concordado.

Willy sempre soube que as gravadoras vendiam discos, não artistas; o público não sabia do que gostava e as gravadoras diziam a ele do que gostar. A lealdade de Willy para com Jane ia contra isso, e nem mesmo ele sabia até onde isso iria se estender. Willy era diferente de seu pai em um aspecto fundamental. Jack Lambert gostava de corridas de cavalos porque adorava vencer. Willy adorava vencer, mas também adorava ver os cavalos correndo. E Jane podia correr.

Não era uma atração exatamente — não que ele não tivesse pensado nisso, mas Willy preferia mulheres maduras (sua esposa, Rebecca, era sete anos mais velha). Seu fascínio por Jane era mais profundo do que isso — era existencial. Willy e Jane eram herdeiros do mundo da música: Jane era uma vingança, Willy era um reino. Willy uma vez pensou que gostaria de remodelar aquele reino, mas enfrentar Vincent Ray no verão passado havia lhe revelado que ele morreria antes de colocar em risco seu direito de primogenitura.

Jane Quinn não tinha tais restrições e se tornou o avatar de Willy para o que ele nunca se permitiria fazer ou dizer. Se alguém como Jane pudesse se tornar um nome muito conhecido sem o apoio da gravadora, isso ameaçava o controle e o poder do establishment, seu legado; no entanto, Willy descobriu que às vezes o que ele queria era que ela demolisse tudo.

Os técnicos de som levaram vinte minutos para consertar os alto-falantes; assim que Jesse começou a tocar, demorou menos de vinte segundos para reconquistar a multidão. Sua banda voou pelo set com uma nova vibração, como se assistir aos Breakers lhes tivesse dado permissão para fazer um show. Quando terminaram, fizeram uma reverência, e os Breakers voltaram com gritos de alegria que pareciam se amplificar, quanto mais perto Jane ficava de Jesse.

— Obrigado — disse Jesse. — Obrigado. Temos mais uma para vocês.

Willy assistiu de fora do palco Jane começar a cantar a primeira estrofe de "Let the Light Go", Jesse ao lado dela tocando violão. A melodia era estranha e linda, a meio caminho entre uma canção de amor e o blues.

"I'll watch over you,
As long as I am here,
As long as I am near,
You can dream, dream away."[18]

Enquanto os músicos continuavam o acompanhamento, Willy observou um grupo de estudantes de olhos arregalados olhando para Jesse e Jane. Suas expressões levaram Willy de volta ao inverno de 1964, quando uma turnê cancelada o forçou a passar uma temporada trabalhando no *Ed Sullivan Show*. Era assim que o público olhava para os Beatles: eufórico, obcecado. As engrenagens na cabeça de Willy começaram a girar enquanto ele observava aqueles rostos jovens se perguntando: estavam namorando ou não?

Não saber a resposta continha todos os ingredientes de uma obsessão. Parecia que o desejo de privacidade de Jane tinha o potencial involuntário de borrifar fluido de isqueiro em muitos corações que seguravam uma vela para Jesse; isso tinha poder de fogo suficiente para lançar a estrela dele na estratosfera. Quando Jane e Jesse se curvaram juntos, os gritos alcançaram um tom ensurdecedor.

Depois do show, uma garota sardenta com cabelos ruivos e óculos esperava por eles no estacionamento, como se tivesse chegado na hora certa. Ela trazia uma câmera presa ao pescoço e um bloco de notas nas mãos, evidentemente do jornal da faculdade.

— Desculpe — disse Willy. — Desculpe, Jesse não está dando entrevistas.

— Está tudo bem — disse Jesse, ainda ligado depois da sua apresentação.

— Eu não sei... — disse Willy.

— Está tudo bem — repetiu Jesse. — Oi, sou Jesse.

— Eu sou Marybeth Kent — disse ela, apertando a mão de Jesse como se estivesse fazendo uma entrevista para um emprego.

Willy revirou os olhos e ergueu a mão, murmurando:

— Cinco minutos.

---

[18] Vou cuidar de você,/ Enquanto eu estiver aqui,/ Enquanto estiver perto,/ Você vai poder sonhar e sonhar.

— Os fãs querem saber — disse ela, com as faces avermelhadas. — Você está namorando Jane Quinn?

Jessie riu e ergueu os olhos assim que Jane passou por ele em direção ao ônibus.

— O que você acha, Janie Q? Estamos namorando?

— É assim que você chama uma garota para sair? — disse Jane, sem interromper o passo.

— Então... a música "Morning Star"... é sobre Jane Quinn? — questionou Marybeth, rabiscando freneticamente.

— É uma combinação de pessoas que conheci — disse Jesse.

— Mas uma delas é Jane Quinn — afirmou Marybeth. — Você fala de uma "Estrela da manhã e seu violão"... "Eu seguiria aqueles cabelos dourados para qualquer lugar". Parece muito claramente ser ela.

Jesse deu de ombros.

— O que te atrai nela? — perguntou Marybeth.

— Ok, já basta — disse Willy. — Obrigado por vir esta noite.

E, com isso, ele conduziu Marybeth de volta ao campus. Ela ficou olhando por cima do ombro para ter um último vislumbre de Jesse.

Naquela noite, o ônibus estava alegre como uma taberna. Pela primeira vez, os grupos se sentaram misturados, conversando e rindo. Jesse parecia em paz. Jane estava alerta.

No domingo, o ônibus da *Painted Lady* voltou pela costa para San Francisco, o rádio sintonizado no novo programa de Casey Kasem, *American Top 40*. O grupo teve sua primeira surpresa no número 38, quando "Spring Fling" entrou no ar. Quando as primeiras notas da introdução vibraram, os olhos de Jane se arregalaram. O ônibus inteiro começou a gritar.

— Ouçam isso — disse Jesse, radiante.

— *"Strong, yeah, you bring me along"* — todos cantaram juntos. Quando a música dos Breakers terminou, uma nova tensão se instalou no ônibus. Se "Spring Fling", que não estava nem remotamente perto de um gráfico na semana anterior, estava em 38º lugar, então onde estaria "Strangest Thing"? Quanto mais baixava a contagem regressiva, mais silencioso o ônibus ficava.

Jesse sentou-se ao lado de Jane, olhando para seus sapatos. Willy começou a preparar uma lista das ligações que precisaria fazer se a música estivesse entre as dez primeiras. Eles estavam a trinta quilômetros da cidade quando a contagem regressiva final começou. A ponte Golden Gate apareceu no momento em que "Huguenot", da Bulletin, terminou como a quinta colocada.

— E agora, no quarto lugar desta semana, nós temos... "Strangest Thing", de Jesse Reid.

Vozes explodiram em volta de Willy. Jane sorriu para Jesse, e Pete, o motorista do ônibus, aumentou o volume quando "Strangest Thing" começou a tocar.

Enquanto o grupo se regozijava, Willy mergulhou em pensamentos.

— O que foi? — Kyle perguntou a ele.

— Estou neste negócio há dez anos e não importa o quanto uma música seja boa — disse Willy, coçando o queixo. — Você não salta nove pontos em uma semana porque fez shows em algumas universidades. Outra coisa deve ter acontecido.

A resposta apareceu uma hora depois, quando o ônibus estacionou bem em frente a um distribuidor da *Snitch Magazine*.

Lá estavam eles nas fotos: Jesse observando Jane entrar no ônibus, Jane olhando para Jesse por cima do ombro. A manchete dizia: A GAROTA DAS CANÇÕES: JANE QUINN É A "MORNING STAR" DE JESSE REID?

Parece que Marybeth Kent não era uma repórter de faculdade, afinal.

16

Em San Francisco, eles tocaram no Stern Grove para um público espalhado no gramado e vestido com suéteres e casacos tirados do armário devido a uma súbita onda de frio.

— Não é assim que imaginei a Califórnia — disse Kyle, bafejando nos dedos para aquecê-los. A multidão estava quieta demais, beirando a sonolência. Quando Jane disse a eles para fazerem algum barulho, eles aplaudiram como se estivessem em um torneio de golfe.

— Povinho difícil — disse ela a Rich numa pausa entre "Indigo" e "Spark".

— Estão todos doidaços — disse Rich, inalando o aroma pungente que flutuava em sua direção, uma mistura de maconha, fumaça densa e aquela lendária neblina. Jesse tinha razão, as cidades eram diferentes.

Quando chegaram a Los Angeles, a *Tiger Beat* e a *Flip* já haviam publicado que Jane e Jesse deviam ser namorados, e o público no L.A. Memorial Coliseum era uma colmeia de conjecturas. A música-surpresa sobre a qual leram na *Snitch Magazine* se repetiria? Eles teriam a chance de ver ao vivo Jane e Jesse juntos?

Quando Jane entrou no palco, ela sentiu um frenesi diferente de tudo que já havia experimentado antes. Era uma multidão imensa, chique e descolada, mas foi só na metade do primeiro número que ela percebeu a verdadeira diferença. Enquanto cantava o refrão de "Dirty Bastard" Jane ouviu o público cantando junto — eles conheciam as canções dos Breakers. Ouvir as letras deles ecoando pelo estádio fez o coração de Jane pular — embora ela soubesse que a maioria deles só conheciam as músicas deles porque ela supostamente estava namorando Jesse.

— É como se eu estivesse enganando todo mundo — disse Jane a Greg enquanto eles estavam nos bastidores, observando Jesse sorrir timidamente para a multidão, de seu assento no palco.

— É um engano você ser linda? — perguntou Greg, dando de ombros. — Maior do que ele ser rico?

Jane adorava ver Jesse em ação no palco. Sua visível tensão nos ombros antes de entrar em cena derretia quando ele surgia sob os holofotes segurando seu violão. Jane era como uma supernova, toda fulgor e energia; Jesse era como um buraco negro, um poço de gravidade que atraía legiões em sua direção. Ele costumava cantar olhando para baixo ou com os olhos fechados, o que tinha um efeito hipnótico: o público o observava como se tivesse medo de acordar um sonâmbulo.

Depois de seu set onírico, Jesse convidou os Breakers de volta ao palco para cantar "Let the Light Go" e o público enlouqueceu. Jesse se levantou e olhou para Jane, e para a multidão parecia que ela o havia acordado, ainda mais evidente pela mudança de postura dele. Willy os encorajara fortemente a atender o pedido de bis dos fãs. Jane tinha ciência de que estava sendo escrutinizada por todos, mas apenas a distância; quando ela e Jesse cantavam juntos, ela se esquecia de todo o resto.

Eles se curvaram juntos para agradecer os aplausos e saíram do palco, com cuidado para não se tocarem. No minuto em que Jesse saiu dos holofotes, seu rosto ficou branco como a neve. Willy entregou-lhe um copo d'água e cumprimentou-o pelo bom trabalho que havia feito, e Jane esperou alguns minutos antes de falar com ele; ela aprendeu que a reação inicial dele ao sair de uma apresentação era de catatonia.

— Eu invejo você — ele disse naquela noite no quarto de hotel de Jane. — Você adora o palco.

Na manhã seguinte, Willy os procurou no restaurante do hotel para comunicar algumas novidades.

— A *Rolling Stone* está enviando Curtis Wilks para escrever um artigo sobre você — disse ele a Jesse. — Ele nos acompanhará pelo resto da nossa turnê em Los Angeles. Precisamos fazer com que ele se amarre.

Jesse acabara de cortar um pedaço de omelete e recolocou o garfo no prato.

— Toda a visita será gravada — disse Willy. — Então... se você não quiser que ele saiba de vocês dois, sugiro maior discrição até chegarmos a Las Vegas.

— Só para constar, eu não me importo que alguém saiba sobre nós — disse Jesse.

— Só para constar... — disse Jane, pegando o garfo e comendo a omelete. — Eu me importo.

Quando eles chegaram para o show naquela noite, Curtis Wilks estava esperando nos bastidores. Ele tinha por volta de trinta e cinco anos, cabelo castanho espesso e um bigode mexicano — um ursinho de pelúcia com um crachá de imprensa. Mas se Mark Edison havia ensinado alguma coisa a Jane foi que a imprensa de bichinho de pelúcia não tinha nada.

— Jane... — Willy acenou para ela. — Venha conhecer o Curtis.

Jane sorriu e ofereceu-lhe a mão.

— Eu sou a vocalista dos Breakers — disse ela. — Nós abrimos o show.

— Eu sei quem você é — disse Curtis, sorrindo ao dar um aperto forte na mão de Jane. — No verão passado eu estive no Festival Folk da Ilha de Bayleen. *Spring Fling* é uma estreia e tanto. E você é uma ótima cantora.

Um momento depois, Willy carregou Curtis Wilks de volta para Jesse, deixando Jane para reunir sua banda. Os Breakers afinaram os instrumentos e foram para o trailer aguardar o sinal de chamada. Greg e Rich começaram um jogo de beisebol, e Kyle tinha acabado de pedir a Jane para jogar cartas quando Jesse bateu na porta.

— Curtis ainda está nos bastidores com Willy — disse ele. — Posso te roubar por um segundo?

Ele a conduziu para trás do trailer. Um horizonte magenta brilhava atrás do estádio, já com o barulho de vozes.

— O que foi? — Jane perguntou.

Jesse parecia prestes a dizer alguma coisa, mas deu um passo à frente e passou os braços em volta da cintura dela. Jane agarrou seus ombros, surpresa, e o segurou assim por um minuto. A *Rolling Stone* era grande. A maior das maiores. Ambos sabiam disso. Quando o artigo fosse publicado, as coisas seriam diferentes. Ainda era difícil prever como, mas os dois podiam sentir; um modo de ser estava acabando e outro começando. Jesse se endireitou e a puxou para si, enterrando o rosto em seus cabelos.

Naquela noite, Jesse tocou como Orfeu a bordo da nau *Argo*, seu desempenho foi poderoso e arrebatador. Depois, as duas bandas escoltaram Curtis Wilks até o ônibus, e Pete os levou a Beverly Hills para uma festa organizada pelo irmão de Willy e fundador da Counting Sheep Records, Danny Lambert.

— Horrendo — disse Willy baixinho enquanto eles paravam em um elaborado pátio de pedra que lembrava uma praça veneziana.

O interior parecia o cruzamento de uma casa de praia com um covil de vampiro — palmeiras misturadas com veludo vermelho, luminárias de cristal iluminando pisos de coral. Danny era uma versão mais velha e sofisticada de Willy. Ele aguardava na entrada octogonal, o cabelo penteado para trás, os dentes brilhando.

— Aí estão eles — disse ele, recebendo Jesse e Curtis Wilks. Willy revirou os olhos e seguiu atrás. Obviamente, o negócio do artigo era um assunto de família, embora não estivesse claro de quem fora a ideia.

— Vamos — disse Loretta, pegando o braço de Jane. A banda de Jesse levou os Breakers a um salão de baile palaciano e, em seguida, espalhou-se em direção a outras pessoas que conheciam.

Jane se sentiu como se tivesse pisado em um set de filmagem. Uma garçonete usando meias arrastão e gravata borboleta trouxe bebidas em uma bandeja de prata. Os Breakers ficaram parados, sem jeito, tomando suas bebidas, ao lado de uma janela de dois andares com vista para uma sofisticada piscina paisagística. Jane esquadrinhou a multidão resplandecente em busca de Jesse; ela não tinha ideia de onde ele estava.

— Por favor, me diga que os boatos não são verdadeiros — uma voz baixa com sotaque de Kent rosnou atrás deles.

— Puta mer... — Kyle perdeu a voz quando eles se viraram e toparam com a presença de Hannibal Fang, o lendário baixista da banda Fair Play, da linha de frente da invasão britânica. Hannibal Fang mostrou seu sorriso de lobo, sua marca registrada, e pegou uma das mãos de Jane entre as suas, ambas carregadas de anéis.

— Jane Quinn, luz da minha vida, fogo de minhas entranhas — disse ele. — Eu vou ter uma morte precoce se você estiver namorando Jesse Reid. Vamos lá, meu amor, diga que não é verdade e vamos fugir.

— Ok, Janie Q — disse Kyle. — Você ouviu o homem.
— Janie Q — disse Hannibal Fang. — Amo isso.
— Estes são Kyle, Greg e Rich — disse Jane. A excentricidade dele a deixava estranhamente à vontade. Era como se ela estivesse atendendo a um cliente paquerador no Carousel, só que, em vez de um balcão de bar os separando, era uma pausa na realidade.
— Muito prazer, rapazes — disse Hannibal Fang. — Adorei o disco de vocês, top dos tops. Então... o que você me diz, Jane, devemos sair daqui e nos conhecer biblicamente?
— Não podemos sair ainda, a festa mal começou — disse Jane.
— Como assim? — disse Hannibal Fang. — A festa já está rolando, tem gente para todo lado.
— Não sei — disse Jane. — Ninguém pulou totalmente vestido na piscina ainda.
— Tsc-tsc — disse Hannibal Fang. — Ninguém pula "totalmente vestido na piscina", amor. Essas coisas devem ser feitas com estilo e sutileza. Venha, eu vou te mostrar.
Ele levou os quatro para o andar de cima, e todos cheiraram uma carreira de seu estoque pessoal de cocaína, que ele usava em volta do pescoço dentro uma presa de tigre oca.
Todos eles haviam experimentado um pouco na Ilha de Bayleen, mas as drogas eram caras, uma extravagância reservada para a semana do Festival Folk. Em Los Angeles era diferente. Ali bolas, pó e maconha eram tão comuns quanto pastilhas de menta.
— Apenas me avise quando sua garganta começar a queimar, eu sempre tenho mais — ele disse.
Então eles cheiraram outra carreira e voaram de volta para a festa, com Hannibal Fang como seu guia. Eles dançaram perto de uma banda que estava entre as quarenta de maior sucesso e tocava ao vivo no solário, todos de braços dados com dançarinas exóticas pintadas para lembrar flores de jardim. Eles riram quando Hannibal Fang os apresentou a um batalhão de chefões da indústria da música que estavam tão eufóricos e libertinos quanto os próprios Breakers.
Em seguida, foram para a piscina, uma utopia luxuriante imitando a lagoa de Bora-Bora. Assim que Kyle e Greg começaram a competir para

ver quem poderia beber mais do álcool que escorria do golfinho de gelo, Jane avistou Willy emergir no pátio parecendo exasperado.

— Que cafona — disse ele, enxotando uma mulher cujos seios expostos estavam pintados de margaridas.

Jesse e Curtis Wilks vinham logo depois, atrás dele, rindo de algo que Danny Lambert estava dizendo. Os olhos de Jesse encontraram os de Jane e permaneceram nela um pouco mais do que deveriam.

— Muito bem — disse Hannibal Fang. — Está na hora. — Ele agarrou a mão de Jane e puxou-a para a piscina.

Jane afundou na água morna e sentiu respingos ao redor dela quando Kyle, Rich e Greg mergulharam também.

Eles não foram os únicos — em pouco tempo, metade da festa estava na piscina, incluindo várias dançarinas. As cores rodavam na superfície, uma pintura a óleo liquescente.

— É sério, então? — Hannibal Fang resmungou no ouvido de Jane. — É porque ele sabe cantar?

— Quem disse que é alguma coisa? — disse Jane.

— Oh, Jane, sua atrevida celestial — disse ele, e os dois boiaram de costas, observando os aviões passarem sobre a cidade. Eram três da manhã quando Jane saiu da água. Ela olhou em volta procurando Jesse e viu Curtis Wilks desmaiado em uma das cadeiras do gramado, tochas acesas de cada lado dele. Hannibal Fang estava esparramado embaixo do golfinho de gelo, com uma dançarina, pintada como uma rosa, montada nele e alimentando-o com uvas de um chifre dourado.

Jane sentiu uma mão se fechar em seu pulso, ergueu os olhos e viu Jesse. Sem dizer uma palavra, ele a puxou para a edícula de Danny Lambert e a colocou em cima de uma pilha de brinquedos de espuma. Foi um ato de posse, seus dedos apertando a carne de suas coxas. Jane fechou os olhos, reduzidos a cloro, plástico e álcool, e o pênis dele a penetrava enquanto ambos tentavam se conter. Depois, eles saíram da edícula um após o outro, voltando para lados opostos da festa antes que Curtis Wilks recuperasse a consciência.

17

No dia seguinte, todos estavam esgotados.

— Eu costumava achar que as estrelas do rock cheiravam muito pó porque era chique — disse Rich. — Agora parece apenas uma decisão lógica. Sinceramente, não sei como teria sobrevivido ontem à noite sem algum tipo de auxílio extra.

Naquela noite, Jesse e os Breakers fizeram shows matadores, depois foram para a casa de Willy para "relaxar" após o concerto, o que significou uma reprise ao estilo de Malibu da noite anterior. A casa de Willy à beira-mar podia ser menor do que a mansão de seu irmão, mas não era menos ambiciosa.

Willy os conduziu por uma entrada com painéis geométricos em madeira já vibrando ao som da música e com uma jovem safra de fãs e *groupies* da indústria. Jesse parecia bastante à vontade. Ele acenou para Curtis Wilks, os dois pegaram cervejas e se dirigiram para uma grande varanda com vista para o mar.

Uma mulher se aproximou com um minivestido verde-azulado, e Willy a apresentou como sua esposa, Rebecca. Sua maquiagem olho de gato, o corpo bronzeado e seu comportamento pragmático fizeram Jane pensar em Cleópatra.

— Você é a Jane! — disse Rebecca, abraçando-a. Rebecca exalava uma fragrância de doces cristalizados. — Tome aqui — ela disse baixinho, entregando a Jane um comprimido e um copo de água. — Vitamina C. Para fortalecer o seu sistema imunológico. Eu não sei como vocês estão aguentando essas semanas. — Jane decidiu que, se as coisas não dessem certo com Jesse, ela dedicaria sua vida a Rebecca.

Os Breakers pegaram as bebidas e se dirigiram para a pista de dança, já animada na sala de estar de Willy, enquanto os convidados continuavam a entrar. Cada vez que a porta abria, Kyle virava a cabeça.

— Hannibal Fang não vai vir — disse Rich.

— Eu sinto falta dele — disse Kyle.

— Eu sinto falta do golfinho de gelo — disse Greg.

— Todo mundo se divertindo? — perguntou Willy, aproximando-se deles como se tivesse percebido a comparação com o irmão.

— Sim — respondeu Jane, dando um tapinha no ombro dele e pegando a bebida de sua mão. — Como está indo tudo? — Ela fez um gesto em direção ao deque, onde Jesse estava concentrado em uma conversa com Curtis Wilks.

— Bem... — disse Willy, baixando a voz. — Curtis acha que temos uma chance de ser capa da próxima edição.

— *Da próxima* edição? — perguntou Jane. — Você quer dizer já na semana que vem? Como é possível?

Willy deu de ombros.

— Aparentemente, ele está preparando este artigo desde o verão passado. Só quer complementar a matéria com um pouco sobre a turnê e algumas fotos recentes. Parece que eles estão reservando um espaço na revista para ele, só faltando a checagem dos fatos.

Jane soltou um assobio baixo.

Quando o relógio bateu meia-noite, a porta abriu revelando uma mulher negra resplandecente envolta em um traje rosa cintilante desde o seu cabelo bufante louro-limão até as sandálias de tiras prateadas. Era impossível não olhar para ela — ela exalava um calor contagiante. Jane sentiu um choque; ela conhecia essa mulher, tinha visto seu rosto nas capas de álbuns, tinha ouvido histórias de sua amizade com sua mãe durante anos.

— Essa é a... — disse Rich. Jane assentiu.

— Lacey Dormon — completou ela.

Tudo em volta desapareceu enquanto Jane observava a multidão abrir passagem para que Lacey pudesse abraçar Loretta. Loretta fez uma piada e a sonora risada de Lacey ecoou pela sala; o nível de ruído no ambiente aumentou em resposta. Estava claro que a festa realmente não tinha começado até que Lacey chegasse.

— Lacey — disse Willy, chamando-a. Jane sentiu seu rosto enrubescer. Durante semanas, Jane ansiara por uma conversa com sua mãe sobre música, e agora ela estava prestes a encontrar uma das poucas pessoas que conheceram sua mãe como compositora. Lacey se lembraria de Charlotte? Caso se lembrasse, *de que forma* seria? Passou pela mente de Jane sua última lembrança da mãe e ela estremeceu.

Lacey apareceu ao lado de Jane como uma visão cor-de-rosa. Quando ela olhou para o rosto de Jane, seus olhos se arregalaram de surpresa, depois suavizaram com nostalgia.

— Você é Jane Quinn — disse ela em voz baixa e inconfundível. — Você é idêntica a Charlotte. É como se eu estivesse vendo um clone. — Jane ficou sem palavras.

— Sempre dizem isso para Jane — disse Kyle, se intrometendo. — Eu sou Kyle. — Willy apresentou os rapazes e depois os levou para outra rodada de bebidas, deixando Jane sozinha com Lacey.

— Parabéns pelo seu álbum, querida — disse Lacey, tocando Jane no ombro como se ela fosse uma sobrinha amada. — É tão bom. Você realmente tem o talento de Charlotte com a melodia. — Jane olhou para Lacey com admiração. Jane poderia passar meses sem nunca ouvir ninguém dizer o nome de sua mãe, anos sem ninguém reconhecer o que ela havia conquistado. Lacey Dormon tinha acabado de fazer as duas coisas em menos de dois minutos.

— Estou tão feliz em conhecê-la — foi tudo o que ela conseguiu dizer.

— Eu também, querida — disse Lacey. — Ah, se sua mãe estivesse aqui! Como ela está?

Jane sentiu o sangue sumir de seu rosto.

Os olhos de Lacey se fixaram nos dela.

— Ela está bem, não está? — Lacey perguntou suavemente.

— Não sei — Jane disse e baixou o olhar. — Ela fugiu há mais de dez anos.

Lacey colocou a mão no peito.

— Fugiu — ela repetiu, transfixada pela luz de uma estrela que há muito se apagara. Seus olhos brilharam de tristeza. Jane sentiu-se entorpecida. — Que triste para você — murmurou Lacey. — Eu não posso acreditar nisso. Eu realmente não posso. Charlie... Charlotte. Suas músicas foram o começo de tudo para mim. Eu devo tudo a ela.

Elas permaneceram juntas, em silêncio. Jane não conseguia pensar no que dizer. Então Loretta se colocou entre elas, segurando uma bebida para Lacey.

— Vejo que você conheceu nossa Jane — disse ela. Jane observou Lacey aceitar a bebida, mas quando Loretta começou a se aproximar de outro grupo, Lacey não a seguiu.

— Há mais coisas para conversarmos — disse ela. — Outra hora, só nós duas. — Ela enfiou a mão na bolsa rosa e tirou um cartão. — Por favor — falou, fechando a mão de Jane em torno do papel. — Prometa que você vai me ligar da próxima vez em que estiver na cidade. Teremos uma conversa adequada sobre Charlotte e tudo o mais.

— Eu prometo — disse Jane.

Lacey sorriu para ela.

— Você realmente se parece com ela, é incrível. Eu saberia que era você em qualquer lugar — ela disse, e flutuou de volta para a multidão quando Jesse e Curtis vieram da varanda.

— Bem, isso foi... inesperado — disse Greg, aparecendo ao lado de Jane. Jane percebeu que ele estava de olho nela o tempo todo e, de repente, ela se sentiu pequena e trêmula: com saudades de casa. Também estava ficando cansada de ficar longe de Jesse; isso ela poderia consertar.

— Vamos — ela disse aos rapazes. Eles foram até Curtis e Jesse, que pareceu surpreso ao vê-los.

— Se divertindo? — perguntou Curtis Wilks.

— Sempre — respondeu Jane, quando Benny e Huck se juntaram.

— Aqui é a verdadeira festa — disse Benny, batendo sua garrafa de cerveja na de Jesse.

— Eu estava pensando... — disse Huck. — Pode ser uma boa noite para observar as estrelas. — Ele tirou uma folha de papel mata-borrão colorido de dentro do colete com um sorriso malicioso.

Eles se dirigiram para o telhado de Willy e todos colocaram um pedaço na língua, inclusive Curtis Wilks. Deitados de costas, discutindo a guerra do Vietnã e o preço do tomate, as estrelas começaram a formar desenhos de animais naquele céu sem lua. A mão de Jesse encontrou a de Jane no escuro e os dois adormeceram assim, com a cabeça de Kyle na barriga de Jane e Greg abraçado com Rich.

De manhã, as bandas se despediram de Curtis Wilks e embarcaram no ônibus da *Painted Lady* para Las Vegas. Quando chegaram ao Caesar's Palace,

Jane e Jesse desistiram da ideia de ficar em quartos diferentes. Eles desmoronaram na cama de Jane e assim ficaram pelas próximas quinze horas.

No dia seguinte, uma nova edição da *Rolling Stone* chegou às bancas estampando um retrato psicodélico do rosto de Jesse e a manchete "O Novo Rock: Soft & Blues".

18

O Vietnã continua, mas o Rock and Roll esbraveja, deixando uma nova onda de compositores sem escolha a não ser mergulhar de cabeça no harmonioso soft rock. Hoje em dia, as melodias emocionantes provenientes da cena musical de Laurel Canyon costumam ser mais blues do que rock, uma fênix de nuances e sutilezas surgindo das cinzas de guitarras queimadas e cordas vocais arrebentadas. Se existe alguém que incorpora esse renascimento, esse é Jesse Reid, de vinte e um anos e fala mansa, cujo comportamento heathcliffiano revela um talento tão inegável que pode levar uma geração inteira de guitarristas a aprender o estilo de dedilhado de Merle Travis.

Assim começava a matéria de capa da *Rolling Stone*, de oito páginas, "Um dia na vida de Jesse Reid". O artigo era bem escrito e informativo, mas o que ficou na memória dos leitores foi a foto icônica de Jesse na sétima página. Em meio a tomadas efêmeras do Memorial Coliseum, um pôr do sol magenta e fãs apaixonadas, havia uma única foto de Jesse sentado em uma cadeira dobrável olhando para algo fora do enquadramento. A cor azul brilhante de seus olhos havia sido capturada na imagem, e ele parecia completamente absorto, como se estivesse contido. A legenda dizia "Reid assistindo a Jane Quinn afinar seu violão nos bastidores do Memorial Coliseum".

O texto em si evitou o assunto da vida amorosa de Jesse, mas não importava; os fãs sentiram o cheiro da foto como uma matilha de lobos. Da noite para o dia, as perguntas "Quem é Jane Quinn?" e "Eles estão juntos?" ganharam importância nacional, e isso reverberou até nas paradas de sucesso.

Na décima sétima semana de lançamento, "Spring Fling" entrou na lista das dez mais nos Estados Unidos.

Isso não foi nada comparado com a reação a *Painted Lady*. Depois que o artigo foi publicado, não havia como voltar atrás. "Strangest Thing" passou a ocupar o primeiro lugar semanalmente, com "Morning Star" em quarto e "Sylvie Smiles" em décimo segundo; *Painted Lady* foi o álbum número um na parada norte-americana por vinte semanas consecutivas, catapultando sua turnê para um turbilhão de histeria em massa e cobertura da mídia.

Jane começou a receber alguns pedidos de entrevista. Para desgosto de Willy, ela rejeitou todos eles.

— Jane, são revistas de grande penetração — disse Willy enquanto Jane colocava seu violão no bagageiro do ônibus.

— *Tiger Beat? Teen?* — disse Jane. — Estou fora.

Ele olhou para ela.

— O álbum está vendendo, não está? — ela questionou.

— Por sua causa e de Jesse — disse Willy, exasperado. — Mas você deve aproveitar todas as oportunidades que puder para crescer por conta própria.

— Você já leu essas revistas? — disse Jane. — Tudo o que elas vão perguntar é sobre Jesse.

— Você só precisa estar na capa de uma ou duas... falar sobre como você arruma seu cabelo ou que seu esmalte favorito é o Natural Wonder.

— Estou em uma banda de Rock and Roll — disse Jane. — Não quero falar que o meu esmalte favorito é o Natural Wonder.

Willy balançou a cabeça. Fãs e paparazzi atrasaram a partida deles de Las Vegas por duas horas, invadindo o ônibus com câmeras espocando e cartazes pintados, cantando as letras no ar. A maioria deles estava lá por Jesse, mas não todos: mais de um cartaz dizia *"Breakers Forever"* e *"What Would Jane Do?"*, frase brincando com um verso da canção "Indigo": *"What would I do if you were violet and not blue?"*

Uma fileira de garotas de braços dados ficou na frente do ônibus enquanto Pete apertava a buzina.

— Merda — disse Willy, um cartaz de *"Jane + Jesse Forever"* balançando na frente dos seus óculos.

Depois, a turnê mudou para um ônibus preto genérico que seria mais difícil de rastrear. Mesmo assim, Jane não compreendeu o quão grande eles estavam se tornando até chegarem a Utah, onde um frentista rude do posto bombeava gasolina vertiginosamente enquanto insistia em obter um autógrafo de Jesse. Levaram dez minutos para entrar e comprar cigarros.

— Você deve ser Jane — disse o caixa. — Se as coisas não derem certo com o Jesse, volte aqui para o velho Rex.

Jesse fechou a cara.

— A moça pediu um maço de Pall Mall, não ouviu? — disse ele, provocando um calafrio no ambiente.

Jesse parecia ter se transformado num urso polar, vendo sua privacidade evaporar a sua volta como um iceberg que derrete rapidamente. Parte da construção de uma lenda era ser uma lenda, e cada cidade tinha sua própria imprensa, suas próprias personalidades locais, seus próprios bares que precisavam ser visitados, ungidos com música, adornados com fotos das bandas e dos proprietários. Para capitalizar um sucesso como *Painted Lady*, a turnê teve que criar a sensação de que, se as bandas estivessem na cidade, havia uma chance de elas *poderem* aparecer onde você estava. Isso significava que o grupo da turnê precisava estar "ligado" do anoitecer ao amanhecer.

Depois de um show, às vezes os músicos trocavam de roupa, às vezes não; depois eles entrariam no ônibus e consumiriam o que quer que estivesse disponível — *speed*, anfetamina, metanfetamina e cocaína — até começarem a dançar no corredor, o rádio do ônibus no volume máximo. Eles chegavam aonde não eram esperados, dançavam nas mesas, colocavam moedas na jukebox e davam aos fãs uma noite de papo que eles não esqueceriam pelo resto de suas vidas. Em seguida, voltavam para o hotel e desmaiavam.

O tempo de Jane e Jesse sozinhos foi reduzido a episódios de sono vazio. Não havia sobrado nada para sexo, ou mesmo para sonhar — eles desmaiavam com a roupa do corpo, o nariz de Jesse enfiado na curva do pescoço dela, ambos azedos de suor e bebida. Eles acordavam na manhã seguinte com gosto de fumaça na boca, manchas amarelas e roxas em lugares do corpo que não se lembravam de haver machucado. Estavam sendo lentamente descamados pela própria exaustão; um pouco mais a cada dia, um pouco mais em carne viva.

Em Aragonite, Utah, Jane acordou com a pele arrepiada. Ela se forçou a entrar no chuveiro, cantarolando enquanto esfregava a sujeira do corpo. Ela saiu do banho enrolada numa toalha e encontrou Jesse acordado e taciturno.

— Bom dia — disse ela, sorrindo para ele. Ele a encarou com um olhar vazio.

— Você se importaria de não fazer barulho quando eu estiver tentando dormir? — ele disse. A frieza em sua voz fez o corpo de Jane doer de vergonha.

Depois disso, Jane começou a notar que ela o irritava cada vez mais.

— Aposto que vocês têm ótimos picles — ela brincou com o garçom em Salt Lake City. Jesse deu-lhe um olhar grave e sem um sorriso.

Ao embarcarem no ônibus para Denver, Jane parou no corredor para escolher sua poltrona.

— Grande decisão — disse Jesse, atrás dela. — Não estrague tudo.

Jane olhou para ele com surpresa. Seus olhos estavam inexpressivos, dois discos azuis. Jane sentou-se na poltrona mais próxima. Jesse continuou andando até a parte traseira do ônibus e se esticou na última fileira.

— Ele está apenas cansado — disse Rich, quando Jane perguntou se ele havia notado uma mudança entre eles. Jane não se convenceu. O aborrecimento de Jesse parecia pessoal. Ele estava ficando entediado com ela.

Na noite do primeiro show em Denver, nuvens carregadas se reuniram em torno do Fillmore Auditorium. Jane estava nos bastidores com Jesse e Willy.

— Espero que esta chuva não afete o público — disse ela.

Jesse piscou para ela, depois virou-se para falar com Benny. Enquanto Willy oferecia garantias de que o tempo ia melhorar, Jane sentiu de repente que eles provavelmente terminariam em breve.

Durante a apresentação de Jesse, Jane observou o mar de rostos bonitos nadando diante dele; por que ele não iria querer mergulhar?

A festa depois do show foi em um bar cavernoso no centro da cidade. Jane resignou-se com sua bebida; ao redor, olhos brilhantes rastreavam Jesse como morcegos em uma caverna. Depois que eles voltaram para o hotel, juntos, Jane ficou acordada pensando em como o rompimento era previsível ou se as coisas melhorariam. Na manhã seguinte, Jesse saiu do chuveiro e a encontrou arrumando a cama.

— Você não precisa fazer isso — disse ele. — É um hotel. — Jane olhou para as próprias mãos como se acordasse de um transe.

— Não sei o que estou fazendo — disse ela. Eles se entreolharam. Jesse deu um passo em sua direção, a cabeça baixa. Era agora. Ele ia dizer a ela que estava tudo acabado. Jane se preparou.

Então ele a agarrou. Quando seus corpos se tocaram, o pânico de Jane se dissolveu em instinto primal. A toalha dele caiu no chão e Jane o puxou para cima dela. Ele não tirou sua calcinha, apenas a afastou o suficiente para entrar nela. Jane nunca esteve tão molhada. Ela puxou os quadris dele para que a penetrasse mais fundo e o fodeu até gozar. Ele ficou olhando enquanto ela gozava, depois a virou e a pegou por trás. Ele gritou um palavrão quando chegou ao clímax, os dedos deixando marcas brancas nos ombros de Jane. Depois, eles se deitaram lado a lado, olhando para o teto. Jesse engoliu em seco e pigarreou. Então ele pegou a mão dela e os dois ficaram de mãos dadas.

Enquanto estavam em Denver, Huck conseguiu entrar em contato com um traficante de maconha e adquirir meio quilo de haxixe. Depois disso, Jesse começava todas as manhãs com um baseado. Ele se levantava em intervalos ao longo do dia, desaparecendo em seu camarim por uma hora inteira antes de cada show para ficar chapado. Ele nunca proibiu Jane de entrar no camarim durante esse período, mas ela nunca o fez. Depois do show, todo o grupo deixava de lado o haxixe e consumia anfetaminas pelo resto da noite. Essa nova rotina tornou Jesse dócil, um gato doméstico contente em ficar circulando desde que ninguém pedisse nada a ele.

Jane disse a si mesma que não havia nada de errado nisso, mas uma sensação de mau presságio começou a segui-la como um cobrador de dívidas. Quando o ônibus parou para abastecer uma noite nos arredores de Goodland, no Kansas, Jane deixou Jesse dormindo a bordo e ligou para Grace de um telefone público. Após a troca usual de informações, Jane disse à tia em algumas frases interrompidas que ela vinha percebendo uma mudança em Jesse.

— Provavelmente não é nada — disse Jane. Ela observou a grama da pradaria ondular sob um céu lilás, a lua crescente gravada entre as nuvens, como uma vírgula.

— Parece que ele está se automedicando — disse Grace, após um segundo. — Você sabe o que ele está usando?

— Maconha, cocaína, birita, de vez em quando um ácido.

— Algo mais? — perguntou Grace. Jane interpretou isso como uma piada.

— Para ser franca, todos estamos usando também — disse ela, confirmando para sua tia.

— Jane, me escute, você precisa ter certeza de que está se cuidando — disse Grace. — Eu sei que essas coisas são divertidas, mas não são sustentáveis. Mais cedo ou mais tarde, seus corpos vão desabar.

— Eu sei — disse Jane, desejando poder entrar na linha telefônica. — Como está o trabalho? Como está Millie?

— Está tudo bem — respondeu Grace. — Ela me convidou para ir a Londres com ela neste outono como enfermeira acompanhante.

— O Centro deixaria você fazer isso? — Jane não conseguia imaginar que sua tia iria realmente.

— Veremos — disse Grace. — Mas eu quero. Ver você sair mundo afora é... inspirador para mim.

A operadora pediu a Jane para inserir uma moeda.

— Estou sem troco — disse Jane.

— Mantenha os rapazes por perto — disse Grace. — E se cuida.

Quando a turnê *Painted Lady* chegou ao Meio-Oeste, as performances compartilhadas de Jane e Jesse em "Let the Light Go" tornaram-se o elo de ligação entre eles. Todas as noites, Jane cantava as palavras que ele havia escrito para ela, chamando-o de volta. Às vezes ele a ouvia, às vezes, não. Depois de seu primeiro show no Kansas, eles se curvaram para os aplausos e ele saiu do palco sem mais olhar. Na noite seguinte, ele a agarrou enquanto ainda estavam nos bastidores e a beijou com tanta ferocidade que seus dentes deixaram uma marca no interior de seu lábio. Horas depois, observando-o dançar como um espantalho em um bar country, Jane passou a língua pela marca para provar a si mesma que realmente tinha acontecido.

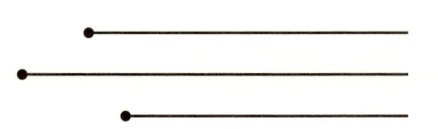

19

Na noite anterior à viagem para Chicago, Jane sonhou com a mãe: vestido lilás, corredor, espelho, batom. Ela chorou até que Jesse a acordou, afastando suavemente o cabelo úmido de seus olhos. Areia, pegadas, mar, lua: ela caiu em um sono inquieto.

Na manhã seguinte, Jane ainda se sentia abalada. Ela queria falar com Jesse, mas assim que entraram no ônibus, ele se espreguiçou no banco de trás e foi dormir. Não importava — ela sabia o que ele diria:

Você já tentou escrever?

Quanto mais sua ansiedade persistia, mais desesperada ela ficava.

Foda-se.

Jane tirou um caderno da bolsa. A princípio, registrou o que tinha visto, depois o que sentira, alternando entre os dois. Enquanto escrevia, um fragmento de melodia saiu das rodas do ônibus; Jane guardou-o em sua mente como se estivesse segurando um peixinho nas mãos. Então, de repente, seus pensamentos ansiosos retrocederam, depositando três versos bem definidos na página.

Flowers painted on the wall,
Tattered paper bouquets fall,
Your laugh echoes down the hall.[19]

Jane sentiu alguém se aproximando e fechou o bloco de notas. Loretta sentou-se ao lado dela.

---

[19] Flores pintadas na parede,/ Buquês de papel rasgados no chão,/ Sua risada ecoando pelo corredor.

— Tenho algumas novidades — disse Loretta, radiante. — Meu álbum recebeu o vá em frente. Começaremos a gravar assim que voltarmos da turnê.

Jane não conseguiu acreditar que Loretta procurou-a para conversar. Ocorreu a Jane que ela estava substituindo Jesse.

— Parabéns — disse Jane. — Você vai ter que deixar eu pagar uma bebida para você esta noite.

— Eu aceitaria algumas dicas — disse Loretta, sorrindo. Isso fez Jane rir.

— Você não precisa das minhas dicas — disse Jane. — A menos que queira ser rejeitada. Então é comigo mesmo.

Loretta riu. A visão de campos agrícolas passava pela janela como um borrão azul, amarelo e verde.

— Já ouvi coisas boas sobre Chicago — disse Jane.

— Eles *amaram* Jesse em nossa última turnê — disse Loretta. — Como você está encarando tudo isso?

— Os fãs dele? — disse Jane.

— E outras coisas. — Loretta deu de ombros.

Quando os olhos delas se encontraram, Jane teve a sensação de estar sendo sondada.

— Não posso me queixar — disse ela. — As pessoas estão comprando o disco, mesmo que seja apenas por causa de Jesse.

Loretta lançou-lhe um olhar severo que lembrou tanto o de Elsie que Jane teve que sorrir.

— Mas é assim que elas acabam ouvindo e conhecendo você — disse Loretta. — As pessoas não gastam dinheiro a menos que realmente gostem de alguma coisa. Não me importo com isso, por mais obcecadas que sejam.

Essa observação surpreendeu Jane. Ela sabia que Loretta estava se sentindo generosa porque enfim conseguira o seu álbum, mas Jane não pôde deixar de sentir uma onda de gratidão.

— Obrigada por isso — disse ela.

— Nós, mulheres, precisamos nos unir. — Loretta sorriu e se levantou, seus olhos demorando-se na forma inerte de Jesse. — Falando de... se você precisar conversar sobre qualquer coisa, minha porta está aberta. — O olhar dela demonstrou gentileza quando disse isso, mas Jane ficou surpresa. Loretta deu-lhe um aperto rápido no ombro e voltou para o seu lugar.

Kyle se virou da poltrona em frente à de Jane e sussurrou:

— Acho que ela está realmente começando a não odiar você! — Jane mostrou a língua para ele.

A primeira apresentação deles em Chicago seria para um show beneficente intimista na London House. A arrecadação de fundos era para a pesquisa do câncer de pâncreas, e o ingresso mais barato disponível custava mil dólares. Jesse concordara em participar em homenagem a sua mãe, mas ter que pensar nela estava cobrando seu preço. Ele dormiu todo o caminho até Chicago e foi direto para seu quarto de hotel quando eles chegaram. Uma vez no local, ele se entocou em seu camarim; Jane ficou parada do lado de fora da porta se perguntando se deveria tentar entrar. Ela estava pousando a mão na maçaneta quando Rich se aproximou.

— Vamos fazer a afinação — disse ele. Jane detectou um sinal de preocupação na fisionomia dele.

— Sim, vamos — disse ela. Ela se deixou ser absorvida de volta ao seu grupo.

Jesse saiu de seu camarim quando os Breakers foram chamados. Ele sorriu para o grupo sem olhar diretamente para Jane, depois seguiu em direção a Huck e Benny para fumar um cigarro.

Os Breakers subiram no palco. Depois de tanto tocarem em estádios, era desorientador estar tão perto da plateia. Jane podia ver cada rosto, mesmo o das pessoas sentadas mais atrás. Ela era capaz de sentir sua própria energia pulsando dentro daquele espaço confinado, a pressão de todo aquele dinheiro.

— Olá, Chicago, é maravilhoso estar aqui — ela disse, checando suas cordas. Ela acenou com a cabeça e Greg fez a contagem. Assim que a música começou, a vida fora do palco recuou para os bastidores, e eram apenas Jane, as luzes, sua banda e suas canções. Quando concluíram "Dirty Bastard", o público irrompeu em aplausos.

Jane riu.

— Eu estava precisando disso — disse ela ao microfone. A multidão riu também.

No meio de "Spring Fling" Jane notou uma mulher olhando fixamente para ela, da terceira fileira. Ela sentiu um arrepio na nuca ao se virar na direção de Rich para começarem o dueto. Ao final do número, a mulher ainda estava na mesma posição, uma expressão dura de ódio estampada no rosto como uma máscara. Jane aproximou-se de Rich enquanto os conduzia para tocarem "Indigo".

"What would I do if you were violet and not blue?
If I let my colors show, could we both be indigo?"[20]

Jane não olhou para a mulher novamente até terminarem de cantar "Spark", mas quando juntaram as mãos para uma reverência ao público, Jane viu que a mulher ainda estava imóvel. Quando Jane virou-se para deixar o palco, sua pulsação disparou.

— Ótimo set — disse Willy quando Jesse e sua banda entraram no palco. Jesse acenou timidamente para a multidão, que se levantou para aplaudi-lo.

— Por aqui — disse Willy. Ele conduziu os Breakers a uma mesa reservada em frente ao palco. Um garçom apareceu com uma garrafa de Bordeaux, e todos brindaram enquanto Jesse terminava "Painted Lady".

— A próxima música é para alguém de quem realmente gosto — disse ele. Ele olhou para Jane ao dizer isso, e Jane sentiu seu coração palpitar enquanto ele tocava "Morning Star". A música parecia um sinal, ondas de sonar a tranquilizando de que ele estava lá e bem.

Assim que os nervos de Jane estavam começando a se acalmar, Greg se inclinou em sua direção e cochichou:

— Acho que você tem uma concorrente na três.

Jane sabia de quem ele estava falando antes mesmo de olhar. A mulher na terceira fileira estava sentada, atenta, mas seu olhar duro fora substituído por um sorriso eufórico. Ela devia ter uns quarenta anos, vestia-se de maneira formal, um traje roxo, e parecia estar sozinha. Ela não percebeu que estava atraindo olhares curiosos disfarçados ali dentro. Ela nem piscava porque seus olhos estavam cravados em Jesse.

O coração de Jane continuou a disparar dentro do peito; ela terminou sua taça de vinho e serviu-se do resto da garrafa. Havia algo de perturbador naquela mulher além do óbvio, algo quase familiar.

---

[20] O que eu faria se você fosse violeta e não azul?/ Se eu deixar minhas cores aparecerem, nós dois poderíamos ser índigo?

— Por que você não vai em frente e fica com o resto? — Kyle brincou enquanto ela colocava a garrafa vazia na mesa. Jane sorriu, mas não conseguia achar graça. Ela tentou se concentrar em Jesse, enquanto ele tocava os acordes de "Strangest Thing". Mas, embora o admirasse, Jane ficou alarmada.

— Para esta última música — disse Jesse — gostaria de chamar os Breakers de volta ao palco. Vocês são um público fantástico.

O público havia bebido durante todo o show e parte do decoro foi para o espaço. Eles gritaram e berraram enquanto Jane e os rapazes voltavam para o palco. Jane ocupou seu lugar ao lado de Jesse, que olhou para ela com uma expressão suave.

— Podemos começar? — ele perguntou. Jane fez que sim. Ela sentiu seu corpo atraído em direção a Jesse enquanto ele tocava a introdução de "Let the Light Go". Jane sorriu para ele ao cantar, e quando ele se inclinou para compartilhar o microfone para o refrão, seu rosto se abriu em um sorriso também.

Alguma coisa dura voou na direção de Jane. Ela desviou a cabeça bem a tempo; o barulho interrompeu a música. Jane e Jesse deram um passo em falso para trás; um por um, os outros pararam de tocar até que o único som que se ouviu foi a mulher da terceira fileira gritando a plenos pulmões.

— Como você pode? — ela gritou. — Você me ama. Você me ama! Jesse, o que você está fazendo com essa vagabunda? Essa puta imunda? Jesse, estamos noivos, Jesse. Vamos nos casar, Jesse. Jesse. Jesse!

Jane baixou os olhos. Manchas vermelhas se acumulavam em fragmentos delicados; a mulher havia atirado sua taça de vinho neles. Os respingos sujaram as pernas da calça de Jesse e o seu violão.

A multidão ficou em alvoroço.

As luzes da casa se acenderam e os seguranças avançaram pela entrada principal. Eles levantaram a mulher de seu assento pelos braços enquanto ela se debatia, gritando, "Jesse, Jesse!"

Willy apareceu e retirou a banda de cena enquanto o proprietário de um estabelecimento vinícola subia no palco.

— Vamos lembrar que estamos aqui por uma boa causa — gritou ele para a multidão que se dirigia para a saída.

A visão de Jane começou a ficar turva. Seu coração batia tão rápido que ela sentiu como se suas costelas fossem explodir. As pessoas ao seu redor tornaram-se corpos, empurrando-se umas contra as outras como um estouro de boiada. Ela se sentia submersa na água, seus membros subjugados por uma gigantesca massa inamovível. Ela lutou para respirar, ofegando enquanto a multidão saía.

Quando ombros esbarraram nela, Jane estendeu a mão para a lateral do prédio para se equilibrar, o tijolo se desintegrando como areia sob a palma da mão. Ela devia ter sido drogada. Sua cabeça rodou e uma onda de calor passou por ela. Ela ia vomitar. Seus olhos se fecharam e a mulher grotesca gargalhava dentro de sua mente.

— Jane — ela ouviu a voz de Jesse, sentiu a mão dele em suas costas. — Jane, você está bem?

— Jesse — ela disse. Ela abriu os olhos e a primeira coisa que viu foram os respingos de vinho nas calças dele. Ela se afastou dele e vomitou.

Um suor frio cobriu sua testa. Ela enxugou a boca e sentiu Jesse agachar-se ao seu lado.

— Oh, Jane — ele disse novamente. As mãos dele puxaram seu cabelo para trás em torno de seus ombros. Eles ficaram assim por um minuto. Então ela colocou a mão no joelho dele e se ergueu. Jesse se levantou, olhando para ela com olhos preocupados.

— Eu não... — disse Jane. — Não sei por que estou tão perturbada.

Jesse tirou o cabelo dos olhos dela.

— É triste ver alguém perder a cabeça — disse Jesse. — Confie em mim, eu sei. — Ele hesitou.

— O quê? — perguntou Jane.

Ele pigarreou.

— Em seus sonhos, sua mãe não está sempre usando um vestido roxo?

Jane olhou para ele.

— Jesse, há algo que eu...

Ela sentiu outra onda de náusea e se encostou na parede.

— Calma — disse Jesse. Jane esperou que a sensação se dissipasse antes de tentar falar novamente.

— Escrevi sobre ela esta manhã — disse Jane. — Eu fiz o que você disse. E se...

— E se o que escreveu de alguma forma a conjurou? — ele disse gentilmente. Parecia loucura quando ele falou isso em voz alta, mas não parecia impossível para Jane. Jesse segurou seus ombros para mantê-la de pé.

— Isso é o pânico falando — disse ele. — Você se sentirá melhor depois que limpar o seu organismo.

— Quanto tempo leva isso? — disse Jane.

— Não muito. — Jesse deu de ombros. — Vamos para um lugar tranquilo.

Jane não se mexeu. Ele pegou-a pela mão.

— Venha comigo — disse ele. — Isso, vamos. — Lentamente, os dois saíram para a rua.

20

Na rodovia 60B, antes de Louisville, o ônibus começou a apresentar problemas. Jane podia ouvir Pete praguejando no banco do motorista. Willy se levantou para dar uma palavrinha com ele.

— Vamos parar e dar uma olhada no motor — anunciou ele, enquanto Pete estacionava o ônibus em um posto de gasolina. Os músicos ficaram rodando em torno das bombas como corvos enquanto Pete abria o capô do motor para o mecânico.

— Foi bom vocês terem parado — disse ele com uma voz arrastada e lenta. — Esta correia está prestes a se romper, mais alguns quilômetros e esta carroça estaria torrada.

— Quanto tempo você vai levar para consertar? — perguntou Willy.

O mecânico deu de ombros. — Tenho de conseguir a peça — disse ele. — Vou fazer o pedido para os caras da cidade me entregarem hoje à noite. Vocês podem voltar à estrada ao meio-dia de amanhã.

— Existe alguma forma de acelerar isso? — perguntou Willy. — Precisamos estar em Memphis amanhã à noite.

O mecânico olhou para Willy. Willy engoliu em seco.

— O motel fica a um quilômetro e meio seguindo pela estrada. Vocês podem deixar sua bagagem no ônibus, trancamos a garagem à noite.

Eram cerca de cinco da tarde quando eles começaram a caminhada em direção ao motel, em fila única ao lado da estrada. Jesse carregava seu violão, mas o restante deles havia deixado seus instrumentos trancados na garagem.

— Isso realmente é o interiorzão — disse Huck. O ar estava denso de umidade, mas a luz dourada filtrada pela vegetação rasteira fazia com que Jane se lembrasse de casa.

Levaram vinte minutos para chegar à "cidade" que consistia em três estruturas: um motel, uma lanchonete e um armazém sem janelas cuja placa dizia Peggy Ridge Opry House.

No interior da lanchonete, garçonetes de uniformes azuis combinando assobiavam junto com uma estação de rádio que tocava música country enquanto pegavam pratos de bife frito com canjiquinha na janela da cozinha. Quando a comida de Jane foi servida, o restaurante estava cheio de moradores locais. As mulheres usavam uma sombra espessa nos olhos, cabelo cheio de laquê; os homens todos vestiam-se como Buddy Holly.

— É como se tivéssemos voltado no tempo — sussurrou Kyle para Jane.

Jane olhou para Jesse do outro lado da mesa. Ninguém parecia conhecê-lo ali. As pessoas olhavam, mas não da maneira tímida que fazem quando espiam uma celebridade; elas estavam olhando abertamente, como se dissessem, *Esta é a nossa cidade e vocês são estranhos nela*.

Por volta das 7 horas, a porta se abriu e um homem entrou. Ele tinha cerca de cinquenta anos e usava uma camisa xadrez, suspensórios pretos e um chapéu de caubói preto com uma pena na aba; Jane percebeu que aquela gente havia se reunido para esperar a chegada dele. Ele apertou a mão de todos os homens e beijou a maioria das mulheres, todas as quais o saudaram como "Raymond", com ternura. Finalmente, ele olhou para Jane, Jesse e o resto de sua equipe.

— Bem, o que temos aqui? — disse ele, aproximando-se deles. — Vocês são um grupo da igreja?

— Grupo musical — respondeu Jesse, dando uma entonação da Carolina do Sul a suas palavras.

— Bem, isso é legal — comentou Raymond. — Música bluegrass?

— Blues — disse Jesse. — Folk.

— Rock — disse Greg.

— Gostei disso — disse Raymond. — Vocês deveriam dar um pulo no Opry quando terminarem. Ver o que estamos fazendo.

Com isso, ele se despediu deles e voltou para junto de seus admiradores. Às quinze para as oito, todos, exceto os forasteiros, levantaram-se e saíram em fila para o outro lado da rua. Um coro de grilos cantava lá fora quando a garçonete colocou a conta na frente de Willy.

— Bem, se isso é tudo — disse ela. — Estamos fechando.

Era início de junho, mas a umidade fazia o cabelo de Jane grudar no pescoço. Eles ficaram na faixa de pedestres, fumando e ouvindo as vozes flutuando dentro do Opry.

— Bem, eu não sei vocês — disse Kyle. — Mas eu vou lá.

Jane, Greg e Rich começaram a seguir Kyle.

— Na verdade, acho que pra mim já deu, vou dormir um pouco. Espero que se divirtam — disse Jesse.

Jane sentiu uma pontada de decepção.

— Eu vou com eles — disse Huck.

— Eu também — disse Benny.

Jesse, Loretta, Duke e Willy voltaram para o motel, e os outros atravessaram a rua para o armazém.

O Opry era uma espécie de centro comunitário. Mesas de bingo foram empurradas contra as paredes para dar espaço à dança de quadrilha no piso principal. Jane não ficou surpresa ao encontrar Raymond no topo de uma plataforma elevada, tocando uma melodia de bluegrass em seu banjo. Ao lado dele, dois outros homens que Jane reconheceu da lanchonete tocavam violão e contrabaixo.

— Vamos lá, parceira — disse Kyle, puxando Jane para a formação. Um grupo de garotas perto da porta deu uma risadinha; uma se aproximou de Rich, e suas amigas seguiram o exemplo com Greg, Benny e Huck.

Enquanto Jane dava os braços para fazerem uma grande roda, aquela sala cheia de estranhos não parecia tão estranha para ela. De certa forma, essas pessoas eram muito mais parecidas com as quais ela havia crescido na ilha do que qualquer outra que ela conheceu em suas viagens — isoladas, insulares, uma comunidade. Elas protegiam os seus iguais.

Kyle adorava conhecer gente nova e, quando a banda fez uma pausa, por volta das 21h30, ele foi direto até Raymond e se apresentou. A próxima coisa que Jane soube foi que o baixista estava na pista de dança e Kyle havia tomado seu lugar no palco. Kyle tinha aprendido originalmente a tocar em um baixo vertical, e foi por isso que ele lixou todos os trastes de seu instrumento quando mudou para um elétrico. Raymond parecia encantado por encontrar um novo companheiro musical que pudesse acompanhá-lo.

— Quem já ouviu um ianque tocar assim? — disse Raymond. O público riu.

Por volta das 22h30, as portas se abriram e Willy e Jesse entraram. Jesse parecia melhor do que nas últimas semanas, olhos tranquilos, uma expressão agradável e onírica no rosto. Jane sentiu-se animada ao vê-lo.

— Olhem só quem chegou! — Benny gritou, dando um tapinha no ombro do amigo. Rich abriu uma cerveja e a entregou a Jesse; ele bebeu com indiferença, mas no minuto em que a dança terminou, ele cruzou a sala na direção de Jane em passos rápidos.

— Você mudou de ideia — disse Jane.

Aqueles brilhantes olhos azuis sorriram para ela.

— A senhorita quer dançar? — ele pediu.

Eles dançaram o número seguinte juntos, e depois o próximo; ninguém mais pediu para dançar com Jane quando ela começou a dançar com Jesse. Havia liberdade nos movimentos, em ouvir o que fazer, em não ter que pensar. Quanto mais Jane olhava para o rosto de Jesse, mais ela se sentia brilhar.

Quando a dança terminou, por volta das 23 horas, a multidão aplaudiu e começou a se desfazer em grupos de dois ou três. Raymond desceu do palco, dando um tapinha no ombro de Kyle, ansioso para conhecer o resto de sua banda. Jane, Rich e Greg apertaram sua mão.

Então Raymond virou-se para Jesse.

— Você é o empresário? — ele perguntou.

— Eu sou o namorado — disse Jesse. Todos concordaram, como se naquela noite eles tivessem entrado em um universo alternativo onde Jane era a superestrela. Eles juntaram algumas cadeiras dobráveis, e o guitarrista de Raymond pegou duas caixas de cerveja da cozinha.

— Meu pai era um guerreiro do povo chickasaw, e minha mãe era filha do pastor batista que veio para convertê-lo — disse Raymond com um sorriso. Ele havia feito uma turnê pelo mundo com seu banjo e depois voltou para Peggy Ridge. Tocava no Opry todo fim de semana. — Aqui é a minha casa — disse ele.

Quando a primeira caixa de cerveja acabou e a segunda foi aberta, Raymond perguntou de onde eles eram. Os Breakers falaram da Ilha de Bayleen, de como foi crescer lá, de como eles tocavam juntos desde a infância e depois se tornaram uma banda.

— Então você é a vocalista — disse Raymond para Jane, que estava sentada na cadeira ao lado dele. Jesse estava esparramado no chão, a cabeça apoiada na coxa dela. Jane disse que sim. — Você cantaria algo para nós?

Com isso, Jesse se animou.

— Você cantaria? — ele repetiu o pedido.

A sinceridade dele comoveu Jane; as nuvens que o estavam obscurecendo a cada nova cidade se dissiparam momentaneamente, e ali estava ele, a mesma pessoa que ela conhecera no último verão.

— Claro — disse Jane. Ela aceitou o violão que lhe entregaram e afinou-o para seus próprios acordes. — Isso é algo novo em que estou trabalhando — falou ela. Jesse sentou-se para ouvi-la, e Jane sentiu suas faces ficarem quentes. — Preciso acabar a letra, mas vou tocar o que já fiz. Talvez todos vocês possam me ajudar a terminar. — Ela deu uma risadinha cativante e começou a tocar.

A princípio ela havia concebido essa música para o piano, mas teve que colocá-la no violão, já que era tudo o que levara para pegar a estrada. Ela dedilhou a introdução, uma progressão de acordes sombrios e cortantes que crepitavam de nostalgia.

"Flowers painted on the wall,
Tattered paper bouquets fall,
Your laugh echoes down the hall."

Enquanto tocava, ela sentia seu espírito se reconfortando naquele lugar, protegido dos holofotes e complexidades do mundo em que ela havia entrado ao começar a turnê. O refrão foi uma conversa entre ela e o violão, na qual ela cantava e o violão respondia.

"I've never known a girl like you,
Dress so faded, eyes so blue,
Lord in heaven, see me through."[21]

---

[21] Jamais conheci uma garota como você,/ Vestido tão desbotado, olhos tão azuis,/ Deus do céu, guie o meu caminho.

Ela tocou o que já tinha composto e concluiu a canção com outra rodada de idas e vindas entre os versos e o violão. Os acordes finais pairaram na sala como o fantasma de um perfume.

"*By and by, how time flies.*"[22]

Ela olhou para os homens sentados a sua volta e se viu momentaneamente sozinha enquanto cada um deles tinha sua própria reação particular.

Raymond foi o primeiro a falar.

— Mulher, você tem uma catedral dentro de você.

Jane curvou a cabeça em agradecimento.

Greg se levantou da cadeira e pigarreou, batendo no próprio peito algumas vezes.

— Vou voltar para o motel e ligar para Maggie — disse ele. Enquanto ele saía, Jane percebeu um olhar triste por trás do véu dos olhos de Rich. Ele estaria chateado por ela ter composto uma música sem ele?

— Eu gosto dessa parte — disse Kyle, pegando o violão de Jane e tocando a ponte. Jane percebeu que ele já estava pensando em como o baixo soaria.

Jane olhou para Jesse, que a observava em silêncio, as pernas cruzadas no chão. Quando seus olhos se encontraram, os olhos dele brilharam de orgulho. Jane se sentiu pequena.

A reunião deles se desfez logo após a uma da manhã.

— Não vamos perder contato — disse Raymond, tirando o chapéu e desaparecendo na rua com seu banjo no estojo. O grupo voltou para o motel à luz da lua cheia e entrou.

— Espere um momentinho — disse Jesse, entrando em seu quarto.

Jane ouviu o som de papéis remexidos e uma mão segurando as cordas do violão enquanto Jesse recolocava o instrumento no estojo. Ele reapareceu na porta e parou no batente, separando a luz azul do estacionamento da luz amarela de seu quarto.

— Você estava compondo? — perguntou Jane. Jesse hesitou, depois assentiu.

---

[22] Pouco a pouco, como o tempo voa.

— Parece que você também estava — disse ele.

Jane colocou a mão na dele e o beijou ao luar, um beijo casto, de puro afeto. Ele ficou parado por um momento, olhando para ela, então pegou sua mão e a conduziu para dentro. Eles se despiram e deitaram em cima dos lençóis.

— Esta cidade me faz sentir como se estivesse de volta à ilha — disse ele.

Jane concordou, traçando um oito no peito dele.

— Comprei um terreno, sabe? Lá no alto, em Caverswall.

— Você comprou? — disse Jane.

— Pouco mais de quarenta hectares — disse ele. Jane ergueu a cabeça surpresa. — O que foi? Eu tenho que fazer algo com esse dinheiro. Nada mais seguro do que imóveis.

— Por que você precisa de quarenta hectares? — Jane perguntou.

Jesse tocou o cabelo dela, afastando-o dos olhos.

— Para construir uma cabana onde ninguém possa me achar — disse ele. Ele deu de ombros. — Só você. — Ele virou-se para ela, a cabeça apoiada na mão. — Você não é só minha pessoa favorita, mas também minha cantora favorita.

Jane riu.

— Falando sério — disse ele. — Essa música foi... não me entenda mal, adoro ver você arrasar. Adoro ver sua alegria. Mas poucas pessoas são capazes de fazer o que você fez.

— O que você quer dizer? — perguntou Jane. A mão de Jesse afastou o cabelo de seu rosto.

— Catarse — disse ele.

Jane olhou para ele por um longo momento. Depois ela o beijou. Quando ele a puxou para perto, ela sentiu algo se romper dentro dela; era muito fino, um fio, um osso da sorte, mas ela sabia que nunca mais se reconstruiria.

21

No dia seguinte, eles estavam de volta à estrada ao meio-dia. Jesse sentou-se ao lado de Jane, observando a tapeçaria da vegetação correr pela vidraça do ônibus. Ela podia sentir a tranquilidade escapando dele a cada quilômetro que passava, como água de um vaso rachado. Quando chegaram a Memphis, ele já havia se recolhido totalmente para dentro de si mesmo. Jane passou a noite assistindo a reprises na TV com Kyle e Rich, e não viu Jesse até a manhã seguinte, quando todos deveriam comparecer aos escritórios da Pegasus no distrito financeiro.

A sede da gravadora ficava em Los Angeles, mas três de seus selos mais lucrativos — Lovelorn (R&B), Night Rider (Pop) e True Twang (Country) — tinham postos avançados em Memphis. Lenny Davis, o diretor da empresa, estava na cidade para uma semana de reuniões de marketing e queria apertar a mão de Jesse para parabenizá-lo por seu sucesso. Jane se viu no escritório dele, olhando seu próprio reflexo em uma mesa de centro de carvalho polido; em volta deles, discos de ouro pontuavam as paredes em intervalos regulares, como escotilhas de um navio de guerra.

Lenny Davis entrou na sala, ladeado por dois sujeitos grandalhões. Todos usavam camisas listradas de algodão, calças boca de sino e óculos escuros semelhantes aos de Willy. Lenny tinha todos os ornamentos do sucesso: um chamativo relógio de ouro, um barrigão redondo. Ele quase não tinha cabelo na cabeça, mas tufos espalhados por sua camisa xadrez, cintilando como uma conífera enfeitada com ouropel.

— Seja bem-vindo — disse ele. Seu sorriso revelou uma grande lacuna entre seus dois dentes da frente.

Jesse, da cabeça aos pés vestido de jeans, parecia um operário de fábrica que fora levado ao escritório do capataz para receber uma homenagem. Ele também se comportava como um, cabeça baixa e ombros erguidos na altura das orelhas. Willy teve que trazê-lo para apertar a mão de Lenny, como se ele fosse uma criança tímida sendo apresentada a um parente idoso.

Lenny Davis pareceu não notar e sorriu para Jesse.

— Jesse — disse ele. — Jesse. Bem-vindo.

Eles se sentaram na mobília de plástico branco que encimava um gramado vermelho de tapete felpudo.

— Um ano e tanto esse — disse ele. — Nossas projeções estão mostrando que, até o final deste trimestre, o *Painted Lady* terá vendido mais de um milhão de cópias. O que você tem a dizer sobre isso?

Jesse sorriu vagamente — parecia que estava tendo dificuldade em manter os olhos abertos. Jane sabia que, apesar da recepção calorosa de Lenny Davis, eles estavam sendo avaliados.

— Um ano e tanto — repetiu Jesse.

Lenny Davis sorriu para ele, balançando a cabeça lentamente. Sem aviso, virou-se para Jane.

— E esta é Jane Quinn — disse ele, olhando para ela, mas sem falar com ela.

— E os Breakers — disse Jane, indicando Greg, Kyle e Rich, parados ao seu redor. — É um prazer conhecê-lo.

— Tem sido um bom ano para vocês também — disse ele. Seus olhos permaneceram nela por um momento, depois se voltaram para Jesse e de volta para ela. Jane se perguntou se ele sabia sobre o que havia acontecido com Vincent Ray e se isso ainda importava.

— Ótimo — disse Lenny Davis. — Muito bom.

Ele se levantou da cadeira e seus homens seguiram o exemplo, cada um colocando uma de suas mãos na porta em antecipação à saída de Lenny.

— Acho que irei hoje à noite — disse ele a Willy, continuando uma conversa anterior. — É um prazer conhecer todos vocês. — Outro sorriso sem dentes e ele saiu pela porta.

— Acho que realmente o conquistamos — disse Kyle. Todos riram, exceto Jesse, que parecia não tê-lo ouvido.

— Você dormiu bem? — Jane perguntou a Jesse enquanto desciam no elevador espelhado para o saguão. O reflexo dele fez uma careta e o dela respondeu com outra, e então eles saíram para o saguão, sem nem terem se olhado diretamente.

Como prometido, Maggie apareceu na turnê em Memphis, trazendo Bea consigo, de trem. Naquela tarde, os Breakers foram à estação buscá-las.

— Estou tão feliz por vocês estarem aqui — disse Greg enquanto se abraçavam. Jane percebeu que ele estava engasgado de emoção.

— Você parece bem — disse Maggie, colocando a mão no ombro dele. Jane colocou Bea em seu quadril. Um apito soou no pátio e Bea procurou a origem do som por trás de seu halo de cachos louros.

— Xu-xu — disse Jane. — Xu-xu. — Ela ergueu Bea na direção de Rich, cujo rosto estava tão pálido quanto o vapor que subia do motor do trem.

Naquela tarde, Greg insistiu em levar Bea ao Aquário.

— Ela não vai se lembrar disso — disse Maggie a Jane enquanto as duas tomavam café no restaurante do hotel. — Mas eu acho fofo que ele queira levá-la.

— Ele realmente sentiu falta dela — disse Jane. — Sentiu falta de vocês duas. Sempre que saíamos, ele ficava olhando para o relógio o tempo todo, esperando para ligar para você.

— Nós sentimos saudade dele também — disse Maggie. — Vir aqui é uma grande aventura para nós.

Maggie parecia muito menor para Jane no contexto de seu novo mundo. Pela primeira vez na vida de Jane, ela percebeu que era mais equilibrada do que sua prima. Isso era empoderador e ao mesmo tempo desorientador. Desejar a aprovação de Maggie sempre tinha sido um estilo de vida; agora Jane descobriu que ela simplesmente não se importava tanto com isso, o que a deixava sem uma âncora.

Maggie continuou.

— Claro que vir aqui não é nada comparado ao que a mamãe está fazendo.

— Ela vai mesmo para Londres? — disse Jane.

Maggie assentiu, incrédula.

— Aparentemente, mamãe é de fato uma boa enfermeira. Millie vai ao exterior todo outono para visitar os netos e está contratando mamãe para acompanhá-la como auxiliar de viagem. Partirão em setembro.

A mente de Jane girou.

— Então, o que vai acontecer com...

— Eu acho que ela combinou alguma coisa com o Centro — disse Maggie. — Millie é uma paciente lá, acho que eles estão vendo isso como uma espécie de programa de intercâmbio.

— Não consigo acreditar — disse Jane. A ideia de Grace deixando a ilha parecia impossível para ela.

— Eu sei — disse Maggie. — Eu não pensei que ela iria continuar com isso. Mas há muitas coisas que eu não pensei que aconteceriam.

Maggie balançou a cabeça. Depois tomaram café em silêncio.

A apresentação dos Breakers naquela noite seria às 18 horas no Minglewood Hall. Jane terminou sua preparação mais cedo e saiu para fumar. Lá fora, encontrou Rich olhando melancolicamente para o crepúsculo.

— Tem fogo? — Jane perguntou. Rich jogou o isqueiro para ela e Jane ofereceu-lhe um cigarro.

Ele pegou o maço e bateu contra a mão, mas não o abriu.

— O que está perturbando tanto você? — indagou Jane.

Rich deu de ombros.

Jane acendeu um cigarro e deixou a fumaça encher seus pulmões.

— Janie — disse Rich. — Você já... — Ele parou. Estava nervoso. Balançou a cabeça, virando o maço de cigarros em suas mãos.

— Eu já o quê? — perguntou Jane.

Rich engoliu em seco.

— Você já quis alguém que não deveria? — ele disse.

Jane ficou perfeitamente imóvel.

— Eu esperava que em algum momento ele perderia o interesse por ela — disse Rich.

Jane ergueu os olhos para ele.

— Mas ele não perdeu, e agora ela está aqui. E mesmo que não estivesse, ele ainda assim não estaria interessado em mim. — Ele riu e balançou a cabeça.

Se eu deixar minhas cores aparecerem.

Jane se aproximou e pegou a mão dele.

— Rich — disse ela. — Há quanto tempo?

Rich piscou algumas vezes.

— Oh, anos — ele respondeu. — Desde o colégio. Eu pensei que superaria isso. Depois tentei me convencer de que havia uma chance, agarrando-me a pequenos momentos. Como aquela noite em Los Angeles em que ele adormeceu abraçado comigo. Pensei nisso por semanas... mesmo que dormíssemos em camas separadas. Patético.

— Não é, não — disse ela.

— É, sim — disse Rich. — E agora que o vejo aqui com Maggie, lembro-me de como isso é patético. Acho que eles vão morar juntos depois da turnê.

Jane não havia pensado ainda no que aconteceria depois; a ideia de que acabaria foi um choque para ela.

— Se forem morar juntos, vou me mudar para a Califórnia — disse ele, oferecendo-lhe de volta o maço de cigarros. Quando ela estendeu a mão para pegá-lo, ele não o soltou de imediato. — Não... conte isso a ninguém — pediu ele.

Jane assentiu. Ele largou o maço e voltou para dentro. A mente de Jane estava enevoada enquanto ela caminhava pelos bastidores. Sua surpresa inicial ao ouvir a confissão de Rich deu lugar a um inventário mental de olhares prolongados e sinais que ela agora sentia que deveria ter percebido. *Vou me mudar para a Califórnia.* Certamente ele não estava falando sério — o que seria dos Breakers? Jane mal sabia para onde estava indo quando ouviu a voz de Willy, baixa e suplicante, vindo de um canto. Ela diminuiu o passo.

— É lamentável — Willy estava dizendo. — Mas as coisas são assim. Eu tentei falar com ele sobre isso, mas não há muito que eu possa dizer antes que ele me mande calar a boca.

Houve uma longa pausa, em seguida a resposta veio na voz áspera inconfundível de Lenny Davis.

— Espero que você saiba o que está fazendo. Não preciso explicar que há muita coisa em jogo com relação a esse garoto... à sua imagem.

— Hoje foi ruim — disse Willy. — Francamente, ele é um cara simpático, geralmente é mais interessado. Mas não gosta de lidar com negócios, então pode ter exagerado um pouco.

— Não preciso que ele goste de lidar com negócios... inferno, se ele gostasse, provavelmente nunca venderia outro disco. Mas não podemos permitir que as pessoas o vejam tão debilitado fisicamente... os fãs não podem ver isso.

— E não vão — disse Willy. — Confie em mim, você vai ver... é por isso que eu queria que você viesse esta noite. Achei que seria tranquilizador. Quando ele está no palco, ele é tudo o que deveria ser e muito mais. Quando ele e Jane cantam juntos, a última coisa em que alguém pensa é se ele está drogado.

— Ela é uma gracinha — disse Lenny. — Foi inteligente colocá-los para cantar juntos. Ninguém que está trepando com ela pode ser visto como outra coisa senão um modelo de saúde.

— Jane é muito especial para todos nós — disse Willy, e Jane ficou satisfeita ao ouvir um tremor de fúria na voz dele. — Eles se gostam de verdade.

— Ah, sim, claro, claro — disse Lenny. — Esqueci que ela é uma das suas contratadas também. Me diga uma coisa, você acha que eles vão se casar? Nada significa "estabilidade" como uma aliança de casamento. Isso nos daria alguma cobertura para lidar com o choque.

— Não posso afirmar que sei — disse Willy.

— Bem, você cuida disso e não devemos ter problemas — disse Lenny.

— Tudo bem — disse Willy.

Jane se escondeu atrás de uma cortina assim que Lenny passou. Ele tinha acabado de dizer *choque*?

Willy passou um momento depois. Ele não estava usando seus óculos de aviador, e Jane lembrou-se de que ele provavelmente era mais jovem do que Grace. Ele passou a mão no rosto, ficando a menos de um metro do esconderijo dela. Depois ele se afastou na direção oposta de Lenny. Jane esperou um pouco, depois saiu de trás da cortina.

Os dois tinham conversado na frente da porta do camarim de Jesse. Jane sentia agora a compulsão irresistível de entrar. Seu coração começou a bater forte quando ela alcançou a maçaneta. Ela não queria bater na porta, não queria pensar. O metal arredondado pressionado em sua palma; Jane girou a maçaneta e entrou.

O camarim estava escuro e cheirando a mofo; não havia luz, exceto uma única vela, as janelas fechadas com ferrolho. Quando os olhos de Jane se ajustaram, seu cérebro se recusou a dar sentido ao que ela viu.

Ela pensou na vez em que topou com uma massa gigantesca no meio da rua principal quando estava a caminho do salão Widow's Peak. Levou um momento para assimilar o que estava vendo, porque ela só tinha ouvido falar sobre aquilo; mas depois as pistas do contexto foram se juntando — cordão de isolamento amarelo, a ambulância, os curiosos. Um carro havia capotado e aquela forma que ela estava se esforçando para identificar era a parte inferior de um veículo.

Sua mente agora se agarrava a fios de pensamento para impedi-la de compreender o que estava diante dela. Jesse estava esparramado no chão, um fio preto enrolado em seu braço como uma cobra, suas veias pulsando como se ele tivesse sido mordido. Sua cabeça rolada para trás encostada no aquecedor.

Jane avançou pelo camarim para verificar seus sinais vitais. Ele soltou um som como um animal sendo libertado, sua expressão familiar — o mesmo olhar sonhador que ele mostrava no ônibus, no palco. Uma colher suja estava ao lado de seu braço. Sua mão repousada sobre uma seringa, como se ele a tivesse usado apenas para dar um autógrafo. Jesse se esforçava para abrir os olhos.

— Jane — ele disse suavemente. Ele parecia sofrer, como se estivesse ouvindo uma história triste sobre alguém que nunca conheceu. Estava fora de si demais para tentar se levantar, mal conseguia manter os olhos abertos. Uma onda de repulsa passou por Jane, seguida pelo desejo de chutá-lo para longe.

— Jane. — Willy apareceu na porta, segurando uma toalha e um copo d'água. Ao vê-lo, a fúria de Jane se redirecionou como um raio para um avião.

— Que merda — disse ela. Ela podia ver Willy calculando a melhor forma de lidar com ela e continuou antes que ele pudesse falar. — Isso é foda, viu? — disse ela, a voz tremendo de raiva. — Ele voltou a se picar, e você faz o serviço de entrega das bebidas.

— Jane — disse ele, atordoado. — Eu pensei que você soubesse...

— Você nos colocou juntos... ótimo para a porra da publicidade. Eu sou exatamente o que a imagem dele precisa, não é? — disse ela, as paredes se fechando.

— Jane, calma aí — disse Willy. — Isso não é justo. Vocês dois se conheceram em outra circunstância, eu nunca...

— Você mentiu para mim — disse Jane. Ela encaminhou-se para a porta; se não saísse daquele quarto escuro e venenoso, iria enlouquecer.

— Vamos para um lugar tranquilo e conversar sobre isso — disse Willy, colocando a mão em seu ombro. Jane deu um tapa para afastá-lo.

— Eu não vou a lugar nenhum com você — disse ela.

— Apenas cinco minutos, é tudo o que peço — disse ele.

— Ou o quê? Você vai contar ao seu pai sobre mim?

— Jane...

— Não — ela disse. — Você simplesmente faz o que bem quer enquanto todos ao seu redor fingem que não fazem parte disso. Pra mim, chega.

Jane se lançou em direção à porta. Willy bloqueou o caminho.

— Me deixe sair daqui — Jane gritou.

— Jane, não posso deixar você sair por aí assim — disse ele.

Jane o acertou novamente, desta vez no peito. Willy tinha quase a altura dela, mas era muito mais forte; ele nem mesmo bambeou com o golpe, então ela o acertou novamente. E de novo, e de novo, até que um grande e forte soluço brotou dentro dela, e ela despencou nos braços dele como uma pipa destruída.

22

**Festival Folk da Ilha
Sábado, 25 de julho de 1970**

Dos bastidores do palco principal, Jane ouvia o alvoroço da multidão no gramado. Com uma dor surda, ela pensou na última vez em que esteve ali. Ela não sabia, ao cantar "Sweet and Mellow", que tudo estava prestes a começar. Agora estava quase acabando.

Foi divertido enquanto durou.

Por três semanas, Jane havia se recusado a refletir sobre o seu rompimento com Jesse. Todas as coisas que ela disse e todas que não disse estavam presas em um compartimento no fundo de sua mente, lutando para se libertar; sempre que uma lembrança conseguia escapar, ela a empurrava de volta para baixo.

Você não pode pensar que foi apenas divertido.

Saia daqui.

Em breve, ela seria capaz de se fechar e processar tudo o que havia acontecido; ela só precisava ficar com raiva por mais algumas horas. Isso não seria um problema. Jane tinha munição de sobra.

Ela avistou Morgan Vidal no palco e seu coração ficou apertado. Morgan glamorosa e dourada, seu cabelo castanho-avermelhado esvoaçando em mechas. Fora do palco, na sombra, Jane se lembrou de como se sentiu na última vez em que viu Morgan, na noite em que conheceu Jesse: invisível.

— Está pronta? — disse Rich. Jane virou-se para ele e assentiu. Greg e Kyle se afastaram um pouco inquietos. Rich agora era a única pessoa na turnê que não ficava nervosa perto de Jane.

Rich era a única pessoa com quem ela estava falando.

Tudo aconteceu em Baltimore, uma semana após a separação de Jane e Jesse. Willy havia chamado os Breakers ao seu quarto de hotel para discutirem a etapa europeia da turnê *Painted Lady*. Jane presumira que estava sendo convidada.

Ela ficou encarando Willy enquanto os Breakers se sentavam em móveis típicos de hotel; eles não se falavam desde Memphis. Jane sabia que seria estranho, mas ela não ia desistir de um espaço numa turnê internacional. Para sua surpresa, Greg falou primeiro.

— Estou fora — disse ele. Seu rosto ficou vermelho, mas sua mandíbula estava rígida. — Tem sido uma viagem pesada demais, e eu não quero demorar mais um segundo para voltar. Minha casa é na ilha. Maggie concordou em morar comigo. Eu sinto que já perdi muito, não quero perder mais.

A mente de Jane se agitou.

— Tudo bem — disse ela, com a boca seca. — Então... precisamos de um baterista. Deve haver alguém... algum contratado do estúdio.

Willy pigarreou.

— Não é assim tão simples — disse ele, aceitando o olhar duro de Jane na esportiva. — Uma coisa é substituir um músico de uma banda, mas se pensarmos em substituir dois, aí já não é mais a mesma banda, não são mais os Breakers.

— Dois? — disse Jane. Ela percebeu que todos já haviam conversando antes sem a presença dela. — Do que ele está falando? — perguntou ela, voltando-se para Rich e depois para Kyle. Kyle parecia ainda mais com cara de culpado do que Greg. — Kyle?

Ele engoliu em seco e olhou para Willy.

— O contrato de Duke acaba no final deste mês — disse Willy. — Ele vai voltar para Los Angeles para começar outro show em duas semanas.

— E então? — disse Jane, olhando para Kyle. Ela entendeu muito bem o que aquilo significava, mas ela só queria que ele verbalizasse isso.

— Jesse me convidou para participar de sua banda — disse Kyle, com a voz embargada. — E eu aceitei. Janie, eu...

Os olhos de Jane voaram para Rich; de repente, ele era a única pessoa na sala que não a fazia querer gritar. Aquela era uma oportunidade única na vida para Kyle. Em outras circunstâncias, Jane teria ficado em êxtase por ele; agora, porém, se ele estivesse mais perto de uma janela aberta, ela o teria empurrado para fora.

— Quando aceitei, não sabia que Greg também sairia — disse Kyle. — São apenas seis semanas...

— Exatamente — disse Jane, o pânico crescendo em seu peito. Ela não acreditava que estava perdendo a sua banda. Não era possível. Ela voltou-se para Greg. — Você não pode esperar mais seis semanas?

O rosto de Greg se contorceu.

— O que foi? — perguntou Jane. — O que você não está dizendo?

Greg cerrou os dentes.

— Lenny Davis me ofereceu uma grana para me tirar do contrato — disse ele. — Eu não tenho condições de não aceitar isso. Para começo de conversa, eu... todos nós sabemos que eu tive sorte de estar aqui. Eu simplesmente não sou tão... eu... eu preciso encarar isso. Eu quero dar uma casa para Maggie.

Jane sentiu suas pálpebras tombarem quando ela começou a entender. Willy não os tinha convidado para a turnê, a intenção não era essa. Ela havia fracassado em desempenhar sua função como namorada de Jesse, e agora a Pegasus queria dispensá-la usando a sua própria banda para tal.

— Não consigo respirar — disse Jane.

— Jane — disse Willy. — Eu sei que você está sofrendo, mas acredite em mim quando digo que isso é para o seu bem. Você não quer estar nessa turnê.

— Sim, eu quero — disse ela, falando com ele pela primeira vez em uma semana.

— Não, não quer — disse Willy. — Confie em mim. Você não vai querer estar aqui quando a imprensa descobrir que você e Jesse terminaram.

— Eles nem sabiam que estávamos juntos — disse ela. Willy lançou um olhar severo para ela. — Tenho o direito de ir.

— Isso é maior do que você — disse Willy. — Você está brigando com a gravadora e não quer ver o que eles farão para proteger a atração principal.

— Eu nunca faria nada para prejudicar Jesse — disse Jane. As lágrimas começaram a rolar pelo seu rosto.

— Mas você poderia — disse Willy calmamente. — Se as pessoas começarem a ficar perguntando da separação, você poderia.

Desde que Jane conheceu Jesse, Willy era inabalavelmente calmo, a imagem de um agente. Mas enquanto falava agora, parecia desesperado. A pessoa por baixo daquele verniz todo estava rompendo uma camada apenas o tempo suficiente para enviar uma mensagem.

— Jane, eles vão atirar você aos lobos antes que uma partícula de sujeira atinja o nome de Jesse. Eu não quero isso para você. — Willy pigarreou. — Por que não reorganizar um grupo, se afastar um pouco antes do próximo álbum?

Jane olhou para o chão. Um minuto inteiro se passou antes que ela respondesse.

— Sim — ela disse. — Vocês vão estar bem afastados do meu próximo álbum.

Ela havia saído da sala e não tinha falado com Willy, Kyle ou Greg nas duas semanas desde então. Os Breakers eram tão treinados que suas performances não sofreram — era notável o que podia ser realizado no palco entre pessoas que não se falavam.

Depois dessa conversa, a máquina Pegasus começou a funcionar a todo vapor. Por mais furiosa que Jane estivesse com Willy, parte dela começou a suspeitar que ele realmente estava cuidando dela. A rapidez com que colocaram Morgan Vidal como a substituta de Jane foi surpreendente; quando a gravadora precisava proteger seus investimentos, ela poderia mover montanhas. Distração era primordial; antes que alguém pudesse perguntar para onde Jane tinha ido, ela já havia sido substituída por outra cara nova e cintilante. Esse show no Festival Folk foi uma espécie de passagem da coroa.

Foi divertido enquanto durou.

Jane não tinha ideia de como Jesse se sentia — eles não se falavam desde que se separaram. Mas já circulavam boatos no Festival Folk sobre ele e Morgan.

Enquanto ela a observava agora no palco, a presença de Morgan ali fazia mais sentido para Jane do que a dela mesma. Morgan era rica de ambos os lados, seus avós eram Hector Vidal e Edward Riley. Vidal fundou o Banreservas, o maior banco da República Dominicana, agora presidido pelo estimado pai de Morgan, Victor. Riley foi presidente e CEO da CBS antes de se aposentar e se retirar para uma mansão colonial de dez quartos em

Perry's Landing. Jane imaginou que Lenny Davis ficara feliz em contratar Morgan, recém-saída do Barnard College, por mais de um motivo. *Ela é natural*, Jane pensou enquanto a via fazer um cover de Judy Collins.

Jane ouviu passos e se virou para ver Willy. Ele acendeu um cigarro e ofereceu a Jane, que o recusou. Ele inalou a fumaça, seus óculos eram duas telas amarelas de Morgan cantando.

— Jane — disse ele. — Antes de irmos, eu realmente quero dizer...

— Vá pro inferno — disse Jane. Willy soltou a fumaça. Ele balançou a cabeça e se afastou em meio a alguns aplausos. Jane olhou para cima e viu Mark Edison observando-a através da treliça.

— O que você acha dos rumores, Janie Q? — ele perguntou.

Jane olhou para ele.

— Os boatos sobre o fim do festival? — O festival estava em uma situação complicada. O comparecimento do público havia diminuído para um nível recorde, e havia rumores de encerrá-lo. Nem mesmo Jesse foi o suficiente para atrair o pessoal de fora da ilha este ano. Sem um grande público, os patrocinadores provavelmente se retirariam.

Quando Jane se afastou de Mark Edison, ela chamou a atenção de Rich. Ele iria para a Califórnia agora, sem dúvida, Jane sabia — ele queria estar do outro lado do país quando Greg fosse morar com Maggie. Jane olhou para suas características familiares, a fonte de conforto e estabilidade durante tantos ensaios, tantos shows. O medo coagulou dentro dela com o pensamento de perder sua parceria. As letras de Rich sempre a fizeram se sentir segura para se expressar; como ela faria isso agora?

Jane afastou o pensamento quando uma onda de aplausos varreu Morgan Vidal do palco. De perto, ela parecia vermelha e sem fôlego; Jane lembrou-se de como se sentira após sua primeira apresentação diante de uma multidão tão grande e sentiu uma onda de inveja.

— Bom trabalho — disse Kyle, acenando para Morgan.

— Obrigada — disse ela.

Jane não ficou surpresa por eles já serem conhecidos, dada a natureza extrovertida de Kyle e o desejo de aliviar a tensão; Jane tinha certeza de que ele estava se esforçando para ser gentil com todos com quem viajaria nas próximas semanas.

— Você é Jane Quinn — disse Morgan, passando por Kyle. Para a surpresa de Jane, Morgan começou a gaguejar. — Eu tenho de te dizer que "Spark" me ajudou muito na primavera passada.

Jane sorriu, pega de surpresa pelo elogio. Era gratificante saber que algo que ela havia escrito tão especificamente para si mesma poderia ter relevância para outra pessoa — mesmo que essa pessoa tivesse vindo para substituí-la.

— É tão bom conhecê-la — disse Morgan.

— É ótimo conhecer você também — disse Jane, reprimindo a vontade de assinalar que elas já se conheceram antes. — Você se saiu muito bem.

— Obrigada — disse Morgan. Sua timidez parecia dar lugar ao desconforto. — Eu também queria dizer que... lamento pelo seu avô. Eu gostaria que pudéssemos ir juntas. Esta é uma grande chance para mim.

— Meu avô...? — disse Jane. Morgan estava olhando em volta.

— Ei, vocês viram... ah, aí está ele. Ei!

O rosto de Morgan floresceu em um sorriso perolado quando Loretta e Benny entraram nos bastidores, seguidos por Jesse. Ele parecia exausto, mas isso não diminuía sua beleza. Após esse show, ele estaria em um avião saindo da Ilha de Bayleen. A participação de Jane na turnê estaria acabada e eles nunca mais precisariam se falar.

Os olhos de Jane pousaram em Loretta, que deu uma piscadela rápida e lançou um olhar cético sobre Morgan. Jane sentiu um pequeno tremor de prazer; seu único consolo em tudo aquilo seria imaginar Morgan tentando cair nas graças de Loretta.

A expressão de Jesse estava sombria. Seus olhos seguiram de Morgan para Jane, e depois de volta para Morgan, que estava acenando freneticamente para eles.

— Oi — disse ele, colocando-se entre elas. Jane sentiu Greg e Rich se mexendo atrás dela.

— Espero não ter te deixado acordado até muito tarde ontem — disse Morgan. Jesse parecia tão constrangido que Jane não sabia se ria ou gritava.

— Sabe, jantar no clube pode muito bem ser o tipo da coisa que me dá força — disse ele, com sonoro desdém ao pronunciar "clube".

Morgan parecia determinada a ser alegre.

— Bem, meus pais gostaram de ver você.

— É melhor eu fazer um aquecimento — disse Jesse, assentindo. Jane percebeu que ele estava apenas procurando uma desculpa para sair daquela conversa, mas sua expressão mudou quando percebeu que seu comentário poderia ser interpretado como uma referência a drogas. — Eu quis dizer fazer a "afinação" — disse ele, olhando para Jane.

— Acho que Jane Quinn sabe o que significa "aquecimento" — disse Morgan.

Jane sorriu educadamente.

Jesse passou a mão pelo cabelo e Jane se perguntou por que ele não estava indo embora. Então ela percebeu que ele esperava que Morgan saísse, para que ele pudesse falar com Jane. Mas Morgan não se mexia.

— Vocês entram em dois minutos — disse o diretor de palco, apontando a mão para Jane e os rapazes. Jane podia sentir Jesse ficando mais desesperado enquanto ela pegava seu violão. Ela se permitiu olhá-lo nos olhos, algo que não fazia havia semanas, por medo do que veria e do que sentiria.

Foi divertido enquanto durou.

— Eu só queria dizer... — disse Jesse.

Você não pode pensar que foi apenas divertido.

A voz dele falhou e, por um instante, Jane sentiu o desejo de puxá-lo de volta para ela, um desejo visceral que a deixou sem fôlego. Em seguida, o contato visual foi interrompido quando ele olhou para Morgan, que olhava para Jesse com visível adoração. Recomposto, Jesse tossiu e murmurou:

— Boa sorte.

Jane pendurou o violão no ombro, a alça atravessando o coração. Ela deu uma última olhada em Jesse e entrou no palco sem dizer uma palavra.

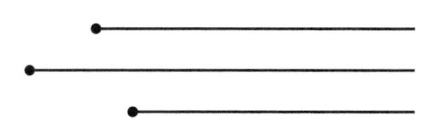

23

Naquela noite, Jane desabou na cama e chorou aos soluços. Depois de algum tempo, Grace entrou em seu quarto e sentou-se ao lado dela, colocando a mão nas costas de Jane enquanto ela chorava.

— E se eu não tivesse entrado naquele camarim? — questionou Jane.

— Não teria mudado nada. Na verdade, não — disse Grace.

— Eu ainda estaria em turnê — disse Jane. — Eu ainda teria minha banda. Eu ainda teria... — Notas ocas flutuaram dos sinos de vento na varanda.

— Estou orgulhosa de você — disse Grace. — Poucas pessoas têm a sua integridade.

Na segurança de sua casa, o rompimento de Jane com Jesse começou a desenrolar-se em sua mente. Ela mal conseguia se lembrar de sua apresentação naquela noite em Memphis. A multidão rugia como um oceano invisível oculto atrás de uma cortina de luz; enquanto cantava, Jane tinha a sensação de estar sendo esmagada por uma onda atrás da outra, e de querer isso, querer o esquecimento.

Ela e Jesse haviam cantado "Let the Light Go" pela última vez, separados por quinze centímetros, sem se olharem. Depois que se curvaram para os agradecimentos, Jane largou o violão e saiu o mais rápido que pôde pela porta dos artistas, nos fundos.

Jesse a seguiu até a saída. Jane ainda vibrava com a energia do seu desempenho no palco, incapaz de ficar parada; Jesse foi atrás dela lentamente. Por fim, ele a segurou pelos ombros. Ela não deixou que ele a abraçasse, não exatamente, mas ficou parada. Jesse deixou as mãos caírem para os lados.

— Você disse que não se picava — disse Jane.

— Isso... não é algo de que me orgulho — disse Jesse, se encolhendo.

— Eu não queria que você descobrisse.

— Quem mais sabe? — disse Jane.

— A banda... a minha banda, pelo menos. Willy. Meus pais.

Jane se lembrou da severa vigilância do Dr. Reid sobre Jesse; da preocupação de Loretta no ônibus. Ela sentiu uma onda de raiva.

— Desde quando? Los Angeles? — ela perguntou. — Da capa da *Rolling Stone*?

Jesse soltou um longo suspiro.

— A verdade, Jane, é que tenho esse hábito intermitente desde 1965. Foi por isso que bati com minha moto no verão passado. Eu me piquei antes do festival e achei que estava bem para dirigir...

Jane sentiu a cor sumir de seu rosto. O acidente de Jesse havia sido o começo da carreira dela. Esse "hábito", como ele o chamava, era a razão de ela estar ali. Pensar nisso era insuportável.

— Então, no verão passado, você estava se picando o tempo todo?

Ele balançou a cabeça com veemência.

— Não. Não. No verão passado, depois que conheci você, foi a primeira vez em muito tempo que me senti completo sem a droga.

— O que aconteceu? — disse Jane, sentindo-se de repente cansada até os ossos.

— O que sempre acontece — ele disse apaticamente. — Eu tinha, então usei. Não é preciso mais do que isso.

Jane segurou a testa com a palma da mão. Ela procurou no céu por uma lua que não havia.

— Onde estava? Eu nunca vi...

— No estojo do meu violão. — respondeu Jesse com olhos vazios.

— Em Peggy Ridge — disse Jane, sentindo o ar em sua volta ficar quente. — Você disse que estava compondo. Você mentiu para mim. — Jane ficou surpresa. De alguma forma, nunca havia ocorrido a ela que ele pudesse fazer isso.

— Eu sei — disse Jesse. — Me perdoe. Eu... nunca tive a intenção.

As palavras acenderam um circuito bem no fundo de seu cérebro. Jane podia ouvir sua mãe dando a mesma desculpa para Grace. Ela sentiu algo dentro de si estalar.

— Eu preciso saber qual realidade é a realidade — disse ela.

— Vou parar — afirmou Jesse, a cor sumindo do seu rosto.

— Você vai parar — disse Jane. Sua fúria provocou um brilho branco, iluminando uma súbita consciência dos fatos. Jane já conhecia os passos dessa estrada: se não pulasse fora agora, ficaria nela por quilômetros.

— Sim — insistiu Jesse. — E... vou sair da turnê agora e voltar para o zoológico. Falo sério, Jane, eu vou. Eu faço qualquer coisa.

Jane podia imaginar os dois caminhando pelo corredor esterilizado da ala de segurança do Centro de Reabilitação, Jesse de branco, Jane de azul. Ela jurou a si mesma que não ficaria presa naquele lugar; de alguma forma, sem ela saber, não lhe deram o papel de cuidadora nesta turnê?

Agora Jane estava flutuando acima de seu corpo. Ela se ouviu dizer:

— Você talvez devesse parar, mas não por minha causa.

— O que você quer dizer? — disse Jesse, abalado.

Jane deu de ombros.

— Quero dizer que foi divertido enquanto durou, mas se não fosse isso, seria outra coisa.

— Você não pode pensar que foi apenas divertido, não com tudo o que compartilhamos — disse Jesse, os olhos arregalados. — Jane, eu te amo.

Jane ficou olhando uma mariposa esvoaçar em direção à lâmpada da porta de entrada dos artistas.

— Lamento — disse Jane. — Mas não é isso que eu sinto.

Jesse perdeu a calma.

— Eu não acredito em você — disse ele, dando um passo em direção a ela.

Jane o paralisou com um olhar.

— Eu falei que só seria capaz de levar isso até certo ponto — disse ela. Então, depois de um momento: — Espero que você consiga ajuda.

— Jane, por favor, não... — O belo rosto dele tremeu.

Jane sentiu uma esperança errante brotar dentro dela.

— Acabou — disse ela, antes que pudesse se dar a chance de vacilar. Depois disso, ela se recusou a falar com ele de novo.

Todos os dias, quando Jane acordava em Gray Gables, levava alguns segundos para lembrar onde estava — então percebeu novamente que havia sido deixada para trás, e sua mente afundava em uma sucessão de shows que deveria estar fazendo, pessoas que deveria conhecer, lugares que deveria visitar. À noite, sonhava com a mãe, com saltos batendo, portas sendo fechadas e olhos azuis que nunca mais olhariam para ela da mesma forma.

Uma semana depois de tudo isso, Jane foi até a Beach Tracks vestindo seu roupão de banho e um par de sandálias.

— Eu quero o oposto de pop — disse ela sem tirar os óculos de sol. Dana a conduziu para a seção de clássicos.

Jane começou a ouvir concertos para piano em seu quarto, noite e dia, tentando extrair a devastação dentro dela com música. Sua dor a tornara feroz, e as Quinn a evitavam.

Conforme julho se transformava em agosto, nenhuma delas comentou quando Jane não voltou a trabalhar. Elas ignoraram seus banhos raros. Não a pressionaram para falar sobre o que havia acontecido.

A essa altura, Jane havia aperfeiçoado uma nova rotina. Todos os dias, ela dormia até o meio-dia. Depois saía e comprava dois maços de Pall Mall, que ela levava para o seu quarto. Em seguida ouvia discos deitada na cama, fumando um cigarro atrás do outro até pegar no sono.

— Abaixe o som, o bebê precisa tirar uma soneca — Maggie gritou, batendo na porta.

— Desculpe, esqueci que você ainda mora aqui — disse Jane, olhando para o toca-discos do outro lado do quarto.

Como prometido, Greg havia usado o dinheiro que recebera do acordo com Lenny Davis para dar uma entrada em uma pequena casa de campo para Maggie e a filha em Lightship Bay, que ainda precisava de uma vistoria. Sempre que Maggie falava no assunto, Jane saía da sala. Greg foi o principal motivo pelo qual ela estava presa ali e não em turnê. Jane o odiava, e odiava Maggie por extensão. Ela não tinha o menor interesse em saber da vida deles e mal podia esperar que Maggie se mudasse.

— Não nos culpe por seus problemas — Maggie gritou para Jane através da porta trancada de seu quarto. — Não foi Greg quem fez você terminar com Jesse. — Jane aumentou o volume do toca-discos.

No momento em que Greg e Maggie fecharam o preço da casa, Rich reservou uma passagem só de ida de Boston para Los Angeles. Ele planejava ficar com Duke até encontrar um lugar para morar.

— Você tem de ir mesmo? — perguntou Jane enquanto caminhavam para a balsa. Rich parecia ser seu último vínculo com sua própria música, e a ideia de ele estar do outro lado do país a deixava desesperada.

— Você sabe que sim — disse Rich. — Não há nada para mim aqui.

— Eu estou aqui — disse Jane. — Para o nosso próximo álbum. Rich, como vou compor sem você?

Rich fez uma pausa, colocando sua mochila no chão do píer. Ele pegou as mãos dela.

— Janie — disse ele. — Você não precisa de mim como letrista. Nunca precisou.

— Preciso, sim — disse Jane, as lágrimas subindo em sua garganta.

— Nós dois sabemos que isso não é verdade — disse Rich, balançando a cabeça. — Quantas músicas você fez já sabendo a letra desde o início? Quantas vezes jogou fora suas próprias letras para abrir espaço para as minhas?

Jane não disse nada, seus olhos estavam marejados. Claro, ela escreveu a letra de "Spark", mas foi apenas uma música. Rich apertou as mãos dela.

— Você ficará bem sozinha.

— Mas eu não quero ficar sozinha — disse Jane, com lágrimas escorrendo pelo rosto.

— Então venha comigo — disse Rich. Jane também não queria fazer isso; Kyle estava planejando ir morar com Rich quando ele voltasse da turnê, e a ideia de morar com Kyle fazia Jane se sentir mal.

— Ligarei para você quando chegar lá — disse ele, e beijou-a na testa. Ele colocou a mochila no ombro e subiu pela prancha de embarque, parecendo mais leve a cada passo. Jane ficou no píer até a balsa tornar-se um ponto no horizonte. Foi o tempo mais longo que ela ficou na rua desde que voltara da turnê.

Maggie mudou-se com Greg mais tarde naquela mesma semana.

Jane havia se esquecido da viagem de Grace a Londres até o dia em que Grace sentou com ela e Elsie para discutir quem ia cobri-la no Centro de Reabilitação, enquanto ela estivesse no exterior com sua atual paciente, Millie.

— Está tudo arranjado — disse Grace. — Se uma de vocês puder fazer o check-in aos domingos, eles ficarão bem mantendo tudo no lugar até eu voltar.

Elsie fez que não.

— Jane? — disse Grace.

A cabeça de Jane estava em Memphis.

— Desculpe, sim eu faço — disse ela. — Uma vez por semana.

Grace e Millie deveriam partir de transatlântico no final de agosto. Elsie e Jane levaram Grace até o píer em Lightship Bay para se despedirem dela. Quando Jane viu que Maggie trouxera Greg, ela se recusou a sair do carro, ficando no banco do passageiro. Seu cabelo sujo grudado na parte interna de seus óculos de sol.

— Jane — disse Grace. — Eu sei que parece difícil, mas você vai superar isso. Quando eu voltar para o Natal, você estará em um lugar diferente.

— Claro que sim — disse Jane. Ela não se lembrou de desejar boa sorte à tia. Enquanto observava Grace caminhar em direção ao píer, ela percebeu que Grace parecia cerca de vinte anos mais jovem sem o uniforme de enfermeira. Millie desceu de um táxi e Grace deu um abraço de despedida em Elsie e depois em Maggie. Jane calculou que horas seriam na Europa; todos da turnê estariam sentados para jantar.

Enquanto Grace ajudava Millie a subir pela prancha de embarque, Greg passou o braço em volta de Maggie e Bea e, juntos, voltaram para seu Fusca. Maggie fez uma pausa e olhou por cima do ombro na direção de Jane, que olhava para o navio deixando o porto.

— Ei — disse Elsie, batendo na janela do carro. Jane estendeu a mão e abriu a fechadura para deixá-la entrar no banco do motorista.

O sol já havia se posto quando elas voltaram para Gray Gables. Jane se sentia vazia. Ela não descia mais as escadas pela manhã para encontrar sua tia, prima e avó sentadas ao redor da mesa da cozinha. Os dias em que Kyle, Greg e Rich se revezavam no avental florido para servir uma "lasanha à Kyle" ficaram no passado. Da entrada da garagem, a casa escura parecia arruinada e fria.

— Acho que só ficamos nós — disse Elsie.

24

Na primeira semana de setembro, o consumo de nicotina de Jane começou a se manifestar como uma faixa amarelo-clara entre o indicador e o dedo médio de sua mão direita. Em suas compras de sábado, Jane descobriu que a estante de revistas havia tido seu estoque renovado durante a madrugada, suas prateleiras agora resplandeciam com fotos coloridas de Morgan Vidal. Lá estava ela, dourada e sorridente, estampada na *Tiger Beat*, na *Teen* e na *Seventeen*. Segundo as manchetes, Morgan e Jesse eram oficialmente namorados. Jane começou a ter pensamentos incendiários.

Naquela noite, ela colocou um vestido e foi ao Carousel pela primeira vez desde que voltara para casa. A felicidade de Al ao vê-la deu lugar a uma leve preocupação quando ela sentou-se na banqueta do bar e pediu uma fileira de doses de tequila. Dessa forma, não teria que falar novamente por um tempo.

— Você está esperando alguém? — ele perguntou.

— Não — disse Jane. — Isso me lembra de uma coisa: quando eu terminar um copinho, você pode simplesmente colocar outro no final?

Al fez uma careta e desceu para o porão.

Jane bebeu, observando sua sombra nadar nas fileiras brilhantes de garrafas atrás do bar. Ela já emborcara quatro doses quando notou Mark Edison a algumas banquetas de distância. Ele ergueu um copo.

— *Salut* — ele disse. Jane ergueu seu copo, mas não falou nada. Eles beberam. Então ele deslizou em direção a ela. — Importa-se de comentar sobre Morgan Vidal e Jesse Reid? — ele questionou.

— Você adoraria, não é? — disse Jane.

— Sabe, Janie, seus fãs andam se perguntando onde você está. Talvez você gostasse de contar a eles sobre os botecos que frequenta, hein?

— Vai se foder, Mark — disse Jane.

Ele recuou para o seu canto como um crustáceo voltando para a concha, e Jane bebeu suas duas últimas doses. Quando Mark saiu do bar, por volta da meia-noite, Jane foi ao banheiro; ela só percebeu que estava bêbada demais quando se levantou. No caminho de volta ao balcão do bar, a jukebox começou a tocar "Jive City", da Fair Play, e de repente parecia a hora certa para dançar. As cintilantes luzes do teto faziam listras difusas de néon enquanto Jane se movimentava. Ela se sentia bem — melhor do que há semanas. Enquanto mãos agarravam seus quadris, ela ia passando por uma selva de corpos sem rosto, dançando entre um parceiro e outro como se eles fossem bétulas.

A música seguinte era "Sylvie Smiles". O ar em volta de Jane ficou quente, só que não era o ar, a própria Jane estava em chamas. Ela se lançou em direção à jukebox, mas não conseguiu parar a música rápido o suficiente. Ela começou a socar a máquina. Depois pegou uma caneca de cerveja de uma mesa e atirou-a. A caneca se fez em pedaços, mas a jukebox continuou a tocar. Jane gritou e pegou um porta-guardanapos de metal.

Um par de braços firmes envolveu sua cintura e a puxou para longe.

— Já chega agora — ouviu a voz de Greg. Este som duplicou a raiva de Jane. Ela chutava o ar e gritava enquanto ele a arrastava para a noite fria.

— Como você ousa — ela falou com desprezo; eles estavam a centímetros de onde Jesse a havia convidado para se juntar a ele na turnê.

— Como eu ouso o quê? — disse Greg. — Impedir você de destruir a jukebox? Ou impedi-la de passar vergonha?

— Traidor — disse Jane. Ela partiu para cima dele, mas, naquele momento, o estômago de Jane ejetou seu conteúdo na calçada.

Jane lembrava-se apenas de fragmentos do resto da noite. Lembrava de ter visto o Fusca de Greg; lembrava-se de ter abaixado a janela do carro para vomitar de novo; lembrava-se de ter visto Elsie e Greg conversando na varanda. Ela não tinha ideia de como subira ou fora para a cama.

Na manhã seguinte, Elsie a acordou abrindo as cortinas.

— Hoje vai ser um grande dia — disse ela.

— Argh — Jane gemeu quando a luz do sol queimou os seus olhos. Sua boca tinha gosto de morte e seu cabelo estava duro com o que ela suspeitava ser bile verde.

— Levante-se — ordenou Elsie. Ela passou por cima de um matagal de roupas sujas e guimbas de cigarro, forçando passagem para abrir o armário de Jane, e pescou de lá seu uniforme azul. — Você tem de ir até o Centro de Reabilitação — disse ela. — Eu fui todas as semanas e você ainda não foi nenhuma vez.

— Talvez na próxima semana — disse Jane, rolando em sua sujeira. A ideia de enfrentar aqueles corredores silenciosos e estéreis agora fazia seu intestino revirar.

— Agora — disse Elsie. — Ou, que Deus me ajude, vou expulsá-la daqui e deixá-la por conta de Maggie e Greg.

— Está bem — disse Jane. Ela começou a remexer em seu quarto em busca de uma toalha.

Quando Jane voltou do Centro naquela noite, ela se sentia como se tivesse sido mergulhada em água fria. Ela saiu do carro, a brisa suave batendo em sua pele, e suspirou de alívio. Uma tarde esfregando comadres e trocando curativos fazia aquela casa velha parecer maravilhosa.

Jane acenou para a avó pela porta de tela e foi se deitar no gramado da frente. Quando seus olhos se ajustaram à escuridão, estrelas piscavam em volta de uma lua crescente.

Algum tempo depois, a porta de tela rangeu e Elsie saiu. Ela se deitou ao lado de Jane, ombro a ombro, as pernas esticadas em direções opostas.

Jane continuou olhando para o céu.

— Me conte como era a minha mãe — pediu ela.

Elsie se mexeu na grama ao lado dela.

— Ela era uma coruja noturna. Às vezes, eu descia e a encontrava trabalhando na sala de estar à luz da lua. Ela costumava dizer que era a única vez em que não se sentia invadida pelos pensamentos de outras pessoas, que o seu espaço psíquico estava claro.

— Mal sabíamos nós — disse Jane.

Elsie bufou.

— Como foi no Centro? — ela perguntou.

Jane lembrou-se da escada de serviço branca, da espiral de uniformes azuis subindo os degraus.

— O mesmo de sempre — disse Jane. — Me desculpe por ter deixado tudo por sua conta.

— Sei que não está sendo um momento fácil para você. — Elsie apertou a mão dela. — Não te via assim tão triste desde pequena. Claro, naquela época, não podíamos fazer você *ficar no* seu quarto.

Jane tinha fugido regularmente no primeiro ano sem Charlotte em casa. Ela respirou fundo.

— Não sei o que estou fazendo — disse ela. — Não sei quem eu sou. Eu costumava ser vocalista de uma banda de rock... e agora sou apenas... uma pessoa cheia de raiva.

— Do que você está com raiva? — perguntou Elsie.

— De Kyle por ir embora, de Greg por desistir. Da Pegasus por me expulsar da turnê. De Willy por deixar a Pegasus escapar impune.

— Não de Jesse? — questionou Elsie.

— Foi minha decisão terminar com Jesse — disse Jane.

— Isso não significa que você não esteja brava com ele — disse Elsie.

— Foi apenas uma aventura. — Jane deu de ombros, ignorando a pontada que sentiu quando sua mente lembrou do azul dos olhos de Jesse, do seu cheiro, do seu gosto. — Não foi nada.

— Mesmo assim você ainda pode estar chateada por ele ter mentido para você — disse Elsie.

— Não, não posso — disse Jane. — Eu menti bastante para Jesse.

— Essas coisas não são muito claras, *ou* isso *ou* aquilo — disse Elsie, franzindo a testa.

— Para mim são — disse Jane. — Para Grace também.

— Grace e eu temos opiniões diferentes sobre esse assunto — disse Elsie após um suspiro. — Mas eu sei que ela não pretendia que nossas decisões impedissem você de viver a sua vida.

Jane observou um avião traçar uma linha no céu.

— Não impediram — disse Jane. — Eu posso pensar melhor tudo isso mais tarde. No momento, tenho problemas maiores.

— Quais? — perguntou Elsie.

— Com Willy — respondeu Jane.

— É? — disse Elsie.

— Da última vez que conversamos, acho que mandei ele se foder — disse Jane, se enroscando.

— Ninguém pode acusá-la de falsa bajulação — disse Elsie e riu. Uma lasca de lua brilhou em seus olhos.

— Foi ele quem me falou que eu precisava sair da turnê — disse Jane. *E aquele com quem gritei quando encontrei Jesse atirado no chão completamente drogado.*

— Então você atirou no mensageiro — disse Elsie, como se estivesse refletindo sobre os pensamentos de Jane.

Jane engoliu em seco.

— Quanto mais o tempo passa, mais acho que ele poderia estar cuidando da minha carreira — disse Jane, com os olhos marejados. — Ainda quero tanto... e agora voltei para casa com menos do que tinha quando comecei. Eu sinto que o mundo está passando por mim e está me queimando.

— Você parece sua mãe — disse Elsie.

— É disso que tenho medo — disse Jane. Ela estremeceu. — Eu me vejo hoje e é como se a história estivesse se repetindo. Estar em uma banda sempre me fez sentir que éramos diferentes. Mas agora...

Jane colocou a mão na barriga e falou devagar para evitar que a voz tremesse.

— E se eu também for? — ela disse. — Às vezes fico tão brava que eu poderia...

Sua voz foi sumindo quando uma nuvem passou na frente da lua. Jane olhou para a avó — havia lágrimas em seus olhos.

— O que você vê? — perguntou Jane.

Elsie pigarreou.

— Vejo uma jovem com potencial ilimitado, se ela apenas confiasse em seus instintos.

— Isso é exatamente o que eu não quero — disse Jane. Sua cabeça latejava. — Eu a vi afundando. Eu *sei* como somos parecidas. Meus instintos são os instintos dela... e eles são perigosos.

— Jane, não podemos escolher quem somos — disse Elsie. — A melhor chance que qualquer um de nós tem é encarar o quadro geral e tentar entendê-lo. Se você se isolar das características ruins de sua mãe, também se isolará das boas. Você não pode separar luz e trevas.

Enquanto Elsie falava, Jane pensava não em sua mãe, mas em Jesse e seu vício.

— Talvez seja melhor não ter nenhuma das duas — disse ela.

— Isso seria uma verdadeira lástima — disse Elsie. — Porque, na realidade, sejam bons ou ruins, eles são os seus traços. Você é você mesma, Jane. Não precisa da banda para provar isso. Acho que você vai descobrir que às vezes as coisas que achamos que nos protegem estão na verdade é nos impedindo de ir em frente.

— O que você quer dizer? — indagou Jane.

Elsie olhou para ela com olhos cinzentos que refletiam os seus.

— Eu sei o que a banda significava para você, mas pense em quanta energia foi necessária para carregá-los.

A imagem do brilhante piano de cauda no Barraco passou pelos pensamentos de Jane.

— Não fuja do sofrimento. Coloque-o para trabalhar para você — disse Elsie. — Essa luta, ser capaz de lutar, é um dom que sua mãe nunca teve. A questão é: o que você vai fazer com ele?

Juntas, elas olharam para as estrelas e respiraram na noite. Jane observou as nuvens espiralarem pelo dossel cintilante até ela não conseguir mais distinguir os dedos de sua avó dos dela.

25

Na manhã seguinte, a primeira página do *Island Gazette* confirmou que, após muita deliberação, o Comitê do Festival votou pela dissolução; pela primeira vez desde seu ano inaugural, o festival não tinha dado lucro e, devido aos custos crescentes de produção, não fazia sentido financeiro continuar. Ao largar o jornal na mesa da cozinha, Jane sentiu a última peça de sua antiga vida desmoronar.

Naquele dia, ela foi nadar. Pedalou até a praia de barro que ficava depois do terreno do festival. Entrou na água e caminhou até os joelhos, observando as algas marinhas tecerem padrões de renda na superfície. Então ela mergulhou, sentindo a camada de sal em seu corpo, sentindo a força do oceano balançá-la.

Debaixo d'água, o único som que ela podia ouvir era o estrondo abafado das ondas — não das gaivotas lá em cima, não de seus próprios gritos abafados. O sangue latejava em seus ouvidos enquanto ela se impulsionava para a superfície. De seus pulmões, o ar saía forte e livre; Jane o viu erguer as gaivotas da água. Ela o viu enfunar uma frota de velas distantes.

No caminho para casa, comprou um caderno e seus cigarros diários. Limpou um lugar no chão do quarto, enfiou-se entre a cama e o armário e começou a escrever.

As palavras vieram lentamente no início; depois elas começaram a jorrar. Escrever era um trabalho de escavação; ela estava cavando para desenterrar as forças selvagens que ela uma vez tentou enterrar. Estava cavando para descobrir o que elas poderiam ter a dizer.

Durante vários dias, ela notou sua caligrafia mudando de forma, de letras com laços para chanfradas, como eletrocardiogramas, depois só maiúsculas, rabiscos minúsculos ou caligrafia de primeira série. Ela havia preenchido cinco cadernos quando sentiu uma música começando a fervilhar. Não foi o mesmo frenesi que experimentou quando compôs "Spark". Foi mais como ver uma panela ferver.

> *There's a devil in Kentucky,*
> *Plays the banjo fast as a sin,*
> *Says there's a church inside me,*
> *But he don't know how bad I've been.*
> *Well, if that cathedral's in me,*
> *He's gotta know the truth,*
> *My chorus sings a love song,*
> *And my altar's built to you.*[23]

Jane virou a folha e continuou escrevendo enquanto as letras brotavam. Ela pegou seu violão e o afinou em transe. Encontrou os acordes com facilidade e concluiu a música, do início ao fim, em vinte minutos.

Quando se sentou na cama, olhando para o que havia transcrito, sentiu pela primeira vez em semanas que havia ali um propósito. Jane podia não confiar na sua psique, mas ela nunca duvidou de seu gosto: ela sabia que aquela era uma boa música. Além do mais, parecia uma conexão com o ano passado, uma possível forma de retorno, como coordenadas vindas de um fio telegráfico.

Antes que pudesse perder o ímpeto, Jane pegou seu violão e o caderno e foi até a Beach Tracks. Quando entrou na loja, ela acenou para Dana; o cliente que ela estava ajudando olhou para Jane, uma disco de *Painted Lady* debaixo do braço.

Jane voltou-se para Pat atrás da caixa registradora.

— Posso usar sua cabine de som nos fundos?

— É claro — disse Pat. — Não é nada de última geração, veja bem.

— Por favor — disse Jane. — Estou apenas tentando fazer uma fita rápida. Eu posso te pagar pelo tempo. — Pat espantou a sugestão com um gesto.

---

[23] Há um demônio em Kentucky,/ Tocando banjo rápido como o pecado,/ Diz que tem uma igreja dentro de mim,/ Mas ele não sabe como eu fui ruim./ Bem, se a catedral está em mim,/ Ele tem de saber a verdade,/ Meu coro canta uma canção de amor,/ E meu altar foi erguido para você.

O espaço ao qual Jane se referia era um quartinho de vassouras onde Dana dava aulas de violão, silenciado por carpetes grampeados nas paredes. Lá dentro, uma lâmpada nua iluminava uma cadeira, um microfone e um gravador.

— Perfeito — disse Jane.

Ela gravou a faixa em uma hora, duas vezes em duas fitas separadas, e marchou direto para o correio, o violão pendurado nas costas. Enquanto o carteiro pesava o pacote e calculava a remessa, Jane escreveu um bilhete para Willy.

Willy...
Desculpe ter gritado com você por coisas que você não fez.
Acho que sou uma obra em progresso.
Por falar nisso, diga-me se você gosta disso.
Bj Jane

Ela endereçou o pacote aos cuidados de Linda, a assistente de Willy, e observou o funcionário dos correios jogá-lo numa lata.

— Algo mais? — ele perguntou. Jane apertou na mão uma fita com uma cópia da música e disse que não.

No dia seguinte, Jane vestiu o uniforme verde-azulado e rosa do salão Widow's Peak que ela havia guardado em seu armário no verão anterior. No bolso direito, encontrou um cigarro e o cartão de visita de Willy. Parecia um bom presságio quando ela seguiu para a cidade.

Maggie estava cortando o cabelo de uma cliente quando Jane entrou no salão.

— Ela fica balbuciando, mas não diz palavras reais — Maggie estava explicando para a mulher em sua cadeira, uma psicóloga recém-aposentada de Harvard.

— E você diz que ela já está engatinhando?

— Ela está em todo lugar — disse Maggie, olhando para cima enquanto Jane fechava a porta.

— Isso parece perfeitamente normal — disse a cliente. — É claro que todos os bebês realmente se desenvolvem em ritmos diferentes. Assim como as pessoas. — Ela sorriu de sua própria piada, e Jane poderia facilmente imaginá-la fazendo a mesma em uma sala de aula cheia de estudantes como aqueles que ela vira durante a turnê.

— Foi o que me disseram — disse Maggie, olhando para Jane.

Jane passou todo o trajeto até o salão pensando no que diria a Maggie ou, pior, no que Maggie diria a ela. E, no entanto, quando Jane estava diante de Maggie, sua mente voltou ao ano em que perdeu sua mãe: todas as vezes em que Maggie a ajudou a fugir, e todas as vezes em que Maggie a deixou dormir em sua cama depois que ela foi pega. Foi quando elas inventaram o sinal.

Os fora da lei não fazem perguntas.

Atrás da cadeira, a mão de Maggie formou um coiote rebelde. Jane respondeu na mesma moeda.

— Pegue uma vassoura — disse Maggie.

Quando ela começou a aparar as pontas, Jane as varreu.

Naquela noite, Jane acompanhou Maggie de volta a sua nova casa em Lightship Bay. Elas estacionaram o Fusca de Greg na frente de uma casinha azul e verde com vista para o mar.

— É uma gracinha — disse Jane.

— Sim — assentiu Maggie quando Greg saiu para cumprimentá-la. Ele parou quando viu Jane.

— Acho que é melhor eu ir ver como está o bebê — disse Maggie, deixando Jane e Greg na varanda. Eles se entreolharam com cautela.

— Obrigada por me levar para casa na outra noite — disse Jane. — Me desculpe, eu... eu só quero pedir que me desculpe.

Greg se mexeu sem sair do lugar, a mão amassando o cabelo da nuca. Por um segundo, Jane pensou que ele fosse dizer a ela para ir se foder. Então ele lhe deu um sorriso e puxou-a para um grande abraço de urso.

— Janie Q — disse ele. — Sempre seremos uma família. — Ele a levou para dentro para jantar.

Eles ainda não haviam comprado uma mesa, então Maggie colocou um pano sobre uma caixa de cabeça para baixo e os três se sentaram em volta dela de pernas cruzadas, Bea engatinhando sobre as pernas que via.

— Janie, você vai descobrir que o espaguete à Greg é uma melhoria em relação à lasanha à Kyle — disse Maggie, servindo vinho tinto em canecas de café variadas.

— Como está Kyle? — disse Jane, polvilhando o macarrão com parmesão.

Greg vasculhou uma pilha de correspondência próxima e jogou um cartão-postal para Jane. Ela segurou a borda adornada, virando a imagem de um gondoleiro mascarado para uma nota curta escrita nos garranchos de Kyle.

Olá, mano
Ótimo saber da casa. Veneza é incrível — suas ruas são feitas de água!
Um beijo nas meninas por mim.

Jane sentiu uma pontada de inveja ao recolocar o cartão-postal na pilha.
— Eles já estão em Madri agora — disse Greg. Jane fez o possível para sorrir.

Quando Jane começou a voltar-se para suas raízes na ilha, ela pôde sentir a estrela de um novo álbum se materializando a sua volta. Envolvida em familiaridade, sentiu que talvez seu inconsciente não tivesse que ser uma coisa assustadora. Talvez ela estivesse amadurecendo e fosse capaz de fazer o que Elsie disse, canalizar as partes boas de sua mãe e, ao mesmo tempo, aceitar as ruins. Ela iria devagar — não havia razão para pressa, nenhuma razão para permitir que essas ondas de criatividade a desequilibrassem.

Na noite em que se reconectou com Maggie e Greg, ela compôs uma canção chamada "Little Lion" para Bea; quando Greg ouviu o refrão, ele deu um berro.

"No matter where you roam,
You'll still find your way home.
No matter where you'll be,
Little lion, you've got me."[24]

Na semana seguinte, ela compôs outra, intitulada "New Country", sobre suas experiências na turnê.

---

[24] Não importa por onde andar,/ O caminho de casa você vai achar./ Não importa onde vai estar,/ Leãozinho, você vai me conquistar.

Golden city,
Hive above the bay,
Lips are buzzing,
But they've got nothing to say.
Where's a body
Supposed to go to get away,
To find a little peace in this new country?[25]

Quanto mais Jane compunha, mais esperançosa ficava. Ela mal podia esperar para ouvir a opinião de Willy. Claro, ela fora difícil no verão passado e o processo de gravação não tinha sido ideal. Mas ele não disse a ela na primeira vez que se encontraram que ela era diferente de tudo que ele já havia conhecido? *Spring Fling* não tinha superado as expectativas mais extravagantes da gravadora? Isso era o que contava, não era? Sua nova música era boa; Willy concordaria.

A turnê *Painted Lady* deveria ter voltado na terceira semana de setembro. Todas as noites, Jane ficava acordada, imaginando se amanhã seria o dia em que ela receberia um telefonema. Parecia impossível que ela não tivesse algum retorno em breve.

Um por um, os dias começaram a se acumular como bilhetes de loteria vencidos. Jane raciocinou que o grupo da turnê precisaria de algum tempo para se recuperar do fuso horário — Willy acima de tudo, já que tinha o trajeto mais longo, de volta para Los Angeles. Era possível que eles nem tivessem voltado ainda. Se Jane estivesse na Europa, ela teria ficado um pouco mais para fazer alguns passeios turísticos.

Então, na última semana de setembro, Jane teve um vislumbre de um perfil familiar enquanto ajudava a Sra. Robson a se sentar na cadeira do secador de cabelo.

— Posso? — Jane perguntou, apontando para o *Island Gazette* em sua mão.

— Ah, claro, querida — disse a Sra. Robson. — Imagine só, os dois indo ao *nosso* mercado das pulgas. Tão bom para a economia da ilha, já que o festival está indo ladeira...

---

[25] Cidade dourada,/ Colmeia sobre a baía,/ Zum-zum-zum de lábios,/ Sem nada pra dizer./ Para onde um corpo deveria fugir,/ Para encontrar um pouco de paz neste novo país?

O sorriso dentuço de Morgan brilhava na foto do jornal enquanto ela segurava um abajur Tiffany. O Grange Hall era visível atrás dela; Jane pôde ver o amigo de Elsie, Sid, em sua barraca no canto da foto. Elsie não tinha ido ontem, porque havia muito o que fazer no salão; se tivesse ido, ela estaria lá quando a foto foi tirada, teria visto Jesse parado ao lado de Morgan, segurando sua bolsa e olhando para ela com aqueles olhos inconfundíveis.

— Você está bem, querida? — disse a Sra. Robson.

— Sim, sim — disse Jane, devolvendo o jornal. Quando se recompôs, ela viu sua mãe olhando para ela do espelho de Maggie. Jane abriu e fechou os olhos para confirmar que era seu próprio reflexo consternado.

Eles estavam de volta.

Ninguém telefonou para ela.

Ninguém queria.

Jane sentiu um buraco se abrindo dentro dela, um desfiladeiro, uma falha geológica. Em seguida, sua raiva afundou, como um fósforo aceso transformando-se em enxofre.

26

Quando Jane saiu do salão, seus ouvidos zumbiam; era como se tivesse acabado de trocar de pele, revelando uma nova camada, crua e dolorosa. Em um instante, o equilíbrio que ela vinha cultivando em torno de sua criatividade foi destruído, a energia instigando o seu corpo. Ela havia passado o verão se alimentando de uma fantasia. Agora que a fantasia se esvaziou, ela podia ver os fatos com clareza brutal.

Willy recebeu sua fita e não disse nada. Jane entendia agora que Willy não tinha motivo para trabalhar com ela novamente; ela se tornara um estorvo em todos os pontos do processo e se recusara a promover sua própria imagem, apesar das recomendações dele. Seu sucesso fora totalmente alimentado pelo poder da estrela de Jesse. Agora Morgan estava nessa posição e fazendo tudo que Willy queria que Jane fizesse.

Só que eu ainda sou melhor, ela pensou.

Elsie chegou em casa meia hora depois e encontrou Jane passando a carne em uma frigideira. Quando Jane viu sua avó entrar, ela achatou a carne na frigideira até chiar.

— Boa noite para você também — disse Elsie. — Isso não teria nada a ver com o artigo do *Island Gazette* sobre Jesse, teria? — Elsie pegou uma garrafa de licor de dente-de-leão sob a bancada. Jane negou, aumentando a chama do fogão.

Depois do jantar, ela foi até o Carousel e encontrou Mark Edison em seu canto de sempre.

— *American Teen* — disse ela.

— O quê? — disse Mark Edison.

— *American Teen* — repetiu Jane. — Eles me convidaram algumas vezes para fazer uma lista para aquela seção deles chamada "Cinco Coisas". Se você me entrevistar e mandar para eles, eles vão comprar.

— Por que eu ia querer fazer isso? — perguntou Mark Edison. — Não é exatamente uma publicação de prestígio. — A *American Teen* era uma revista semanal de fofocas e dicas de moda para estudantes do ensino médio.

— Pense nisso como um favor — disse Jane.

Mark Edison olhou para ela.

— Isso é uma triste tentativa de golpe de mídia?

— É uma oferta de reconciliação — respondeu Jane. — Para minha gravadora. — Ela não via nenhuma razão para esconder a verdade.

— Tudo bem — disse ele, depois de pensar no assunto. — Mas... quando seu próximo álbum for lançado, você me dá uma exclusiva.

— Sinto-me lisonjeada — disse Jane rindo.

Mark Edison semicerrou os olhos.

— Não se sinta — disse ele. — Estou apenas pensando em mim mesmo.

Jane pagou uma rodada para ele, ele pegou seu bloco de notas e eles fizeram a entrevista ali mesmo. Mark saiu à meia-noite, mas Jane ficou e bebeu até o bar fechar. Enquanto caminhava para casa, ela pensou no seu álbum; ele agora representava toda a sua esperança. Ela estava à deriva em uma balsa, e as canções que ganhavam forma a sua volta eram as constelações que a guiariam em frente.

Quando adormeceu naquela noite, Jane tinha três canções prontas, as outras flutuavam fora de alcance como nuvens em uma nebulosa. Mas enquanto dormia, as realizações do dia catalisavam dentro de sua mente, acelerando o tempo de reação e sintetizando o material. Ao acordar, várias estrelas começaram a se formar onde antes só havia fósforo e vapor.

Havia sete delas, novas canções agrupadas em uma massa densa de som e luz. O sentimento de abandono de Jane havia escancarado as portas do seu álbum, e as faixas que ela vinha elaborando lentamente agora começavam a desabrochar de uma só vez. Ela não tinha mais tempo para se entregar à autopiedade ou à dúvida. Esse tipo de cacofonia era perigoso; se ela não tirasse aquela música do seu corpo, ela a devoraria. Seu sentido de urgência proporcionou o foco de que precisava. Enquanto tentava desemaranhar as melodias uma da outra, percebeu que seu violão era inadequado para tal.

— Preciso de um piano — disse ela a Elsie naquela noite, durante o jantar.

Os olhos de sua avó brilharam.

— Eu sei exatamente onde tem um.

A loja de Sid ficava no final da rua principal em Perry's Landing, entre o Victoria Inn e um renomado restaurante de frutos do mar chamado The Hook. Sid havia decorado os dois estabelecimentos com um grande desconto e, como resultado, a clientela chique deles infiltrou-se em sua loja por bons seis meses do ano. Era a primeira semana de outubro e a temporada de turismo estava acabando.

— Jane, que prazer — disse Sid, colocando seu livro em uma cadeira de veludo, onde seu gato, Tomas, estava sentado enrolado no braço da cadeira. Ele beijou Jane e Elsie em cada face.

— A C.C. por acaso está disponível? — perguntou Elsie.

— Na verdade, está — disse Sid. Ele conduziu Elsie e Jane pela loja principal até um anexo nos fundos que servia como alpendre e depósito. Pilhas de quadros encostados em esculturas gregas, as gavinhas de um lustre desmontado alcançando o chão como uma água-viva de cristal. No centro de tudo havia um piano de cauda Steinway com vista para o porto através de uma janela saliente.

— Jane, conheça a C.C. — disse Sid.

C.C. era a remessa de vingança favorita do volátil casal dono do Victoria Inn ao lado. A cada dois anos, um ameaçava o outro com o divórcio, e a C.C. acabava indo parar na loja de Sid.

— Ela é como uma criança despachada para a casa da tia no campo — disse Sid, erguendo carinhosamente a tampa da C.C. e apoiando-a no suporte.

C.C. era mais velha que o piano de Jesse — suas teclas eram ligeiramente amareladas, enquanto as dele eram branco-azuladas, e nem todas estavam perfeitamente afinadas. No entanto, o piano antigo tinha uma riqueza de som que o instrumento de Jesse não tinha. Jane curvou-se sobre as teclas, depois afundou os dedos, observando as notas vibrarem no cristal do lustre, minúsculos arco-íris dançando na parede.

Sempre que não estava trabalhando, ela ia até Perry's Landing e tocava. Com as cortinas de veludo do anexo fechadas, Jane tinha a sensação de total privacidade, mesmo que sua música pudesse ser ouvida em toda a loja.

— O som confere à mobília um certo ar de *bohème* — disse Sid quando Jane perguntou se ela estava incomodando seus clientes.

Ele estava sendo generoso, Jane sabia. Suas execuções ao piano por vezes beiravam a violência quando ela lutava com as forças criativas dentro de si. Às vezes, ela tocava por horas só para encontrar um momento de paz. Outras vezes, ela ficava em silêncio e espiava o chef do The Hook fazendo sua pausa para fumar no píer. As antiguidades ao seu redor tornaram-se totens de conforto, e ela ficava irritada sempre que Sid as mudava de lugar. Para Jane, elas eram almas afins: podiam não ser novas, mas ainda assim valiam alguma coisa.

Jane teve dificuldade em descrever sua visão artística para as pessoas de que gostava. Ela tentou uma noite no telefone com Rich, que havia ligado para contar a ela sobre a nova casa que alugara em Laurel Canyon.

— Não quero que seja como qualquer coisa que já tenham feito antes — disse Jane, observando a lua subir pela porta de tela.

— O que quer dizer? — perguntou Rich.

— Assim, se você pintar um ovo usando apenas branco e preto, vai parecer um desenho. Você tem de pintar usando todas as cores de um ovo para realmente ser um ovo.

— Amarelo? — perguntou Rich. — Janie... não sei se entendi bem o que você está dizendo.

Jane sentia muita falta de Jesse nesses momentos. A forma que este novo álbum ia adquirindo estava além de sua compreensão — mas ela se reconhecia no que tinha visto do processo dele. Ela sabia que se ele estivesse ali, entenderia como ela estava se sentindo — tão poderosa, tão obsessiva, tão aterrorizada. Ela podia imaginá-los no Barraco, sentados lado a lado ao piano. Depois lembrava que Jesse provavelmente estaria lá com Morgan, e ela reprimiu o pensamento.

Elsie estava certa: ao libertar as palavras dentro dela, Jane teve acesso a um tipo mais profundo de música, os sons e temas centrais que emanavam como uma fonte do alicerce de seu ser. Enquanto tocava e escrevia, tocava e escrevia, ela teve a sensação de estar erguendo um navio naufragado do fundo do mar.

A primeira vez que viu o piano de Jesse, Jane teve a sensação de estar sendo engolfada pelo céu noturno; aquela foi a primeira vez que essa música profunda manifestara sua presença para ela. Jane a mantivera sob controle, temendo sua enormidade, sua ausência de forma.

Agora Jane se aventurava por ela, nota por nota, passagem por passagem. Ela puxava uma música e depois outra até não haver mais nada para exumar, e o que antes era desconhecido agora tinha um começo e um fim. Ela fabricava as velas com melodias e as erguia com versos.

Na primeira semana de novembro, Jane tinha dez faixas dignas de uma gravação, e a pequena entrevista para a *American Teen* tinha chegado às bancas. A matéria saiu enterrada bem no fundo da edição e não havia nenhuma menção na capa, nem um único tiro no escuro. Dois dias após a publicação, Jane recebeu um telefonema.

— Rebecca acabou de me mostrar um artigo muito interessante — disse Willy. — "Cinco coisas que você não sabia sobre Jane Quinn". Número 1, o esmalte favorito de Jane é o Natural Wonder.

— Você recebeu minha fita? — perguntou Jane, sorrindo.

— Recebi — disse Willy, com um suspiro. — É uma faixa matadora. Acabou que você *fez* mesmo a letra. — Ele não parecia animado.

— Acho que sim — disse Jane, com a boca seca. — E então?

— E então... eu preciso ter algumas conversas sobre esse assunto. Do jeito que as coisas foram da última vez... eu não posso fazer nenhuma promessa.

Jane sentiu seu coração afundar.

— Eu ainda não estou sob contrato?

Willy suspirou.

— Você fazia parte dos Breakers, mas quando os Breakers acabaram, o contrato também acabou — disse Willy.

— Tudo bem, então que tal um novo? — ela disse. — Um contrato solo? Não era isso o que você sempre quis?

Willy hesitou.

— Se... e este é um grande se... eu conseguir que a diretoria assine, desta vez terá que ser diferente. Não vou ser capaz de lhe oferecer muito, se é que alguma coisa. Será basicamente o suficiente para cobrir suas despesas de viagem.

— Despesas de viagem? — indagou Jane.

— Sim, a produção consolidada — disse ele. — Tudo está em Los Angeles agora.

— Tudo bem. Sim, claro — disse Jane. Aquela seria a vida pós-Jesse Reid. Era melhor ela ir se acostumando.

Willy pigarreou e disse:

— Só para constar, ainda acho que não há ninguém como você.

27

Willy estava bronzeado e aparentemente descansado em seu Mustang conversível azul, no aeroporto. Seu rosto abriu-se em um sorriso quando ele viu os jeans cortados de Jane e a blusa de seda transparente, um forte contraste com o bando de comissários de bordo uniformizados que vinham atrás dela. O piloto que acompanhava os comissários quase tropeçou para ter uma visão melhor dos peitos de Jane.

— Ninguém nunca disse que você deveria se arrumar para viajar de avião? — Willy perguntou, inclinando-se sobre o banco para destrancar a porta do lado do passageiro.

— Eu disse — respondeu Jane. Willy riu enquanto ela jogava sua bagagem — uma das bolsas de tapete mais radicais de Elsie — no banco traseiro e sentava-se ao lado dele.

Jane havia deixado o outono para trás; ali, palmeiras balançavam ao longo da rodovia, sugerindo que o verão nunca devia acabar. A viagem para Malibu demorou pouco menos de uma hora. A casa de Willy era exatamente como Jane se lembrava; ao entrar, ela teve a sensação de visitar um local onde já havia se apresentado.

Depois de uma breve conversa com Rebecca, Willy conduziu Jane ao seu escritório para examinarem os detalhes finais de seu contrato. A mesa dele tinha vista para o mar como a proa de um navio; Jane ficou maravilhada por ele conseguir se concentrar.

— Isso deu um certo trabalho — disse Willy, entregando-lhe um maço grosso de papéis. — Lamento que o adiantamento não seja muito. O mesmo royalty do primeiro contrato, cinco opções. — Jane deu uma olhada. Willy tinha razão, aquilo mal cobriria sua estadia em Los Angeles.

Ela fora muito precipitada ao recusar a oferta de Rich de ficar com ele e Kyle? Jane não sabia em que pé estavam as coisas entre ela e Kyle. Como musicista, ela nunca questionara que ele seria o baixista de seu álbum; como amiga, ela ainda se sentia magoada. Isso não poderia ser evitado — ela precisava ter seu próprio espaço.

— Muito obrigada — disse Jane. Ela foi até a última folha do documento e assinou seu nome.

— Vou confirmar tudo. Sem produtor desta vez, só você e Simon — disse Willy.

— Ótimo — disse Jane.

Willy assentiu, mas sua testa franziu.

— Estou abrindo uma exceção para fazer um plano que você possa seguir — disse ele. — Mas, Jane, é imperativo que você o cumpra. Não há rede de segurança desta vez, não...

A voz dele sumiu, mas Jane entendeu que ele queria dizer "Jesse". Willy suspirou.

— Eu falei que você se manteria na linha. Dei minha palavra. Entendeu? — Jane balançou a cabeça sinalizando que compreendeu, mas por dentro ela pensou: *Por enquanto*.

No dia seguinte, Willy providenciou que um corretor de imóveis lhes mostrasse Laurel Canyon.

Enquanto seguiam o Chevy cor de vinho do corretor de imóveis pela Polk Street, Jane observou corpos bronzeados adornando varandas, cactos em vasos pendurados nas janelas e pés descalços andando de porta em porta. Talvez o Festival Folk tenha reencarnado como um bairro em Hollywood Hills.

Jane alugou uma casa de madeira e pedra mobiliada a dez minutos da Pegasus. Pertencia a um casal de professores de música que tirara um período sabático de seis meses e fora cuidadosamente decorada com plantas, móveis antigos e livros. Janelões retangulares davam para o vale e Jane teve a impressão de estar dentro de uma casa na árvore. A sala de estar abrigava um grande piano de madeira listrada com um vaso de flores silvestres secas colocado sobre ele como um pássaro pica-boi. No final do dia, Jane havia se mudado.

Para comemorar, Willy convidou-a para jantar no Château Marmont, o lendário hotel com vista para a Sunset Boulevard. Uma recepcionista os conduziu a uma pequena sala de jantar com cadeiras vermelhas, as paredes decoradas com serpentes prateadas que pareciam deslizar à luz das velas. Depois que eles fizeram o pedido, a discussão voltou-se para as ideias de Jane sobre a produção.

— Esse disco é intimista — disse Jane, enquanto as saladas apareciam diante deles. — Quero que a gravação seja o mais reservada possível, não quero ninguém entrando ou saindo além de nós.

— Eu reservei para você o Estúdio C para o próximo mês — disse Willy, esticando seu garfo até o outro lado da mesa de madeira polida para capturar um tomate perdido no prato de Jane.

— Então... será exclusivamente nosso? — disse Jane.

— Bem, não — disse Willy. — Você terá o estúdio todos os dias das dez às duas da tarde. Outros músicos poderão reservar em outro horário.

— Quero poder gravar quando quiser — disse Jane, franzindo a testa.

— Bem, você pode usar o estúdio se estiver disponível, mas se não estiver, terá que usar outro — disse Willy. — Achei que você ficaria feliz, o piano do Estúdio C é lendário. Loretta está insistindo em usá-lo em sua gravação também.

— Ela está gravando... agora? — perguntou Jane. O disco dos Breakers fora produzido em meio a tanta confusão que Jane não chegara a ter conhecimento de outros artistas no espaço, e de qualquer forma ela não teria conhecido nenhum deles mesmo. Mas esta gravação seria uma história diferente.

— Sim — disse Willy. — Ela já está na metade das gravações, eu diria.

Jane assentiu.

— Você sabe se alguém... mais estará gravando enquanto eu estiver aqui?

— Neste exato momento, não — disse Willy, parecendo constrangido.

Os olhos de Jane se fixaram nele enquanto o garçom retirava os pratos de salada.

Willy suspirou.

— Estou esperando Jesse em algum momento do próximo mês para começar a trabalhar nas gravações dele.

Jane recostou-se na cadeira e observou as bolhas em seu copo flutuarem à superfície e evaporarem.

— Eu pensei que eu ficaria com Kyle e Huck — ela disse. — Como isso vai funcionar?

— Ouça, vocês dois são meus artistas e eu sinceramente levo em conta os interesses de ambos. Você já estará mixando quando as sessões de gravação dele começarem — disse Willy. — E vou garantir que o tempo de estúdio dele não seja o mesmo que o seu. — Willy parecia inquieto. Havia algo mais.

— O que foi? — disse Jane. — Se você está com receio de me dizer que ele está com Morgan, não se preocupe com isso. Eu já sei.

Willy relaxou um pouco, embora continuasse a olhar para ela.

— Vocês dois se falaram? — ele perguntou.

— O *Island Gazette* nunca foi tão fascinado por um único assunto — disse Jane, fazendo que não. Willy riu. — Ele não perdeu tempo — Jane acrescentou para ver como Willy reagiria.

Ele olhou para ela.

— Rompimentos nunca são fáceis — disse Willy.

— Sábio, obrigada — disse Jane.

— Não sou um intermediário, Jane — disse Willy. — Não me coloque nessa posição.

— Estou apenas curiosa.

Willy revirou os olhos.

— Não foi você que terminou com ele? — ele questionou.

Jane olhou feio. Ela não queria falar de novo sobre a separação. Não que não tivesse superado; ela superou. É que ela simplesmente não partia para outra.

— Por que ele não pode esperar mais algumas semanas? — ela disse, incapaz de deixar o assunto para lá.

— Precisamos de um disco dele o mais rápido possível para não perdermos a fase boa — explicou Willy.

— Então vou esperar — disse Jane. — Vou para casa e volto.

— Jane, pare com isso — disse Willy. — Você conseguiu o seu contrato. Você recebeu uma segunda chance. Não vale a pena estragar tudo.

Jane não disse nada enquanto um garçom colocava suas entradas na mesa.

— Seja feliz — Willy insistiu. — Você está aqui com os melhores músicos e as melhores instalações do planeta. Lamento não poder fechar o estúdio inteiro por seis semanas. Mas eu não posso. Então... pegue um bronzeado e faça o seu álbum. Que título você vai dar, afinal?

Jane olhou para ele; títulos de discos eram notoriamente complicados, mas seu coração já havia decidido.

— *Songs in Ursa Major* — disse ela.

Os olhos de Willy se iluminaram.

— Sim — ele disse.

Naquela noite, a lua cheia brilhava tanto que Jane não conseguiu dormir, então ela foi para a sala de estar. As folhas projetavam sombras nas tábuas do assoalho, serrilhadas como recortes de flocos de neve de papel.

Jane sentou-se ao piano, curvando-se sobre as teclas, e tocou até se cansar.

No dia seguinte, Willy apareceu com Huck, que saiu do banco do passageiro segurando uma conga. Jane estava nervosa quando pediu a um dos músicos de Jesse para trabalhar em seu álbum, mas ela não queria gravar com estranhos, e Huck era o único baterista que ela conhecia além de Greg. Ele sorriu ao vê-la e Jane respirou fundo.

— Janie Q — disse Huck, abraçando-a. — Você está na Califórnia!

— Estou — disse Jane, dando um tapinha no braço dele e conduzindo-o para dentro de casa. — Como você está?

— Muito bem — respondeu Huck enquanto ela o conduzia com Willy até o piano. — Recuperado da turnê. Devo dizer que prefiro o ônibus a esses aviões pequenos. Todos nós sentimos sua falta.

Jane sentiu suas faces corarem.

— Acho que o melhor seria mostrar o que eu tenho — disse ela. Huck assentiu.

O álbum pedia piano e violão, e Jane se revezava entre os dois do banco do piano. Enquanto ela tocava, Huck marcava o tempo em sua conga. Ele havia desafinado o instrumento a ponto de soar como se estivesse batendo em seu próprio peito. Jane podia sentir que ele respondia a ela de uma maneira que Greg nunca fizera. Sua culpa em admitir isso para si mesma foi logo superada por sua empolgação com o que Huck traria para a gravação. Quando terminou de tocar todas as dez músicas, ela se sentiu cansada, como se tivesse acabado de passar meia hora chorando para um amigo. As mãos de Huck pousaram em cima de seu tambor. Willy olhou para Jane com entusiasmo.

Huck pigarreou.

— Uau, Jane — disse ele. — Eu nunca ouvi músicas como essas.

— O que você acha? — ela perguntou, olhando para ele. — Em termos de percussão. Do que elas precisam?

Huck fungou duas vezes e enxugou os olhos.

— Honestamente, você tem um ritmo muito forte para tocar. Eu nunca preciso procurar as batidas do coração quando estou ouvindo você. Acho que meu trabalho será apoiar isso, acentuar o que já está lá.

Jane sorriu. Depois que Huck e Willy foram embora, seu nervosismo voltou. Rich e Kyle estavam vindo para jantar e Jane não tinha ideia do que esperar. Ela foi à Country Store comprar um assado e vagou pelos corredores por uma hora. Ela havia acabado de colocar a panela no forno quando eles se aproximaram da casa.

Jane percebeu, pelo andar agitado de Kyle, que ele estava ainda mais apreensivo do que ela. Ela abriu a porta e eles se entreolharam. Kyle inclinou a cabeça para o lado.

— Você ainda está chateada por causa da turnê? — perguntou Kyle.

— Sim, um pouco — disse Jane.

— Não lhe tiro a razão — disse Kyle. Ele deu um passo à frente. — Se serve de consolo, lamento muito pela forma como aconteceu. Nunca foi minha intenção deixá-la para trás.

— Eu sei — disse Jane. — E se serve de consolo, provavelmente eu teria feito a mesma coisa.

— Ótimo — disse Rich. — Vocês são dois idiotas.

Kyle saltou para a varanda e abraçou Jane.

— Estou muito feliz por colaborar novamente — disse Kyle.

Jane e Rich sorriram com aquele jargão corporativo saindo da boca de Kyle. Kyle revirou os olhos.

— Eu posso dizer "colaborar" — disse ele.

Jane colocou os dois nas mesmas cadeiras que Willy e Huck haviam ocupado mais cedo naquele dia e tocou as canções do álbum. Ela estava tão desligada da presença deles que parecia tocar sozinha. Quando terminou, ela olhou para cima para ver suas reações.

— Isso vai ser incrível, Janie — disse Kyle. Ele pegou o violão de Jane e começou a dedilhar um dos *riffs* que ela havia tocado, sempre ansioso para envolver-se na música. Rich não disse nada.

Durante o jantar, Kyle recapitulou a turnê, que ele passara sonhando acordado com uma misteriosa garota chamada Elena, que os acompanhara de Paris a Veneza e depois desapareceu em Lucerna.

— Ela levou todo o meu dinheiro e o meu último Lucky Strike — disse Kyle, com admiração.

Ele pediu a Jane notícias sobre a ilha, e ela contou a ele sobre a nova casa de Maggie e Greg.

— Espero estar lá no Dia de Ação de Graças — disse Kyle.

Rich começou a lavar os pratos.

— Você terá que vir até nossa casa da próxima vez — disse Kyle, envolvendo Jane em um abraço. — Vejo você no estúdio. — Ele saiu pela porta.

Rich acenou com a cabeça para Jane e estava prestes a seguir Kyle quando ela o segurou pelo braço.

— Qual é o problema? — ela perguntou.

Rich não olhou nos olhos dela.

— Você não tem nada a dizer sobre o álbum? — ela pressionou.

Rich apoiou o braço no batente da porta e lançou-lhe um olhar sério.

— Você está com inveja? — disse Jane, desconcertada. — Foi você mesmo que disse que eu deveria escrever.

Rich balançou a cabeça.

— Não me entenda mal, Jane — disse ele. — Em certos aspectos as músicas são maravilhosas. Mas... às vezes você soa como se estivesse em agonia. É meio demais. Você deve guardar algumas coisas para si mesma.

Jane sentiu seu queixo cair. Rich parecia que ia dizer algo mais. Então ele balançou a cabeça, bateu uma vez no batente da porta e saiu para a noite.

Jane ficou boquiaberta atrás dele, sentindo como se tivesse levado um soco no estômago.

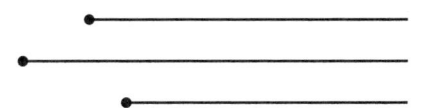

28

Quando Jane Quinn entrou no Estúdio C, Simon pensou que ela parecia uma borboleta rabo-de-andorinha recém-saída da crisálida. A seriedade que ele notara no ano anterior evoluíra para uma potente expressão de visão e foco, deixando apenas um traço de brilho juvenil, como luminescência em uma asa.

Jane convidou Simon para sair da cabine de som e vir para o estúdio. Ele a observou sentar-se ao cobiçado piano vermelho, esticando as mãos sobre as teclas. Ao contrário do álbum dos Breakers, Jane não havia enviado material com antecedência. "Quero que sua primeira impressão seja minha", Jane tinha dito.

Simon estava ansioso para trabalhar com Jane novamente e não tinha dúvida de que ela faria seu segundo álbum. Depois de ouvir as faixas de *Songs in Ursa Major*, ele soube que aquilo seria maior do que ele esperava, ou do que qualquer um esperava.

Naquela noite, ele desceu a Sunset Boulevard com um cigarro pendurado na boca. Ele pensou na família de sua mãe, levada para os campos de concentração — ele nunca mais ouviria suas vozes; pensou no primeiro rapaz que beijou, com o tornozelo afundado nas pedras do rio; pensou na primeira vez em que pegou um saxofone e percebeu que conseguia entendê-lo. Um punhado de cinzas em forma de cilindro caiu em seu sapato; ele ainda estava com o cigarro na boca.

Starless, heartless night above a sea of stone,
A distant dial tone.[26]

---

[26] Noite sem estrelas, noite sem alma, sobre um mar de pedra,/ O som de um telefone ao longe.

Quando entrou em seu apartamento, seus pensamentos voltaram para Jane Quinn. Estava claro para ele agora que cada som que havia gravado no ano anterior, cada nota, cada acorde, tudo tinha sido um prelúdio para a chegada dela a Laurel Canyon. Simon não revelou esse pensamento a ninguém, mas, daquele momento em diante, sentiu o dever sagrado de proteger o espaço em torno das sessões do *Ursa Major*.

No dia seguinte, Willy Lambert juntou-se a ele na cabine.

— Simon — disse Willy, balançando a cabeça. — Estou feliz por contar com você neste álbum.

— Obrigado por me convidar — disse ele.

— Jane não aceitaria de outra forma — falou Willy. O último ano havia abrandado o seu temperamento. Simon se perguntou quais cordas ele teve que puxar para conseguir um segundo contrato para Jane; não era segredo o quanto Vincent Ray a desprezava, e não era de se admirar. Mesmo depois que Vincent Ray a colocara na lista proibida, o álbum dos Breakers vendeu mais de cinquenta mil cópias com a própria foto dele na capa.

Kyle Lightfoot chegou em seguida com Rich Holt. Jane os cumprimentou com a familiaridade de uma irmã, mas Simon pôde sentir uma distância que não existia antes. Rich ainda estava bonito como sempre. Simon o tinha visto em festas, mas nunca falara com ele fora de uma gravação. Ele duvidou de que o faria. Mas olhar não dói.

Huck Levi chegou por último. Fazia sentido para Simon que Jane tivesse se separado do seu antigo baterista, mas ele ficou surpreso por ela ter escolhido um dos músicos de Jesse Reid. Ele ouvira os boatos sobre o namoro de Jane e Jesse, e sabia que Jesse chegaria a Los Angeles em breve.

— É bom ver você, amigo — disse Huck, dando um tapinha no ombro de Kyle. Rich e Huck apertaram as mãos.

— Vocês já fizeram a afinação? — perguntou Jane.

Pela maneira como seguiam os comandos dela, Simon percebeu que cada um deles também havia sido iniciado no álbum — não como músicos se preparando para gravar, mas como sentinelas se preparando para um cerco.

Jane já havia salientado a necessidade de privacidade total e, a partir das primeiras faixas básicas, as sessões foram fechadas. Simon entendeu por quê. Jane era como uma artista criando um autorretrato nua: a cada dia, ela entrava no estúdio e se despojava de todas as suas defesas até suas emoções estarem expostas. Depois eles começavam a gravar. Faixa por faixa, ela converteu toda a energia bruta, que fez de *Spring Fling* um álbum pop tão bom, em uma interpretação estupenda.

Simon já havia trabalhado com Rich, Kyle e Huck antes, mas nunca nessa combinação exata. À medida que as sessões avançavam, o *Ursa Major* começou a testar os limites da capacidade deles. A música em si exigia uma quantidade exata de precisão, e Jane não aceitaria menos do que perfeição. Ela possuía uma sólida noção do que queria, mas nem sempre era capaz de expressá-la; se alguém lançasse uma ideia, ela assumia o crédito por isso. Ela não podia tolerar menos do que o controle total.

Huck já havia trabalhado sob o comando de alguns produtores notoriamente difíceis. Simon duvidou que algum deles se comparasse a Jane na ponte da canção "A Shanty".

— Veja aqui — disse ela, entregando a Huck uma partitura.

As sobrancelhas de Huck levantaram enquanto ele examinava.

— Algum problema? — perguntou Jane.

— Sem problema — disse Huck. Mais tarde, ele mostrou a Simon as marcas indiscerníveis que Jane havia rabiscado acima da letra da ponte.

— O que é isso? — disse Simon.

— É a abreviação de Jesse — respondeu Huck, balançando a cabeça. — Ele deve ter ensinado isso a ela.

Aparentemente, os rabiscos pediam um único som para tocar no tempo forte, coincidindo com a palavra "*boards*". Jane queria enfatizar o ritmo — "Como um piscar de olhos numa sala" —, mas ela não conseguia dizer como.

— Não é um clique, não é um estalo, é alguma coisa no meio — ela repetia.

Huck juntou uma variedade de instrumentos de percussão, de maracas a colheres, e sentou-se em um cobertor no meio do estúdio, testando e retestando, por duas sessões.

— E o cowbell? — Jane disse. Huck pegou o cowbell e começou a tocar.

— Não no corpo do cowbell — disse Jane. — No cabo.

Levaram seis horas e quarenta e dois takes até decidirem pelo guiro: batido de leve, sem raspagem.

"Brand New Cassette" foi o mais parecido com uma faixa de rock tradicional; Kyle e Rich gostaram porque o arranjo era centrado em uma progressão básica de acordes que os dois dedilhavam em sincronia. Jane queria que a última parte da terceira estrofe estourasse, como um sample extraído de outra música.

— Deve ser elétrico — disse Kyle.

— Não quero nada elétrico no álbum — retrucou Jane.

No dia seguinte:

—Já sei. A seção de rádio deve ser elétrica.

Kyle ficou boquiaberto.

Simon os levou para o Estúdio D por uma hora enquanto a Starlight Drive estava em um intervalo e eles fizeram o sample em apenas dois takes, usando seus instrumentos. Assistir Rich e Kyle arrasando enquanto Huck mandava ver na bateria era como observar cavalos antes presos num paddock galopando por um campo aberto.

À medida que as sessões de gravação avançavam, Rich ia ficando cada vez mais irritado; ele simplesmente não gostava do álbum. Foi só quando eles começaram a trabalhar em "Wallflower" que Simon se permitiu especular o porquê.

I stand aside, I watch you go,
I start to cry, nobody's home,
I love you so, but you'll never know.[27]

A música abordava um tema feminino não nomeado. Pelas descrições — "cabelos louros, lábios vermelhos", "olhos tão azuis" — Simon suspeitou que poderia ser a própria Jane; não seria a música mais narcisista que ele já havia conhecido. Não importava — ouvir Jane ansiar tão visceralmente por outra mulher sempre fazia Simon se lembrar de sua torturante paixão colegial por Hank Lipson. Enquanto observava a mandíbula de Rich tensionar-se, ele sentiu que a música poderia ser torturante para ele da mesma forma.

Com a saída do antigo baterista dos Breakers, Rich era agora o músico menos versátil do grupo, um carpinteiro que dominava as ferramentas em sua caixa e não tinha interesse em diversificar. Depois de semanas traba-

---

[27] Eu fico de longe, vejo você sair,/ Começo a chorar, a casa tão vazia,/ Eu te amo tanto, mas você nunca vai saber.

lhando em torno disso, Jane tornou-se intransigente com o refrão de "A Thousand Lines":

*Oh, you run through me like fountain dye,
Parchment dried with pigment stains.*[28]

— Precisa de delicadeza — ela insistiu. O rosto de Rich ficou vermelho. Eles estavam repassando o mesmo *riff* por quase uma hora; Kyle e Huck sentados perto, fingindo não estar ali.

— Que tal assim? — disse Rich. Ele tocou as notas exatamente como antes. Kyle e Huck murcharam.

— Não — disse Jane. — Quero que soe como sinos de vento entrando e saindo da guitarra.

— Não sei se posso fazer o que você está pedindo — disse Rich.

— Ou você simplesmente não quer — disse Jane.

— Você tem razão — disse Rich. — Eu não quero.

Rich largou a guitarra e saiu. Jane olhou para o lugar vazio onde ele estivera. Ela andava tão fixada no que queria que Simon achou que ela não notara que Rich estava chateado até o momento em que ele abandonou o estúdio.

Willy se levantou da cabine e entrou no estúdio.

— Devo ir? — ele disse.

Jane balançou a cabeça e saiu atrás de Rich; da janela da cabine de som, Simon pôde ver Jane alcançar Rich no corredor.

— Acho que uma coisa é dizer que uma pessoa deveria fazer o que quer, e outra é vê-la realmente fazer isso — disse Jane.

Rich voltou-se para ela.

— Eu já te disse, não é disso que se trata.

— Então é sobre o quê? Você detestou esse disco desde o início — disse ela.

— Eu não detesto o disco — disse Rich. — Eu detesto o que ele fez de você. Você está agindo como se fosse Mussolini.

---

[28] Oh, você corre em mim como fonte de água colorida,/ Pergaminho seco manchado de pigmento.

— Eu só quero que o disco seja bom — disse Jane. — Você deveria me ajudar. Eu preciso que você acredite no que estou fazendo. Preciso que você pelo menos tente. Preciso...

— Acho que nós dois sabemos de quem você precisa, e não sou eu — disse Rich. — Me desculpe, eu simplesmente não consigo tocar como ele. Você sabe disso, Jane.

Jane encostou-se na parede. Rich se aproximou e ficou ao lado dela.

— Eu não detesto o disco — disse ele. — Às vezes, ele simplesmente me faz sentir... vergonha.

— De mim?

Rich balançou a cabeça.

— De mim mesmo — respondeu ele. — Das coisas que nunca fui capaz de dizer.

A expressão de Jane se suavizou.

— E para ser totalmente franco, sim, é um pouco chato ver como você é boa nisso. — Rich suspirou. — Mas eu sempre vou ajudar você.

Jane segurou a mão dele.

Depois disso, Jane fez um esforço para abrandar sua atitude. Pessoalmente, porém, Simon achava que nenhum deles largaria aquele trabalho, não importa o quão difícil ela se tornasse. Mesmo quando eles não precisavam estar lá tocando, Huck, Rich e Kyle se sentavam na cabine com Simon, mantendo vigília, enquanto Jane cruzava outros reinos, recuperava melodias e as trazia de volta à Terra.

Nesses momentos, era como se o espírito dela se expandisse para preencher todo o espaço, estendendo-se além dos limites de sua própria consciência. E mais, se você fosse conversar com Jane entre um take e outro, ela estava tão lúcida e concentrada quanto estava ao lado de Huck com o guiro. A parte dela que estava criando o álbum e a parte que o estava produzindo coexistiam dentro dela como os dois lados de uma mesma moeda, girando sem parar, mas nunca se encontrando.

29

Em meio às sessões de gravação de "A Thousand Lines" Jane foi até o corredor para fumar um cigarro e viu Loretta marchando em direção ao Estúdio C, o resto de sua equipe seguindo atrás como uma tropa de cavalaria. Eles diminuíram a velocidade ao avistarem Jane, um espírito prateado envolto em fumaça.

— Já estou indo — disse Loretta enquanto seu engenheiro, produtor e baixista passavam por elas. — Eu deveria saber que é você que está monopolizando o meu piano. — Seu tom de voz soou malicioso, mas seus olhos eram calorosos.

— Você deve estar quase acabando — disse Jane.

— Verdade — disse Loretta. — Só estou fazendo alguns takes extras para a mixagem. Como o seu está indo?

— Está indo bem — respondeu Jane. Ela ofereceu um cigarro a Loretta, que aceitou.

— Quem está na sua equipe? — perguntou Loretta.

— Simon Spector. Huck, Kyle e Rich.

As sobrancelhas de Loretta saltaram quando Jane disse o nome de Rich.

— Um desses não parece se encaixar no grupo... — ela questionou.

Jane bateu as cinzas no carpete.

— Estamos levando bem — disse ela, embora se perguntasse se isso era verdade.

Loretta lançou-lhe um olhar severo e exalou lentamente.

— Você não me pareceu o tipo de pessoa que queria se comprometer com alguém — disse ela.

Agora elas estavam falando de Jesse.

— Tenho muito respeito pelo modo como você lidou com as coisas lá em Memphis — disse Loretta. — Mas foi uma perda real não ter você no resto da turnê.

O rosto de Jane se abriu em um sorriso involuntário.

— Morgan parece ter... talento — disse ela.

— Pergunte isso a ela — disse Loretta, revirando os olhos.

Jane deu uma gargalhada.

— Você *parece* estar levando tudo numa boa — disse Loretta, examinando-a.

— O que quer dizer? — perguntou Jane.

— Eles estão aqui — disse Loretta.

— Em Los Angeles?

Loretta fez que sim, inclinando a cabeça na direção do Estúdio A.

— Aqui neste prédio. Jesse começou a gravar ontem.

A adrenalina disparou pelo corpo de Jane, deixando-a de repente muito consciente do ruído das luzes do teto, do ar viciado, das paredes granuladas.

— Eu posso sugerir ou procurar um guitarrista para você — disse Loretta. — Estritamente no sigilo.

— Não, está tudo bem — disse Jane. — Mas agradeço mesmo assim. E obrigada pelo que você falou.

Loretta concordou com a cabeça.

— Bem, é melhor entrar aí enquanto posso — disse ela. — Você sempre pode considerar o uso do Estúdio B...

Jane deu a Loretta um pequeno sorriso, e Loretta desapareceu no Estúdio C.

Jane olhou para o corredor em direção ao Estúdio A, que de repente surgiu como a ala proibida de um castelo de conto de fadas. Certamente Jesse não deveria estar tão perto dela naquele exato momento. Willy havia prometido que não os agendaria para gravar no mesmo horário. Jane acendeu outro cigarro e inalou.

Seria tão fácil descobrir, dar os vinte passos até o Estúdio A e abrir a porta. Jane tentou negar, mas, diante da possibilidade tangível de ver Jesse, a ideia a emocionou. Ela sabia que entrar por aquela porta seria procurar problemas, então combinou consigo mesma de ficar no corredor e terminar de fumar; se Jesse saísse antes disso, então que assim fosse. Um cigarro sem intercorrências depois, ela foi embora.

Naquela noite, Jane não quis ficar sozinha. Ela telefonou para Kyle e Rich e deixou tocar vinte vezes antes de desligar. Depois ligou para Willy e deixou uma mensagem na secretária eletrônica: "Oi, Willy, é Janie. Eu queria saber se você e Rebecca estão livres esta noite. Eu sei que é um convite muito em cima da hora. Na verdade, deixa pra lá, você deve estar ocupado. Desculpe, estou... cansada. Vejo você amanhã."

Jane encontrou uma garrafa de uísque no freezer e se serviu de um copo. Ficou andando pela sala de estar. Seus senhorios tinham uma biblioteca do chão ao teto, inclusive uma seção de vinis organizada em ordem alfabética. Os olhos de Jane foram atraídos para um álbum de Doris Day, *I'll See You in My Dreams.* O álbum ao lado era o *Greatest Hits,* de Lacey Dormon. Jane tomou outro gole de uísque. Ela ainda tinha o cartão de Lacey.

— Jane, querida, tenho pensado tanto em você — disse a voz inconfundível de Lacey no receptor. — Por que você não vem aqui em casa? Estamos recebendo um grupinho de amigos.

Lacey e seu marido, Darryl, moravam a uma caminhada de dez minutos da montanha de Jane, em um grande rancho cheio de buganvílias. Pessoas de roupas coloridas recostadas na varanda da casa, acordes de violão flutuando na brisa; "um grupinho de amigos" significava uma pequena festa. Como se pressentindo sua presença, Lacey saiu da casa com um robe cor-de-rosa bufante.

— Estou tão contente por você ter ligado, Jane — disse ela. — Chá? Algo mais forte? Minha mãe sempre costumava fazer *hot toddies* em noites como esta.

— Parece ótimo — disse Jane. Ela teve a sensação de estar sendo transportada para um sonho estranho em que Gray Gables tinha sido reformada para parecer um show de variedades; a casa de Lacey tinha um charme surrado semelhante, só que a dela estava repleta de jovens artistas talentosos em vez das Quinn.

— Estou te falando, cara — dizia um lindo garoto bronzeado a uma garota magrinha com um vestido roxo. — Mátala é muito maneiro. Só você, o mar, as cavernas e as estrelas.

Lacey conduziu Jane passando por eles e entrando em sua cozinha. Ninguém se oferecera para preparar-lhe um chá desde que ela deixou a Ilha de Bayleen, e ela sentiu uma pontada de saudades de casa.

— Estou na Califórnia há quinze anos e ainda acho engraçado que eles considerem isso outono — disse Lacey, acomodando-se em uma cadeira quando a chaleira começou a esquentar. — Isso seria maio no Alabama.

— Isso seria junho na ilha — disse Jane.

— Como está a ilha? — perguntou Lacey. Jane viu uma onda de nostalgia passar pelo rosto de Lacey. — Elsie ainda está em Gray Gables? Jeanie? Zelly? Louise?

Jane sorriu ao constatar que Lacey conhecia bem a sua família. As irmãs de Elsie costumavam ficar em Gray Gables por longos períodos quando Jane era mais nova e a mãe de Elsie, Jeanie, ainda morava lá.

— Depois que Jeanie se mudou para Nova Orleans, Zelly foi para o Peru morar com um fazendeiro plantador de peiote. A última vez que tivemos notícias de Louise, ela estava em Newfoundland.

Lacey deu uma gargalhada.

— Isso parece típico delas — disse ela. — Aquele lugar, o Carousel, ainda existe?

— Ah, sim — disse Jane. — O Carousel sobreviverá a todos nós.

— Sua mãe e eu costumávamos nos divertir muito lá. — Lacey riu, mas sua expressão entristeceu. — Tenho pensado muito nela desde nossa última conversa. Ainda não consigo acreditar que eu não sabia de nada.

Elas ficaram sentadas em silêncio por um momento, cada uma a sós com suas lembranças de Charlotte.

— Como ela era quando você a conheceu? — perguntou Jane logo em seguida.

— Tão inteligente — disse Lacey. — Ela sabia avaliar uma pessoa em um minuto. Engraçada, também... muito falante. Lembro que a primeira vez que a encontrei no festival eu disse a ela que não conseguia acreditar que tinha uma filha pequena, e ela olhou para mim e disse, "Você tem ideia de como trabalhei duro para conseguir essas estrias?". Naquele momento eu soube logo que eu tinha de ser amiga dela.

A chaleira apitou e Lacey se levantou para preparar os drinques.

— Sua mãe foi a primeira pessoa a me levar a sério, sabe.

Jane observou enquanto ela cortava um limão ao meio sem colocá-lo na bancada, espremendo as fatias em canecas de lata.

— Uma mulher negra com uma acústica... não era muito comum no circuito folk dos anos 1950. Eu costumava cantar canções de musicais no festival, e as pessoas só ficavam olhando. Então, uma noite, no segundo ou terceiro ano, sua mãe me chama de lado e diz, "Estou farta disso". E eu disse, "E você não acha que eu estou também?". Daí ela respondeu, "Você diz que está, mas continua escolhendo músicas que escondem a sua voz".

Lacey colocou uma caneca na mesa, na frente de Jane, uísque, mel e limão flutuando na sala. Jane tocou a borda — estava quente demais para pegar.

— Eu fiquei furiosa — disse Lacey. — Quem essa lourinha pensa que é para vir me falar da *minha* voz? Ela não tinha a menor ideia de como eram as coisas para mim lá no palco. Mas, no fundo, parte de mim sabia que ela estava certa. No dia seguinte, encontrei-a na casa da sua avó e disse, "Se você sabe tanto, mostre-me uma música que seja certa para a minha voz". E foi assim que ela compôs "You Don't Know" para mim.

— Eu amo essa música — disse Jane. — *"Yeah, you don't know, and it's a crying shame/ Because life's a riddle and love's a game."*[29]

— Eu também — disse Lacey. — Foi um grande avanço para mim, um sucesso, *depois* que foi lançada. Mudei-me para cá e o resto é história. Eu sempre quis voltar para o leste, para ir ao festival. Ela e eu sempre conversávamos sobre isso, mas isso simplesmente não aconteceu, e depois...

Lacey falava como se estivesse em transe.

— O festival era muito menor no início. Naqueles primeiros anos, o público não passava de umas duzentas pessoas, apenas jovens fugindo dos pais nas férias com a família. Depois que as gravadoras assumiram, o festival realmente explodiu, mas naqueles primeiros anos, era apenas um bando de cantores populares locais. Posso imaginá-la naquele palco, cabelos presos em um coque banana, no estilo francês, tocando "Lilac Waltz" em seu ukulele. Charlotte tinha uma voz muito doce... um som tão bonito.

— Ela costumava cantar essa música o tempo todo — disse Jane.

---

[29] É, você não sabe, e isso é um tormento/ Porque a vida é um mistério e o amor, um jogo.

— Ela adorava essa música — disse Lacey. — Até o momento em que aconteceu aquilo com Tommy Patton. — Ela balançou a cabeça em desgosto. — Eu nunca me perdoei.

— O que você quer dizer? — perguntou Jane.

Os olhos de Lacey se enrugaram de tristeza.

— Ela me ligou pedindo a minha ajuda quando essa música começou a tocar no rádio — disse Lacey suavemente. — Eu... eu me recusei. Eu tinha acabado de receber um convite para ser a apresentadora de um programa no rádio, e ela queria viajar para Los Angeles e denunciar Tommy no ar.

"Eu estava começando, e o meu programa era para ter gente bonita, cantando suas músicas num clima de alegria. — Lacey balançou a cabeça. — Eu queria ajudá-la, mas sabia que meus produtores nunca permitiriam. Ela me disse que eu era uma vendida e desligou. Essa foi a última vez que nos falamos.

"O problema era que ela não tinha provas de que havia composto a música. — Os olhos de Lacey ficaram vidrados. — Teria sido a palavra dela contra a de Tommy. E não preciso dizer o quanto ele era famoso naquela época. Mas eu me pergunto... se eu tivesse deixado ela vir... as coisas teriam sido diferentes?"

— A única forma de as coisas terem sido diferentes seria se Tommy Patton não tivesse roubado a música dela — disse Jane.

— Ela sempre teve um fogo dentro dela — disse Lacey, olhando ao longe. — Muita energia e revolta. Não era do tipo que foge de uma briga, certamente não do tipo que foge da família. — Ela balançou a cabeça.

Jane ficou paralisada, imaginando se Charlotte gostaria que ela contasse mais, sentindo de alguma forma que ela certamente gostaria. Ela tomou um gole de sua caneca e manteve o líquido na língua até o uísque perder o sabor.

Ela ficou na casa de Lacey até a lua subir tão alto que ela podia ver sua própria sombra. O ar estava um pouco frio quando ela voltou para casa — um vento do leste, um presságio do lar.

Naquela noite, Jane sonhou com um corredor comprido e esterilizado. Ela estava em uma ponta, vestindo seu uniforme azul do Centro de Reabilitação; ela podia ver Jesse no outro lado do corredor, vestido com trajes formais. Com o coração acelerado, Jane começou a correr em sua direção; ele pareceu não notar e se virou quando chegou ao fim do corredor. Quando Jane alcançou o fim do corredor, ela quis segui-lo e deu de cara numa parede de vidro. Ao se levantar, ela viu Jesse do outro lado do vidro — com Lacey, Elsie, Maggie e Grace. Todas usando uniformes azuis do Centro. Jane olhou para baixo; ela estava usando um vestido roxo formal. Ela pôs a mão no cabelo, era um coque banana. Ela chamou por eles enquanto falavam um com o outro, apontando para ela, como se ela fosse um animal em uma jaula.

Quando Jane acordou, havia uma mensagem de Willy no telefone: "Jane, lamento ter perdido sua ligação, e lamento por você não estar se sentindo melhor. Essas semanas têm sido um inferno, e eu sei que você está colocando tudo o que tem neste álbum. Eu estive pensando... não seria ótimo fazer um show aqui? Apenas uma coisa informal, para colocá-la na frente de um público. Uma gravação em estúdio é tão solitária, e acho que pode ser a coisa certa a fazer. Me ligue de volta."

30

O Troubadour era uma fortaleza de estuque bem no final de West Hollywood. Lá dentro, lanternas góticas lançavam um brilho rubi sobre os bancos de madeira; o ar estava denso de açúcar e pinho; enquanto Jane descia as escadas para o palco, ela não poderia ter imaginado um espaço mais mágico para um show.

— Olá a todos — disse ela, sentando-se ao piano. Ela usava um vestido verde comprido estilo camponesa, o cabelo solto sobre os ombros.

O público se acotovelava na frente do palco; barbas e colares de contas balançavam diante dela, enquanto silhuetas flutuavam na varanda como divindades obscurecidas pelas luzes do palco. Nessa noite, ela faria uma apresentação solo do seu antigo repertório dos Breakers; seria a primeira vez que cantaria sem a sua banda. Ela teve um vislumbre de Rich e Kyle parados no bar e sentiu uma pontada de dor.

— Estou tão feliz por estar aqui com todos vocês. Los Angeles é um lugar muito especial. — Ela soltou um riso metálico que ecoou pela boate como um carrilhão. O piano do Troubadour era um grande Steinway preto; ao se inclinar sobre as teclas para tocar os acordes iniciais, Jane se sentiu como uma sereia nadando em direção ao corpo de uma baleia.

Ela começou o show com "Indigo", sua mão esquerda ocupando o lugar de Kyle, e a direita, o lugar de Rich. Ela queria dar um gás na energia das pessoas, e esse número acelerado sempre agradava ao público. Depois atacou com "Spark" e sentiu o lugar vibrar enquanto cantava:

"Shock comes quick, a wave in the dark,
This will make it better, this little spark."[30]

---

[30] O choque chega rápido, uma onda na escuridão,/ Assim será melhor, essa pequena centelha.

Willy tinha razão — era disso que ela precisava. Jane sentiu-se como uma flor de açafrão rompendo o gelo invernal. Quanto mais se conectava com o público, mais forte ficava; ela não tinha percebido como sentira falta da luz do sol.

Ela alternou entre os ritmos rápido e lento, violão e piano, até deixar o público alvoroçado. Ao terminar "Sweet Maiden Mine", sentiu uma onda de afeto por aquelas pessoas. Ela queria tocar algo novo para elas. A canção estava bem ali — ela a tocava há semanas e sabia que poderia dar conta.

Jane colocou seu violão no chão e voltou para o piano.

— Vejam o que vocês acham disso — ela disse, deixando seus dedos descansarem sobre as teclas. Era possível ouvir um alfinete cair quando Jane começou a tocar a introdução de "Ursa Major".

"Starless night, I am a stranger,
I sail the black and white,
By the key of Ursa Major,
Sending songs to points of light."[31]

A música foi composta em quatro partes que se desdobravam em mosaicos geométricos, começando com retângulos e terminando em estrelas. Os acordes de abertura eram encorpados e lineares, como as próprias teclas de piano, o tom da voz de Jane deslizando nos sobretons como asas de pássaro na água.

"This one pours, and this one sighs.
This one needs a lullaby,
This one just got too damn high."[32]

Enquanto cantava, Jane encontrava os versos narrando as vidas que via a sua volta; a garota ingênua no bar, a hippie aos pés dela, o executivo da gravadora no segundo balcão. Eles não lhe pareciam mais

---

[31] Noite sem estrelas, sou um estrangeiro,/ Navego em preto e branco,/ Pelo tom Ursa Maior,/ Enviando canções para pontos de luz.

[32] Um extravasa, outro suspira./ Um precisa de uma canção de ninar,/ Outro ficou só alto demais.

arquétipos, mas companheiros de viagem, à deriva nesta terra de anjos caídos.

Com uma mudança de tom, Jane mergulhou-os no coração da música. Acordes sublimes ascendiam em uma redoma de som, brilhando com arpejos saídos de sua mão direita.

> *"Now's the time to be alive, they say,*
> *Their tones as sharp as knives,*
> *When, hidden in your Crescent,*
> *You're just trying to survive."*[33]

Ali estava o centro do anseio: não tristeza, mas maravilhamento com a fragilidade da vida. À medida que os acordes do baixo caíam no refrão, Jane não conseguia mais sentir qualquer separação entre ela e o público; seu próprio medo flutuava como uma chama azul acima de sua cabeça e, ao seu redor, ela podia ver chamas azuis idênticas piscando como batimentos cardíacos, desejo de respirar, desejo de liberação.

> *"Starless, heartless night above a sea of stone,*
> *A distant dial tone."*[34]

Ela se recompôs e deixou seus dedos correrem pelas teclas, uma última onda empurrando-a para a margem.

> *"Please don't leave me alone."*[35]

Quando terminou, as notas finais pairaram no ar. Jane nunca tinha ouvido uma pausa por tanto tempo depois de uma música. Ela sorriu e quebrou o encanto; o súbito aplauso foi ensurdecedor.

Enquanto os aplausos diminuíam, Jane avistou Willy descendo a escada à sua esquerda, com vários homens. Jane sabia que ele havia convidado seu

---

[33] Dizem que o momento de estar vivo é agora,/ Suas vozes afiadas como facas,/ Quando, no refúgio do seu Crescent,/ Você tenta apenas sobreviver.
[34] Noite sem estrelas, noite sem alma, sobre um mar de pedra./ O som de um telefone ao longe.
[35] Por favor, não me deixe só.

irmão Danny e se perguntou se talvez o outro irmão deles, Freddy, estava na cidade vindo de Londres.

Ela fechou o set com mais três músicas: retomando a energia da sala com "Caught" mantendo-a nivelada com "No More Demands" e terminando com uma versão acústica de "Spring Fling". Enquanto se curvava para agradecer, ela pôde ver Rich e Kyle batendo palmas e assobiando mais ao fundo.

Jane subiu as escadas para o seu camarim, um pequeno sótão separado por uma cortina. Quando avistou seu reflexo na penteadeira, ela não acreditou no quanto parecia mais consigo mesma do que antes do show. Houve uma batida no batente da porta e Willy entrou sem esperar sua resposta.

— Oi — disse Jane enquanto abria o estojo do violão. — Desço em um segundo.

— Na verdade, acho que devemos ir agora — disse Willy. Seu tom fez Jane erguer os olhos.

— Espere, você quer dizer ir embora? — ela perguntou. — Rich e Kyle estão esperando... eu pensei que seu irmão...

— Apenas confie em mim — disse Willy, abaixando-se para ajudá-la a colocar o estojo do violão numa bolsa. — Meu carro está atrás... — Willy olhou por cima do ombro.

Naquele momento, Danny Lambert entrou, seguido por Vincent Ray e um homem de cabelos grisalhos que Jane reconheceu imediatamente como Tommy Patton. Jane se sentia pegajosa de suor por causa do show e essas súbitas aparições escorregavam de seu cérebro como gelatina de um molde de plástico. Maggie tinha razão, ela pensou — manter sempre a mesma aparência tinha um efeito de envelhecimento. A mão de Willy se fechou ao redor do braço de Jane, ajudando-a a se levantar.

— Janie, grande show — disse Danny Lambert, beijando-a nas duas faces, alheio à sua palidez. Não foi assim com Vincent Ray; seus olhos lacrimejantes pareciam saciados com o prazer de ver Jane tão constrangida. — Vincent e eu tínhamos combinado de jantar hoje à noite — disse Danny, seguindo o olhar de Jane. — Quando eu disse a ele que você estava se apresentando, ele insistiu em vir vê-la.

— Sim, nós voltamos para vê-la — disse Vincent Ray, estendendo a mão para Jane. Seus dedos se fecharam em torno de seu ombro como uma braçadeira de metal.

— Espero que não se importe, trouxe o meu amigo Tommy — acrescentou Vincent Ray. — Ele sempre teve um olho arguto para novos talentos.

Ele sabia. Como? As engrenagens da mente de Jane pareciam estar travadas. Jane virou-se para Tommy Patton, tentando se livrar de Vincent Ray.

— Belo show — disse Tommy, oferecendo a mão a Jane; seu aperto parecia fraco e escorregadio.

— Tommy Patton — disse Jane.

— Isso mesmo — disse Danny encorajadoramente.

— Geralmente não saio para ir a shows, mas Vincent Ray me convenceu a abrir uma exceção — disse Tommy. — Você fez uma ótima performance, garota.

Os olhos dele brilharam para ela e Jane sentiu uma onda de repulsa. Tudo o que imaginara quando este momento chegasse nunca foi ver-se encurralada como uma corça. Ela procurou em seu cérebro pelos roteiros que havia escrito, caso enfrentasse o homem que arruinou a vida de sua mãe, e descobriu que tudo o que tinha em sua mente eram pergaminhos vazios.

Quando seus olhos entraram em foco, eles se fixaram em uma cicatriz roxa na mandíbula de Tommy como uma marca de mão saindo de seu colarinho.

— Não ligue para a cicatriz — disse Tommy. — É uma lembrança dos *meus* tempos de Troubadour. Quanto tempo ficará na cidade? — ele perguntou.

Durante toda a vida de Jane, as pessoas sempre comentaram sobre a assombrosa semelhança entre ela e sua mãe. Se Tommy Patton percebeu isso, ele era um ator muito bom.

— Só mais duas semanas — disse Willy, quando Jane não respondeu. — Na verdade, estamos indo embora agora. Temos uma sessão dupla no estúdio pela manhã, precisamos dormir cedo.

— Boa tentativa — disse Vincent Ray. — Todos nós vamos sair para tomar uma bebida... eu sei que Jane não gostaria de perder a chance de ouvir sobre o começo da carreira de Tommy, sendo tão fã dele.

— Ah, que gentileza, que gracinha — disse Tommy Patton, olhando para Jane como se ela estivesse falando. Naquele momento, ela sentiu uma certeza romper-se dentro dela. Jane tinha tantas perguntas sem respostas sobre sua mãe, mas nunca havia duvidado da dor de Charlotte por "Lilac

Waltz". Agora, enquanto Tommy Patton lhe lançava um sorriso ingênuo, a dúvida começou a rolar dentro dela como um fliperama. O estado mental de Charlotte estava se deteriorando no final; era possível que ela tivesse inventado tudo?

Danny Lambert estava na porta; ele já estava cansado daquela conversa e ficava olhando as escadas, como se esperasse que alguém mais interessante aparecesse. Jane se perguntou o que seria necessário para passar correndo por ele. Só então o rosto dele se iluminou de satisfação.

— Jesse Reid está aqui — disse ele. — Eu o vi no bar. Ei! Jesse!

Jane sentiu-se como se tivesse sido arrancada de seu corpo para outra dimensão. Aquilo só podia ser um pesadelo. Ela não podia encarar Jesse agora, não na frente de Vincent Ray, não na frente do maldito Tommy Patton. Willy sabia disso. Enquanto Vincent Ray e Tommy Patton seguiam em direção à escada, Willy colocou as chaves na mão de Jane e apontou para a saída de incêndio.

— Vá — disse ele. — Eu vou em seguida.

Quando os homens formaram uma parede no patamar, Jane desviou-se atrás deles na direção da saída, uma gaiola enferrujada de escadas que a deixou em um pequeno estacionamento atrás do teatro. Ela não olhou para trás até estar no banco do carona do Mustang azul de Willy. Ela enfiou a chave na ignição, agachando-se ao lado do painel até que o teto do conversível a envolvesse.

31

Jane não falou de novo até Willy estacionar na frente de sua casa.

— Como ele ficou sabendo? — ela perguntou.

Willy desligou o motor. Por um momento, o único som presente era o tilintar de seu chaveiro.

— Depois da foto da capa do álbum no ano passado — disse Willy —, fui atrás de Vincent Ray para tentar acalmar as coisas. Até aquele momento, eu julgava que ele fosse um cara bastante sensato e pensei que poderia consertar o acontecido se apenas explicasse por que a atitude dele com o seu álbum foi particularmente cruel. Então contei a ele o que aconteceu com a sua mãe. Sinceramente, estou chocado que ele até tenha se lembrado. Ele estava tão furioso que cheguei a achar que não tivesse ouvido uma palavra do que eu disse.

Willy cruzou os braços e esticou as pernas, como se tentasse sair pelo teto do carro.

— Eu subestimei toda a situação — disse ele. — Colocar a foto dele no álbum foi um erro.

— Adoro essa capa — disse Jane. — Os fãs também.

— Exatamente — disse Willy balançando a cabeça. — Vincent Ray se orgulha de mandar e ser obedecido. Para ele, cada cópia vendida de *Spring Fling* é uma afronta pessoal. Está tudo fora de proporção. Sinto muito, Jane. Nunca imaginei que ele fosse fazer uma coisa dessas.

— Parece muito esforço para rebaixar uma ninguém como eu — disse Jane.

— Você não é ninguém — disse Willy. — Esse é o motivo para ele fazer isso. Não importa o que ele diga ou como ele tente acabar com você, você tem algo que ele não pode controlar, e isso o enfurece.

— E o que é? — perguntou Jane.

— A sua música — disse Willy. — Enquanto você tiver um instrumento nas mãos, você é um problema.

Jane recostou-se no banco. A luz da rua destacava os contornos acidentados de sua casa. Logo a Califórnia seria uma lembrança para ela.

— Jesse apareceu — disse Jane.

Willy ajustou sua aliança de casamento.

— Eu disse a ele para não ir ao show — disse Willy. — Ele deve ter sido vencido pela curiosidade.

— Curiosidade — Jane repetiu.

Willy assentiu.

— Jane, eu sei que esta noite foi perturbadora, mas se tem alguma coisa que você deve tirar disso, é que o *Ursa Major* vai ser imenso — disse ele. — Você foi magnífica.

Jane ficou parada na frente de casa, segurando o estojo do violão enquanto via as lanternas traseiras do carro descendo a rua. Ela se sentiu ferida então, como se uma faca tivesse sido extraída de seu peito depois de perfurá-la.

Ela sabia que Willy nunca a magoaria intencionalmente, mas ele fez isso. Willy também sabia. Finalizadas as sessões de gravação do disco na terça-feira seguinte, ele quase nem apareceu durante a mixagem.

Isso acabou sendo bom. Jane havia deixado a pequena barreira que restava entre seu espírito e o mundo exterior nos bastidores do Troubadour e estava contente de ficar sozinha com Simon. Ele era talentoso, paciente e seguro. Não queria nada de Jane pessoalmente, e tudo dela musicalmente.

— Os vocais aqui estão muito ásperos, estão encobrindo o violão — disse ele.

— Devemos fazer *overdub*? — disse Jane.

Simon balançou a cabeça.

— Vamos passar pelo equalizador primeiro; se atenuarmos as consoantes sibilantes, isso ajudará na sibilância excessiva.

Todos os dias, eles se reuniam na cabine de controle, uma dupla de cirurgiões prontos para operar. Jane era a especialista a ser consultada, enquanto Simon realizava o procedimento em um dos parentes de sangue dela. Foi assim que, uma por uma, eles masterizaram as faixas e as colocaram em ordem.

O álbum abria com "New Country", uma canção vibrante que lembrava os primeiros dias de Jane na turnê. A faixa tinha um motor forte, um ritmo constante levado pela conga tribal de Huck, a criativa linha do baixo de Kyle e o estilo de dedilhado de Rich.

Depois vinha "Little Lion", uma canção de ninar aparentemente simples com um arranjo tão básico quanto o berço de Bea. A primeira estrofe era apenas Jane no violão, e as estrofes subsequentes puxavam as maracas de Huck e o baixo de Kyle para a ponte.

"Wallflower" vinha a seguir, uma canção que Jane tocou pela primeira vez em Peggy Ridge. Para o álbum, ela a transpôs para o piano, cantando com voz trêmula sobre acordes de lá menor: "Car pulls up, a screen door slams/ Clicking heels, a beige sedan/ Inside is another man."[36]

As faixas eram cadenciadas e angulares, como metade de um colar em forma de coração.

"Last Call" era uma canção de celebração. Tinha um ritmo acelerado, com um instrumental ressonante e um refrão perfeito para tocar no rádio: "We'll have a ball until last call,/ And then we're splitting town."[37] Kyle e Rich entrelaçavam dedilhados, o que lembrava as danças celtas. Era a música mais percussiva do álbum, com Huck nos bongôs.

"Ursa Major" era a última faixa do primeiro lado. Jane insistiu que a música toda fosse gravada em um só take; ela e Simon haviam se trancado no estúdio, modulando os níveis do amplificador entre as interpretações até acertarem na vigésima sétima tentativa. Depois, eles dividiram um cigarro no corredor.

— Esta canção me lembra do fio que Ariadne deu a Teseu — disse Simon.

Jane ergueu os olhos, surpresa ao ouvi-lo se referir ao mito que ela citou uma vez para Jesse; ela estava de fato seguindo uma corda saindo da escuridão.

— Como está indo? — disse Simon. — Não há amor sem dor.

---

[36] O carro encosta, uma porta de tela bate/ Barulho de salto alto, um sedã bege/ Dentro há outro homem.

[37] Vamos festejar até o último convite,/ E depois nos mandar dessa cidade.

— Não há amor sem sacrifício — disse Jane.

O lado B do álbum começava com "A Shanty", uma música no estilo das canções de trabalho de marinheiros que dizia, "I know the truth, you can't stop being you/ No matter whether blue, this storm's just passing through".[38] A faixa funcionava como um neutralizador de paladar com elementos de uma canção tradicional de marinheiros misturados com levadas pop de Huck e Kyle.

Essa faixa fazia a transição para os tons de blues-rock de "Brand New Cassette", uma balada road trip que queimava como um cigarro na garganta seca. Simon teve o cuidado de colocar a seção do "sample" para masterizar, como se estivesse transplantando um órgão vital.

Em seguida vinha "No Two Alike", uma canção assumidamente nostálgica com baixo, teclado e violão pintando um quadro rosa em torno de uma melodia que remetia às canções infantis de ninar. A verdadeira força da música vinha da ponte: "Be a man, find a job, learn to pay your dues,/ They say you have your father's stride, but can you fill his shoes?"[39]

Depois era a vez de "A Thousand Lines", uma música de ritmo acelerado com um acompanhamento tão finamente trabalhado quanto uma coroa de flores. Cada vez que Jane e Simon pensavam que estava ok, eles davam replay na faixa e a guitarra de Rich saía como um galho de pinheiro.

O álbum fechava com "Light's On", a terceira faixa que contava apenas com piano e voz. Simon mostrou toda a sua habilidade em equilibrar a coda, na qual a linha melódica de Jane caía em uma harmonia dissonante entre uma nota e outra. A música expressava partes iguais de destreza e desencanto.

Jane e Simon mixaram e remixaram "A Thousand Lines" de todas as formas que puderam conceber. Colocaram um filtro *low-pass* na *track* de Rich para eliminar as frequências altas, usaram o efeito chorus, tentaram a distorção, baixaram a reverberação, tentaram o efeito *overdrive*. Não importa o quanto eles tentassem enfeitar, a forma de Rich tocar simplesmente não

---

[38] Eu sei da verdade, você não pode deixar de ser o que é/ A tristeza já não importa, essa tempestade está passando.

[39] Seja homem, arrume um trabalho, aprenda a pagar suas contas,/ Dizem que você tem o mesmo andar do seu pai, mas você poderia seguir os passos dele?

tinha a agilidade necessária para a música. Em desespero, Jane tentou regravar a linha ela mesma, e mesmo isso foi como tentar enfiar um pedaço de barbante no buraco de uma agulha fina.

Derrotados, Jane e Simon sentaram-se ao lado do console e examinaram seus rolos de fita como dois guaxinins que acabaram de saquear uma lata de lixo.

— Nós poderíamos cortar essa música — Jane disse, finalmente. Simon engoliu em seco.

— Há outra coisa que podemos tentar. — Ele abriu uma gaveta de um armário próximo e tirou uma fita não marcada que Jane nunca tinha visto antes. Com cuidado, Simon removeu a *track* de Rich, substituindo-a por esta nova. Ele rebobinou os máster e apertou play.

Todo o corpo de Jane começou a vibrar quando ela ouviu o timbre inconfundível de Jesse deslizar e encaixar-se perfeitamente na música. Ela ficou escutando, o coração batendo forte enquanto os dedos dele intuíam os desejos expressos dela.

— O que é isso? — perguntou Jane quando a faixa terminou de tocar.

— Não sei — disse Simon. — Eu encontrei na estação de controle algumas semanas atrás, só umas poucas *tracks*. Perguntei a Willy sobre isso e ele disse para guardar. Mas, Jane, se chegamos ao ponto de cortar a música, vale a pena considerar.

Jane pigarreou.

— Que outras músicas ele gravou?

Jesse também deixou *tracks* para "New Country" e "A Shanty", duas músicas aceleradas, as menos sombrias do álbum. Enquanto ela o ouvia tocar, ela sentiu o calor invadir seu corpo. Ele tinha ouvido as letras dela, deve ter gostado e quis contribuir com as músicas.

— O que você acha? — disse Simon. Ele parecia inquieto e Jane sabia por quê. Se usassem as *tracks* de Jesse, arriscavam-se a magoar Rich; se não o fizessem, corriam o risco de prejudicar o álbum.

— Use-as — disse Jane com um suspiro.

— Quais? — perguntou Simon.

— Todas — disse Jane. Simon pareceu aliviado, como se estivesse feliz por ela ter decidido assim.

Juntos, eles trabalharam para tirar as *tracks* de Rich de "A Thousand Lines", "A Shanty" e "New Country" e introduzir as de Jesse. Já passava das onze da noite quando eles saíram do estúdio.

— Eu acho que você tomou uma boa decisão hoje — Simon disse, trancando a porta atrás deles. Ele hesitou. — O que vai dizer a Rich?

— Vou dizer o quanto sou grata a ele e que, no final, simplesmente não deu certo. Acho que ele vai entender — disse Jane, procurando seus cigarros no bolso.

Simon assentiu, mas não se moveu. Então ela disse:

— Não seria nada mal se você quisesse levá-lo para jantar fora, apenas para acalmar as coisas. Tenho a sensação de que vocês dois podem um dia trabalhar juntos novamente.

O fantasma de um sorriso apareceu no rosto de Simon.

— Talvez sim — ele disse. Simon parecia infantil para Jane enquanto ela o observava caminhar pelo corredor em direção à saída do Estúdio D. Ela acendeu um cigarro.

Depois de um momento, Jane deixou que suas pernas a levassem na direção do Estúdio A. A luz acima da porta estava apagada; o estúdio estava vazio. Jane entrou.

O Estúdio A parecia quase idêntico ao Estúdio C. Jane estava na cabine, olhando para a fita montada no controlador de edição, fumando seu cigarro. Ela apertou "play".

Uma faixa básica de "Let the Light Go" começou a tocar. Fazia meses que Jane não ouvia a voz de Jesse, mas ela ainda conseguia se lembrar de todas as outras vezes que o ouviu cantá-la, desde o quarto de motel deles em Washington até o Minglewood Hall, em Memphis.

Jane rebobinou a fita e apertou play. Ela acendeu outro cigarro enquanto ouvia. Ela tornou a rebobinar a fita e ouviu novamente.

32

Na manhã da véspera de Natal, Jane e Elsie foram ao píer para buscar Grace. Elas esperaram na caminhonete enquanto o transatlântico chegava ao porto, canções de natal tocando no rádio.

— Aí está ela — disse Elsie. Grace acenou para elas da rampa, flocos de neve cobrindo o seu casaco como açúcar de confeiteiro.

Grace não foi a única a chegar para o Natal; segundo informou o *Island Gazette* daquela manhã, Jesse e Morgan pegaram um avião para passar o feriado com suas famílias. Elsie usou o artigo do jornal para cobrir a mesa da cozinha enquanto ela, Grace e Jane preparavam o jantar; pouco tempo depois as várias fotos de Morgan e Jesse de mãos dadas no aeroporto estavam cobertas por um monte de cascas de batata.

O primeiro single de Morgan, "Broken Door", foi lançado na primeira semana de dezembro, a mesma semana em que Jane voltou para a ilha. Desde então, Morgan e Jesse passaram a ser assediados pela imprensa. Ao contrário de Jane, Morgan deu inúmeras entrevistas falando especificamente sobre o romance dos dois, explicando como eles se conheceram na ilha quando crianças e como, de muitas maneiras, o amor deles parecia um fato predestinado. A cobertura local foi ainda mais melosa do que a da imprensa nacional.

Jane se sentiu como um fantasma vendo outra pessoa invadir a sua casa enquanto, semana após semana, "Broken Door" surfava a mesma onda de fanatismo por Jesse que colocara "Spring Fling" na lista dos dez maiores sucessos. Jane nunca quis ser conhecida como namorada de Jesse, mas conforme Morgan a eclipsava, ela começou a temer pela primeira vez que, sem ele, ela poderia voltar a ser uma desconhecida.

O único consolo de Jane eram as dez faixas finais em um disco teste de prensagem que Rich e Kyle lhe entregaram quando voltaram no início daquela semana. Willy queria esperar até depois das férias para agendar a sessão de fotos da capa, quando a data de lançamento do álbum *Ursa Major* seria confirmada. Jane imaginou que o disco estaria à venda no final de janeiro; até então, sua vida estaria em espera.

Naquela noite, todos se reuniram em Gray Gables para um banquete. Rich e Kyle vieram mais cedo para ajudar, e Jane sentiu como se sua vida tivesse sido rebobinada. Quando Greg chegou com Maggie e Bea, Jane pôde sentir Rich se resguardando, mas sem um pouco do peso de antigamente. Na verdade, havia um bom tempo que Jane não via Rich tão bem. Ele ficou aliviado quando Jane lhe contou sobre as *tracks* de Jesse, e ele e Kyle tinham shows planejados para o ano novo. Jane se absteve de perguntar a Kyle como foram as sessões de gravação de Jesse.

Elsie serviu um ganso de Natal bem torrado, junto com travessas cheias de abóbora, purê de batata, feijão verde e pão de abobrinha, nozes e canela. Eles brindaram, comeram e beberam até que tudo o que restou foram pratos com molho de ameixa e molho de carne. Depois da ceia, Grace distribuiu os tradicionais *crackers* do Natal inglês que havia trazido de Londres; eles abriram os tubos de prendas e trocaram as coroas de papel por suas cores favoritas.

— Então, é disso que *Nate* gosta — disse Maggie enquanto Grace vestia uma tiara laranja. Grace corou. Nate era o tutor residente dos netos de Millie, com quem Grace começou a namorar em Londres.

— Mags, me dê a azul — disse Greg, tirando a coroa da cabeça de Maggie. Quando Maggie deu um tapa em sua mão, Grace se inclinou para Jane, dizendo.

— Eu nunca teria ido se não fosse por você, sabe. Ver você sair em turnê, tomar seu destino em suas mãos, você me inspirou.

Ela apertou o braço de Jane e cruzou a sala para ver como estava Bea. Jane se lembrou das palavras de despedida de Grace: "Quando eu voltar para o Natal, você estará em um lugar diferente." Jane não tinha acreditado nela na época, mas Grace estava certa. Sua vida não era perfeita, mas ela fizera um álbum do qual realmente se orgulhava — e isso era algo.

— Vamos — disse Greg, puxando Jane da cadeira. — Vamos tocar música. — Rich já estava tocando "Jingle Bells" em sua guitarra enquanto Greg empurrava Jane para a sala de estar.

Quando a festa acabou, Bea dormia no sofá e Jane teve a sensação de que nunca mais poderia olhar para outro ganso. Ela não conseguia se lembrar da última vez que riu tanto.

— Feliz Natal — disse Grace, dando um abraço apertado em Jane. Greg acenou silenciosamente para Jane, não querendo acordar Bea enquanto Maggie a carregava para fora. Jane observou da varanda os quatro caminhando até o Fusca velho de Greg e achou que nenhuma família jamais parecera tão perfeita. Kyle e Rich ficaram para ajudar com a louça, depois foram embora, deixando Jane e Elsie apagando as velas.

— E a todos uma boa noite — disse Elsie enquanto elas subiam as escadas.

Jane acordou algumas horas depois com uma batida urgente na porta da frente. Ela viu a luz de Elsie acender do outro lado do corredor e ouviu os degraus rangendo quando ela desceu as escadas. Por um momento, tudo ficou quieto.

— Janie, é melhor você descer também — Elsie disse, elevando a voz. Jane se levantou da cama; ela estava vestindo uma camiseta comprida e largona da Bongo's Whale Watching Tours e meias três quartos. Ela jogou um cobertor sobre os ombros e seguiu a avó escada abaixo.

— Quem é? — ela murmurou. Elsie estava espiando pelo olho mágico da porta.

— É o Jesse — disse Elsie.

Jane achou que tinha ouvido mal.

— Jesse? — ela disse.

— Devemos ver o que ele quer? — perguntou Elsie.

Jane engoliu em seco.

— Ou não, ele vai entender — disse Elsie.

— Veja o que ele quer — disse Jane.

Elsie abriu o trinco e lá estava ele. Seu cabelo mais comprido do que Jane se lembrava, e ele deixara crescer um bigode; ele não usava casaco, seus ombros estavam encolhidos até as orelhas.

— É um pouco tarde — disse Elsie. Jane desceu para chegar ao patamar. Quando Jesse a viu, não conseguiu desgrudar os olhos do rosto dela.

— Posso entrar? — ele perguntou. — Eu sinceramente peço desculpas pela hora.

Jane acenou com a cabeça uma vez e Elsie abriu o trinco da porta de tela para deixá-lo passar. Ela trancou a porta assim que ele entrou.

— Vou voltar para a cama — disse ela.

Elsie hesitou ao passar por Jane no patamar, mas não disse mais nada. O coração de Jane batia tão forte que ela se sentia fraca. Ali estava Jesse Reid, de pé na entrada de sua casa. Como era estranho aquilo, mais parecendo um sonho. Ela deu um passo na direção dele.

— O que está fazendo aqui? — indagou ela, com a boca seca. Jesse passou a mão pelo cabelo.

— Eu estava em casa — respondeu ele. E deu um passo na direção dela. — Passando o Natal. — Ele balançou a cabeça. — Mas quanto mais eu ficava sentado lá, mais eu pensava: *Aqui não é a minha casa.*

Ele deu mais um passo.

— Aqui é a minha casa — disse ele, olhando em volta. — Você é a minha casa.

Jane não conseguia respirar.

— Eu sabia que estar aqui era impossível. Mas quanto mais eu pensava nisso, mais parecia que tudo que eu precisava fazer era entrar no carro e dirigir até aqui. E foi o que fiz.

Ele estava se aproximando, como se ela fosse uma criatura selvagem que ele tentava não assustar. Jane ficou perfeitamente imóvel.

— Por favor, não me mande embora — disse ele. Jane olhou nos olhos dele e Jesse afastou o cabelo do ombro dela. O gesto familiar pegou os dois de surpresa e nenhum deles soube como reagir.

Então Jesse a puxou para si, segurando-a contra o peito. Jane podia ouvir o coração dele batendo e começou a soluçar. Ela chorou e chorou até que não houvesse mais lágrimas e tudo o que restou foi a sensação dos dedos dele acariciando o seu cabelo.

Ela o levou escada acima e fechou a porta de seu quarto quando eles entraram. De manhã, haveria perguntas, mas nada disso importava agora.

Jane, cuja existência estivera cada vez mais à deriva no éter, voltou ao seu próprio corpo. Ela sentiu desejo, porém mais do que isso, sentiu alívio; alívio por finalmente, por um momento, admitir o quanto ela ainda o queria.

Jane não tinha palavras para o que estava acontecendo ali, mas ouviu música em seus ouvidos quando ele começou a beijá-la. Ela sentiu, enquanto se despiam, que estava sendo permitida a sua passagem para um espaço sagrado que ela nunca pensou que encontraria novamente. Ali, ela teve acesso àquela pessoa, mas também à pessoa que ele permitiu que ela fosse, alguém decente e brilhante, que era capaz de ter esperança.

Os polegares de Jesse traçaram suas maçãs do rosto e ele a puxou para outro beijo; ele cheirava tão bem e tinha um gosto tão próprio que os meses de ausência evaporaram da memória. Jane tirou a camisa dele e puxou-o para a cama com ela, e ofegou ao senti-lo duro através do tecido frio de sua calça jeans.

Ele tirou a calça para ficar apenas de cueca e arrancou a camiseta dela para que tudo o que ela estivesse vestindo fossem as meias três quartos. Suas mãos traçaram o contorno de suas formas como se quisesse assegurar-se de que realmente era ela. Satisfeito, seus dedos correram pelas costas dela até embaixo e ele puxou-a para si, um pequeno gemido escapando de seus lábios.

— Não podemos fazer barulho — sussurrou Jane. Ele concordou com um gesto de cabeça, fixando o rosto dela em seu olhar azul indelével.

Então ele começou a beijá-la novamente, e ela se perdeu, ofegando na curva de seu pescoço, as ondas crescendo e quebrando entre suas pernas. Ele investiu mais profundamente dentro dela, movendo-se sobre ela, suas mãos agarrando seus quadris até que ele estremeceu. Ele ficou em cima por um momento, a testa pressionada contra a dela. Depois ficou ao seu lado, envolvendo-a em seus braços enquanto o coração dos dois desacelerava e a respiração voltava ao normal. Juntos, caíram no sono.

Jane sonhou que era de manhã. Ele já tinha ido embora? Ela saiu do quarto e desceu as escadas. Já era noite quando se aproximou do espelho do corredor. Lá, ela viu seu reflexo, cabelos presos em um coque francês, um vestido lilás cobrindo o seu corpo. Jane olhou para baixo e viu que estava segurando um tubo de batom. Ela destampou o tubo e girou para ver a cor do batom. Ergueu os olhos e largou o batom. Seu reflexo ainda usava o vestido lilás, mas seu rosto havia mudado; ela agora era a mulher de Chicago, fazendo um semblante de idolatria.

    Os olhos de Jane se abriram. Ainda era noite. Ela olhou: Jesse ainda estava ali. Ela ainda tinha tempo.

33

Jane despertou novamente na luz cinzenta do amanhecer. Eles haviam mudado de posição durante a noite. O nariz de Jesse estava enfiado na curva de seu pescoço, pernas e braços escarrapachados pelo corpo dela. Jane cheirou o cabelo dele e sentiu o adorável peso de sua cabeça ao lado da dela.

Jesse se mexeu e Jane sentiu a consciência se alastrando. As mãos dele pareceram acordar primeiro, alcançando seu cabelo. Ele abriu os olhos e olhou em volta do quarto; satisfeito, ele a abraçou, segurando a mão dela em seu peito.

— Aquele é o seu disco teste de prensagem? — ele perguntou, apontando em direção ao toca-discos onde Jane havia colocado a embalagem do disco enviado pela Pegasus. Jane assentiu. — Você chegou a encontrar as tracks que eu deixei para você?

— O que o levou a fazer isso? — ela perguntou, após assentir novamente.

Jesse segurou a mão dela entre as suas, traçando as linhas em sua palma com os polegares.

— Depois que nos separamos, tentei me convencer de que foi melhor assim. Morgan gostava de mim e as pessoas achavam que daríamos certo juntos, então pensei, *Foda-se*. Willy não quis me contar nada sobre você. Isso me deixou maluco, eu não tinha ideia do que você estava fazendo, com quem estava. Quando cheguei a Los Angeles, não sabia que você estava lá, gravando. Então eu vi que você estava se apresentando no Troubadour. Eu confrontei Willy, e ele me disse que você concluiria o seu álbum e depois voltaria para o leste, para casa. Ele me disse que só complicaria as coisas se eu fosse, mas eu precisava ver você. Prometi a mim mesmo que ficaria fora de vista, mas então ouvi você cantando "Ursa Major" e... eu queria tanto falar com você sobre a música. Quando me dirigi aos bastidores, as únicas pessoas que estavam lá eram Vincent Ray e a porra do Tommy Patton.

O tom de voz dele ficou sombrio.

— Presumo que um levou o outro.

— Sim — confirmou Jane.

— Inacreditável — disse ele.

Jane concordou silenciosamente. Naquele dia, a presença de Jesse no Troubadour parecia uma maldição; agora, ouvi-lo reconhecer isso sem que ela precisasse explicar parecia uma bênção.

— Depois disso, eu não soube o que fazer da vida — disse ele. — Eu não suportava a ideia de voltar para casa, para Morgan, e não sabia onde você estava, então fui para o estúdio. Quando entrei no Estúdio C, "A Thousand Lines" estava no deck... Não parecia ter a parte da guitarra, então pensei em tentar. "A Shanty" e "New Country" também pareciam estar precisando. O resto estava simplesmente... perfeito. Eu sempre soube que você podia compor e escrever, Jane.

Ele sorriu, depois sua expressão entristeceu.

— Achei que você fosse entrar em contato quando encontrasse as *tracks*.

— Meu engenheiro de som só as mostrou para mim quando estávamos prestes a tirar "A Thousand Lines" do álbum — disse Jane. — Sua *track* salvou a música.

— Então... você a usou? — disse Jesse.

Jane confirmou, segurando a mão dele. Ela sabia que era a sua vez de falar, embora desejasse que não fosse.

— Aquela noite no Troubadour... — ela começou.

Ela sentiu que se aproximava da beira de um penhasco. Sabia que precisaria pular se quisesse ir em frente e chegar a outro lugar, mas estava escuro e era perigoso, e ela não sabia como iria cair do outro lado. Então permaneceu ali na beira, protelando.

— Não me sinto do mesmo jeito desde aquela noite... desde que vi Tommy Patton — disse ela. — Eu sou muito parecida fisicamente com minha mãe, o que é incomum. E ele pareceu não me reconhecer mesmo.

— Pelo que você disse, eles só se encontraram brevemente — disse Jesse. — Duvido que sua mãe tenha sido a única pessoa de que Tommy Patton tirou vantagem e depois esqueceu a cara.

— E se ele não tirou vantagem nenhuma dela? — disse Jane, respirando fundo. — E se ela estivesse mentindo? Sua alegação de que compôs "Lilac Waltz" é uma parte de quem eu sou... mas vê-lo sem notar nada realmente me fez pensar... e se não aconteceu dessa forma que ela falava?

— As pessoas a ouviram cantar a música, não foi? — disse Jesse, após considerar a questão. — Que razão você tem para duvidar dela?

Era agora — o momento em que Jane teria de pular. Ela abriu a boca para responder.

Tome cuidado com o que diz a ele.

Quando Jesse apertou a mão dela, Jane notou um hematoma amarelo e azul na parte interna do cotovelo. Ela estendeu a mão e tocou. Jesse abaixou o braço e tirou-o de vista.

— Morgan sabe disso? — disse Jane.

Jesse exalou.

— Sim.

Jane sentiu-se recuar da beira do penhasco.

— E? — ela perguntou.

— Ela não gosta, mas sabe que estou tentando. — Ele agarrou a mão de Jane. — Jane, há algo que preciso lhe contar.

O tom de voz dele a fez erguer os olhos.

— Eu deveria pedir Morgan em casamento hoje — disse Jesse, com os olhos fixados no rosto dela.

Jane sentiu-se como se tivesse caído no gelo.

— Por que mencionar isso agora? — disse ela, largando a mão dele.

— Desculpe, eu sei — disse ele.

A mente de Jane rodou. Então... Lenny Davis finalmente conseguira um casamento respeitável para Jesse. Foi por esse motivo que Willy não agendou o lançamento do *Ursa Major*. Ele sabia que o pedido de casamento estava próximo e percebeu, assim como Jane, que a onda de publicidade que geraria iria naufragar todos os outros lançamentos de álbuns durante meses. Ao adiar o lançamento dela, ele a jogara em terra firme.

— Você vai fazer isso? — questionou Jane.

— Não sei — disse Jesse. Ele respirou fundo. — Eu só fico pensando, e se fôssemos nós... você e eu? Seria muito melhor.

E se fôssemos nós? Toda aquela cobertura da imprensa seria de Jane. Ela estaria de volta aos holofotes, mas dessa vez ela seria a outra mulher. Jane olhou para o seu disco teste de prensagem, seus próprios versos passando por sua cabeça, reformulados como as baladas de uma destruidora de lares. "A luz do meu amor está acesa/ E não tenho nada a perder." Jane estremeceu. Esse álbum tinha o potencial de realmente importar, e os tabloides iriam transformá-lo em fofocas nas manchetes. Sua credibilidade como musicista estaria arruinada.

Mas ela teria Jesse. O pensamento parou seu coração.

Mas por quanto tempo? E o que aconteceria com a sua música se eles terminassem? Jane mal havia se afastado da beira do esquecimento desta vez; se eles se separassem novamente, a gravadora a enterraria. Ela teve uma visão de si mesma arrumando as revistas na sala de recreação do Centro de Reabilitação: Jesse, Loretta e Morgan nas capas da *Time*, *Rolling Stone* e *Life*. Ela não podia deixar isso acontecer.

— Eu nunca vou me casar — disse Jane.

— Não precisamos nos casar — disse Jesse rapidamente. — Eu só quero você ao meu lado.

— Não posso — disse Jane. — Se eu fizer isso, tudo pelo que trabalhei será desvalorizado. Serei uma piada num diagrama da *Rolling Stone* de mulheres que você namorou.

— Mas isso vai diminuir com o tempo — disse Jesse. — Estou falando de nossas vidas. Você está dizendo que um disco é mais importante do que isso?

— Este álbum é tudo para mim — afirmou Jane. — Eu não esperava que você entendesse.

— O que quer dizer com isso?

— Você é ambivalente em relação ao seu trabalho, eu não — disse Jane.

— Seja minha parceira então — propôs Jesse, olhando para ela. — Não tem sentido para mim sem você.

— Sinto muito, mas não posso — disse Jane. — Há muita coisa em jogo.

— Você não vê que isso também seria melhor para o seu disco? — questionou Jesse, incrédulo.

— Preciso ser julgada por meus próprios méritos — respondeu Jane. — Não quero depender de uma glória refletida. Ficar à sombra de alguém.

Jesse gemeu.

— Toda glória é uma glória refletida. Você não pode querer que o mundo seja diferente do que é. Essa ideia que você tem de uma apreciação pura que transcende dinheiro, sexo e poder... não é real. O real é que eu quero cuidar de você.

Jane explodiu.

— Isso é que não é real. Você não consegue nem cuidar de si mesmo.

Jesse parecia ter levado um tapa. Por um momento, ele ficou sentado, atordoado. Depois agarrou o rosto dela e a beijou. Jane foi pega de surpresa e o beijou também. Ela ofegou, e ele a puxou para ele. Quando ela se afastou, ambos estavam sem fôlego.

— Você me ama, Jane.

— Você não me conhece tão bem quanto pensa — disse Jane, ainda atordoada com o beijo.

— Eu conheço suas canções — disse ele. — "A Thousand Lines", "Brand New Cassette", "Ursa Major"... elas são sobre nós.

— Eu não teria a pretensão de achar que você entenderia "Ursa Major" — disse Jane, lançando a ele um olhar estranho.

Jesse não acreditou nela.

— "As noites transformadas em colher,/ O desejo de que você viesse logo", estes versos são sobre mim.

— Não é o que você pensa — disse Jane.

Os olhos dele a procuraram, e ela encarou fixamente aquela cor brilhante, sentindo o espaço entre eles pulsar. Jesse estendeu a mão para ela novamente, trazendo-a para perto, mas desta vez Jane se manteve dura, a poucos centímetros do rosto dele. Jesse franziu a testa; seus olhos foram para os lábios dela e ele se inclinou em sua direção. Jane estava imóvel.

— Jane, por favor — pediu ele.

Jane mordeu o lábio. Seria tão fácil beijá-lo, levá-lo de volta para a cama. Seus músculos se contraíram em antecipação ao peso dele, aos membros se esticando ao redor dela, a aspereza de seu rosto contra seu pescoço, sua voz baixa em seu ouvido.

— Não — ela disse.

Jesse demorou um momento para responder, como se não conseguisse encontrar a vontade. Então ele a soltou. Depois fechou e abriu as mãos.

— Tudo bem — disse ele.

Ele se levantou da cama e se vestiu enquanto os primeiros raios de sol penetravam pelas cortinas. Jane se sentiu entorpecida; dentro de minutos, ele iria embora. Jesse passou as mãos pelos cabelos e olhou para ela, sua expressão vazia; a beleza dele fazia com que tudo em que tocasse parecesse importante.

Jane se sentou na cama e eles se olharam por um momento, sem se falar.

— Você pelo menos quer se casar? — ela por fim disse.

Uma massa de ar frio se aproximava das feições de Jesse; seus olhos haviam se transformado em gelo. O tom educado de sua voz ainda estava ali, mas Jane voltou aos seus piores dias com ele na turnê.

— De um jeito ou de outro não me importo muito com isso — disse Jesse. — Gostei da ideia de ficar com a pessoa que significa tudo para mim. Mas já que ela me disse que isso não é possível, acho que não importa muito o que eu faço. Adeus, Jane.

Ela ouviu quando as botas dele desceram as escadas, ouviu a porta de tela ranger e fechar, depois a porta maior de madeira.

Só então ela desceu. Jane estava no corredor, a luz branca da manhã revelando as rachaduras no papel de parede. *Flores pintadas na parede,/ Buquês de papel rasgados no chão.*

Ela ficou olhando seu reflexo no espelho. Depois de algum tempo, ouviu Elsie na escada atrás dela.

— Jesse já foi? — perguntou Elsie. Jane fez que sim; essa pergunta de sua avó parecia sua única prova de que ele realmente estivera lá.

Elsie foi do patamar até o corredor e ficou atrás de Jane. Ela segurou os ombros de Jane e encontrou seus olhos no espelho.

Jane baixou o olhar.

— Não conte a Grace — disse ela.

34

Alex Redding nunca tinha estado na Ilha de Bayleen, mas ele sempre quis fotografá-la. Mesmo quando desceu do avião, ele pôde ver a diferença na luz de abril, suave e salina.

Jane Quinn saiu de uma caminhonete velha ao lado da pista coberta de mato e acenou. Alex sorriu para ela e os dois se abraçaram. Ele sempre teve uma queda por Jane e mal podia esperar para fotografá-la novamente. Ela parecia perfeita ali, com seu cabelo louro esvoaçante, seu vestido de estampas coloridas e botas de couro. Eles entraram no carro e ela seguiu por uma estrada de terra.

— Quanto tempo você vai ficar aqui? — ela perguntou. Eles passaram sob uma cobertura de galhos floridos, as cores se formando dentro de um caleidoscópio florestal.

— O tempo que for necessário — disse Alex. — A Pegasus está pagando. Eu não tenho outro trabalho até a semana que vem.

Jane ligou o rádio. "Under Stars", de Jesse Reid, estava tocando.

"Imagine, a life with you,
Makes me complete
Imagine, a dance hall
Rip your stockings, move your feet."[40]

Alex revirou os olhos e mudou de estação.

---

[40] Imagine, uma vida com você, me faz sentir completo/ Imagine, uma pista de dança/ Rasgue suas meias, mova seus pés.

Tentar evitar "Under Stars" era o mesmo que tentar fugir de uma epidemia; era a única música que tocava em cada canal, cada jukebox, cada toca-fitas. Os únicos outros discos que tinham algum tempo de execução eram aqueles mais próximos da fonte do surto da epidemia: o de Morgan Vidal, é claro. E o de Loretta Mays; Jesse Reid havia incluído a música "Safe Passage" de Loretta em seu álbum, e agora o disco de estreia dela, *Hourglass*, estava nas paradas.

A produção havia sido suspensa na maior parte do catálogo de inverno da Pegasus para os novos discos não serem canibalizados pelo sucesso monstruoso de *Under Stars* e do primeiro álbum de Morgan Vidal; não havia sentido em competir até que esses dois mega-hits esfriassem. Alex sabia que o novo álbum de Jane só deveria sair lá para junho.

Ele ouvira boatos de que Jane e Jesse haviam namorado durante a turnê do ano passado, mas ela não pareceu perturbada pela música e começou a fazer perguntas sobre o processo de trabalho dele.

— O que determina a emoção numa foto? — ela perguntou.

— Uma combinação de coisas — disse Alex. — O modelo. A luz. O ângulo. Como eu vejo tudo.

— Quando você fotografou a capa dos Breakers, o que você estava vendo? — perguntou Jane. Alex pensou, lembrando-se da imagem em sua mente.

— Eu vi uma garota enfrentando um brutamontes — disse ele.

— Então a foto é realmente a sua perspectiva — disse Jane, inclinando a cabeça.

— Mais ou menos — disse Alex.

Eles passaram por uma placa que orientava o caminho para um lugar que chamavam de Vila de Pescadores, a uns três quilômetros dali. O terreno foi se transformando em uma vegetação de praia até a estrada dar num longo píer. Os barcos balançavam no porto, atracados ao lado de pilhas de caixas de lagostas verdes e amarelas. Além de umas poucas lojas, um quebra-mar de pedra se estendia por quase um quilômetro mar adentro.

Jane estacionou e levou Alex até o quebra-mar para que eles pudessem olhar para a vila. Ela se agachou e gesticulou para que ele fizesse o mesmo. Ele se curvou para que ficassem no nível dos olhos, e ela apontou para um conjunto de casinhas aninhadas na baía pantanosa.

— Você está vendo aquelas sete luzes? — ela disse.

Alex apertou os olhos — daquele ângulo, as luzes das casas pareciam a constelação Ursa Maior. Então ele entendeu, uma vez que sabia o título do álbum de Jane.

— Gostei — disse ele. — Então, você quer ficar em primeiro plano?

— Sim — ela respondeu. — Eu quero que seja um close e esteja escuro.

— Vai ficar bacana — disse Alex. Jane olhou para ele. Mesmo agachado ao lado dela, ele tinha o dobro de seu tamanho.

— O que você vê agora, quando olha para mim? — ela perguntou.

Alex considerou seus lindos olhos cinzentos, suas maçãs do rosto bem talhadas, seus lábios encantadores.

— Vejo uma mulher que sabe o que quer — disse ele.

Jane pensou naquilo. Em seguida se levantou e ele a seguiu de volta ao carro.

Ela o levou para o Regent's Cove Hotel, onde ele se registrou e os dois foram jantar no restaurante do hotel. Aonde quer que Jane fosse, as pessoas a tratavam pelo primeiro nome — não como uma celebridade, mas como uma filha do lugar. Depois do jantar, ela levou Alex ao pub no subsolo do hotel.

Um homem de óculos bebendo no balcão do pub cumprimentou-a com um gesto de cabeça quando eles passaram. "Jane", disse ele. Jane retribuiu.

Ela levou Alex para a outra extremidade do balcão e pagou uma bebida para ele. Alex sentia-se relaxado e excitado; ele podia sentir a química estalando entre eles. Enquanto conversavam sobre o álbum de Jane, ele sabia que era apenas uma questão de tempo.

— O orçamento é consideravelmente maior para a capa do seu novo álbum — observou Alex quando outra rodada de bebidas apareceu.

— Um prêmio de consolação de Willy pelo atraso de cinco meses — disse Jane.

— De certa forma você deveria sentir-se lisonjeada — disse Alex. — Eles não teriam atrasado se não julgassem que seria um sucesso.

Jane pensou no que ele disse e tomou um gole de bebida.

— Seus olhos são realmente azuis — disse ela. Alex sorriu para ela e colocou a mão em seu joelho.

Ele sabia que Jane seria boa de cama, mas não havia previsto o quanto ela estava precisando de sexo. Eles tinham acabado de entrar no quarto quando ela abriu o cinto dele. Alex mal notou que ela não estava usando calcinha quando ela de repente levantou a saia e começou a cavalgá-lo. Ela estava alucinada de desejo; não se importava com o que ele poderia estar pensando, ela só queria o seu pau dentro dela... Alex fez o possível para lembrar-se dos times da NBA. Ela disse um palavrão ao gozar, e ele agarrou sua bunda, bombeando-a sobre ele, até ela gemer. Tirou o vestido dela e deixou escapar um grunhido; Jane tinha seios lindos, pequenos cones que balançavam suavemente cada vez que ele socava dentro dela. Ele puxou seu mamilo esquerdo com os dentes enquanto a fodia e os dois gozaram.

Depois, ela saiu de cima dele e enfiou a mão na bolsa para pegar um cigarro.

— Você não tem ideia de há quanto tempo eu queria fazer isso — disse ele.

Jane olhou para ele como se estivesse prestes a lhe dizer exatamente quanto tempo, mas pensou melhor. Alex percebeu que havia mais afeto naquele olhar do que na trepada que deram.

Na manhã seguinte, o café da manhã chegou em uma bandeja de prata com o jornal matutino.

— O *Island Gazette* sem dúvida adora Jesse Reid e Morgan Vidal — disse Alex enquanto lia um artigo de primeira página sobre como os novos projetos de construção do casal — uma mansão "no alto da ilha" e uma boate moderna — estavam empregando quase dez por cento da força de trabalho da ilha.

Jane deu uma tragada no cigarro, pegando um roupão do hotel que combinava com as cortinas.

— Tem sido uma verdadeira montanha-russa — disse ela, jogando as cinzas em um prato de vidro. — Primeiro nós os amamos porque eles estavam planejando um grande casamento na ilha. Depois os odiamos porque eles sumiram em Nova York. Agora nós os amamos novamente por causa dessa boate. Somos um povo muito volúvel.

Alex tentou decifrar o passado de Jane com Jesse a partir dessas observações; pelo modo como ela falou sobre o famoso casamento dele, o namoro deles não deve ter sido muito sério. Ela parecia quase entediada.

— Estarei pronto para novas músicas — disse Alex. — Se eu tiver que ouvir "Under Stars" mais uma vez...

Jane soltou uma baforada de fumaça e piscou para ele.

Naquele dia, Jane levou Alex para dar uma volta na ilha, mostrando-lhe as mansões que outrora pertenceram aos magnatas baleeiros, as praias particulares, os penhascos de barro. Enquanto o sol se punha no horizonte, eles voltaram à vila de pescadores e, mais uma vez, Jane o levou para o quebra-mar.

— O que você vê agora? — ela disse. — Quando você olha para mim.

Alex pensou. Sentiu que ele era uma lente que ela estava tentando ajustar.

— Vejo uma mulher complicada com muitas camadas — disse ele. Eles saíram do quebra-mar sem tirar uma única foto.

Eles pediram sanduíches de lagosta em uma das barracas de peixe e comeram vendo um sol laranja afundar na água.

— Você gostaria de ouvir as músicas? — Jane perguntou. — Do *Ursa Major*.

— Claro — disse Alex, erguendo os olhos.

Ele achou que ela botaria para tocar uma fita para ele no carro, mas eles voltaram para Regent's Cove em silêncio. Jane estacionou em frente a uma fachada verde com uma placa que dizia "Widow's Peak" e abriu a porta com um molho de chaves que tirou do bolso.

— Esta é a loja da minha avó — explicou ela, trancando a porta atrás deles.

Ela levou Alex a um depósito nos fundos do salão e seguiu até um estojo de violão apoiado em uma pilha de caixotes.

— Era aqui que a minha banda costumava ensaiar — disse Jane. Eles se sentaram nos caixotes, um de frente para o outro, e Jane afinou o violão a partir de uma nota dentro de sua cabeça. Enquanto ela manuseava o instrumento, um foco se fixou em suas feições que lhe davam o aspecto de uma feiticeira.

Alex nunca se apaixonou, ou já se apaixonara cem vezes, dependendo de como se vê a coisa; ele conhecera mulheres para as quais sentir-se atraente significava ser fascinante. Ele suspeitou que era isso o que aconteceria e não esperava cair nessa de novo.

Então ela começou a tocar.

Quanto mais Jane cantava, mais Alex percebia que ela não estava se exibindo para ele, em vez disso estava conduzindo-o a um lugar secreto, cada música o levando mais adiante em um túnel escuro.

"Oh, the moon is new tonight, little lion,
Nowhere to be seen, peaceful and serene,
Have a dream and sleep, little lion,
Have yourself a dream."[41]

Alex viu-se viajando no tempo. Sua irmã mais velha, Kathleen, partiu quando ele tinha nove anos; ele se lembrou da sensação de vazio que teve ao visitar o quarto dela, imutável como um santuário.

"Wooden poles and telephone wires,
Clotheslines running through the plains,
You were right, I am a liar,
And I will never love again."[42]

Às vezes, Alex vislumbrava Jane no túnel à frente e ficava impressionado com sua juventude e tristeza. Mas a cada música, ele se sentia afundar cada vez mais em si mesmo. Ele estivera na guerra. Ele havia segurado homens enquanto morriam. Não era algo em que pensava, se pudesse evitar. Mas ele pensou agora.

"Maybe you'll remember me after I'm gone.
If this is all right, then why does it feel wrong?"[43]

Alex não percebeu em que momento Jane parou de tocar, e não sabia há quanto tempo ela estava olhando para ele quando ele chegou a perceber. Ele olhou para ela também e pensou que, na verdade, seu rompimento com Jesse Reid a tinha devastado, ela simplesmente não sabia disso. Jane colocou o violão de volta no estojo. Ao fazer isso, Alex se levantou. Uma parte mais jovem de si mesmo veio à tona, uma parte que queria consolá-la.

---

[41] Oh, é lua nova esta noite, leãozinho,/ E não há nenhum lugar pacífico e sereno,/ Então sonhe e durma, leãozinho,/ Tenha um sonho só seu.

[42] Postes de madeira e fios de telefone,/ Varais atravessando planícies,/ Você tinha razão, eu minto demais,/ E não vou amar de novo nunca mais.

[43] Talvez você se lembre de mim depois que eu partir./ Se está tudo certo, por que parece tão errado?

Ele se abaixou para beijá-la e a sentiu recuar para a mesma fome que havia mostrado na noite anterior. Suas mãos deslizaram pelo peito de Alex, descansando em seu cinto; em mais trinta segundos, eles estariam fodendo. Alex se afastou, segurando suas mãos.

— Vamos voltar para o meu quarto — disse ele. Ele não disse que era porque queria abraçá-la depois.

Jane dormiu mal naquela noite; Alex não dormiu nada. Ele ficou acordado, observando o luar pálido se mover pelas feições dela, se perguntando, não pela primeira vez, quanto amor de verdade havia sido desperdiçado na hora errada.

No dia seguinte, quando seguiram para a vila de pescadores, Alex se sentia como um peixe filetado por uma faca. Enquanto ele e Jane saíam do carro para o quebra-mar, nuvens de tempestade se acumularam no céu, dando à luz um tom azulado.

Jane chegou ao seu lugar e parou.

— Como estou parecendo para você hoje? — ela disse.

Alex se sentia tão cansado que falou a primeira coisa que lhe veio à cabeça.

— Sinceramente, eu só quero poder arrancar a porra dessa tristeza de dentro de você.

Jane ficou imóvel.

— Tudo bem — disse ela.

— Tudo bem? — disse Alex, incerto de que a escutara direito.

— Tudo bem — disse ela. — Você deveria tirar a foto agora.

Alex desceu pelo outro lado do quebra-mar para que suas lentes captassem tanto Jane quanto o grupo de casas. Quando ele deu um zoom em seu rosto, maçãs do rosto escarpadas como uma pedreira de granito, ele pensou consigo mesmo que todo mundo seria pego de surpresa por *Songs in Ursa Major*.

Rolling Stone
8 de julho de 1971
Mark Edison

CANTO DA SEREIA: SOBRE JANE QUINN E
SONGS IN URSA MAJOR

A primeira coisa a saber sobre Jane Quinn é que ela não está nem aí.

A cantora, notoriamente uma pessoa reservada, pode ser mais facilmente encontrada fumando num canto do seu bar preferido do que em ambientes frequentados pela elite da indústria da música. O que ela tem, porque Jane Quinn de fato *tem*, é aquela qualidade inefável reconhecida nas rainhas de bailes de formatura em todo o mundo (e, não, não estou me referindo apenas aos seus cabelos compridos cor de sol); Quinn tem um conhecimento inato do *hip* que a maioria de nós não poderia esperar imitar, mas sabemos reconhecer quando o vemos.

Eu conheci Quinn em suas apresentações no circuito de festivais, com sua banda de rock, The Breakers, e ficou evidente, mesmo então, que ela era uma estrela em ascensão; todos adoravam estar perto dela, desde o público até seus parceiros de banda, seus companheiros de turnê, entre eles o famoso Jesse Reid, seu suposto namorado. O que o pop de alta energia dos Breakers ofuscava é que Quinn era uma virtuose musical. Felizmente, a banda se dissolveu.

Com sua estreia em um álbum solo, *Songs in Ursa Major* (que chamaremos de *Ursa Major* neste artigo), recém-lançado pela Pegasus Records em 22 de junho, Quinn demonstra que sua magnética presença de palco e aparência exótica são um prelúdio para seus verdadeiros dons: originalidade sem limites e musicalidade de tirar o fôlego.

As dez faixas do álbum são mais blues do que Rock and Roll, embora os mesmos ganchos musicais que fizeram do álbum *Spring Fling* um sucesso ainda estejam presentes no *Ursa Major* (às vezes com vários por música). Nem todas as faixas do *Ursa Major* seguem uma estrutura pop tradicional, mas, não importa o quão complexas sejam as músicas, nunca há um momento de dúvida de que Jane Quinn está no controle.

Despojado do som elétrico que fez do *Spring Fling* uma sensação da noite para o dia, a peça central do *Ursa Major* é o talento vocal de Quinn, de sua voz soprano acrobática a sua voz sonora de peito. Embora sua performance seja emocionante, é sua habilidade como compositora que coloca Quinn na mesma categoria de Bob Dylan, Paul McCartney e Paul Simon. O jogo entre melodia e letra no *Ursa Major* combina a poesia com uma variedade de estilos que tornam este álbum um banquete exuberante.

A primeira vez que você ouvir o *Ursa Major*, não vai pensar em Jane Quinn, porque de repente você se verá transportado de volta ao seu primeiro amor e às decepções devastadoras pelas quais a maioria de nós já passou. Só depois de ouvi-lo várias vezes é que você se perguntará sobre quem criou o álbum e as histórias que devem ter motivado essas canções.

A música de Quinn é fortemente influenciada por ter surgido em uma comunidade marítima; a mais jovem de um clã matriarcal conhecido localmente, Quinn tem ancestrais que eram consideradas bruxas do mar durante a época da caça às baleias. As letras de Quinn são tão povoadas por cursos d'água e noites estreladas quanto a sua história de vida, e faixas como "Little Lion", "Last Call" e "A Shanty" têm o mar gravado em suas estruturas.

Outra grande influência na vida e no trabalho de Quinn foi o Festival Folk da Ilha de Bayleen (1955-1970), onde a própria mãe de Quinn havia se apresentado antes de seu desaparecimento em 1959. Dez anos após, Quinn seria descoberta pelo criador de talentos Willy Lambert depois que os Breakers foram lançados no palco principal do festival como substitutos de última hora de Jesse Reid que sofrera um acidente de moto. A partir daí, Lambert contratou Quinn e sua banda para o catálogo da gravadora Pegasus, e o resto é história.

Em certas partes com o tom intimista de cartas, ou em outras como uma narrativa da inocência à desilusão, o álbum *Ursa Major* reúne todas as marcas de um clássico em trinta e seis minutos que podem mudar sua vida.

A faixa-título é uma das verdadeiras façanhas do disco; a experiência de audição nos leva de um clima de festa com o single de rádio "Last Call" para nos jogar na atmosfera sombria de um céu escuro. "Ursa Major" abre com um autorretrato, um marinheiro, um estrangeiro, navegando em *"black and white"*, uma referência aqui tanto ao céu noturno quanto às teclas do piano. Nas mãos de Quinn, as constelações Ursa Maior e Ursa Menor são comparadas a espelhos de bar refletindo garrafas e cicatrizes coloridas quando ela diz, *"Starry signs themselves reflecting like mirrors in a bar; all those tinted bottles, all those tinted scars"*.

Com isso, Quinn desmascara a metáfora central da canção, uma comparação entre a constelação Ursa Maior e o ciclo do vício; aqui, o *"cub"* (ou o "filhote" de Ursa, segundo a interpretação de alguns sobre o formato da constelação) do meio-dia é o comportamento desastroso que precipita as *"evenings turning to a spoon"*, uma referência à Grande Colher, ou Ursa Maior, e, presume-se, à heroína. O clímax operístico da música reflete a agonia extática na capa do álbum, silenciosamente recuando para a súplica final de Quinn, *"Please, don't leave me alone"*.

O verdadeiro ingrediente secreto do álbum, porém, é sua nona faixa, "A Thousand Lines"; aqui Quinn transcende o gênero de tristeza da garota que sofre por amor e nos dá algo que até então era inusitado para agradar ao público: a verdade cruel do amor, ao evocar, *"How pretty pair we always made, even liars go in twos"*. Não importa o quão sombrio seja o verso, pois em seguida outro confessa que nem mil versos servem para esquecer uma paixão: *"I could write a thousand lines, and you would still be on my brain."*

Quinn contou neste álbum com o baixista Kyle Lightfoot e o guitarrista Rich Holt, dois de seus parceiros na banda The Breakers. A transição perfeita de Lightfoot para um baixo acústico após seu trabalho mais conhecido no baixo elétrico sem trastes dá ao álbum uma base dinâmica, enquanto o estilo fervoroso de Holt contribui para a turbulenta ansiedade que impulsiona o disco. A percussão do veterano Huck Levi em "Painted Lady" é a essência da sutileza, e é só lá pela terceira ou quarta audição que realmente começamos a ouvir a complexidade de suas escolhas e como elas fundamentam e propulsam o disco.

Jesse Reid também tem créditos de participação em três faixas: "New Country", "A Shanty" e "A Thousand Lines", no entanto aqueles que esperam obter informações sobre o suposto caso de Quinn com Reid terão mais sorte analisando a última faixa do álbum, "Light's On": *"I can't promise you tomorrow, couldn't promise you today. You'll be on a billboard, and I'll be on my way."*

O *Ursa Major* tem seus defeitos. "Wallflower" embora bem cantada, parece incompleta, como um dueto com apenas uma parte gravada. Às vezes, Quinn chega a ser pretensiosa; as letras impressas no encarte revelam o emprego questionável de maiúsculas no estilo Emily Dickinson, o pior exemplo sendo a faixa-título, *"Now's the time to be alive, they say, their tones as sharp as knives, when, hidden in your Crescent, you're just trying to survive"*. Claro, ainda é uma frase musical linda. Ocasionalmente, as acrobacias vocais de Quinn causam um efeito de dispersão, e há várias ocorrências em que ela estende os limites do que pode ser considerado um número racional de sílabas em um verso.

Essas pequenas falhas não comprometem em nada o impacto que *Songs in Ursa Major* certamente terá. O álbum se distingue de outros discos pop como um cadinho em uma sala cheia de xícaras de chá: dentro do *Ursa Major*, as esperanças elevadas de Quinn se transfiguram em desespero sombrio, depois retornam à resiliência com uma vibração que seus contemporâneos mais melosos não conseguem superar. Ao ser perguntada sobre como ela concilia esses elementos contrastantes, Jane Quinn dá um trago no cigarro e diz: "Quando estou triste, geralmente é porque fui feliz primeiro."

36

— Você entra no ar em cinco minutos — disse um assistente de produção para Jane. Ela sorriu, o rosto duro de tanta maquiagem.

— Uma última pergunta — disse Archie Lennox, diretor de publicidade da Pegasus Records, enquanto sinalizava para afastar o assistente de produção.

Depois do artigo da *Rolling Stone*, Archie conseguiu agendar para Jane sua primeira entrevista para um programa noturno na televisão, o *Tremain Tonight*. Jane ficou chocada quando a produção do programa ofereceu-lhe uma passagem para Los Angeles para a transmissão ao vivo; mesmo enquanto esperava ser chamada, ela não conseguia acreditar que estivesse fazendo aquilo.

No estúdio, Nick Tremain levantou-se da mesa onde tinha acabado de ler seu monólogo e caminhou até um par de poltronas colocadas uma de frente para a outra. Outro assistente de produção entregou a ele uma pilha de fichas pautadas com o logo do *Tremain Tonight* — as perguntas que ele faria a Jane. Jane gemeu.

— Você vai segurar essa onda? — perguntou Willy, ao lado de dois cabos de energia gigantescos.

— Por que não posso simplesmente fazer uma turnê? — indagou Jane. Ela mesma havia agendado alguns shows "locais", mas ir e voltar da Ilha de Bayleen custava mais do que ganhava nos shows. Era tudo muito diferente do ônibus *Painted Lady*.

Willy deu de ombros.

— Participe de alguns destes programas, venda alguns discos e talvez consiga uma turnê.

— Não estou nem tocando na frente das câmeras — disse Jane.

— Há mais de uma forma de vender um disco. Hoje, você está se vendendo.

— Eu me comunico com as pessoas através da minha música — afirmou Jane, fazendo uma careta. — Se eu não posso me conectar com o público, de que adianta vir a esses programas?

— É o seu primeiro álbum solo, Jane — disse Willy. — Qualquer promoção ajuda.

— Jesse fez turnê com seu primeiro álbum — insistiu ela.

— Aquilo foi diferente — disse Willy.

— Quer dizer, a gravadora gostou dele — disse Jane. Ela fez uma pausa. — Vincent Ray está tentando me sabotar?

Willy negou.

— É que você ainda não tem um nome reconhecido para justificar as despesas de uma turnê.

Jane revirou os olhos.

— Tente ser feliz — disse Willy. — A maioria das pessoas mataria por esta exposição.

— Eu deveria estar tocando — replicou Jane.

— Concordo — disse Willy. — Mas não foi isso que os produtores pediram. Eles querem você.

Archie fez um sinal para Jane entrar antes que ela pudesse responder.

Jane saiu de trás de uma bateria de câmeras e técnicos e entrou no estúdio, uma superiluminada sala de estar de meados do século. Nick Tremain aparentava ter sido totalmente lustrado; suas expressões joviais, amadas por todo público de sofás do país, pareciam saídas de um desenho animado. Ele se levantou e beijou Jane na face como se fossem velhos amigos, mantendo sua própria face mais perto da câmera.

— Pelo artigo da *Rolling Stone*, achei que você fosse uma amazona... mas olhe só você, não passa de uma garotinha!

— Nossa, obrigada — disse Jane. Ela olhou para Willy, que deu a ela um olhar encorajador. Archie fez sinal para que ela sorrisse.

— Você tem algumas músicas bem contagiantes no seu novo álbum, *Songs in Ursa Major*. É verdade que compôs tudo sozinha? — Nick indicou uma poltrona e os dois se sentaram.

— Sim — respondeu Jane. Ela percebeu Archie, longe das câmeras, forçando-a a ser cordial. — Eu gosto de compor canções.

— E você é muito boa nisso — disse Nick, como se elogiasse uma criancinha por seus desenhos com giz de cera. Ele pegou outra ficha para ler a próxima pergunta. — Suas canções são extremamente pessoais — afirmou ele. — Como você as criou?

— Observando coisas que aconteceram comigo e com pessoas que conheço.

— Alguém em particular? Ouvi um boato de que algumas delas são sobre Jesse Reid.

Archie a havia instruído sobre o que dizer se isso acontecesse — a política da empresa era que todo o pessoal da Pegasus era amigo e todos influenciavam uns aos outros. Essa ideia fazia parte tanto do produto quanto dos discos: se você gostasse de um artista da Pegasus, ele se tornaria uma porta de entrada para os outros.

— Minhas músicas... — Jane começou.

Ela olhou em volta do estúdio, um pouco além dos holofotes, e seus olhos pousaram em uma garota na plateia. A menina devia ter uns doze anos e observava Jane com uma concentração que Jane reconheceu, porque era assim que ela observava Maggie — para aprender a ser. Jane sentiu uma onda de proteção; ela não gostou da ideia de estar mostrando à garota como sofrer perguntas invasivas. Ela pigarreou.

— Para você, minhas músicas falam de quê? — ela disse a Nick.

— Para mim? — Nick pareceu surpreso. — Oh, eu não posso afirmar que sou um especialista.

— Todo mundo é especialista naquilo que gosta — disse Jane. — Qual é a sua música preferida do álbum?

— Ah, gostei de todas — disse ele. Isso significava que ele não tinha ouvido nenhuma.

Os olhos de Jane se estreitaram. No lado oposto do estúdio estava a banda de jazz do programa de Nick, esperando o próximo segmento. Um dos músicos tinha um violão.

— Por que eu não toco para você, e então podemos discutir isso? — perguntou Jane. O público pensou que aquilo estava planejado e explodiu em aplausos quando ela cruzou o estúdio, as câmeras movendo-se para enquadrá-la.

— Sim, por que não? — disse Nick, com um sorriso cativante. Jane não olhou para trás para ver as reações de Willy e Archie. O cara do violão entregou seu instrumento a Jane e, antes que alguém pudesse impedi-la, ela começou a tocar "Brand New Cassette", principalmente porque essa música exigia uma afinação tradicional, então ela não precisaria parar para ajustar as cordas.

"Yellow neon rest-stop sign,
Humming in the cool night air,
French fries, coffee, diner fare,
Now I know you won't be mine,
Now I know that I did care."[44]

Ela cantou para o cameraman, o técnico de som, a mãe de Chicago, aquela garotinha. Na segunda estrofe, o baixista e o baterista se juntaram a ela. Enquanto as câmeras estavam em Jane, um assistente correu para dizer a Nick Tremain o título da música. Quando Jane terminou, ele se levantou.

— Senhoras e senhores, Jane Quinn cantou para nós "Brand New Cassette". — O público foi ao delírio.

Quando cortaram para os comerciais, Nick Tremain avançou na direção de Archie.

— Você precisa manter a sua estrela numa coleira, seu babaca — ele disse, e saiu furioso para o seu camarim.

— Bom trabalho, Jane — disse Archie sarcasticamente, seguindo atrás de Nick e seu produtor.

Jane, ainda radiante com a recepção calorosa do público, olhou para Willy. Ele lhe deu um olhar de advertência.

— Você está brincando com fogo — disse ele.

Apesar dessa reação inicial, o programa gerou tanto burburinho que logo Archie estava recebendo convites dos programas *The Tonight Show*, *The Mike Douglas Show*, *The Phil Donahue Show* e *The Des O'Connor Show*, para citar só alguns. Jane aceitava os pedidos com a condição de que pudesse tocar no ar. Ela não podia impedir que os entrevistadores a tratassem como uma criança, mas depois que ela tocava, eles não podiam se meter entre ela e seus fãs.

---

[44] Sinal de parada em néon amarelo/ Zumbindo no ar frio da noite,/ Batatas fritas, café, cardápio de lanchonete,/ Você não será meu, agora eu sei/ Agora eu sei o quanto gostei.

— Então, todas essas músicas são de seu novo álbum, *Songs in Ursa Major*, correto? — perguntou Don Drischol, apresentador do *Variety Nightly*.

Jane tinha acabado de tocar "Last Call" e se sentou na poltrona em frente a ele.

— Isso mesmo — respondeu ela.

— Conte-nos como foi gravar o álbum de fato — disse Don. — Aposto que você nunca viu tantos botões antes. — Ele riu da própria piada.

— Na verdade, eu vi, sim, na gravação do álbum da minha banda — ela disse calmamente. Archie a havia orientado para se referir ao *Spring Fling* como o "álbum da sua banda" em vez de seu "primeiro álbum" para manter os espectadores pensando que a estavam descobrindo naquele momento.

— E você não trabalha com um produtor, não é? — perguntou Don.

— Se você pode ter Simon Spector em seu álbum, você não precisa de um produtor — disse Jane. Ela pretendia que o comentário soasse como um elogio a Simon, mas reparou que Willy empalideceu tanto atrás da câmera que ele deve ter pensado que ela estava dando um soco em Vincent Ray.

— E os instrumentistas?

— Kyle Lightfoot, meu baixista, e Rich Holt, meu guitarrista. Os dois eram da minha banda, os Breakers. — Alguns aplausos para os Breakers. — E meu amigo Huck Levi fez a percussão no álbum.

— Você conheceu Huck na turnê *Painted Lady*, não é? — disse Don.

— Sim — disse Jane.

— Foi também nessa turnê que você conheceu Jesse Reid? Ele ajudou você em algumas músicas do seu álbum.

— Conheci Jesse na Ilha de Bayleen, onde cresci — respondeu Jane. — Ele foi generoso ao me emprestar algumas *tracks* que havia gravado.

— Deve ter sido um momento e tanto lá nos estúdios da Pegasus. Você, Jesse e Loretta Mays gravando seus álbuns ao mesmo tempo. Deve ter sido como uma reunião da turnê.

— Só faltou o ônibus — disse Jane.

— O que você acha do turbulento romance de Jesse e Morgan Vidal? — perguntou Don.

— Parece muito romântico — disse Jane.

— Um passarinho me contou que algumas das canções mais comoventes do *Ursa Major* são sobre Jesse — disse Don. Jane mal conseguia ver o branco dos olhos dele por trás do rímel enquanto ele se inclinava para o golpe fatal. — Vocês dois chegaram a namorar, não é?

Jane inclinou-se para a frente, como se fosse fazer uma confissão.

— Don — disse ela.

— Sim? — disse Don, imitando a postura dela até quase se agachar.

Jane sustentou o olhar dele.

— Como eu poderia namorar Jesse quando estou apaixonada por você?

O público caiu na gargalhada.

Quando Jane saiu do estúdio, ela olhou para Willy.

— Alguma novidade sobre os números de vendagem? — ela perguntou.

— Continue assim e você terá sua turnê — disse Willy, entregando-lhe um copo de água.

— Continue assim? — disse Jane, tomando um gole. — Eu pensei que este fosse o último programa.

— O último na Costa Oeste — disse Willy. — Archie agendou uma programação inteira para você em Nova York. Você retoma em três semanas.

— E depois farei minha turnê?

— Você não está nem um pouco curiosa para ver se entrou na parada de sucessos? — disse Willy.

Jane deu de ombros. Nos bastidores ela semicerrou os olhos para além dos holofotes, para a plateia.

Quando eles a viram olhando, um bando de adolescentes se levantou e balançou cartazes com versos de suas canções para chamar a atenção de Jane. Ela sorriu e acenou — as garotas trocaram olhares e gritaram.

Que Jesse se mantivesse para sempre na parada de sucessos — tudo que ela precisava era dos seus fãs.

37

Na semana em que Jane voltou para a Ilha de Bayleen, o seu single "Last Call" alcançou o número oito na *Billboard* Hot 100, jogando Loretta de volta para o número nove, e Morgan fora dos dez primeiros. Jesse não foi afetado no número um.

Naquele domingo, um mensageiro entregou um envelope prateado em Gray Gables. Em vez de um endereço de remetente, havia um silo de celeiro gravado na dobra. Dentro, um cartão preto grosso em papel laminado convidava Jane para a grande inauguração da casa noturna Silo, pertencente a Morgan e Jesse. Jane se perguntou se seu nome havia sido acrescentado por engano em alguma lista. Willy disse que não.

— Todos devem estar lá — disse ele. — Este evento tem todo o apoio da gravadora e será bastante fotografado. Você precisa estar lá.

— Não posso — disse Jane.

Willy grunhiu.

— Olha, eu sei que não é o ideal, mas você precisa fazer uma aparição. Eu mesmo vou levá-la até lá e estarei com você o tempo todo. Isso está fora de discussão. Vejo você em duas semanas. — Ele desligou antes que ela pudesse contra-argumentar.

Jane encontrou um vestido azul cintilante em Perry's Landing que dava ao seu cabelo um brilho prateado. Enquanto esperava por Willy na sala da frente, Grace e Elsie a admiraram.

— Maravilhosa — disse Elsie. Ela deu uma piscadela para Jane e desapareceu na cozinha. Grace estava atrás de Jane, os olhos turvos de lágrimas.

— Estou tão orgulhosa de você — disse Grace. — Você lidou com tudo isso que aconteceu com Jesse de forma magnífica. Agora poderá entrar lá de cabeça erguida.

A buzina de um carro lá fora avisou a Jane que Willy havia chegado. Grace a acompanhou até a porta, segurando a tela para que ela pudesse passar. Willy desceu do carro para deixar Jane entrar no lado do passageiro.

— Você está ótima — disse Willy ao sair da calçada. Grace acenou da varanda. — Eu sei que isso é uma chatice para você. E eu realmente agradeço por você se dispor a ir.

— Tudo pela Pegasus — disse Jane.

— Bem, esse é o espírito da coisa. — Willy assentiu, com um brilho nos olhos. — Você teve um ótimo desempenho na imprensa e as vendas vêm aumentando consideravelmente, e não passou despercebido à diretoria que você resolveu ser mais... cooperativa.

— O que você quer dizer? — disse Jane.

— Estou falando que recebemos sinal verde para uma turnê de cinco cidades da New England, com todas as despesas pagas.

— Tem Nova York? — perguntou Jane.

— Não, as cidades são Burlington, Nashua, Portland e duas outras... que esqueci agora. Eu ia esperar para te contar até que tudo estivesse cem por cento confirmado, mas já que você aceitou o convite para o evento desta noite, eu pensei, por que não dar a você uma notícia boa para estimulá-la. Então? Animada?

— Eu deveria estar? — perguntou Jane.

— Acho que sim — respondeu Willy. — Há três meses que me pergunta se vai rolar uma turnê e agora conseguiu uma.

— Cinco cidades menores realmente podem se classificar como uma turnê? — questionou Jane.

— É só o começo — disse Willy, revirando os olhos.

Quando eles dobraram para pegar um caminho de cascalho escuro, a silhueta da Silo despontou. Eles pararam em uma grande entrada circular cheia de carros que deixavam os convidados na frente de duas portas gigantescas de um celeiro. Jane viu vultos cintilantes se aproximando das portas por uma trilha de conchinhas quebradas sob um caramanchão de glicínias e luzes coloridas.

Na frente da fila, manobristas se aglomeraram como formigas em torno do carro de Willy. Um abriu a porta para Jane enquanto outro pegava as chaves de Willy e entregava-lhe um recibo de estacionamento.

Jane sentiu uma pontada de nervosismo ao se virar para a entrada da boate. Willy pareceu perceber isso e ofereceu-lhe o braço. Ela deu a ele um pequeno sorriso, e os dois entraram.

A Silo parecia confortável e sofisticada — um salão projetado por estrelas do rock. Um palco simples de madeira no fundo chamou Jane de volta a Peggy Ridge, embora esta plataforma tivesse som e iluminação de última geração. Na parte superior, um balcão espaçoso dava vista para o palco, a pista de dança e um enorme lustre rústico de roda de carroça. Havia nichos em todas as paredes disponíveis, com bares completos.

Jane avistou Jesse de imediato, parado na base do palco, entretido em uma conversa com um homem que usava um chapéu de caubói. Ela sentiu um frisson ao vê-lo e a costumeira atração para aproximar-se dele. Willy conduziu-a até um círculo de mesas redondas pequenas, estilo cabaré, reservadas perto da pista de dança, e um garçom se aproximou para anotar os pedidos. Jane percebeu que Willy procurava com sua visão periférica as pessoas que ele precisava cumprimentar. Quando os drinques chegaram, ele bebeu de um gole só.

— Eu preciso dar uma volta por aí — ele disse. — Você está bem aqui? — Jane assentiu e ele se enfiou no meio da multidão.

O coração dela começou a bater forte assim que entrou no salão — nem mesmo as festas a que compareceu em Los Angeles estavam tão repletas de estrelas. Então, ter o apoio da Pegasus era assim.

— Janie Q — soou um inconfundível sotaque de Kent atrás dela.

Jane se virou quando Hannibal Fang aproximou-se de sua mesa. O alívio inundou seu corpo.

— Luz da minha vida, fogo de minhas entranhas — disse ele, sentando-se no lugar de Willy. — Eu esperava que você estivesse aqui esta noite. Tenho devorado o *Ursa Major*. Ele me faz... sentir coisas.

— Coisas boas, espero — disse ela.

— De você, sempre — disse ele. — Acredite em mim, você é uma potencial vencedora do Grammy.

— É mesmo? — indagou Jane.

— Melhor Artista Revelação, fácil — ele disse com um sorriso de lobo.

— Então... esta noite é a nossa noite?

— Pode muito bem ser — disse Jane. Hannibal ergueu uma sobrancelha com ar maroto e acenou para o garçom. Em volta deles, câmeras piscavam como vaga-lumes.

Jane sentiu que alguém a observava e ergueu os olhos para encontrar os olhos de Jesse, brilhantes como duas chamas azuis, do outro lado do salão. Ela sentiu um aperto no estômago, mas, naquele momento, Morgan subiu no palco e arrancou aplausos do público. Ela usava um macacão listrado azul e laranja, o cabelo volumoso em camadas parecendo uma auréola castanha sob os holofotes. Hannibal revirou os olhos quando Jesse se juntou a Morgan no palco.

— Muito obrigado a todos por estarem aqui — disse Jesse ao microfone. Morgan estava confiante ao lado dele, exalando energia e sensualidade. Os anéis que usava nos dedos cintilavam como moedas nas luzes do palco sempre que ela se movia.

— Aqui é a nossa casa — disse ela ao microfone, com voz entusiasmada. — Então, é a casa de vocês também. Sejam bem-vindos! — Ela tirou os sapatos e Jesse a olhava com adoração. O corpo de Jane ficou todo tensionado.

— O que acha, Sra. Reid? — ele perguntou. — Você quer cantar uma música para essas pessoas?

— Ora, eu quero, sim — ela respondeu. Seus olhos brilhavam quando ela olhou para ele, suas faces rosadas reluziam. A química entre eles mexeu com o público. Jane deu um gole em sua bebida.

Jesse começou a solar a introdução de "Broken Door" e a plateia se entregou. A diferença entre um bom performer e um excelente, pensou Jane, era que o bom fazia você se sentir como se estivesse a meio metro do palco, e o excelente fazia você esquecer que estava lá; Morgan e Jesse eram excelentes. A presença deles era magnética. Era como ver tenistas profissionais acertando uma bola depois da outra; "Sylvie Smiles", depois "Sweet and Mellow", "Painted Lady", "Under Stars" e "Strangest Thing".

Depois de "My Lady", Hannibal se inclinou na direção de Jane.

— Se eles são assim no palco, imagine fora...

Jane acenou para o garçom e pediu outro drinque — desta vez, dose dupla. Ela sabia o que Hannibal queria dizer; era como assistir a uma partida de *strip poker*, em que cada música retirava outra camada da vida íntima deles.

No momento em que cantaram seu dueto, "Summer Nights", parecia que eles estavam a um milímetro de se agarrarem no palco.

Quando Jane olhou em torno do salão, percebeu que nada daquilo era real. Não havia amor, nenhuma conexão real; apenas outros tubarões da indústria da música tentando solidificar suas posições na cadeia alimentar. Jane sentiu uma onda de repulsa; ela e seus fãs não faziam parte daquilo.

O público se levantou quando Loretta juntou-se a eles no palco. Ela se sentou ao piano e acompanhou Jesse em "Safe Passage", com Morgan fazendo coro.

"When darkness falls upon you,
And the cold begins to bite,
Just reach for my hand, dear,
And we'll walk back to the light."[45]

Loretta compôs essa música em resposta a "Strangest Thing", podia-se perceber isso pelos versos da letra. Os três eram tão bons que, por um momento, Jane esqueceu do seu ciúme e ficou apenas observando. Enquanto eles agradeciam os aplausos, juntos, Jesse se inclinou para o microfone.

— Sim, Loretta é uma parte muito especial de nossa família — disse ele. — Ela se juntará a nós em nossa próxima turnê chamada *Under Stars*. Nosso objetivo é atingir todos os cinquenta estados, aí sim vai ser uma turnê nacional.

O público riu e Loretta deixou o palco. Jane levou o copo aos lábios e colocou uma pedra de gelo na boca. O gelo queimou sua língua, mas ela o manteve ali até começar a derreter.

Ela sempre subestimou Loretta por fazer as coisas conforme as normas; e, no entanto, uma delas seria a atração principal de uma turnê nacional, enquanto a outra lutaria para ficar com as sobras. Jane olhou em torno do salão novamente e teve um pensamento assustador: e se não importasse quantas pessoas lá fora gostassem de você se as pessoas ali dentro daquela boate não gostassem?

---

[45] Se a escuridão se abater sobre você,/ E o frio começar a doer,/ Pegue minha mão, meu bem,/ E seguiremos de volta à luz.

Toda glória é uma glória refletida.

Jane sempre acreditou que seu talento a levaria em frente, que isso bastaria. Mas e se Jesse tivesse razão e isso não fosse real? E se o talento não importasse se certas pessoas não o permitissem?

Em volta dela, os semblantes das pessoas flutuavam em nítido relevo, uma mais calculista do que a outra. Os olhos de Jane pousaram em Willy. Willy tinha um bom coração, mas ela nunca poderia ter certeza de até que ponto ele estaria disposto a arriscar seus vínculos corporativos por ela.

Apenas uma pessoa ali sempre viu Jane no mesmo nível que ela se via, a defendeu sempre que pôde, acreditou em seu talento quando ela não acreditava, quis cuidar dela.

E ela o dispensara por uma turnê por cinco cidades.

— Ok, temos mais uma para vocês — disse Morgan, sem fôlego, enquanto Jesse verificava sua afinação. Ele tocou algumas notas e o público ficou em silêncio. Ele parecia estar esperando por aquele momento — desejando até — em que os faria esperar. Ele tocou alguns acordes não relacionados, para fazê-los esperar mais um pouco ainda. Depois começou a tocar a introdução de uma música tão familiar a Jane como se fosse de sua própria autoria.

*"Let the light go,
Let it fade into the sea.
The sun belongs to the horizon,
And you belong to me."*[46]

O próprio Jesse cantou a parte que antes era de Jane, e Morgan se juntou a ele no refrão. A voz de Morgan era como uma névoa, e a de Jesse, como uma luz; a forma como o tom dela circundava o dele era encantadora. Jane mal conseguia respirar.

Quando Jesse virou-se para Morgan, Jane ficou dura na cadeira, as lágrimas ardendo em seus olhos. Ela não sabia até aquele momento o quanto estava contando com o fato de que Jesse ainda a amasse.

---

[46] Deixe que a luz se vá,/ Deixe cair no mar./ O sol pertence ao horizonte,/ E você pertence a mim.

*"I'll watch over you,
As long as I am here,
As long as I am near,
You can dream, dream away."*

O público se levantou antes mesmo do fim da canção. Jane também se levantou. Hannibal também.

— Eu quero fumar um cigarro — disse ele. — E você? — Jane fez que sim e o seguiu para saírem da boate.

Lá fora, a noite estava úmida e perfumada; Jane podia sentir o ar-condicionado saindo de sua pele enquanto dava um trago em um dos Newport de Hannibal.

— Sabe de uma coisa? — disse ele, virando o cigarro na boca com o polegar e o indicador. — Eu poderia pegar o meu Rolls-Royce e nós dois poderíamos simplesmente sair passeando noite adentro.

Jane não precisou pensar muito.

— Claro — disse ela.

Hannibal pareceu extasiado, mas não surpreso.

— Excelente — disse ele, enfiando a mão no bolso para pegar o recibo do estacionamento. — Agora, para quem eu dou isso? — Todos os funcionários do estacionamento haviam desaparecido; por mais chique que a boate parecesse, ainda assim era a noite da inauguração. — Fique aqui — falou Hannibal. Ele começou a caminhar na direção do estacionamento.

Quando Jane colocou o cigarro entre os lábios, a porta da frente da boate se abriu atrás dela. Em meio a um coro de gargalhadas, uma voz baixa comentou, "Eu só preciso verificar uma coisa, não vou demorar". Jane ergueu os olhos e viu Jesse diante dela. Sem falar, ele pegou-a pelo braço e conduziu-a para longe da boate.

Assim que ficaram fora de vista, Jesse reduziu o passo; Jane podia sentir o calor da performance dele no palco emanando do seu corpo. A mão dele ainda estava no seu braço; ele não parecia capaz de tirá-la dali, nem ela queria que o fizesse. Lentamente, ele a trouxe à sua frente; Jane recuou e sentiu o tronco de uma árvore contra suas costas. Ele olhou para ela e inclinou-se como se fosse beijá-la.

— Por que você veio aqui? — ele exigiu saber.

Jane piscou, se esforçando para encontrar sua voz.

— Esta deveria ser uma noite feliz — disse ele. — Você não tinha o direito de vir.

— Você me convidou — disse Jane.

Ele abriu a boca e em seguida fechou.

— Eu... — ele fez uma pausa. — A gravadora deve ter convidado.

— Morgan é surpreendente — disse Jane, incapaz de se conter.

— Cuidado com o que diz — disse ele.

— Ela cantou nossa música muito bem — disse Jane.

— Minha música — ele rebateu.

— Você falou que essa música sempre seria para mim — disse Jane, balançando a cabeça. — Eu acho então que foi mentira.

Jesse deu um passo na direção dela, seus braços a prendendo contra a árvore.

Seu rosto estava a centímetros do dela.

— Você não tem moral para me chamar de mentiroso — ele sussurrou.

— Acalme-se — disse Jane, assustada.

Os dedos dele roçaram o ombro de seu vestido. A respiração de Jane ficou presa na garganta.

A expressão dele se suavizou.

— Lembro do primeiro dia em que você foi ao Barraco — disse ele. — Era para que Grace pudesse ficar com Maggie. Lembro de haver pensado: *essa garota vale ouro.* — Uma sombra atravessou suas feições. — Eu realmente acreditava nisso, mas... ninguém mente como você, Janie Q.

Ele baixou os braços. Apesar do ar quente, Jane sentiu um arrepio percorrê-la.

Tome cuidado com o que diz a ele.

— Do que você está falando? — perguntou Jane. Tudo o que ela queria era dizer que havia cometido um erro e, em vez disso, a conversa estava tomando um rumo que ela não podia suportar.

— *"When, hidden in your Crescent,/ You're just trying to survive"* — disse ele. — Sempre achei que havia algo estranho nessa frase da canção. "Crescent" com C maiúsculo. É tão óbvio, não é?

— Jesse, mas de que merda você... — ela disse. Jesse olhou-a com reprovação.

— Não faça isso — disse ele.

A respiração de Jane ficou em suspenso quando ela fixou-se nos olhos dele, a compreensão implícita até na cor e forma deles. Às vezes, quando Jesse olhava para ela, realmente parecia que ele sabia. Como se ela não precisasse dizer nada a ele, porque ele de alguma forma podia intuir. Mas quando o ressentimento endurecia o seu rosto, Jane tinha de admitir que essa suposta leitura exata dele só existia na cabeça dela.

Você tinha razão, eu minto demais.

— Jesse, eu quis contar a você — ela disse.

— Mas não contou. — O olhar de Jesse era gélido. — Você me falou que ela desapareceu, que não sabia onde ela estava ou se estava viva ou morta. Tudo mentira. Ela estava no Centro de Reabilitação esse tempo todo... você a vê todas as semanas. Eu sei, Jane. Pedi ao meu pai para verificar.

A vergonha alastrou-se por Jane como uma corrente elétrica.

— Você mentiu para mim sobre a única coisa que importava — disse ele.

— Não foi assim — disse Jane. — Eu não podia...

— Foi, sim — disse Jesse. — Você me fez acreditar que tínhamos algo de sagrado em comum. Eu nunca poderei perdoá-la por isso.

— O que você está dizendo? — perguntou Jane.

— O que você ouviu — disse Jesse, segurando o rosto dela nas mãos, o cigarro dele a um fio de cabelo da orelha dela. — Obrigado — continuou ele. — Todo esse tempo eu achando que era o culpado de nossa separação. Eu pensei que fosse o meu vício, minha fraqueza, minha mentira que foderam com tudo. Mas agora eu sei... você é uma pessoa ainda mais fodida do que eu. Então, obrigado. Agora posso realmente ter uma chance de aproveitar a minha vida.

Ele a soltou. Jane sentiu os joelhos tremerem quando ele voltou para a luz.

E não vou amar nunca mais.

— É melhor eu voltar para junto de minha esposa — disse Jesse.

Os passos dele voltaram para a trilha de conchinhas e Jane sentiu um frio nauseante dominá-la.

Tome cuidado com o que diz a ele.

Jane não poderia voltar para Gray Gables. Ela não suportaria enfrentar Grace.

E então percebeu a imensidão da noite caindo sobre ela. Ela não queria esperar por Willy. Não queria sair com Hannibal. Ela tirou os sapatos e sentiu a ilha, viva sob seus pés.

E começou a correr.

38

Jane chegou a Middle Road ao amanhecer e começou a caminhar na direção sul, para Caverswall. O nevoeiro da manhã ainda não se desfizera quando ela alcançou outra longa estrada, esta pavimentada com precisão. Ela parou na frente da guarita.

— Noite animada? — perguntou Lewis, apontando para o vestido de Jane. Ele levantou o portão para deixá-la passar e Jane subiu a entrada, carregando os sapatos na mão, como se tentasse não acordar a casa depois de escapar do toque de recolher.

Ela seguiu pelo caminho de lajotas que dava no prédio principal e foi até a entrada dos funcionários. Passou por uma placa que orientava as visitas às diversas áreas da instalação: estacionamento, jardim de recreação, acomodações de longo prazo, unidades seguras. No alto da placa, as palavras **Hospital e Centro de Reabilitação Cedar Crescent** em letras douradas em relevo.

— Quem transformou você com uma varinha de condão? — disse Monika sentada à sua mesa ao ver o vestido de Jane. Tudo no Centro era limpo e claro, desde os corredores até os quartos e a área de check-in dos funcionários.

— Você chegou cedo — disse Jane.

— Não posso reclamar de horas extras — disse Monika.

Jane assinou o registro, entrou no vestiário e pegou um uniforme do armário de Grace, colocando-o por cima do vestido. Ela trocou seus sapatos de salto alto pelos tênis sobressalentes de Grace e prendeu o cabelo em um coque. Jane voltou para a área de Monika e pegou o telefone em sua mesa.

— Na verdade, não tenho você programada para hoje — disse Monika enquanto Jane colocava o fone no gancho.

— E não estou — disse Jane. — É que acabei de descobrir que precisava fazer o check-in.

— Tudo bem — disse Monika. Ela se levantou, um molho de chaves tão grosso quanto um punho batendo em seu quadril.

Jane seguiu Monika escada acima, cruzando com outros uniformes azuis idênticos que subiam e desciam. Uns iam até os pacientes de cuidados intensivos no segundo andar, outros para as alas de adolescentes e idosos no terceiro andar, e outros para a ala de adultos no quarto andar.

Os corredores que aparecem em filmes sobre hospitais psiquiátricos sempre tremeluzem e trepidam com gritos abafados; os corredores do Centro eram silenciosos e brancos como neve recém-caída. Monika falava sobre a nova bicicleta que iria comprar para a sua filha com o dinheiro economizado enquanto conduzia Jane pelo corredor até o quarto 431. Monika espiou pela janelinha da porta e sorriu, balançando a cabeça.

— Estamos acordadas, tudo bem — disse ela. — Hoje vai ser um grande dia. — Monika bateu na porta.

— Oi, Charlie — disse ela. — Você tem uma visita.

— Entre, entre — uma voz suave insinuou-se pelo corredor. Depois disse: — Jane, querida.

Charlie levantou-se lentamente de sua penteadeira para cumprimentar Jane. Ela era dois anos mais nova que Grace, mas parecia dez anos mais velha, com pele macilenta e cabelo viscoso — vestígios de uma longa série de medicamentos. Trajava um macacão branco engomado, mas seu porte elegante sugeria que vestia uma peça de alta-costura.

— Me chame se precisar de alguma coisa — disse Monika, apontando para o botão vermelho dentro da porta.

— Quem sabe alguns drinques? — disse Charlie. Álcool não era permitido no Centro, mas isso não importava, porque Charlie não tinha noção de que morava ali.

— Vou ver o que posso fazer — disse Monika, e com isso ela saiu.

— Minha querida menina — disse Charlie, beijando Jane em cada face. — Você recebeu o recado sobre a festa de hoje à noite?

Jane achou um lugar para sentar-se na cama de Charlie.

Charlie retomou sua posição diante da penteadeira e examinou seu rosto. Ela pegou um pó compacto imaginário e começou a aplicá-lo nas faces.

— Hoje vai ser um grande dia — disse ela. — E precisamos estar prontas. Doris chegará daqui a uma hora mais ou menos para nos buscar.

— Ok — disse Jane. — E como vai Doris?

— Dramática como sempre — disse Charlie, revirando os olhos. — Ela está revoltada porque Bob me convidou para uma festa antes de convidá-la, e eu disse a ela que meu nome é o primeiro na agenda dele, mas ela me deu ouvidos? Claro que não. E isso foi só o começo.

Enquanto Charlie falava, ela passava o pó no rosto em um movimento contínuo de retoques. Jane afundou a cabeça no travesseiro da cama e ficou olhando — um círculo atrás do outro e do outro.

— Então eu disse a ela, "Se é assim que você se sente, você precisa dizer isso ao Bob. O que é que eu posso fazer?" — Ela virou-se para Jane e encarou-a, com expressão incrédula.

— Não tenho a menor ideia — disse Jane, balançando a cabeça. Charlie era como uma jukebox; com moedas sucessivas, ela poderia tocar a noite inteira.

— Bem, o que você acha que ela fez? — Charlie disse, voltando-se para seu próprio reflexo. — Ela foi direto para Lucy e contou tudo a ela!

Charlie vivia em um mundo povoado principalmente por estrelas de cinema de sua própria infância: Doris Day, Bob Hope, Lucille Ball. O psiquiatra que supervisiona o tratamento dela, Dr. Chase, certa vez explicou a Jane: "Ela acredita que esse é o lugar dela. Desde o seu surto, ela não consegue mais tolerar um mundo no qual ela não seja uma estrela. E qualquer coisa que ameace esse mundo pode provocar extrema volatilidade."

No começo, Jane nunca teve permissão para ficar no quarto sozinha com Charlie; naquela época, até um ligeiro olhar poderia gerar uma crise. Anos de cuidados diligentes tornaram-na mais ou menos dócil. Já se passaram mais de dois anos desde o seu último episódio psicótico; apesar disso, ela ainda não tinha permissão para manter em sua posse qualquer coisa que pudesse ser usada como uma arma — fosse um estojo de plástico para cosméticos ou uma colher de metal.

— Você pode ver quem é? — Charlie disse, apontando para a porta. Ninguém havia batido e Jane hesitou por um longo momento antes de reagir. — Oh, não se incomode — disse Charlie, meio nervosa. — É apenas Doris. Não posso falar com ela agora, estou muito ocupada.

— Tudo bem — disse Jane.

"Delírios" e "alucinações" eram os termos clínicos do que ocorria com Charlie. Até agora, nenhum medicamento fora capaz de controlá-los por muito tempo. Doris e Bob eram figuras imaginárias que falavam com Charlie em tempo real; Lucy era a enfermeira favorita de Charlie, cujo nome verdadeiro era Mary, mas que tinha uma semelhança impressionante com Lucille Ball.

O mundo de Charlie era bastante consistente; sua existência se organizava em episódios dramáticos, assim como um programa de televisão, em sua maioria centrados em torno de uma série de festas imaginárias. Contanto que você obedecesse às regras, não era um lugar ruim de se estar. As regras eram simples: deixe Charlie falar e jamais diga que nada daquilo é real.

Houve uma batida na porta.

— Eu não te falei para pedir a Doris para ir embora? — disse Charlie. A porta abriu uma fresta e Mary entrou, carregando uma bandeja com dois copos de plástico: um com água e outro com comprimidos.

— Oi, Jane — disse Mary. — Oi, Charlie.

— Lucille — disse Charlie, levantando-se e beijando Mary no rosto. — Falando no diabo...

— Está glamorosa — disse Mary, distraidamente. — É a festa de Sinatra hoje à noite?

— Isso foi na semana passada — respondeu Charlie, irritada.

Jane se sentou em silêncio na cama. Quanto mais estímulos Charlie tinha, mais difícil era para ela integrar as pessoas em seu mundo. Com mais de duas visitas, ela começava a ficar agitada e a perder a noção de quem era quem.

— Agora não é um bom momento, Lucille — disse Charlie. Ela havia pegado um tubo imaginário de batom e estava aplicando-o, aproximando-o dos lábios com os dedos unidos e, em seguida, retirando-os como se tivesse se queimado. Ela fingiu ajustar o tubo giratório do batom e tentou novamente. Os comprimidos permaneciam intocados na penteadeira. — O mínimo que você poderia ter feito era colocar um vestido — Charlie repreendeu Mary. — Eu falei que esta noite é uma festa importante. Você nunca vai arrumar um homem vestida desse jeito.

— Você tem razão — disse Mary.

Charlie virou-se para ela.

— Não brinque comigo — disse ela, seus olhos azuis encarando Mary. — Eu sei o que estou falando. E acho que você deveria ir embora agora!

Mary fez que sim.

— Eu só preciso que você tome isso, depois irei embora. — Charlie revirou os olhos e obedeceu. Mary recolheu os copos e voltou-se para Jane. — Sua carona já chegou — informou ela em voz baixa.

Jane assentiu e Mary saiu. Jane viu Charlie fazer a mímica de alguém se borrifando com perfume, depois levantou-se da cama.

— Eu também vou indo — disse ela. Parada atrás de Charlie, Jane podia ver a tatuagem no pescoço da mãe. Agora um pouco descolorida em sua pele pálida, mas lá estava: sol, lua, água. — Jane, querida, eu vou te ver na festa?

Às vezes, quando Charlie fazia perguntas assim, a mente de Jane as traduzia em comentários mais normais, como, "Te vejo em breve?"

— Provavelmente não — disse Jane. — Mãe, eu vim aqui porque... vou deixar de vir por um tempo. — Charlie sorriu contrafeita.

— Não me chame assim, querida, eu não gosto. — Ela começou a reajustar o tubo do batom-fantasma.

Enquanto Jane observava seus movimentos, lentos e precisos, ela quase conseguiu se convencer de que eram reais.

— Algo mais? — disse Charlie. — Doris deve chegar a qualquer momento.

Jane fez que não, pediu licença e saiu sem dizer mais nada.

Na escada, Jane passou por várias enfermeiras diurnas, que a cumprimentaram pelo nome. Ela recolocou o uniforme no armário de Grace, deixando tudo, exceto os tênis. Saiu da recepção e entrou no estacionamento. O Fusca de Greg estava parado em uma vaga para deficientes. Quando Jane se aproximou, Maggie destrancou a porta e a deixou entrar.

— Eu preciso que você me leve até o barco — disse Jane. Ela fez o sinal do coiote com a mão.

Maggie olhou-a de cima a baixo, examinando o vestido, o coque, os sapatos. Então ela sinalizou de volta.

— Você vai precisar de dinheiro — disse Maggie.

Os fora da lei não fazem perguntas.

39

Jane ficou na fila, esperando para entregar sua passagem ao funcionário de check-in da Lufthansa. Ela usava uma das camisas de flanela de Greg sobre o vestido azul e carregava uma bolsa cheia de roupas de Maggie. Grandes óculos escuros de plástico cobriam seus olhos. Quando o funcionário leu o nome dela, ele deu uma segunda olhada.

— Dezesseis F — disse ele, com um forte sotaque alemão.

Enquanto o avião taxiava para a pista, Jane sentiu as autorrecriminações se aproximando dela como um enxame furioso de vespas. Se o avião pelo menos decolasse, talvez ela pudesse deixá-las para trás.

★ ★ ★

Aconteceu quando Jane tinha nove anos, exatamente como disse a Jesse. Como disse a Jesse, sua mãe saiu de casa uma noite e nunca mais voltou. Como disse a Jesse, tudo aconteceu por causa de "Lilac Waltz".

Eis o que ela não contou a Jesse. Desde que Charlie ouviu aquela música, "Lilac Waltz", no rádio, ela começou a ter terríveis oscilações de humor; num minuto estava bem, no seguinte estava péssima — dançava pela casa quando a correspondência chegava, depois chorava e gritava porque achava que era tudo lixo. Charlie dizia a quem quisesse ouvir que ela havia composto "Lilac Waltz", fosse em casa ou no caixa do supermercado.

Foi só no dia em que elas receberam uma ordem de cessação e desistência sob pena de ação judicial por parte da gravadora de Tommy Patton, a Elektra, que as Quinn perceberam que Charlie estava enviando cartas insultuosas para ele. Jane lembrava que havia se escondido no quarto de Maggie enquanto as mães delas gritavam uma com a outra.

— O que você espera ganhar com isso? — Grace gritava.

— "*Girl*" rima com "*pearl*" — Charlie berrava — "GIRL" RIMA COM "PEARL".

Depois da briga, tudo ficou sossegado por alguns meses, e parecia que Charlie havia superado o problema. Suas alterações de humor diminuíram e ela recuperou seu senso de continuidade e foco.

Um dia, a Academia Nacional de Artes e Ciências da Gravação anunciou que também ingressaria no festival da ilha como patrocinadora, sendo que uma apresentação de Tommy Patton seria incluída para selar o acordo. Grace e Elsie se prepararam para outra briga, mas Charlie encarou tudo calmamente.

— Eu simplesmente não irei nessa noite — disse ela, fácil como um sonho.

Fiel à sua palavra, na noite do festival, Charlie fez planos para sair com alguém. Jane ainda conseguia se lembrar de como ela parecia, em um vestido lilás desbotado, de pé ao lado da porta, o cabelo puxado para cima em um coque francês.

Seu pretendente era um texano chamado Bill, que chegou à casa dirigindo um Cadillac bege, com um palito na boca. Ele buzinou três vezes para fazer com que Charlie saísse.

— Que encantador — comentou Elsie.

— Não fiquem acordadas me esperando — disse Charlie. A última imagem que Jane teve de sua mãe em Gray Gables foi de Charlie verificando seu batom no espelho do corredor antes de sair pela porta da frente.

★ ★ ★

O avião de Jane pousou em Frankfurt sete horas depois. Ela examinou o painel de embarques e foi até o balcão da Olympic Airlines.

— Uma passagem para a Grécia — disse ela.

— Perfeitamente, senhorita. Posso acomodá-la no das 11h14 para Atenas — disse o funcionário. — Só de ida?

— Sim — respondeu Jane.

★ ★ ★

Segundo Grace descreveu, um alarme disparou dentro dela por volta das 20 horas, uma hora antes da apresentação de Tommy Patton no festival. Grace queria acreditar em sua irmã, mas enquanto estava sentada assistindo ao seriado *The Honeymooners* com Jane e Maggie, seu coração começou a palpitar. Ela foi até o quarto de Charlie para se acalmar e encontrou uma segunda ordem judicial de cessação e desistência na cama de sua irmã, e centenas de cartas idênticas embaixo, escritas com a caligrafia de Charlie:

"Eu vou te matar pelo que você fez, Tommy Patton."

Elsie ficou em casa com Maggie e Jane, enquanto Grace seguiu de carro para o festival. Ela estacionou em uma área um pouco acima do palco principal e ficou parada na encosta olhando para a multidão no momento em que Tommy Patton entrou no palco. Na penumbra do crepúsculo, o público se balançava com a música, uma massa indistinguível de pessoas. Mesmo que Charlie estivesse ali, não havia como Grace encontrá-la.

Mas ela encontrou. Porque Charlie estava parada bem na frente do palco, seus cabelos dourados iluminados pelos holofotes. As pessoas mais próximas começaram a olhá-la fixamente porque ela sorria para Tommy Patton com uma expressão engessada no rosto, como uma máscara. O estômago de Grace revirou.

Ela abriu caminho no meio do público assim que a introdução de "Lilac Waltz" começou a tocar. Enquanto Grace passava pela multidão, seus pés pisavam em pontas de cigarro onde deveria haver um gramado. Ela alcançou sua irmã assim que Tommy Patton começou a segunda estrofe da música.

"I count to three and suddenly
The moon hangs low,
White as a pearl."[47]

Charlie ergueu uma garrafa de bebida, segurando-a pelo gargalo como se fosse tomar um gole. Quando Charlie virou o rosto para o lado, Grace viu um cigarro preso entre seus lábios vermelhos. Como asas batendo em sua mão, havia um pedaço de pano dentro do gargalo da garrafa.

---

[47] Eu conto até três e de repente/ A lua caindo,/ Branca como pérola.

Charlie encostou o cigarro no pano e jogou a garrafa em Tommy Patton enquanto ele cantava:

"I'm the guy in your arms."

— Charlie, não! — Grace gritou, sua voz ecoando na multidão.

A garrafa atingiu o palco e explodiu em uma coroa de chamas aos pés de Tommy Patton.

Quando o caos se instaurou, Charlie voou para cima do palco. Mas a mão de Grace se fechou em torno do pulso de sua irmã como uma algema.

— Me solte — Charlie sibilou, arreganhando os dentes para Grace.

A camisa de Tommy Patton estava pegando fogo e ele gritava. Ele não era o único — ao seu redor, as vítimas saltavam do palco como lavas cuspidas por um vulcão.

★ ★ ★

Jane chegou a Atenas cinco horas depois de comprar sua passagem de avião. Ela tinha ido tão longe que não conseguia mais ler as placas, escritas em um alfabeto desconhecido.

— Quero ir para Creta — disse ela a um homem sentado sob um grande logotipo que mais tarde aprenderia a ler: "Hellenic Airlines." O funcionário imprimiu uma passagem para ela.

— Isso a levará a Heraklion — disse ele. Jane pegou a passagem.

★ ★ ★

— Esta noite não poderia ter sido mais bonita, não é? — Charlie disse alegremente enquanto Grace a arrastava de volta à área do estacionamento. — Estou muito feliz por ter tido a chance de me apresentar com músicos tão bons. Você acha que eles vão me convidar de novo no ano que vem?

— O que você está dizendo? — Grace gritou. — O que aconteceu com o seu namorado?

— Meu namorado? — Charlie disse inexpressivamente.

— O homem que trouxe você aqui — disse Grace.

— Não era um namorado — disse Charlie, enojada. — Apenas um fã aleatório que conheci na cidade e que se ofereceu para me dar uma carona até o festival para a minha apresentação. Ele veio do Texas só para me ver!

— Você sabe o que fez? — disse Grace.

— Eu sou a maior compositora da minha geração, e nem você nem ninguém pode tirar isso de mim — disse Charlie, fervendo de raiva. Sem saber o que estava fazendo, Grace deu um tapa na irmã. Charlie rosnou, mostrando os dentes.

— Você vai pagar por isso — disse ela. — Você sabe quem eu sou?

— E você? Sabe? — Grace gritou, enquanto Charlie agarrava sua garganta. As irmãs rolaram no chão, cada uma tentando subjugar a outra, até que a mão de Grace encontrou uma lata vazia.

Ela ligou para Elsie de um telefone público na estrada enquanto Charlie estava inconsciente no banco de trás do carro.

— Graças a Deus você está em segurança — disse Elsie quando ouviu a voz de Grace. — A notícia está em todas as rádios. O que aconteceu?

Grace olhou para os carros que passavam.

— Foi Charlie — disse ela. — Ela está totalmente fora de controle. Não sei se... não sei se é seguro levá-la para casa. — Houve uma pausa do outro lado da linha e Grace pôde ouvir risadas vindas da televisão.

Um Crown Victoria cinza entrou no campo de visão de Grace.

— Ela foi vista? — perguntou Elsie. O carro reduziu a velocidade ao lado de Grace. Uma sirene disparou.

— Sim — Grace disse, engolindo em seco.

★ ★ ★

Jane encontrou o caminho para a estação rodoviária de Heraklion ao seguir um grupo de hippies americanos que saíam do aeroporto e pegavam a estrada.

— Para onde esse ônibus está indo? — ela perguntou, enquanto faziam fila para comprar passagens de uma mulher sentada dentro de um galpão de estuque.

— Mátala — disse um jovem de cabelo comprido. Uma observação ouvida de Laurel Canyon flutuou na mente de Jane como um desejo:

Mátala é muito maneiro. Só você, o mar, as cavernas, as estrelas.
Jane virou-se para encaminhar-se ao fim da fila.
— Ei, você é Jane Quinn — disse o jovem, olhando para ela.
— Quem? — disse Jane.

★ ★ ★

O Dr. Chase testemunhou em uma audiência preliminar que Charlie Quinn não tinha condições de ser julgada porque teve um surto psicótico, e o juiz ordenou que ela fosse mantida em uma unidade de tratamento até que pudesse ser declarada competente.

— Você tem a opção de interná-la em uma instituição particular — disse o juiz. — Caso contrário, ela ficará sob a guarda do Estado.

Havia apenas um lugar na Ilha de Bayleen que se encaixava nessa descrição. O Centro de Reabilitação Cedar Crescent era um imponente hospital particular onde os principais médicos ganhavam somas exorbitantes para cuidar dos indesejáveis dos ricos. Quando Grace passou pelo portão pela primeira vez, ela não tinha ideia de que aquele lugar se tornaria um destino fixo diário em sua vida. Seu único pensamento era que faria o que fosse necessário para manter a irmã na ilha.

Após a audiência, a comunidade da ilha cerrou fileiras em torno das Quinn: elas eram uma família muito antiga da ilha e um fio crucial da tapeçaria local. Além disso, era do interesse de todos que o assunto fosse abafado para não assustar os patrocinadores do festival; toda a ilha sofreria se o perdessem. Sem mencionar o nome de Charlie, o *Island Gazette* relatou que a polícia encerrou o caso do incêndio criminoso e criou uma força-tarefa especial em conjunto com o Comitê do Festival para garantir que "tal incidente nunca se repita". Logo depois, todos seguiram em frente.

Todos, menos as Quinn.

Depois de meses de exames, o Dr. Chase sentou-se com Grace e Elsie e explicou que Charlie sofria de algo chamado esquizofrenia, um problema mental que geralmente se formava na adolescência, mas podia permanecer adormecido por anos, até ser desencadeado.

— Os delírios dela são intensos — disse o Dr. Chase a elas. — Não posso afirmar de boa-fé que sei quando poderei liberá-la. Ela requer supervisão

24 horas por dia, caso contrário, ela representará um perigo para si mesma e para os outros. Mas existem algumas opções.

Jesse estava certo na primeira vez em que ouvira "Spark": a canção era sobre terapia de eletrochoque. Charlie começou a receber tratamentos logo após ser internada. As sessões deixaram-na apática, entorpecida e confusa. O Centro também experimentou vários medicamentos antipsicóticos, cada um com efeitos colaterais piores do que o anterior.

Naquele primeiro ano, Jane fugia para o Centro pelo menos uma vez por semana, pegando o ônibus para o hospital e implorando aos funcionários que a deixassem entrar para ver sua mãe; naquela época, Charlie estava sendo mantida em uma unidade segura e isolada. Depois de cerca de um ano, ela recebeu privilégios de visita aos domingos.

Por volta dessa época, as Quinn descobriram que tinham outro problema para enfrentar: dinheiro.

— Que tal uma troca? — disse Grace ao Dr. Chase. — Trabalho em troca do tratamento dela?

Grace deixou o serviço no salão Widow's Peak e começou a trabalhar na lavanderia do Centro. Ao longo dos anos, ela se esforçou para aprimorar-se, conseguindo diplomar-se em enfermagem na época em que Jane começou o ensino médio, e depois em fisioterapia na época em que Jane se formou. Jane começou a trabalhar assim que teve as condições necessárias para tal. Apenas os serviços de cuidados de longo prazo de Grace geravam algum dinheiro para levar para casa; caso contrário, as Quinn subsistiam da renda de Elsie. Todas as horas de trabalho de Grace, e mais tarde de Jane, no Centro eram para compensar os custos do tratamento de Charlie.

Fora de casa, as Quinn começaram a se referir a Charlie como "Charlotte", para colocar uma pedra no passado e viver o presente. Se alguém perguntasse o que havia acontecido com ela, as Quinn diriam que ela havia desaparecido. Isso há muito era uma fonte de tensão entre Elsie e Grace.

— Não deveríamos mentir — disse Elsie. — Uma doença mental não é motivo de vergonha. Ao dizer às pessoas que ela está desaparecida, estamos perpetuando o estigma.

— O estigma existe — disse Grace. — Não seremos nós que mudaremos isso. Pelo menos, desta forma, quando Charlie sair, ela terá uma chance de ter uma vida normal.

Essa briga reaparecia de vez em quando, mas no final Elsie sempre se submetia a Grace, porque Grace havia se sacrificado muito para ajudar Charlie.

Mas Charlie não podia ser ajudada. Passaram-se mais de dez anos desde que ela foi internada, e tudo o que os médicos conseguiram fazer foi torná-la inofensiva. Ainda assim, as Quinn nunca falavam do seu paradeiro. Não exatamente porque alimentassem a esperança de que ela voltaria — era mais por uma relutância em admitir que ela não voltaria. Eles encontravam refúgio de sua perda na imaginação dos outros: enquanto alguém ainda se perguntasse sobre onde Charlie estaria, ela poderia hipoteticamente estar em qualquer lugar. Jane às vezes suspeitava que Greg sabia a verdade; se sabia, ele jamais mencionara isso a ela. O segredo delas existia imperturbável sob um verniz de mentiras.

"Uma noite, ela saiu e nunca mais voltou. Nunca mais tivemos notícias dela. Ela pode estar em qualquer lugar. Pode estar morta."

Jane era capaz recitar essas frases tão automaticamente quanto o Juramento de Fidelidade. Elas eram sua promessa de fidelidade à própria família.

★ ★ ★

Quando Jane desceu do ônibus, uma lembrança a invadiu: a luz dourada da tarde, uma estante de biblioteca, um livro velho. Os olhos de Charlie estavam vidrados; ela não estava lendo, estava recitando.

— Sobre o que é essa história? — perguntou Jane, abruptamente.

— Ah, não sei, Janie — respondeu sua mãe, sentando-se reta. — Eu gosto do monstro.

— Não é isso. — Jane balançou a cabeça.

— Está bem — disse sua mãe depois de pensar um pouco. — Ela conta a verdade sobre a verdade. Você pode distorcê-la, enterrá-la, dividi-la ao meio, mas ela nunca desaparece totalmente. Acho isso reconfortante.

— Mas por quê? — disse Jane, perplexa. — Teseu, Dédalo, o Minotauro, nada disso é real.

Charlie umedeceu os lábios e Jane teve uma sensação de mal-estar que ainda não conseguia nomear. Quando ela piscou, sua mãe tinha amolecido.

— A realidade não é sempre realidade, Janie — disse ela gentilmente. — Às vezes, as histórias são mais verdadeiras do que a vida.

Quando Jane entrou na noite azul, ela pensou que sua mãe estava certa.
A verdade nunca desaparece totalmente.
As pessoas, sim.
Quando entrou no vilarejo, Jane chegou à conclusão de que ela só precisava desaparecer por um tempo.

40

Mátala era um pequeno vilarejo na costa sul de Creta, aninhado entre falésias de conchas e a baía de Messara, cujas águas apresentavam temperaturas quentes até para o Mediterrâneo. O vilarejo continha um punhado de prédios espalhados pela praia — dois restaurantes, uma mercearia, uma padaria e algumas lojas para turistas. A principal atração da cidade era um conjunto de cavernas antigas feitas pelo homem e atualmente ocupadas por um grupo de expatriados norte-americanos.

Jane passou sua primeira noite nas cavernas, dormindo com sua bolsa de viagem agarrada nos braços. Ela acordou coberta de pequenos caranguejos brancos e os sacudiu enquanto vários californianos nus assistiam, chapados demais para achar graça. Naquele dia, Jane alugou um quarto modesto na pensão ao lado do restaurante Delphini. Alojar-se nas cavernas era interessante por alguns dias, mas ela pretendia ficar em Mátala por muito mais tempo do que isso.

A partir daí, Jane começou a abandonar sua antiga vida. Ela evitava ver televisão, ouvir rádio e até mesmo os relógios; seu único ponto de referência era o restaurante Delphini. Se o barco de pesca do restaurante ainda estava no mar, era cedo demais para sair da cama; se dezenas de lulas já estivessem penduradas no sol para secar, era hora de Jane seguir o exemplo.

Todos os dias, ela andava até a praia, tirava a roupa e se cozinhava ao sol. Se suava na toalha, ela se agachava na água apenas o tempo suficiente para acalmar a pele ressecada. Depois voltava para o seu posto de cozimento e se esticava como uma lula na linha. Era incrível como ela conseguia se exaurir só de ficar deitada ali sem fazer nada. Quando o sol se punha, ela fazia uma refeição rápida no Delphini, depois dormia com os sons joviais que vinham lá de fora e entravam por sua janela. Ela não sonhava com nada, e era assim que queria.

O polo tecnológico de Mátala era o dono da mercearia, que tinha televisão, telefone e a única geladeira do vilarejo. Foi ali que Jane telefonou pela primeira vez para Gray Gables. Elsie atendeu.

— Estou na Grécia.

— O que aconteceu? — disse Elsie com um suspiro.

— Estou totalmente esgotada — perguntou Jane.

— Meu Deus — disse Elsie.

— Como estão as coisas aí? — disse Jane.

— Agitadas — respondeu Elsie. — Grace anda preocupada. Tem sido muito chato, Jane.

— Sinto muito — disse Jane.

— Quer que eu veja se ela está por aqui? — perguntou Elsie.

— Não — respondeu Jane. Ela podia lembrar de Grace pegando seu eu de dez anos de idade na beira da estrada e se sentiu envergonhada de sua própria covardia.

— É o mínimo que você pode fazer — disse Elsie.

— Não posso — falou Jane. Se Grace descobrisse que Jesse sabia o segredo delas, ela nunca mais olharia para Jane da mesma maneira; ao deixar um rastro de migalhas de pão para Jesse, Jane quebrou a única regra que se esperava que seguisse em troca de uma vida inteira de sacrifício, bondade e generosidade: não conte a ninguém sobre Charlie. Encarar isso também significaria pensar em Jesse. Jane sentiu uma repentina compulsão para pegar sol.

Elsie suspirou.

— Estou feliz que você esteja bem — disse ela.

Elsie anotou o endereço e o número do telefone da mercearia e, nas semanas que se seguiram, ela e Jane iniciaram uma correspondência. Jane enviava cartões-postais e Elsie respondia com relatos de novidades: o vocabulário de Bea havia se expandido para incluir "relâmpago" e "dragão"; Grace acompanharia sua paciente, Millie, em outra viagem para a Europa, desta vez para a Itália; Charlie passaria para uma dosagem mais alta de clorpromazina.

Jane saboreava uma dessas cartas durante o jantar quando uma rajada de vento soprou um dos chefs para fora da cozinha brandindo uma panela flamejante. Ele parecia selvagem, com ombros largos e bronzeados e mãos grandes salpicadas de finas cicatrizes brancas. Seu cabelo estava raiado de sol, preso no alto da cabeça em um nó, a barba ruiva sombreando o ângulo rígido de sua mandíbula. Havia uma luz alegre em seus olhos que o tornou instantaneamente simpático. Enquanto Jane o observava jogar um peixe frito no prato de um dos fregueses, ela não pôde deixar de ficar intrigada.

Ele parou ao lado da mesa dela no caminho de volta para a cozinha, empunhando sua frigideira como uma raquete de tênis.

— Alguma pergunta sobre o menu? — ele perguntou com um sotaque do outro lado do Atlântico.

— Apenas elogios — disse Jane, fazendo que não.

Ele a olhou de soslaio.

— Você já comeu uma enguia de Mátala? — O modo como ele falou isso fez Jane rir. Ela não conseguia se lembrar da última vez que aconteceu algo igual.

— Não — disse Jane.

— Bem, vamos ver se você gosta de enguia, Jane Quinn, e então poderemos ver se seremos amigos.

Com uma taça de vinho cretense, ele se apresentou como Roger Kavendish, vindo de Saskatoon, via Londres. Ele passara um ano no Le Cordon Bleu antes de abandonar a escola para cozinhar nos locais mais belos do mundo.

— E você veio para cá para fugir *de tudo* — ele completou para ela. Não foi uma pergunta e Jane não discutiu. Ela gostava do jeito dele de falar, como se não houvesse lugar melhor do que aquele restaurante agora vazio, compartilhando uma garrafa de vinho sob as estrelas. — Então... você gosta de enguia — ele disse.

Jane não queria estar perto de ninguém agora, mas aquela pessoa ali não a incomodava.

— Eu gosto de enguia — disse ela.

Os olhos dele brilharam ao ouvir isso. Jane sentiu um sobressalto de prazer atrás do umbigo.

— Muito bem — disse ele.

Roger sabia um pouco de tudo e oferecia gratuitamente os seus conhecimentos. Enquanto os dois exploravam as cavernas e praias de Mátala, Jane aprendeu os nomes da flora e da fauna locais, além de noções básicas de grego, que até então ela desconhecia, mas sabia se virar.

— É um pouco vergonhoso sair de casa sem saber perguntar onde fica o banheiro, mesmo para você — disse Roger, cutucando-a com o bíceps. Jane resistiu ao impulso de passar a mão nele.

A alegria de Roger escondia uma intuição aguçada. Isso tornava fácil estar perto dele; ele era hábil de conversa, sempre pronto para mudar de assunto. E nunca fazia perguntas invasivas.

Também provou ser um chef talentoso e, nas semanas seguintes, Jane comeu como uma rainha. Vieiras numa noite, lula na outra, robalo fresco, atum selvagem. Ela sabia que Roger a estava seduzindo com comida, e não se importava. Como chef, ele tinha uma intrínseca noção de tempo, e Jane suspeitou que ele estava esperando o momento oportuno. Uma noite, quando ela começou a se perguntar se havia interpretado mal a atenção dele, Roger a convidou para dar um mergulho.

Sob o manto da escuridão, ele agarrou a mão de Jane sob a água, puxando-a para si. Seus lábios encontraram os dela em uma ânsia de pele e sal. Por fim, as mãos de Jane agarraram seus ombros e braços, formigando no mar salgado. Ele rosnou em seu pescoço quando ela colocou as pernas em volta dos quadris dele, puxando-o para ela. Mesmo impulsionado até a cintura pela água, ela poderia dizer que ele era mais forte do que Jesse, e ela deixou que a sensação de ser carregada dominasse a sua mente. Os dedos dela se enredaram no cabelo dele enquanto Roger a penetrava, os suspiros dos dois ondulando na água quente e leve. Quando terminaram, deitaram-se nas ondas suaves e os dois boiaram juntos, de mãos dadas, como duas lontras.

Ao ir para a cama naquela noite, Jane se sentiu como se ainda estivesse flutuando.

Roger precisava de uma grande quantidade de espaço pessoal; a ideia de passar todas as noites na mesma cama, em qualquer cama que fosse, não combinava com sua autoimagem. Nunca duas semanas com Roger foram parecidas; justo quando Jane pensava que ele poderia estar se domesticando, ele iria para as cavernas. Às vezes Jane se juntava a ele, às vezes não. Apesar da alergia dele à rotina, uma consistência absoluta se desenvolveu entre eles, como se fossem planetas em órbita; Jane sabia que Roger estava lá, mesmo que ela não pudesse vê-lo. À medida que as semanas se transformavam em meses, seu cabelo ficou branco com o sol, sua pele bronzeada, seus pés ficaram pretos com o alcatrão da praia.

Em outubro, os turistas começaram a diminuir, mas a água e o ar continuavam quentes e Jane não tinha intenção de voltar. Ela ainda não tinha falado com uma única pessoa além de Elsie e Roger. Ela não cantava ou tocava desde sua partida; não havia violão em Mátala nem piano. O *Ursa Major* lhe parecia um sonho agora, uma criação de outra pessoa. Ela não tinha ideia de quantas semanas havia que o disco estava à venda ou como estava indo tudo.

Ouvir como ela havia desapontado Willy era outra conversa que Jane desejava adiar indefinidamente. Isso se ele atendesse a ligação dela. Jane não tinha dúvida de que fugir da imprensa e da turnê da Costa Leste, por menor que fosse, havia incinerado qualquer futuro que ela pudesse ter na Pegasus.

Mas ali em Mátala nada disso importava.

Ali suas únicas preocupações eram o clima e seus apetites. Ela só precisava pensar no que comeria no jantar e se choveria ou não.

Em meados de outubro, Jane foi à mercearia comprar frutas e recebeu uma mensagem telefônica contendo uma longa série de números. Era uma linha europeia e Jane discou do telefone do dono da mercearia, imaginando quem poderia ser.

— Aqui é Jane Quinn — ela disse. A voz de Grace soou.

— Estou tão feliz por você me ligar de volta.

— Onde você está? — perguntou Jane, o estômago apertado.

— Nem adivinha — disse Grace. — Decidimos fazer uma pequena viagem de barco saindo da Sicília e estou indo para Creta. Devemos estar aí em dez dias... posso ir vê-la?

— Se você quiser — disse Jane.

— Sim, quero — disse Grace. Elas acertaram os detalhes e Jane desligou, sentindo-se atordoada.

Ela observou o dono da mercearia contar o troco para o carteiro, ouviu o ruído da apreciada geladeira se misturar com a estação de rádio local e, de repente, tudo aquilo pareceu precário, como se uma rajada de vento pudesse desmanchar.

41

Jane adiantou-se quando o ônibus de Grace entrou em Mátala. Jane vestira sua melhor roupa para a ocasião — uma túnica bege comprada em uma das lojas locais para turistas. Seu cabelo estava trançado nas costas e seus pés estavam descalços. Jane respirou fundo, sem saber o que esperar. Então Grace desceu do ônibus, de mãos dadas com um homem que aparentava ter quarenta e poucos anos e gostar de livros.

— Você deve ser Nate — disse Jane, sorrindo. Ela nunca conhecera um namorado de Grace.

— Você deve ser Jane — disse Nate, apertando a mão dela. Grace sorriu.

Jane os levou ao restaurante Delphini, e todos foram recebidos com um peixe bronzini fresco e uma garrafa de vinho branco da casa.

— Nada supera a Cornualha — Roger estava dizendo a Nate. — Passei um verão lá trabalhando no Spotted Goose.

— Eu trabalhei lá na minha época de faculdade — disse Nate, acendendo um cigarro. — Não me importo se eu nunca mais vir outra torta stargazy.

Roger estremeceu com o pensamento.

— Embora não haja nada que se compare ao Cornish Yarg — disse Nate.

— Esse é o queijo da rainha! — concordou Roger.

Depois do almoço, Roger levou Nate para explorar as cavernas, deixando que Grace e Jane botassem a conversa em dia.

— Ele é muito afável — disse Grace.

Jane assentiu, agora mais calma. Elas observaram duas gaivotas trabalhando juntas para abrir uma concha de molusco na praia.

— Você parece... à vontade — disse Grace.

Jane olhou para o mar calmo.

— Eu gosto daqui — ela disse. — Tudo é tão... simples.

Ela acendeu um cigarro e virou-se para Grace, preparada para enfrentar sua desaprovação. Mas quando olhou para sua tia, tudo que viu foi ternura. De repente, Jane sentiu-se à beira das lágrimas.

— Sinto muito — disse ela. — Eu não deveria ido embora daquele jeito. Eu... eu estraguei tudo.

Grace ficou em silêncio. As faces de Jane ardiam. Por fim ela falou as palavras que vinha evitando havia meses.

— Jesse sabe sobre a mamãe — disse ela. — E é culpa minha. Grace, eu sinto muito, muito mesmo.

Grace olhou para Jane com uma expressão vazia.

— Eu temia que fosse algo assim.

Jane estremeceu. Ali estava, o momento em que Grace finalmente percebeu que Jane nunca havia sido digna de sua bondade.

— Lembro de quando você era pequena — disse Grace. — Você sempre ficava tão envergonhada quando a pegávamos fugindo. Você evitava o meu olhar por dias. Talvez seja por isso que nunca tenha visto como ficávamos felizes por tê-la de volta.

— Eu decepcionei você — disse Jane, baixando a cabeça.

— Não é isso que estou dizendo — falou Grace. — Estou dizendo que isso não importa. Não em comparação com o seu bem-estar.

— Ora, Grace, por favor.

— Janie, está tudo bem.

— Claro que não — disse Jane, um nó subindo em sua garganta. — Você sabe que não. Foi você que me disse para não confiar em Jesse.

— Isso foi injusto da minha parte — disse Grace e estremeceu.

Jane surpreendeu-se.

— Não, não foi. Você só estava tentando proteger a mamãe. Tudo que eu precisava fazer era manter minha boca fechada, e depois eu arruinei tudo.

Grace deu a ela um olhar melancólico.

— Janie, não há nada para ser arruinado.

Jane olhou-a incrédula. Grace não devia estar entendendo. Jesse sabia. Ela, Jane, havia obliterado todo o modo de vida delas. Anos de segredo, destruídos. Seu coração batia forte enquanto ela lutava para articular isso.

— Jesse sabe sobre a mamãe — ela repetiu. — Sobre a mamãe!

— Eu entendi — disse Grace. — Estou dizendo que está tudo bem.

— Mas não está — disse Jane. — Não pode estar. Caso contrário...
Caso contrário, eu menti para Jesse por nada.

As lágrimas começaram a rolar pelo rosto de Jane. Grace colocou a mão sobre a de Jane.

— Sou eu que tenho de pedir desculpas, Jane. Quando tudo aconteceu com sua mãe, não tínhamos ideia do que estávamos fazendo. Estávamos apenas reagindo à situação. Aqueles primeiros dias foram um pesadelo. Os altos e baixos de um tratamento após o outro quase nos quebraram. Manter tudo em segredo fazia com que parecesse administrável. Era a única coisa que podíamos controlar.

Grace retirou a mão e apoiou a cabeça nela.

— Eu nunca quis que esse segredo durasse tanto tempo... eu apenas continuava esperando que parecesse tudo bem se ela não voltasse. Mas isso nunca aconteceu. Então, um dia, acordei e dez anos haviam se passado. Oh, Jane... acho que, ao adiar a minha própria dor, eu prolonguei brutalmente a sua. Eu sinto muitíssimo. — Lágrimas brotaram dos olhos de Grace.

Era demais para assimilar. Jane sentiu-se tonta diante da franqueza de sua tia. Ela apagou o cigarro e pegou o braço de Grace.

— Não é assim — disse ela. — O Centro é apenas um fato da minha vida. E por sua causa, tem sido administrável. Na maioria das vezes, eu nem tinha consciência de que escondia essa realidade. Pelo menos até...

— Jesse — disse Grace.

— Não consigo entender — disse Jane, assentindo. — Havia alguma coisa nele desde o momento em que o conheci. Quando ele me perguntou sobre mamãe, eu falei o que sempre digo a todos, mas só me lembro de ter pensado, *Ele realmente entenderia.*

Grace olhou para ela.

— Bem, é claro. Quem melhor para entender do que outro paciente do Centro?

Jane nunca havia considerado isso. Ela acendeu outro cigarro.

— Ao ficar próxima dele, comecei a tomar consciência do fardo. Só que eu não estava realmente ciente... eu apenas ouvia uma música.

— "Ursa Major" — disse Grace.

— Não foi uma música inspirada nele. — Jane assentiu, espalhando cinzas na areia. — A maioria das pessoas na ilha nem sabe o nome completo do Centro. Precisava ter uma conexão com o lugar e, mesmo assim, precisava...

— Ter uma conexão com você? — disse Grace.

As lágrimas continuaram escorrendo pelo rosto de Jane enquanto ela tragava o cigarro.

— Eu realmente estraguei tudo — disse Jane, soltando a fumaça para o céu.

— Jane — falou Grace.

— Estraguei, sim — disse Jane, balançando a cabeça. — Eu não entendia o que estava acontecendo conosco quando estava acontecendo. Ele tentou me dizer, mas eu não o ouvi. Eu tinha me convencido de que, uma vez que atingisse um certo nível de sucesso, o resto da minha vida faria sentido, e eu não suportava abandonar essa ideia, então disse a mim mesma que eu não amava Jesse e por isso deixei-o ir embora.

Ela deu outro trago no cigarro, com as mãos tremendo tanto que levou alguns segundos a mais para levar o cigarro aos lábios.

— Eu o fiz acreditar que compartilhávamos uma dor — disse Jane. — E agora ele não pode me perdoar.

— Dê tempo ao tempo. Tenho certeza de que quando esfriar a cabeça, ele vai entender — afirmou Grace. — Deus sabe, Jesse não é perfeito.

— Não importa — disse Jane, sentindo uma dor surda na garganta. — Ele está casado com outra pessoa. — Ela deu um trago no cigarro. — Eu não conseguia enxergar. Tudo que eu pensava era no sucesso.

Grace considerou.

— Você estava em uma cruzada. Não havia lugar para Jesse nisso.

— O que você quer dizer? — indagou Jane.

O jeito de Grace inclinar a cabeça fez Jane lembrar-se de Maggie.

— Desde que você assinou com uma gravadora, a música tem sido uma espécie de busca para você — disse Grace. — Acho que parte de você via isso como uma redenção, um modo de corrigir o que aconteceu com Charlie, como se o seu sucesso fosse consertar tudo o que deu errado para ela.

Jane recostou-se na cadeira, o cigarro pendurado entre os dedos.

— Dava um propósito a tudo o que eu fazia — ela disse suavemente.

Uma imagem da Silo surgiu na mente de Jane — Loretta, Jesse e Morgan brilhando no palco, cercados pelos executivos da indústria que os escolheram para estar lá.

— Ou costumava dar — continuou ela. — Depois da Silo... percebi que esse tipo de sucesso pode não estar nas cartas para mim. E assim que comecei a questionar isso, todo o resto começou a se desfazer também.

Por um momento, as duas ficaram observando as gaivotas flutuarem na água.

— E agora? — perguntou Grace.

— Agora nada. Agora eu moro aqui. — Jane enxugou as lágrimas do rosto.

— E a sua música? — Grace cruzou os braços.

— Meu coração não está mais nisso — respondeu Jane, jogando o cigarro na areia.

Grace franziu a testa.

— Então, se você não pode ser Jesse, você nem mesmo vai tentar.

— Para começo de conversa, eu estava iludida ao tentar — disse Jane. — Cada vez que eu tinha sorte, pensava que era porque estava destinada à notoriedade. Agora vejo que foi tudo um acaso feliz. Nada do que aconteceu era para acontecer comigo.

— Jane, como pode dizer isso? — questionou Grace.

Jane deu de ombros.

— Não é nada de mais. Tem sido libertador apenas saber que tenho algum talento.

— Nunca se sabe — disse Grace, observando Jane. Então, depois de um momento. — Não acho que o mistério do seu desaparecimento tenha sido totalmente prejudicial para a publicidade.

Jane riu.

— Estou falando sério — disse Grace.

Ela havia trazido uma pasta com recortes de jornais e revistas, todos elogiando o álbum *Ursa Major* por sua maestria e especulando sobre onde estaria Jane. A maioria das notícias era daquele verão, mas as suposições continuaram por mais tempo do que Jane teria imaginado. As teorias iam desde uma fuga de um triângulo amoroso com Morgan e Jesse, a uma série de possíveis casamentos secretos, até um voto de silêncio em um mosteiro tibetano.

— Na verdade, estou um pouco triste por não ter pensado nisso — disse Jane.

Elas passaram a tarde nadando nas águas claras e falando da viagem de Grace. Por volta das 18 horas, Roger deixou Nate com Jane e Grace na praia para que ele pudesse começar seu turno no restaurante Delphini. Nate parecia um pouco abalado com a visita às cavernas.

— As pessoas... moram lá — exclamou ele. — Nuas!

— Muita gente — disse Jane. A animosidade vinha crescendo entre os moradores locais e os turistas à medida que as cavernas atingiam níveis cada vez mais altos de putrefação. — Posso oferecer-lhe uma garrafa de vinho local como consolo.

— Isso seria aceitável — disse Nate.

Eles desfrutaram um jantar suntuoso no restaurante Delphini. Roger estava em plena forma, entrando e saindo da cozinha com panelas em chamas e espetos de legumes, curvos e coloridos como arco-íris. Depois que os pratos do jantar foram retirados, alguns músicos locais começaram a tocar e todos começaram a dançar. Eles rodavam e pulavam juntos sob as estrelas até que o dono do restaurante, Demetrios, apagou as luzes. Nate e Grace ocuparam o quarto de Jane na pensão, e Jane dormiu sob o céu com Roger.

De manhã, Jane sentiu-se melancólica ao levar Grace e Nate de volta ao ônibus.

— Sabe, Janie, tem espaço se você quiser voltar com a gente. Podemos levá-la até o continente, sem problema — disse Grace.

— Obrigada por ter vindo — disse Jane, sorrindo.

— Obrigada por me deixar vir — disse Grace. — Eu te vejo quando você voltar.

— Claro — falou Jane. Ela observou o ônibus desaparecer em uma trilha de fumaça preta.

Jane ainda não tinha intenção de voltar.

42

Em novembro, o bartender do Delphini voltou para o continente. Roger trocou umas palavras com Demetrios e Jane assumiu a vaga. Ela já fazia a maior parte de suas refeições no restaurante de graça, e cuidar do bar rendia apenas o suficiente para compensar o custo de seu quarto. No que dizia respeito a Jane, ela poderia continuar assim para sempre.

Uma noite, abraçados em sua cama, Jane sentiu Roger agarrar seu ombro.

— O que foi? — ela perguntou. Um coro de vozes entrou pela janela.

— Acho que finalmente está acontecendo — disse ele.

Jane abriu os olhos. Luzes coloridas dançavam na vidraça. Roger estava certo: os moradores locais haviam obtido sucesso em seus apelos à polícia local, que despachou várias unidades para expulsar os hippies das cavernas no meio da noite.

— Puta merda — exclamou Jane.

Lá fora, centenas de corpos bronzeados estavam entrando no centro do vilarejo completamente nus. Eles pulavam e riam, acenando com lanternas e tochas, passando por uma fila de policiais que se divertiam. Jane e Roger se entreolharam e desceram para ver melhor.

Uma equipe de filmagem local havia se instalado na varanda do Delphini. A repórter continuava tentando fazer o cameraman focar nela enquanto as lentes saltavam para filmar o desfile de nus. Ela revirou os olhos e o repreendeu, em seguida avistou Jane e Roger perto da porta.

— Loucura isso, não é? — ela disse.

— Nunca vi tantas enguias de Mátala — disse Roger.

Jane observava os corpos girando. Quando a lente da câmera fixou-se numa corrente de homens pulando, ela sentiu um arrepio cair na água.

Depois que as cavernas foram evacuadas, os frequentadores do Delphini começaram a diminuir, cada vez mais. Uma noite, não muito depois, Roger e Jane sentaram-se sozinhos, vendo a lua nascer na varanda do restaurante. Roger ergueu o copo para ela.

— O que estamos brindando? — perguntou Jane.

— Rabat — disse Roger, pronunciando um erre enrolado.

Jane assentiu.

— Onde fica isso?

— Marrocos — disse ele, mais uma vez enrolando os erres.

— Quando? — perguntou Jane.

— Uma semana — disse ele. — Talvez duas. Não gosto de ficar no mesmo lugar por mais de seis meses. Você deveria vir, Jane. Vai estar calor no inverno.

Na verdade, Jane queria ir para casa, mas não tinha dinheiro para isso. Ela pagara as despesas para chegar em Mátala com o dinheiro do *Ursa Major* e passara os meses seguintes desbastando a pilha sem aumentá-la. Ela ainda tinha algumas economias, mas não o suficiente para um voo transatlântico.

— Vou ficar parada até a próxima temporada — ela disse a Elsie no dia seguinte por telefone. — Assim que os turistas voltarem, minha renda vai triplicar.

— Você não ficará sozinha aí sem o Roger? — disse Elsie.

Jane deu um trago no cigarro. Ela poderia bancar essa viagem com Roger, mas por pouco. Tinha uma ideia indefinida do Marrocos e se sentia ambivalente quanto a se mudar para lá; os maiores atrativos seriam Roger e melhorar sua proximidade com o oceano Atlântico. A viagem até lá secaria o pouco dinheiro que tinha e isso significava que teria de trabalhar e partir do zero para poder comprar sua passagem de volta.

— Eu vou ficar bem — disse ela.

Na manhã seguinte, Roger saiu no barco de pesca para pegar o pescado do dia e Jane permaneceu para ficar de olho no restaurante. Sem turistas, a praia parecia pequena; o tom cristalino da água começava a escurecer sob a cobertura de nuvens do inverno.

Atrás do balcão do bar, Jane notou dois homens vindo na direção do restaurante. Enquanto os observava se aproximando, ela começou a listar as formas que conhecia de ganhar dinheiro. *Garçonete, lavadeira, cabeleireira, aplicar injeções, trocar fraldas.*

Os homens eram do continente. Isso era óbvio à distância pela palidez de suas peles e a qualidade de suas roupas. *Costurar uma bainha, datilografar uma carta, servir à mesa, descascar uma ostra.*

Quanto mais perto eles ficavam, mais familiares pareciam. Jane se perguntou se ela estaria pegando sol demais. Ambos tinham um certo andar, um penteado, uma pose pretensiosa que ela conhecia muito bem. *Pintar unhas, trocar lençóis, assar pão, compor canções.*

Ela costumava compor canções.

O pensamento lhe ocorreu durante uma espécie de alucinação. Nessa visão, Willy estava entrando no restaurante Delphini, seus óculos de aviador vermelhos brilhando sobre os olhos como refletores de luzes do tráfego, o sorriso aberto de orelha a orelha. Além disso, havia dois dele.

— De todas as espeluncas do mundo... — disse a miragem em forma de Willy.

— Willy? — disse Jane, piscando algumas vezes.

Willy tirou os óculos. Jane olhou para o homem que o acompanhava.

— Jane, este é meu irmão Freddy — disse Willy. — Da Ear Wool Records.

— Prazer em conhecê-la — disse Freddy, dando um passo à frente e apertando a mão de Jane. Fatos soaram nos recessos da memória de Jane: Freddy era o irmão do meio de Willy, aquele que morava em Londres e produzia álbuns punk. Jane achou estranha a maneira como Willy o apresentara, como se eles estivessem se encontrando casualmente em uma festa.

— Você está em Mátala — disse Jane.

— Ouvi que você estava na cidade e pensei em dar uma passada — disse Willy, sentando-se em um banco do bar.

— Como soube que eu estava aqui? — ela indagou.

Antes que ele pudesse responder, Roger apareceu, os braços carregados de redes se mexendo.

— Jane, essas lulas realmente queriam viver, eu tive de ser impiedoso — disse ele, jogando as redes na areia. Ele começou a pendurar as lulas na linha.

— Roger — disse Jane, acenando para ele.

— Olá, olá — disse Roger, olhando de Willy para Freddy. — Vocês devem estar aqui para levar Jane de volta à civilização.

Willy e Freddy se entreolharam.

— Essa é a ideia — disse Willy, olhando para Jane.

— Eu não vou voltar — disse Jane. Era verdade, ela não tinha dinheiro, mas não ia contar isso a Willy.

— Jane, esses homens percorreram um longo caminho — falou Roger, com os olhos brilhando. — Vamos todos almoçar.

Jane percebeu que Willy e Freddy estavam céticos em relação a Roger, mas assim que provaram suas vieiras frescas grelhadas, eles pareciam prontos para levá-lo de volta em vez de Jane.

— Magnífico — disse Freddy. — Você já pensou em abrir um restaurante em Londres?

— Uma ou duas vezes — respondeu Roger, piscando para Jane.

— Falando sério — disse Freddy. — Nunca provei vieiras tão saborosas.

— Não é difícil, cara — disse Roger, sorrindo. — Venha, vou te mostrar.

Roger e Freddy empilharam os pratos do almoço e os dois foram para a cozinha para uma aula de culinária. Willy olhou para Jane.

— Importa-se de me mostrar a cidade? — ele perguntou.

Eles caminharam ao longo da praia. Jane podia ver a areia grudando nos mocassins de couro dele. Ela tentou se lembrar da última vez em que usara sapatos.

— Não entendo o que está acontecendo — disse ela. — Você não deveria estar na turnê *Under Stars* por todos os cinquenta estados?

Willy riu, enfiando as mãos nos bolsos.

— Elsie me ligou — disse ele.

Jane ergueu os olhos com surpresa.

— Ela disse que você precisa de ajuda para chegar em casa, mas que nunca vai pedir.

Jane acendeu um cigarro.

— Freddy mora em Londres, então quando eu disse a ele que estava vindo, ele se ofereceu para me acompanhar — disse Willy. — Não acredito que você veio para cá sozinha.

Ele esperou que ela falasse. Jane cravou os dedos dos pés na areia.

— Minha avó não tinha o direito de fazer isso — disse ela. — Estou perfeitamente bem aqui. Roger e eu temos um bom trabalho e é exatamente disso que eu preciso. Posso ir embora na hora em que eu quiser. — Mesmo aos seus próprios ouvidos, sua voz soava falsa.

Willy tirou os óculos.

— Pode mesmo?

Jane havia se esquecido de como o olhar dele podia ser astuto.

— Sim — ela disse.

— Eu sei quanto paguei pelo seu último disco — disse Willy, erguendo as sobrancelhas. — Eu sei quanto custa a passagem aérea... e se você tiver dinheiro para voltar para casa, Roger é um príncipe dos Habsburgo.

— Em se tratando de Roger, nunca se sabe — disse Jane.

Willy ergueu as mãos em sinal de rendição e eles continuaram sua caminhada pela praia.

Naquela noite, Roger e Freddy serviram robalo grelhado e os quatro se juntaram para tomar um vinho cretense. A tarde quente deixara a clientela local restante em um clima de festa e, ao longo da noite, a varanda ficou tão cheia que quase parecia alta temporada.

O carteiro começou a tocar uma música conhecida em seu dulcimer e os casais começaram a dançar. Jane chegou a achar engraçado ao ver os irmãos Lambert tentando determinar se o instrumento poderia ter algum apelo comercial.

De repente, Jane sentiu falta de ar. Ela saiu da varanda e ficou olhando o mar escuro.

Starless night, I am a stranger.

Ela ouviu sapatos esmagando a areia, ergueu os olhos e viu Willy parado ao lado dela.

— Deixe-me levá-la de volta.

— Não há nada para mim lá — disse Jane enquanto olhava fixamente para o mar. — Estou chocada de a Pegasus pagar para você vir aqui.

Willy pareceu constrangido.

— Eles não fizeram isso — disse ele após um momento. As faces de Jane ficaram quentes.

— Merda. Claro — disse Jane. — Então é isso? Eles cortaram o vínculo?

Willy suspirou.

— Não é tão simples, mas as coisas não parecem boas — disse Willy. Então tudo ficou claro.

— Você pagou do seu bolso para vir aqui? — perguntou Jane. — Você está se oferecendo para bancar a minha viagem de volta? Willy, isso é demais. Eu não posso fazer isso com você.

— Você deveria — disse Willy, limpando a garganta. — Francamente, você deveria. Para começo de conversa, eu me sinto parcialmente responsável por você estar aqui.

Jane abriu a boca para protestar e ele ergueu a mão.

— No verão passado, você me disse com todas as letras que não queria ir à Silo e eu não te dei ouvidos — disse ele. — Eu... não acredito que você estaria aqui agora se não tivesse sido obrigada a fazer aquilo, e foi culpa minha você ter ido. Eu disse a você quando nos conhecemos que eu estava nesse negócio pelos meus artistas, e é isso que eu quero ser... não outro Lambert que impõe a política da empresa a qualquer custo.

Jane olhou para seus pés, rachados e secos.

— Eu não mereço isso — disse ela. — Você estava apenas tentando me fazer entender que eu devia me promover. Tudo o que você fez foi tentar me tornar famosa, e tudo que eu fiz foi agir como se eu entendesse de tudo. Eu... sinceramente, não sei por que você está aqui.

Willy deu a ela um olhar irritado.

— Eu não ia deixar Jane Quinn numa caverna — disse ele.

— Jane Quinn é *persona non grata* — disse ela, balançando a cabeça.

— Sim, ela é — disse Willy com um suspiro. — E eu sou o representante dela.

Quando eles voltaram para a festa, os olhos de Roger encontraram os de Jane. Ela percebeu pela sua expressão que ele já sabia o que ela tinha a lhe dizer. Ele a levou para a pista de dança e a abraçou, agarrando a parte de trás de sua blusa. Jane olhou em seus olhos cintilantes e sorriu. Daí ele disse:

— Claro que se as coisas não derem certo, estarei esperando por você em Rabat.

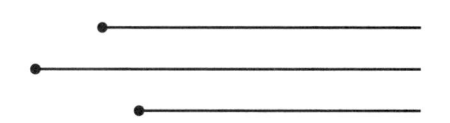

43

A maior parte da imprensa começou a se reunir na frente do Felt Forum às cinco da tarde; Marybeth Kent, da *Snitch Magazine*, chegou às quatro, com seu fotógrafo Trevor a reboque.

— Estamos levando a melhor sobre a *Esquire* — ela sussurrou para Trevor, enquanto os dois mostravam seus passes para a segurança do evento e pisavam no tapete vermelho.

Quando o resto da imprensa chegou, Marybeth e Trevor já haviam conseguido o melhor lugar, uma plataforma elevada a três metros da entrada do teatro.

Do outro lado da Oitava Avenida, os fãs gritavam atrás das barreiras de metal. Eles emitiram uma onda coletiva de excitação quando uma limusine chegou. O carro largou um executivo da indústria fonográfica de cabelos grisalhos no início do tapete vermelho, com vários acompanhantes resplandecentes.

— Como estou? — Marybeth perguntou a Trevor. Ela usava um vestido longo de lantejoulas, o cabelo ruivo solto sobre os ombros, olhos turquesa de gato espreitando por trás dos óculos de aro de tartaruga. Trevor, que estava usando suspensórios vermelhos e uma gravata-borboleta combinando, fez um sinal de positivo com o polegar.

Eles só precisavam parecer glamorosos o suficiente para se misturarem aos famosos.

Do alto de sua plataforma no tapete vermelho, Marybeth se sentia mais como uma caçadora do que uma socialite. Essas noites tinham um ritmo que faziam-na lembrar os padrões de migração animal; observando os pássaros, era possível antecipar a chegada da grande caça.

Ali estava Lacey Dormon, subindo as escadas, esplendorosa, em um traje rosa-iridescente.

— Lacey, alguma previsão para esta noite? — Marybeth perguntou.

— Estou aqui apenas para apoiar meus amigos — disse Lacey. Ela entrou no teatro. Marybeth ficou surpresa com o número de estrelas que apareciam — mesmo no ano anterior, metade dos premiados não estava lá para receber seus prêmios. Os estúdios estavam tentando tornar aquele evento como a entrega do Oscar; eles devem ter botado uma pressão para seus artistas comparecerem.

Momentos depois, uma limusine encostou no meio-fio e saiu Loretta Mays. Enquanto o carro se afastava, os fãs do outro lado da rua a avistaram e soltaram um rugido.

Loretta fora indicada a sete Grammys naquela noite, incluindo os Quatro Grandes: Gravação do Ano por "Safe Passage", Álbum do Ano por *Hourglass*, Canção do Ano por "Safe Passage" e Melhor Artista Revelação. Ela também havia sido indicada para Melhor Capa de Álbum, Melhor Encarte de Álbum e Melhor Gravação Projetada (Não Clássica). Loretta brilhava enquanto cruzava o tapete. Esta noite era a noite dela, e todos sabiam disso.

Marybeth, no entanto, estava mais interessada na dupla que vinha logo atrás de Loretta: Kyle Lightfoot e Rich Holt. Eles estavam acompanhados de um homem franzino de óculos — provavelmente outro músico de estúdio. Marybeth não se importava com o trabalho atual deles; seus pensamentos estavam voltados para os Breakers. Se alguém pudesse confirmar os rumores sobre a presença de Jane Quinn no evento, seriam seus ex-parceiros de banda. Marybeth os interrompeu com um sorriso enquanto subiam as escadas.

— Uma noite e tanto — disse ela. — Vocês devem estar emocionados.

— Estamos felizes por estar aqui — disse Kyle.

— Diga-nos em off — disse Marybeth, inclinando-se. — Sabe se Jane Quinn vai aparecer?

— Com Jane tudo é difícil de prever — respondeu Kyle.

Hannibal Fang, indicado ao Grammy de Melhor Gravação por "Hunger Pains", pisou no patamar, e Kyle e Rich aproveitaram a oportunidade para pedir licença e se afastaram.

Jane Quinn não era vista desde a inauguração da boate Silo no verão anterior, uma noite tão bem documentada que dera assunto à *Snitch* por meses. O *Songs in Ursa Major* fez sucesso de imediato, e o primeiro single de Jane, "Last Call", teve milhares de execuções nas rádios durante o verão, embora não tanto nos últimos meses. As especulações sobre o sumiço de Jane mantiveram a cobertura muito depois de a Pegasus ter suspendido a promoção do álbum.

Embora os críticos tenham reconhecido *Songs in Ursa Major* como uma obra de arte, o disco não foi indicado para um único prêmio. Como jornalista, Marybeth sabia que premiações tinham sempre um cunho político, mas como fã, ela sentia que Jane havia sido roubada.

Ela não estava sozinha. Legiões de jovens que achavam que o *Ursa Major* as representava ficaram indignadas com o desprezo; algumas se reuniram na Oitava Avenida, segurando cartazes que diziam "Justiça para Jane" e "What Would Jane Do?" A própria Marybeth escutara a canção "A Thousand Lines" repetidas vezes depois de ser dispensada por um namorado de longa data por ser "demais" e possuía uma camiseta "No Pain, No Jane".

Uma semana antes do Grammy, uma fonte anônima de dentro da Pegasus vazou que Jane Quinn estava ensaiando em seus estúdios para se apresentar no evento. Marybeth suspeitou que isso fosse um estratagema publicitário; era exatamente o tipo de maquinação que fazia os espectadores em casa quererem assistir ao evento. Mas funcionou; esta noite, a ânsia de saber se Jane Quinn voltaria pairava no ar como estática.

Os gritos do outro lado da rua aumentaram rapidamente: Jesse Reid e Morgan Vidal tinham acabado de chegar. Se havia um casal a que Marybeth — ou qualquer profissional da imprensa — devotara mais centímetros de coluna do que qualquer outro, era Jesse e Morgan. O casamento deles teve tanto carisma que parecia ter sido arquitetado pelos próprios deuses da indústria. Desde que começaram a namorar, eles eram intocáveis — tanto em termos de vendas de discos quanto de publicidade.

Pelo menos até agora. Enquanto Marybeth os observava atravessar o tapete vermelho, seus instintos investigativos começaram a formigar. O verdadeiro talento de Marybeth, se é que se podia chamar assim, era o fato de não ser apaixonada por celebridades. Isso lhe conferia a capacidade de vê-las como eram: pessoas. E, assim como todas as pessoas, elas se denunciavam nos menores gestos e interações; a diferença era que a maioria do público ali presente estava deslumbrada demais pelos halos dos famosos para notar.

Pela experiência de Marybeth, até no tapete vermelho você poderia dizer se um casal estava tendo problemas conjugais, da mesma forma que se estivesse sentado ao lado deles em um restaurante. Esta noite, seus sentidos lhe disseram que a fase de lua de mel de Jesse e Morgan estava chegando ao fim.

Jesse olhava tudo a sua volta sem prestar atenção. Ele sorria enquanto caminhava em direção ao teatro, mas havia uma expressão azeda na curva do seu rosto. Ele estava ao lado de Morgan como um animal na coleira, sem realmente andar com ela, ou com quem quer que fosse. Seu cover da música "Safe Passage" de Loretta havia sido indicado para o Grammy de Melhor Gravação.

Morgan parecia radiante em um vestido *nude* que acentuava sua silhueta longilínea, mas Marybeth podia ver o pânico por trás de seu sorriso. Seus olhos não paravam de observar Jesse, como se verificassem se ele ainda estava ligado. Ela também havia sido indicada para o Grammy de Melhor Artista Revelação.

— Quem fez o seu vestido? — perguntou Marybeth com uma voz alegre enquanto eles passavam, Trevor fotografando ao lado dela. Enquanto Morgan dava uma resposta sussurrada sobre como seu "querido amigo Giorgio" fora o estilista de sua roupa, Marybeth observou como Jesse a ignorava. Ela sentiu uma pontada de piedade por Morgan ao se lembrar de como eram os olhares de Jesse para Jane Quinn apenas dois anos antes.

Os olhos de Jesse, de um azul surpreendente, se voltaram para Marybeth então, e ela teve a sensação de ser reconhecida. Ocorreu a ela que era isso que o tornava uma megaestrela: menos de dois segundos de contato visual tinha o poder de fazer você se sentir como se tivesse sido escolhido de alguma forma.

Jesse e Morgan entraram no teatro meia hora antes do início do show.

— Conseguiu o que queria? — perguntou Trevor.

— Sem dúvida — disse Marybeth. Três limusines esperavam no início do tapete vermelho para largar a carga. Um bando de cantores que faziam *backing vocals* saiu do primeiro, uma dupla country, do segundo.

— Podemos nos preparar para ir embora então? — indagou Trevor. Marybeth fez que não, observando a última limusine encostar no meio-fio e abrir a porta.

Alguma coisa estava para acontecer, Marybeth tinha certeza disso. Levou um momento para perceber o porquê: a multidão do outro lado da rua tinha ficado em um súbito silêncio. Alguém que as pessoas não reconheceram saiu do carro e elas não souberam como reagir.

Uma figura escultural estava ao pé do tapete, como se ela tivesse acabado de descer de uma nuvem. Usava um elegante vestido preto; colares de prata pendurados no pescoço como fios de lua. Um véu de cabelos louros caía sobre seus ombros e descia por suas costas. Enquanto o carro se afastava, ela esperou, observando o tapete, as escadas, a entrada do teatro. Então, como se percebesse onde estava, ela se virou e olhou para as hordas de pessoas que a observavam.

— É Jane! — gritou uma garota segurando um cartaz "What Would Jane Do?". Vivas sacudiram as barreiras de metal.

— Você está pegando isso? — Marybeth disse a Trevor, que clicou em resposta.

Willy Lambert se juntou a Jane no tapete vermelho e a conduziu em direção ao teatro. Ela segurou o braço dele, piscando sob o flash das câmeras. Enquanto Jane subia os degraus, Marybeth se sentia atordoada. Aquela pessoa se parecia com Jane Quinn, mas sua confiança havia sido substituída por timidez. Então, quando Jane pisou no patamar, seus olhos cinzentos pousaram em Marybeth e ela sorriu. Pela primeira vez na vida, Marybeth experimentou a sensação de deslumbramento.

— Eu conheço você — disse Jane. — Você é da *Snitch*. — Nenhuma celebridade jamais havia reconhecido Marybeth antes. — Lembro que você se fez passar por estudante universitária na Universidade Estadual de Portland.

— Sim, desculpe por isso — disse Marybeth.

— Às vezes, nosso trabalho exige que não sejamos nós mesmos — disse Jane, dando de ombros.

É por isso que eu adoro você, quis dizer Marybeth.

Mas antes que ela pudesse encontrar as palavras, Willy colocou a mão nas costas de Jane, guiando-a para a frente. Jane voltou-se para a entrada, a cabeça baixa, como uma sacerdotisa prestes a realizar um rito de sacrifício. As portas se abriram e Jane entrou na luz incandescente.

44

Jane e Willy ficaram paralisados desde o momento em que tentaram envolver a Pegasus no próximo álbum de Jane. Parecia que a Pegasus estava optando por atrasar o relógio de seu contrato.

Willy pensou que havia uma pequena chance de eles mudarem de ideia. A gravadora ainda não havia lançado um segundo single, mas "Last Call" ainda tocava nas rádios. Enquanto esperava, Jane compilou diligentemente algumas faixas inspiradas em suas viagens e começou a se apresentar regularmente no Carousel. Não era muito, mas o suficiente para mantê-la em atividade à medida que as semanas transcorriam.

No final de fevereiro, ela por fim recebeu um telefonema.

— Jane — disse a voz de Willy do outro lado da linha. — Algo... inesperado aconteceu.

— O que foi? — perguntou Jane, se preparando para a notícia.

— Você foi convidada para tocar na cerimônia do Grammy — disse Willy.

Jane ficou em dúvida se tinha ouvido corretamente.

— Eu... tocar? — disse Jane. — Mas... eu não fui indicada para nada.

— Estou tão surpreso quanto você — disse Willy. — Talvez eles estejam achando que isso ajudará a angariar publicidade.

— Esses eventos de premiação são tão cafonas — disse Jane. Os Grammys já existiam havia cerca de dez anos, e Jane pensava neles como uma festa careta e sonolenta.

Willy pigarreou.

— Cafona como em *Claro que eu vou*, certo? — questionou Willy.

— Sim — assentiu Jane. — Claro.

Jane chegou a Nova York uma semana antes do evento, sentindo-se cautelosamente otimista. A Pegasus a hospedara no Plaza, e ela flutuou atrás do funcionário do hotel a caminho do seu quarto. Quando ele abriu a porta, Jane ficou desapontada.

— Eu nem sabia que eles tinham quartos tão pequenos — disse Willy, parecendo envergonhado. Jane imaginou que a reação dele era um indicador do tamanho da suíte da cobertura de Morgan e Jesse.

— Estou muito grata por estar aqui — disse ela.

Na manhã seguinte, Willy a acompanhou até os escritórios da Pegasus para o ensaio. Havia nevado durante a noite e, enquanto caminhavam na direção oeste ao longo do Central Park, eles precisavam evitar pisar na neve amarela e preta com crostas de fuligem e urina de animal. Uma fila de carruagens puxadas por cavalos tilintava e os animais estavam com antolhos para evitar que entrassem em pânico no trânsito. Jane sentiu uma onda de náusea ao olhar para seus olhos cansados e vermelhos.

— Esta cidade é repulsiva — disse Willy.

Quando eles entraram na recepção toda em vidro e mármore da Pegasus, Jane não sabia dizer se as duas secretárias glaciais ali sentadas eram as mesmas de sua primeira visita. Quando ela as olhou de perto, percebeu que não eram tão parecidas e provavelmente deviam ter a sua idade.

— Srta. Quinn, Sr. Lambert — disse a da esquerda. — Estávamos esperando por vocês. Por favor, venham comigo. Posso pegar um pouco de água para vocês?

— Estamos apenas indo para os estúdios antigos — disse Willy.

— Desculpe, mas não é isso que tenho registrado aqui — disse a secretária, franzindo a testa. — Fui encarregada de levá-los ao Metropolis A assim que chegassem.

— Tudo bem — disse Willy. — Temos um ensaio em dez minutos, então é melhor sermos rápidos.

— Certamente — disse a secretária. — Por favor, por aqui.

Willy e Jane se entreolharam.

Eles a seguiram até um corredor de mármore ensolarado, ladeado por grandes escritórios envidraçados com vista para a cidade. Foram conduzidos a uma grande sala de conferências com janelas do chão ao teto nos dois lados. As outras duas paredes estavam cravejadas de discos de ouro, iguais aos escritórios da gravadora em Memphis. Jane piscou.

Parecia que uma reunião de diretoria estava em andamento. Lenny Davis estava sentado à cabeceira de uma lustrosa mesa de conferências, seu guarda-costas posicionado na parede atrás dele. Os outros assentos estavam ocupados por homens que Jane não conhecia. Jane se perguntou se a secretária havia cometido um erro. Ela estava olhando para Willy quando Lenny Davis falou.

— Entrem, Jane, Willy. — Ele apontou para a cadeira à sua esquerda. Ao pegá-la, Jane percebeu que ficaria de frente para Vincent Ray. Ele a encarou.

Aquilo não era uma reunião de diretoria, era uma emboscada.

Jane teve o impulso de sair correndo dali quando ouviu a secretária fechar a porta.

— Muito amável da sua parte ter vindo aqui — disse Davis. Seu tom era leve, mas Jane captou o mesmo olhar calculista em seus olhos que ela vira em Memphis. A pele dela se arrepiou quando se lembrou de como ele a chamara de "gracinha" nos bastidores do Minglewood Hall.

— O que está acontecendo? — perguntou Willy. Seus olhos se fixaram em um homem sentado na cadeira à esquerda de Lenny. Ele usava um terno de cashmere feito sob medida e parecia uma versão mais velha do irmão de Willy, Danny. — Pai — disse Willy.

— Will — respondeu Jack Lambert. Jack olhou para Jane, mas não a cumprimentou. — Sente-se.

Jane não disse nada ao ver aquele círculo de rostos inexpressivos à sua volta; ela podia senti-los multiplicando silenciosamente os anos aproveitáveis de sua juventude pela quantidade de dólares que ela poderia render.

— Jane, somos a diretoria da Pegasus — disse Davis. — Eu sei que você já conhece Vincent Ray. — Vincent Ray olhou para Jane e ela acenou com a cabeça em resposta. — Nossa intenção é termos apenas um bate-papo amigável — acrescentou Davis. — Queríamos ouvir de Jane o que ela tem em mente para o Grammy.

— Todos vocês? — disse Willy, colocando os óculos escuros no bolso da camisa. Jane ergueu os olhos: Willy nunca teria adotado esse tom dois anos antes. Mas dois anos de sucessos lhe trouxeram coragem, e a presença de seu pai o estava deixando desafiador.

— Queremos apenas ter certeza de que estamos todos seguindo o mesmo curso — disse Lenny Davis.

— Tudo bem — disse Jane. — Em primeiro lugar, desejo agradecer pela oportunidade.

Lenny Davis sorriu, mas não havia cordialidade em seus olhos.

— O produtor mencionou "Last Call", já que era o single do meu disco. Mas estou aberta a outras sugestões.

Lenny Davis assentiu e depois virou-se para Vincent Ray.

— Estamos pensando em "Spring Fling" — disse Vincent Ray.

Jane ergueu as sobrancelhas.

— A música dos Breakers?

— Ainda é o seu single mais vendido — falou Vincent. — Usaremos essa sua apresentação pública no Grammy para fazermos a sua transição de volta ao tipo de coisa que você gravará de agora em diante.

— Espere aí — disse Willy. — Passei meses tentando obter uma resposta mínima que fosse sobre a opção de Jane e não consegui nada além de burocracia. Agora você está falando sobre isso como se estivesse acontecendo?

— Após a decepção com o *Songs in Ursa Major*, planejávamos rescindir o contrato de Jane — disse Lenny Davis. — Mas então Vincent Ray defendeu a ideia de usarmos Jane como uma oportunidade de venda cruzada com o álbum dos Breakers.

Aquilo só podia ser uma piada — a ideia de Vincent Ray defender o álbum *Spring Fling* era absurda. Jane olhou para Willy; ao fazer isso, ela percebeu uma paisagem familiar, de escritório, atrás dele.

Com um sobressalto, Jane notou que aquela era a mesma sala de conferências onde eles haviam fotografado a capa do *Spring Fling*. Seu estômago apertou. Tudo ainda era motivado por aquela capa, só que agora Vincent Ray daria o troco como um símbolo do seu poder. Colocar Jane cantando "Spring Fling" no Grammy enviaria uma mensagem para o resto da indústria de que a última palavra era sempre dele.

— Ficou claro pelo sucesso relativo do *Spring Fling* e do *Ursa Major* que, nas suas mãos, Jane se afastou de sua base de fãs — disse Vincent Ray.

Willy parecia ter levado um tapa.

— Agora, espere — disse Willy. — "Last Call" começou melhor do que "Spring Fling". A única razão pela qual não deu tão certo é porque esta gravadora parou de promovê-lo.

— A diretoria concorda que há uma oportunidade aqui se realinharmos Jane com sua imagem — disse Vincent Ray. — Vamos usar o Grammy como um momento para relançá-la e deixar claro que é isso que ela vai fazer a partir de agora: *beach pop* dançante. Sem mais experimentalismos.

— Minha banda não toca há um ano — disse Jane.

— Oh, você entendeu mal. Esta será uma apresentação solo — explicou Vincent Ray.

Jane se encolheu com a ideia de tocar uma versão acústica de "Spring Fling" para uma plateia onde estariam Morgan, Loretta e Jesse. Ela não falou nada.

— Isso é loucura, a base de fãs de Jane adorou o *Ursa Major*. Vocês devem ter visto as camisetas "What Would Jane Do?" — disse Willy, dirigindo-se a todos ali na sala.

— As adolescentes são como ovelhas — disse Lenny Davis. — Elas gostam de tudo o que lhes dizemos para gostar. Para capturar os homens, Jane precisa voltar para o pop.

Jane já tinha ouvido o suficiente.

— Eu já decidi — disse ela.

— Decidiu? — indagou Lenny Davis.

— Sim, eu simplesmente não vou fazer essa apresentação — disse Jane.

— Você não tem escolha — disse Vincent Ray com zombaria. — A cláusula de publicidade em seu contrato exige que você cumpra todas as promoções que julgarmos necessárias. Eu sugiro que você aproveite esta oportunidade para mostrar sua gratidão pela leniência com que a tratamos no verão passado.

Willy estava se aproximando de seu ponto de ruptura.

— Então, digamos que Jane se apresente no Grammy e se "realinhe" com sua "imagem" — disse ele. — Então depois vem o quê?

— Para depois, Vincent Ray generosamente se ofereceu para produzir seu próximo álbum, uma verdadeira continuação de *Spring Fling* — disse Lenny Davis.

Jane de repente se viu desejando que a gravadora tivesse decidido abandoná-la.

— Não quero um produtor — afirmou ela.

— Sua menina mal-agradecida — disse Jack Lambert.

A cor sumiu do rosto de Willy.

— Não é uma questão do que você quer — disse Lenny Davis. — Você está sob contrato. Se mandarmos você fazer, você é obrigada a fazer.

— Eu não componho canções como "Spring Fling".

— Então vamos contratar um profissional. Ela não está entendendo isso — disse Lenny Davis, olhando para Vincent Ray em busca de ajuda. — Você pode tentar?

Vincent Ray virou-se para Jane e falou devagar.

— Você canta o que nós queremos que você cante — disse ele.

— O quê? — indagou Jane.

— Ainda muito vago? Que tal "Nós somos os seus donos"? Bem, das partes de você que importam. Suas músicas gravadas, as que vai gravar, sua imagem, seu tempo. Tudo o que você fez e tudo o que você é nos pertence.

Eles eram donos do *Ursa Major*.

Os nós dos dedos de Willy ficaram brancos quando seus punhos cerraram.

— Você não pode falar com ela desse jeito — disse ele.

Jack Lambert fixou no filho um olhar ameaçador.

— Se você estivesse fazendo o seu trabalho, ele não teria que falar.

— Essa conversa não precisa ser desagradável — disse Lenny Davis. — Investimos em Jane e não estamos dispostos a desperdiçar um ativo. Se ela mostrar que pode ser uma boa menina e fazer o que pedimos, não há razão para não podermos trabalhar juntos.

— E se ela não quiser? — perguntou Willy.

Lenny Davis e Vincent Ray trocaram olhares.

— Então pegamos seus próximos quatro álbuns e os colocamos em um cofre com o *Ursa Major* — disse Vincent Ray.

Jane respirou fundo.

Jesse dissera a ela que as coisas chegariam a esse ponto; ela sentiu tanta indignação na época, tanta fúria para provar que ele estava errado, para deixar a sua marca no mundo. Ela podia lembrar-se da luz no Barraco, Jesse reclinado enquanto ela transcrevia as notas das canções dele. Ela mal conseguia esperar para ter o seu nome num álbum; ela pensava que isso resolveria tudo. Que tolice — agora ela abriria mão de todos os discos que já vendera para recuperar a esperança que sentiu naquele momento.

— Tudo bem — disse Jane.

A cabeça de Willy girou em sua direção.

— Boa menina — disse Lenny Davis.

— Tudo bem? — questionou Willy. — Não está nada bem. O *Ursa Major* foi aclamado pela crítica.

— Will — disse Jack Lambert.

— Não — disse Willy. — Isto é ridículo. Eu não vou...

— Willy — interrompeu Jane. — Tudo bem.

Por um momento, a sala ficou em silêncio. Então Vincent Ray falou.

— Acho que todos tivemos uma surpresa hoje — disse ele. — Não esperávamos que Jane fosse a racional aqui e que você ficasse batendo boca, Lambert.

Jane e Willy se levantaram e saíram da sala como se estivessem sob a mira de uma arma. Uma vez no corredor, Willy soltou um suspiro profundo, inclinando-se para a frente.

— Estou farto das merdas do meu pai — disse ele, passando a mão pelo rosto. — Simplesmente não faz sentido. Envolver toda a diretoria deve significar... — Ele balançou a cabeça e virou-se para Jane. — E desde quando você é uma *boa menina*?

— Desde que fiquei cansada — respondeu Jane.

— Você está cansada? — perguntou Willy.

— Estou cansada de lutas que não consigo vencer — disse Jane, dando de ombros. — Você o ouviu. Eles são donos do *Ursa Major*. — Ela balançou a cabeça. — Talvez isso seja o melhor que dá para conseguir.

— Não é, Jane — disse Willy. — Eu não quero que você desista. Você deve ir para outro lugar, algum lugar que aprecie você.

Jane riu.

— Depois de mais três ou quatro álbuns como *Spring Fling*? E por quê? Em cada gravadora tem uma diretoria como essa, e essas pessoas sempre vão me ver como o rostinho bonito que cantou com Jesse Reid, não como sua igual. Talvez seja melhor me conformar e entrar nessa.

— Jane, não quero ouvir isso, não vindo de você.

— Você é um bom homem, Willy — disse Jane, dando um tapinha no braço dele. — É apenas um evento de premiação idiota, talvez as pessoas não assistam. Eu te disse, o Grammy é cafona.

Willy parecia dividido entre falar mais e permanecer em silêncio. Depois de um momento, ele assentiu.

— Venha, vamos ensaiar — disse ele, tirando os óculos do bolso.

Depois que a produção havia se transferido para Los Angeles, a Pegasus começara a alugar os antigos estúdios de gravação como salas de ensaio. Os estúdios foram despojados de todos os tapetes e tecidos, ficando apenas com paredes de concreto ásperas. Sob o ruído das luzes fluorescentes, Jane transpôs "Spring Fling" para o piano de modo a não parecer tão ruim sem os Breakers.

Oh,
We should be a movie,
We should be a show.

Ao longo da semana, Jane lembrou-se de alguns momentos de suas sessões de gravação com Rich, Kyle e Greg naquele mesmo estúdio. Mas, para sua surpresa, ela se pegou pensando mais no *Ursa Major*. Jane não teria pensado que seria possível sentir nostalgia de uma época de sua vida em que tinha sofrido tanto; então, novamente, ela ainda não havia percebido que havia algo além da dor.

A apatia que a dominava agora era pior do que qualquer dor que havia sofrido ao fazer o *Ursa Major*. Pelo menos naquela época ela se sentia viva.

Oh,
You make me feel groovy,
Light it up and go.

Quando a limusine de Jane parou em frente ao Grammy, ela se sentia tão vazia e sem sentido quanto a letra de "Spring Fling". Talvez fosse isso que deveria estar cantando, afinal.

45

O lugar de Jane ficava bem no fundo do auditório. Willy colocou-a numa poltrona vazia ao lado de Kyle, Rich e Simon, e foi lá para a frente, sentar-se com os indicados.

— Parece que vai ser bom, Janie Q — disse Kyle.

— Está pronta? — perguntou Rich.

Jane deu de ombros quando as luzes se apagaram. O público era maior do que ela esperava. As pessoas brilhavam em suas poltronas como joias em uma caixa de veludo enquanto Andy Williams assumia o centro do palco sob uma faixa de luzes elétricas. Aplausos ecoaram pelo teatro quando ele começou seu monólogo de abertura, as câmeras circulando como abutres.

Durante a hora seguinte, Jane viu o *Hourglass* de Loretta Mays receber os prêmios de Melhor Capa de Álbum, Melhor Encarte de Álbum e Melhor Gravação Projetada (Não Clássica). Todos aplaudiram quando Huck levou o prêmio de Melhor Performance Instrumental Pop por "Safe Passage". O teatro vibrou quando Jesse faturou o Grammy de Melhor Gravação pela mesma música, seu corpo alto subindo calmamente até o palco para recebê-lo.

Na metade do show, um assistente de produção apareceu ao lado de Jane para acompanhá-la até os bastidores. Jane seguiu-o por uma série de corredores industriais que davam numa plataforma de apresentação à direita do palco. Willy já estava lá.

— Como você está? — ele perguntou.

O reflexo de Jane parecia pequeno em seus óculos de aviador azuis.

— São apenas três minutos — disse ela.

Os dois espreitaram a plateia cintilante.

— Está na hora — disse o assistente de produção. Jane foi atrás dele. Ela pôde ver Andy Williams sorrindo para o público e para uma câmera da CBS.

O gerente de palco ergueu a mão para Andy, contando a partir de cinco. Andy apontou para os bastidores.

— Por favor, seja bem-vinda ao palco, Jane Quinn, que vai cantar "Spring Fling".

Um murmúrio percorreu a plateia quando Jane surgiu na frente das câmeras.

Rich e Kyle se aprumaram em suas poltronas. Mesmo do fundo do auditório, eles podiam ver Jane com mais clareza do que os outros artistas. Tinha algo a ver com a luz; Jane brilhava.

Do palco, Jane podia sentir o tempo se deslocando em volta dela, aumentando e diminuindo a velocidade de uma só vez. Podia ver Kyle e Rich, se apertasse os olhos; podia ver Lacey Dormon, brilhando em rosa, Huck à sua esquerda. Várias fileiras perto da frente haviam sido isoladas para acomodarem os membros da academia NARAS; Jane podia ver as correntes de Lenny Davis brilhando e o branco dos dentes de Vincent Ray. Também podia ver os outros indicados, na frente e no centro: Loretta e seu marido; Hannibal Fang e uma supermodelo croata; Morgan e Jesse.

A respiração de Jane ficou presa em seu peito; era a primeira vez que estava perto de Jesse depois de quase um ano. Ele estava sentado duas fileiras atrás, afundado na poltrona, olhando para a nuca à sua frente. Para Jane, ele parecia os cavalos cansados do Central Park com antolhos.

Ela virou-se para o piano, que estava coberto de holofotes. Seus dedos pousaram nas teclas. Foram apenas três minutos, apenas um número. O que Jesse uma vez disse a ela? *"Spring Fling" é uma música perfeitamente respeitável.*

Ela olhou para cima e viu Willy parado nas coxias. Eles haviam percorrido um longo caminho desde o Festival Folk da Ilha, em 1969. Nova York, Grécia, Los Angeles. O que ele disse a ela naquela noite em Laurel Canyon?

Enquanto você tiver um instrumento nas mãos, você é um problema.

No fundo do auditório, Rich e Kyle se entreolharam.

— O que foi? — disse Simon.

— Ela não está... — Kyle abaixou a cabeça, como Jane antes de tocar.

Do palco, Jane pôde ver Vincent Ray esperando que ela afundasse os dedos nas teclas e selasse sua vitória. Este seria um momento culminante para ele, e todos ali o reconheceriam.

O pensamento fez o estômago de Jane revirar; mas o que ela poderia fazer? A gravadora tinha todas as cartas na mão — seus futuros álbuns, o *Ursa Major*. Ela olhou de novo para Jesse; até mesmo o garanhão mais premiado da gravadora estava sendo transformado em cola. Ele cintilava diante dela, aquele belo garoto prestes a sair.

Então Jesse olhou para ela.

You run through me like fountain dye...
Starry signs themselves reflecting...
No matter where you roam...[48]

Jane curvou-se sobre o teclado e fechou os olhos. Uma tempestade começou dentro do piano.

— Isso não é "Spring Fling" — disse Rich.

Simon ergueu as sobrancelhas ao reconhecer a terceira faixa do *Songs in Ursa Major*.

— É "Wallflower".

Enquanto Jane tocava a introdução da música, ela sentiu uma força crescendo em seu corpo, um galope em seu coração. A gravadora podia dar as cartas, mas Jane tinha aqueles três minutos. Tinha aquele instrumento. Eram modestos meios de resistência, um punhado de palitos de fósforo contra uma geada de inverno; e, no entanto, Jane sabia que abandoná-los significaria perder mais do que ela poderia permitir.

Você e eu, ela pensou, convocando as notas na ponta dos dedos. Ela começou a cantar:

"Flowers painted on the wall,
Tattered paper bouquets fall,
Your laugh echoes down the hall."

Enquanto as câmeras faziam uma panorâmica, Jane respirou fundo e continuou. Ela tocou com ternura, cada nota doendo. O rosto de Hannibal Fang se abriu em um sorriso na primeira fileira.

---

[48] Você corre em mim como fonte de água colorida.../ Os próprios sinais das estrelas refletem.../ Não importa por onde você anda...

A única imagem com a qual Jane se alinharia naquela noite era a dela mesma.

"I've never known a girl like you,
Dress so faded, eyes so blue,
Lord in heaven see me through."

Quando concluiu o refrão, ela viu-se de volta ao gramado do festival, ao público de milhares. Sentiu então o que sentira na época, a coragem nascida do desafio. *Mostre-me o que você tem.* Ela instigou o piano, ganhando impulso nas oitavas como o vento sobre as ondas.

— Domadora de pianos — sussurrou Kyle.

Enquanto os dedos de Jane continuavam a tocar o acompanhamento, ela mantinha o queixo erguido, olhando para longe por cima do piano. Ela deixou a inserção vocal passar, pegando a melodia de "Wallflower" com a mão direita. Em seguida começou a cantar uma música totalmente diferente.

Porque, assim como Jane, essa música tinha um segredo.

"I count to three and suddenly
The moon hangs low,
White as a pearl."

Jane havia composto "Wallflower" como contraponto a "Lilac Waltz"; ouvidas juntas, as melodias viajavam uma em torno da outra como videiras em uma treliça. "Wallflower" contava o lado de Jane da história que ela nunca deveria contar. Lágrimas rolaram por seu rosto enquanto ela cantava.

"I'm the girl in your arms,
The air is filled with melody,
And you still think so well of me."[49]

---

[49] Sou eu a garota em seus braços,/ Neste ar pleno de melodia,/ E você ainda assim pensa tão bem de mim.

Por muito tempo, Jane tentou vingar sua mãe. Mas esse fardo nunca foi dela de fato. Agora era hora de deixar para lá. Jane sentiu as teclas do piano, duras e tangíveis sob seus dedos, e cantou os últimos versos da parte de Charlie.

"Darling, it was not meant to be
After the lilac waltz."[50]

A qualidade prateada de sua voz fez a melodia assustadora estremecer contra o rico pano de fundo do piano, e Jane pilotou ambos com extrema precisão. Ela respirou e deixou o piano levá-la de volta ao refrão de "Wallflower".

"I've never known a girl like you."

A visão de Charlie se virando para deixar Gray Gables com seu vestido lilás foi a imagem estática que assombrou os sonhos de Jane e definiu a sua vida. Agora ela a colocava diante de uma plateia de mercenários, jogadores, músicos, e Jesse.

"Car pulls up, a screen door slams,
Clicking heels, a beige sedan,
Inside is another man."

Lá estava ele, sentado a menos de seis metros de distância, separado por um abismo de dor e desejo e confusão e arrependimento. E ainda, neste momento, Jane realizou uma última partida. Ela encontrou seus olhos e enviou o verso final para o espaço entre eles como uma lanterna sinalizando de um penhasco distante.

"I stand aside, I watch you go,
I start to cry, nobody's home,
I love you so, and now you know."[51]

---

[50] Meu bem, não era para ser/ Depois da valsa lilás.
[51] Eu fico de longe, vejo você sair,/ Começo a chorar, a casa tão vazia,/ Eu te amo tanto, e agora você sabe.

Seus olhos permaneceram no rosto dele por tanto tempo quanto ela ousou; depois ela se voltou para o piano para o refrão final. Quando a música chegou ao fim, ela respirou fundo e deixou seus dedos serpentearem por registros mais agudos do teclado, tecendo acordes de "Lilac Waltz" nos mais graves.

"By and by, how time flies."

Quando a música terminou, Jane fechou os olhos e fez uma reverência ao piano.

Por um momento, tudo ficou em silêncio.

O teatro explodiu em aplausos. Jane abriu os olhos. Por uma fração de segundo, ela viu um arco-íris de cores girando sobre o público.

Então Loretta Mays, a musicista mais condecorada do ano, apareceu diante dela. Seu rosto estava radiante enquanto batia palmas para Jane.

— Bravo — disse ela.

As fileiras atrás seguiram o exemplo. Jane viu um lampejo rosa quando Lacey se levantou. Ela podia ouvir Kyle e Rich gritando na parte de trás. Hannibal Fang soltou um grito e Morgan bateu palmas educadamente. Jesse fez o mesmo, mas não ergueu os olhos para o palco.

Quando Jane se levantou do banco, seus olhos pousaram nos executivos da gravadora. Lenny Davis parecia carrancudo. Vincent Ray estava pronto para lhe ensinar outra lição. Ele que tentasse; Jane ainda não tinha aprendido nada que não quisesse saber.

Andy Williams correu de volta ao palco, e as câmeras giraram em torno dele. Por um momento, Jane foi deixada na sombra; então Andy a chamou para a luz.

— Bem, foi inesperado, não foi? — ele disse. — Acho que isso é Rock and Roll!

Jane fez uma pequena reverência e deslizou para os bastidores enquanto a multidão continuava a aplaudir.

Fora do palco, todo o seu corpo pulsava. Ela olhou para trás em direção a Jesse; o rosto dele estava voltado para Andy agora, rindo de uma piada.

Willy deu um passo à frente, balançando a cabeça.

— Você estava planejando isso? — ele perguntou, entregando a Jane um copo d'água.

Jane fez que não.

Ele sorriu para ela.

— Essa é a Jane que eu conheço — disse ele.

— A que sempre acaba nos fodendo — disse Jane.

— Ah, e muito — concordou Willy.

46

No dia seguinte, Jane desceu da balsa e abraçou Maggie, Elsie e Grace. Enquanto caminhavam de braços dados de volta para a caminhonete, elas passaram por uma multidão de garotas do colégio local que seguravam cartazes do "What Would Jane Do?".

— Jane, nós te amamos!
— Você é meu ídolo!
— Jane, você vai ao baile de formatura com o meu irmão?
— Uau, até que enfim você foi convidada — disse Maggie.

Naquela noite, as Quinn se sentaram na varanda de Gray Gables, aninhadas em meio a uma série de velas e cobertores de lã. Elsie abriu uma garrafa de licor de lilás, e as quatro se esparramaram nos degraus, bebendo e olhando para as estrelas.

— Vovó sabia — disse Maggie. — Quando você se sentou naquele piano, ela disse, "Eles não vão conseguir fazer Jane tocar 'Spring Fling'".

— Você estava com aquela cara de quando era bebê e tentávamos fazer você comer purê de legumes — disse Elsie.

— Ainda é horrível — disse Jane.

— O que aconteceu? — perguntou Grace.

— Eu não poderia continuar com aquilo — respondeu Jane enquanto uma imagem de Jesse passava por sua mente.

— Interessante — disse Elsie. Ela piscou. — É um bom remédio mostrar a um homem quem é que manda.

— Você pode me lembrar disso quando o homem enterrar meu próximo álbum num lugar onde o sol não brilha — disse Jane, rindo.

— Foi realmente uma apresentação incrível — comentou Grace.

— Nisso você não puxou a mim — disse Elsie, assentindo.

— Acho que sabemos a quem ela puxou — disse Maggie.

No dia seguinte, Jane e Grace foram de carro até o Centro. Elas assistiram da varanda enquanto Charlie terminava seus exercícios no jardim de recreação.

— Para quem ela está piscando? — perguntou Jane.

— Para os paparazzi — respondeu Grace.

Depois que a aula terminou, Jane e Grace se juntaram a ela para uma visita no pátio.

— Jane! — disse Charlie com entusiasmo. — Você voltou! Como foi sua viagem? Aonde você foi de novo?

Jane nunca sabia o quanto sua mãe se lembrava das conversas que já tiveram; neste momento, Charlie parecia quase normal.

— Nova York — disse Jane.

— Que maravilha — exclamou Charlie. — O que você estava fazendo em Nova York? Você vai ter que me perdoar, tenho andado tão ocupada que perdi a noção.

Jane olhou para Grace.

— Eu estava no Grammy — ela disse. Ela nem tinha certeza se sua mãe saberia do que se tratava. O evento existia havia pouco tempo quando Charlie foi internada.

— Você foi? — Charlie perguntou, seus olhos ficando arregalados. — Isso é tão estranho. Eu também fui! Acho que nos perdemos de vista.

— Que engraçado — disse Jane automaticamente.

— Eu não vi você — disse Charlie. — Você me viu? Eu estava usando um vestido preto e colares de prata! E eu subi no palco e toquei piano lindamente. Eu deveria tocar a música de outra pessoa, e eles ficaram muito surpresos quando, em vez disso, toquei "Lilac Waltz". — Ela riu de sua própria astúcia.

Jane e Grace se entreolharam.

— E então? — perguntou Charlie. — Você me viu?

— Sim — respondeu Jane. — Eu vi.

— E? — disse Charlie. — Não fui bem?

— A melhor — disse Jane.

— Sabe, Jane, eu compus essa música.

— Sim, eu sei — disse Jane. Charlie sorriu, e por um momento ela parecia como era antigamente.

Em seguida, outro paciente cruzou o pátio, acenando para Charlie. Seu cuidador o seguia, carregando duas raquetes de badminton.

— Esse é Tony Trabert — disse Charlie, acenando de volta. — Ele já ganhou o US Open de tênis. Duas vezes!

Meia hora depois, Mary saiu para dar a Charlie sua medicação, e Grace e Jane se despediram dela. Os momentos após uma visita a Charlie eram sempre silenciosos. Grace colocou a mão no ombro de Jane e as duas voltaram para a casa principal. Ao passarem pela sala de recreação, Jane parou ao lado de um grande aparelho de televisão Zenith.

— Eles devem ter visto o Grammy aqui — disse ela.

— Parece que, à maneira dela, ela achou que você foi bem — disse Grace.

Era crepúsculo quando elas voltaram para o estacionamento. Jane ofereceu um cigarro a Grace e as duas ficaram juntas, fumando e observando as gaivotas planando sobre as árvores.

— Você acha que ela realmente compôs "Lilac Waltz"? — perguntou Jane, após um tempo.

Grace deu de ombros.

— E isso importa? — ela disse.

Jane olhou para sua tia com surpresa.

— Se não fosse por essa música, ela não estaria aqui.

Grace deu a ela um olhar estranho.

— Para ser sincera, não sei se isso é verdade. Depois de ver Charlie assim por tantos anos, acho que as coisas teriam dado nisso, não importa o que acontecesse.

— O que você quer dizer? — indagou Jane.

— Alguma coisa iria desencadear os seus sintomas — disse Grace, exalando alto. — Ela ia acabar no Centro de qualquer jeito. Eu sempre lutaria para mantê-la aqui. Fosse o motivo uma música ou não, não havia cenário que não acabasse dando nisso.

Jane deu um trago no cigarro e observou os pássaros voando alto no céu que escurecia.

* * *

Jane sabia que haveria repercussões do Grammy, e ela esperou Willy contatá-la enquanto vivia sua vida na ilha. Semanas se passaram, tempo suficiente para vários periódicos mensais publicarem artigos exigindo um segundo single do *Ursa Major*.

Era maio quando o telefone tocou.

— Jane, por acaso estou aqui na ilha — disse Willy.

— Ninguém está nesta ilha *por acaso* — disse Jane.

— Bem, eu estou — disse Willy. — Almoço no Regent's Cove Hotel em uma hora.

— Tudo bem — assentiu Jane. — Mas a Pegasus paga a conta.

Willy riu e desligou. O ar estava quente e com o aroma doce de flores. Jane colocou um vestido de verão e foi até o centro.

Ela sabia que Willy devia estar vindo da casa de Jesse e Morgan e tentou tirar o pensamento de sua mente. Ela não ouvira mais falar de Jesse depois do Grammy nem esperava por isso. Ela esperava que a experiência lhe fizesse aceitar que era um ponto final. Elsie e Grace continuaram dizendo a ela para dar tempo ao tempo, mas Jane duvidava que algum dia iria deixar de pensar em Jesse.

Uma recepcionista mostrou a Jane a mesa de Willy. Ele sorriu para ela, o porto refletido em seus óculos azuis de aviador. Depois de fazerem os pedidos, o garçom voltou com champanhe.

— O que é isso? — perguntou Jane.

— Estamos comemorando — respondeu Willy.

— Você vai ser pai — disse Jane.

— Por assim dizer — disse ele. Ele ergueu a taça e Jane o imitou.

— À liberdade — disse ele.

— À... liberdade — disse Jane. Eles beberam.

Willy inclinou-se para a frente.

— A Pegasus está prestes a pedir falência — revelou ele, com um sorriso no rosto.

— Você está brincando...

Willy fez que não.

— Eu sabia que algo estava acontecendo naquele dia em que nos encurralaram — disse ele. — Não há como *toda* a diretoria se reunir para decidir uma questão da parte criativa como essa se a empresa não estivesse em sérias dificuldades. Acontece que o álbum dos Breakers foi um dos poucos que realmente deu lucro nos últimos anos, porque o orçamento da produção e o adiantamento foram muito baixos. Eles estavam tentando produzir mais alguns sucessos para apaziguar os acionistas sem causar rebuliço.

Willy deu um gole na taça.

— Como se isso sempre funcionasse — continuou ele. — A *Snitch* está prestes a publicar uma reportagem sobre a coisa toda. Depois do Grammy, uma repórter... aparentemente uma grande fã sua... começou a investigar por que você ia cantar "Spring Fling", e, veja só, descobriu que a empresa está completamente insolvente. Eles estão liquidando tudo até o final do trimestre.

— Então... o que isso significa? — perguntou Jane.

Willy sorriu.

— Isso significa que seu contrato fica nulo e sem efeito. Você estará livre para ir para onde quiser. O que me leva à segunda parte da conversa: Black Sheep Records.

— Ah, é?

— O que acha? — perguntou Willy. — Bom demais para ser verdade?

— Gostei de saber — respondeu Jane. — Então... você está começando um selo? Em qual estúdio?

— Meu próprio estúdio — disse Willy. — Eu tenho economizado o suficiente, e com você, espero, e Jesse e alguns outros, devemos ter lucro em poucos anos.

— Isso é incrível — disse Jane. Ela e Jesse ainda estariam sob o mesmo selo; a ideia era reconfortante.

— Não acho que você esteja entendendo como isso é incrível — disse Willy. — Jane, eles vão ter que vender o seu catálogo. Você poderá comprar de volta os direitos do *Ursa Major*.

— Willy, não tenho dinheiro para isso.

— Você vai ter — disse Willy. — E até lá, eu tenho.

Jane recostou-se na cadeira.

— À liberdade — ela disse.

47

Malinda King brilhava no palco, incitando tempestades de som com sua banda, The Lost Cause, enquanto a pista de dança agitava-se sob as luzes índigo. Morgan observou do balcão quando o rapaz que ela estivera observando finalmente puxou sua garota para um canto.

Ela e Jesse queriam que os moradores locais se sentissem bem-vindos na Silo, e aqueles dois eram definitivamente locais. A garota vestia blusa estilo camponesa e jeans, o rapaz, uma camisa de gola engomada. Morgan teve a sensação de estar assistindo ao que era uma grande noitada para duas pessoas nada glamorosas.

No entanto, ela não conseguia tirar os olhos deles.

Ao longo de várias canções, a garota parecia florescer sob o olhar do rapaz. Morgan não conseguia imaginar que os pensamentos dele fossem profundos ou poéticos, mas não importava — os dois eram os personagens principais de um filme esta noite, e o modo como o rapaz estava olhando para a garota a fazia sentir-se bonita e desejável. Cada vez que se tocavam, a agarração durava um pouco mais, até que, por fim, o rapaz puxou a garota para si e a beijou.

Morgan os observou recuar para as sombras. Ela acendeu um cigarro.

A ideia original de Morgan e Jesse fora criar o tipo de lugar onde as pessoas se vangloriassem de quem elas viam se apresentar no palco ou do que faziam nos banheiros; a Silo fora construída como um labirinto cheio de cantos escuros, recantos e vãos fora de vista para esse propósito expresso.

Morgan adorava a ideia de Jesse puxando-a para um canto escuro, fugindo de suas obrigações de anfitrião para momentos ilícitos de paixão. Em sua fantasia, ela o pegava olhando e sorria, e os dois escapuliam para o refúgio secreto mais próximo.

Morgan soltou a fumaça pelo nariz. Ela começara a suspeitar que esse tipo de paixão não faria mais parte de sua vida. Ela ainda era jovem, mal tinha vinte e quatro anos, mas quando se comparou com os jovens que tinha acabado de ver se beijando, sentiu-se uma velha.

Ela e Jesse tiveram um pouco disso no início, mas com o passar do tempo, ficou claro que Jesse já estava em um relacionamento e que Morgan sempre seria a outra.

Por fora, parecia que Morgan tinha tudo — beleza, uma carreira, um casamento. Mas a verdade é que ela vivia sua vida em fragmentos, conseguindo um pouco da atenção de Jesse entre um pico e outro de droga. Morgan o amava a distância há anos e, quando descobriu que ele tinha problemas, ela se sentiu especialmente preparada para enfrentá-los.

Seu próprio pai era talentoso, mas distante. Morgan havia aprimorado todas as habilidades necessárias para conviver com um grande homem ao longo de uma infância passada à espera do momento certo para pedir afeto, sabendo que se ela cronometrasse seus apelos de forma errada, a pena seria a frieza e o escárnio.

Seu analista às vezes usava palavras como "capacitação" e "emaranhamento", mas para Morgan, parecia que ela possuía um conjunto de habilidades especiais que encontrou um lar. Quando soube das inclinações de Jesse, ela as aceitou com tranquilidade. Muitas pessoas tinham problemas; isso não era motivo para descartar alguém que, ainda assim, era o sonho de toda mulher. Quando Jesse lhe disse que não queria ser daquele jeito para sempre, ela acreditou nele.

O tempo para Morgan agora se desenrola em uma série de "talvez quando": talvez quando concluir o seu álbum ele perceberá que precisa parar. Talvez quando nos casarmos ele não queira mais se drogar. Talvez quando inaugurarmos a boate. Talvez quando ele ganhar um Grammy.

Cada uma dessas referências alimentava sua esperança; mas à medida que cada uma passava sem qualquer sinal de mudança, ficava cada vez mais difícil justificar sua crença. O "talvez quando" começou a se agravar. Talvez quando eu sair de casa por uma semana e não contar a ele para onde estou indo. Talvez quando eu for embora para sempre.

The Lost Cause começou a tocar a introdução de "Sea Runner", uma canção de ritmo acelerado que geralmente durava nove minutos. Era quase uma hora da manhã; a maioria dos VIPs já tinha ido para outras festas. Parte do motivo pelo qual Morgan quis abrir uma casa noturna na ilha em vez de em Nova York era que a programação acabava às duas da manhã. Isso dava tempo para ela sair com os artistas após seus shows. Morgan adorava administrar um espaço musical, desde a passagem de som até desmontar os cenários.

Como a maioria das coisas, Jesse gostava mais da ideia de uma boate do que da boate em si. Os dois geralmente apareciam por volta das onze da noite; a possibilidade de conhecê-los era um grande atrativo, e ambos entendiam isso como parte de seu investimento. Mas essas aparições haviam se tornado obrigatórias e eles não tinham mais prazer com esse compromisso; na primeira chance que tinha, Jesse escapulia para se drogar.

Morgan podia imaginá-lo agora, deitado no escritório atrás do palco, esparramado no sofá de couro verde com um torniquete de borracha amarrado no braço. Nas primeiras vezes que Morgan o viu assim, ela sentiu tanta aversão que não tinha certeza se conseguiria suportar aquilo por muito tempo.

Mas depois que voltava ao seu estado normal, ele olharia para ela com aqueles olhos e ela se apaixonaria ainda mais profundamente, sentindo que era sua missão ajudá-lo a se recuperar, acreditando nele quando ele lhe dizia o quão envergonhado se sentia e o quanto queria parar com aquilo tudo.

Já estava longe o tempo de treparem apaixonadamente no banheiro, o que ela sentia que aquele casal local devia estar fazendo agora.

Morgan deu um último trago no cigarro, a ponta acesa brilhando como um peixinho tetra vermelho na luz azul da boate, e regozijou-se com o som da voz de Malinda King disparando por todos os vales e colinas de "Sea Runner".

Quando Morgan exalou, ela tossiu, surpresa com a quantidade de fumaça em seus pulmões. Seus olhos lacrimejaram. Ela apagou o cigarro na grade do balcão.

As pessoas a sua volta começaram a tossir. Morgan olhou através da luz fraca para o andar de baixo. A Silo tinha uma máquina de efeitos de fumaça que às vezes eles usavam para deixar a boate com aparência de cheia quando a multidão diminuía. Morgan foi até o interfone e ligou para o bar do andar de baixo. Seu gerente, Dennis, atendeu.

— Oi, a máquina de fumaça está ligada? — ela perguntou.

Antes que ele pudesse responder, o microfone do palco guinchou por conta da microfonia quando os pulmões poderosos de Malinda King reclamaram e ela começou a tossir. A banda continuou a tocar, esperando que ela se recuperasse. Em seguida o baterista dela saiu de trás da bateria, olhando desesperadamente para a direita do palco.

— Fogo! — ele gritou.

Todo o corpo de Morgan ficou rígido.

— Acendam as luzes — disse ela. — Chamem os bombeiros. — Ela desligou o interfone e desceu correndo as escadas do balcão.

O público estava bêbado e sem compreender nada. Em torno de Morgan, as pessoas viravam a cabeça de um lado para o outro, como ratos confusos com a própria sombra.

Morgan estava no meio da pista de dança quando as luzes se acenderam. As vigas e o balcão estavam tomados de fumaça preta, espessas nuvens ondulando para o interior da boate como tentáculos.

Com esta visão, as pupilas se dilataram e os sonhadores acordaram. A banda passou correndo por Morgan, liderando a disparada em direção à saída da frente.

Sem a música, um som crepitante tornou-se audível, depois de algo se rasgando; a cortina do fundo explodiu em chamas, buracos vermelhos abrindo como bocas entre as dobras.

— Você precisa sair daqui — disse Dennis, agarrando o braço de Morgan.

— Acho que Jesse está lá atrás — disse ela, afastando-se dele. A multidão perto dela gritou quando Morgan acelerou para os bastidores, Dennis em seus calcanhares. A porta do escritório estava trancada. As mãos de Morgan tremiam enquanto ela enfiava chaves na maçaneta e girava desejando que fosse a correta.

— Aqui — disse Dennis. Ele enfiou a chave na fechadura e usou a camisa para agarrar a maçaneta.

A fumaça preta irrompeu de dentro da sala e Morgan entrou correndo, quase tropeçando em dois pés enormes.

Jesse estava desmaiado no chão. Algo não estava certo; mesmo quando estava fora de si, ele geralmente respondia com um ruído ou um pequeno movimento. Morgan e Dennis o colocaram sentado e uma substância espumosa escorria de sua boca, seu pescoço caindo para trás como o de uma boneca de pano.

— Ele está...

Dennis balançou a cabeça — Jesse estava vivo.

A sala estava quase completamente tomada de fumaça — cair no chão deve ter salvado a vida de Jesse.

Eles se agacharam o mais baixo possível e arrastaram Jesse para fora do escritório. O pânico cresceu no peito de Morgan; a pele dele parecia borracha, seus ossos, chumbo.

— Ele precisa ir para o hospital — disse Dennis. Mas um hospital não era uma opção. As pessoas não podiam ver Jesse Reid naquele estado. Ele seria acusado de posse de drogas e depois trucidado pela imprensa.

Eles haviam conversado sobre o que fazer se um dia acontecesse aquilo. Um nome passou pela mente de Morgan.

— Vamos tirá-lo pela porta dos fundos — disse ela.

48

Grace e Jane caíram no sono assistindo a uma maratona de *I Love Lucy*, cobertas por embalagens de chocolate. Quando o telefone as acordou, a estação de televisão já havia saído do ar. Assim que Grace levantou-se para atender, sua silhueta atravessou as faixas vibrantes de néon.

— Alô? — ela disse. O relógio sobre a pia marcava 2h05. — Aqui é Grace.

Jane se sentou e desligou a TV. Ela ouviu sua tia arquejar sobressaltada.

— É claro que me lembro de Jesse — disse ela. Jane sentiu todo oxigênio escapar da sala. Todos os sinais de sono evaporaram de Grace enquanto ela ouvia a pessoa do outro lado da linha.

— Você deveria levá-lo ao hospital — disse Grace.

Uma pausa.

— Eu entendo.

Outra pausa.

— Sim — ela disse. — Sim. Qual é o endereço? — Ela pegou um lápis da lata ao lado do telefone e escreveu a resposta. — Eu posso chegar aí em vinte e cinco minutos. Mantenha-o deitado de lado.

Ela desligou o telefone. Por um momento ficou em silêncio. Depois olhou para Jane.

— Era Morgan Vidal. Jesse teve uma overdose.

O coração de Jane acelerou. Grace já estava seguindo em direção à porta. Ela pegou sua maleta de emergência no corredor.

— Venha, Jane, preciso de você — disse Grace, tirando as chaves do gancho perto do interruptor de luz. Em três passos Jane já estava ao lado dela.

— Deixe-me dirigir — disse Jane.

Enquanto elas cruzavam a ilha, Grace a informou.

— Houve um incêndio na Silo — disse ela. — As estradas principais estão todas bloqueadas.

Gray Gables ficava dez minutos mais perto do Barraco do que os Serviços de Emergência da Ilha de Bayleen, mas mesmo com aquele trânsito, elas poderiam superar uma ambulância em vinte minutos.

— Cada segundo é importante agora — disse Grace.

Jane ultrapassou um sinal fechado enquanto Grace enfiava a mão na maleta para fazer os preparativos.

— O que vai acontecer? — perguntou Jane, olhando para o retrovisor enquanto Grace colocava o remédio em uma seringa e dava um peteleco no corpo da seringa.

— A Naloxona pode ser capaz de interromper a overdose, temporariamente — explicou Grace. — Não dura tanto quanto a heroína, então, mesmo que funcione, terei de continuar a administrá-la. Parece que ele tomou outra coisa, vamos precisar lavar seu estômago.

Jane engoliu em seco. Ela já havia auxiliado neste procedimento inúmeras vezes ao longo dos anos no Centro; seu papel era mínimo, mas só a ideia de presenciar Jesse passando por ele a fez se encolher.

— Ele vai ficar bem?

— Não sei, Jane. Eu não sei quando ele se injetou ou quanto ele usou ou o quê. Não sei se ele sofreu queimaduras.

Jane manteve os olhos na estrada. Ela sabia que a casa de Jesse e Morgan era adjacente à Silo, mas não sabia onde ficava a entrada oculta. À medida que se aproximavam da boate, buzinas de carros soavam num engarrafamento que se distanciava das chamas; Jane podia ver uma névoa vermelha e azul a distância, espessa como uma mancha pastel.

— Vire à esquerda na Fazenda Holmes — Grace instruiu.

A adrenalina de Jane subiu quando elas saíram da estrada principal afastando-se do congestionamento. Seus faróis brilhavam na escuridão, os pneus trepidando no acesso não pavimentado. Parecia que a propriedade era tão isolada quanto Jesse esperava.

Uma luz piscou por entre as árvores como um espírito guiando-as para a frente. Quando Jane entrou em uma clareira, uma lanterna iluminou-se ao pé de uma construção pesada e escura.

Uma porta se abriu e Morgan Vidal saiu para a luz.

— Lá vamos nós — disse Grace.

Jane diminuiu a velocidade e Grace saltou do carro, correndo atrás de Morgan.

Jane estacionou e tirou do porta-malas uma caixa térmica cheia de suprimentos médicos de emergência.

Quando os olhos de Jane se ajustaram, ela olhou para a casa. Era uma quimera. Estilos conflitantes de arquitetura — de grandes portas de celeiro a uma torre de aparência medieval — montados como um quebra-cabeça, de uma forma que aumentou a sensação de Jane de ter caído em um conto de fadas saído de um pesadelo.

A cozinha era um misto de estilos toscano e country. Quando Jane entrou, ela ouviu o som da voz de Morgan em um aposento mais adiante. Ela passou por baixo de uma treliça de potes de cobre polido e entrou em um corredor escuro. Com o coração batendo forte, ela seguiu uma luz pelo corredor até uma sala de estar palaciana.

Jesse estava no chão, deitado sobre um lençol. Ele parecia esquelético e abatido, e Jane sentiu seus pulmões se contraírem. Aquele homem com tanta música dentro de si jazia diante dela mudo e alquebrado; Jane se preparou. Até que terminassem o trabalho, ela teria de pensar nele como um instrumento que precisava ser consertado, e nada mais.

— Jane — disse Morgan. — O que você está fazendo aqui?

— Jane é treinada para realizar sucção gástrica, eu a trouxe para me ajudar — disse Grace, ajoelhando-se ao lado de Jesse, calçando luvas de borracha.

Morgan parecia que ia discutir; então Grace ergueu a seringa com Naloxona e deu outro peteleco.

Ela ergueu o braço de Jesse e procurou por uma veia funcional.

— Jane, tesoura — ela disse. Jane enfiou a mão na maleta de Grace e retirou uma tesoura.

— O que você está fazendo? — perguntou Morgan.

Grace cortou a perna da calça jeans de Jesse. Jane desviou o olhar quando Grace inseriu a agulha em sua coxa.

Um tempo depois, as pálpebras de Jesse começaram a tremer. Jane colocou a caixa térmica perto de seus pés e calçou um par de luvas de borracha.

— Vamos levantá-lo — disse Grace.

O homem que estava com Morgan inclinou-se para a frente e ajudou a colocar Jesse em uma posição sentada. Morgan correu para a frente com um pufe de chintz para apoiá-lo.

— Jesse, querido, aguente firme — disse Grace. Ela acenou para Jane, que lhe entregou um frasco de spray anestésico. Grace abriu a boca de Jesse, e ele fez um barulho que parecia o choro de uma criança. Jane começou a lubrificar o tubo de sucção. — Qual o seu nome?

— Dennis.

— Segure-o com firmeza — disse Grace.

Ela administrou o spray e o devolveu a Jane, que lhe deu o tubo em troca.

— Jesse, querido, vou precisar que você engula.

Morgan observava em agonia silenciosa atrás do pufe. Jane olhou para ela.

— Você tem um balde? — ela perguntou. — Ou uma panela?

Morgan fez que sim e saiu da sala.

— Abra a boca, Jesse — disse Grace. — Isso, querido. Eu sei, eu sei.

Jane se virou e começou a encher seringas de plástico de cem mililitros com solução salina. Atrás dela, ela podia ouvir as pernas de Jesse batendo contra o chão enquanto Grace forçava o tubo em sua garganta, centímetro a centímetro. Jane estremeceu. Pelo menos ele estava se mexendo.

— Eu sei, querido — disse Grace. — Eu sei.

Morgan voltou e colocou uma grande panela de cobre ao lado de Jane — claramente um presente de casamento. Ela ficou lá olhando Jesse, incapaz de se mover. Jane se lembrou da primeira vez que viu sua mãe sedada e sentiu uma onda de piedade. Era mais fácil para ela concentrar-se em Morgan agora do que em Jesse.

— Quase lá — disse Grace. — Jane.

Morgan recuou quando Jane entregou a sua tia um estetoscópio e uma seringa vazia. Grace conectou a seringa ao tubo e enviou uma lufada de ar ao estômago de Jesse; ela ouviu o som com o estetoscópio.

— Estou dentro — disse ela. Ela desenganchou a seringa vazia e Jane entregou-lhe uma cheia de soro fisiológico. Lentamente, Grace injetou o líquido no estômago de Jesse para expelir seu conteúdo tóxico. Quando ela puxou o êmbolo de volta, o corpo da seringa estava cheio de um fluido amarelo desconcertante.

Grace retirou a seringa e Jane entregou-lhe outra, ejetando o conteúdo do estômago na panela de cobre com um respingo metálico. Ela voltou a encher a seringa com solução salina.

Elas trabalharam nesse ritmo até o corpo da seringa encher-se novamente com o líquido claro que estavam bombeando no estômago de Jesse.

— Jane — disse Grace.

Jane entregou a Grace uma bolsa de soro fisiológico. Jesse choramingou.

— Calma aí, querido — disse Grace. Dennis e Grace içaram Jesse para o sofá e Grace inseriu um acesso intravenoso em sua coxa. Jane entregou a ela um suporte de metal e eles prenderam a bolsa.

Enquanto Jane e Grace recuavam, Morgan se agachou ao lado de Jesse e começou a murmurar em seu ouvido.

Grace colocou a mão no ombro de Jane. Jane não conseguia tirar os olhos do rosto de Jesse. Ele não estava fora de perigo ainda; não estava claro se a Naloxona tinha funcionado, e agora Jesse estava completamente desidratado, o que apresentava um novo conjunto de problemas. Jane só queria vê-lo abrir os olhos. Infelizmente, isso não acontecia.

— Grace — disse Morgan nervosamente.

— Pode deixar, estou de olho nele — disse Grace. — Obrigada, Jane. Por que você não leva essas coisas lá para fora?

Jane começou a empacotar o lixo em um saco de resíduos biológicos enquanto Grace pegava seus suprimentos e tirava uma segunda seringa de Naloxona. Ao sair da sala, Jane ouviu sua tia calçar um novo par de luvas de borracha.

Jane estava sentada sozinha na caminhonete, ouvindo os grilos pela janela do carro.

Ela fechou os olhos e pensou no rapaz lindo e triste que uma vez disse que a amava. Houve um breve momento em que ela poderia ter sido a dona deste lugar; ela passou tanto tempo se arrependendo por não ter sido.

Ela podia imaginar como seria diferente se os dois tivessem feito aquela casa juntos, pareceria muito mais feliz, muito mais coesa.

Você não pode arrancar uma luz de sua escuridão.

Jane acendeu um cigarro com as mãos trêmulas.

A única coisa que ela não conseguia imaginar era um cenário em que Jesse estivesse livre das drogas. Não importa como ela mudasse os detalhes em sua cabeça, ele sempre foi um adicto.

Jane exalou a fumaça. Ela ouviu uma batida na janela. Jane ergueu os olhos e viu Morgan do lado de fora.

— Posso entrar? — ela perguntou.

— Por favor — disse Jane. Morgan sentou-se no banco do passageiro. Jane observou seu cabelo crespo e olhos vermelhos; mesmo nessa condição, Morgan ainda parecia glamorosa. Jane ofereceu-lhe um cigarro, que ela aceitou.

— Eu queria te agradecer.

— Por favor, não — disse Jane, entregando-lhe o isqueiro.

Morgan acendeu o cigarro.

— Sua tia é incrível — ela disse, depois de um momento. Seus dedos graciosos se fecharam em torno de sua famosa aliança simples de casamento, deslizando-a até os nós dos dedos e voltando. — Eu costumava ouvir histórias sobre ela, quando Jesse e eu ficamos juntos pela primeira vez. Ele sempre falava sobre as Quinn em Regent's Cove. Lembro que, quando começamos a construir este lugar, ele dizia: "Quero que nossa casa pareça a casa das Quinn." Então, um dia, concluí que as Quinn de Regent's Cove eram o mesmo que Jane Quinn, e as histórias pararam. Você se lembra da primeira vez que nos vimos? A primeira vez que realmente nos conhecemos, no Barraco?

Jane assentiu, surpresa de que Morgan se lembrasse.

— Lembro de ter pensado, *Puta merda, ela é linda e ele vai se apaixonar por ela*. Eu acho que ele nunca deixou de te amar. Não completamente.

Jane ficou tensa. Morgan continuou.

— Acho que não percebi como isso era sério até a inauguração da Silo — disse ela. — Nunca cantamos daquele jeito, antes ou depois. Tenho certeza de que foi porque você estava na plateia. Eu disse a mim mesma para não me deixar ser intimidada por isso, afinal você teve a sua chance e o abandonou.

Morgan balançou a cabeça.

— Eu me sentia tão superior. Mesmo quando as coisas começavam a ficar ruins, eu pensava: pelo menos não sou Jane Quinn. Pelo menos eu não perdi *Jesse Reid*. Como se isso fosse algum tipo de honra.

Lágrimas brilharam em seus olhos enquanto ela falava.

— Estou tão cansada, Jane. Dois anos de casamento e me sinto como se estivesse na meia-idade. Eu me preocupava o tempo todo com a possibilidade de algo ruim acontecer. E agora que finalmente aconteceu, eu quase me sinto... aliviada. E se ele não ficar bem e minha primeira reação foi de alívio?

— Jesse vai ficar bem — disse Jane. *Ele tem que ficar.*

— Até quando? — disse Morgan. — A próxima overdose? Não é isso que eu quero. Eu não quero isso para a minha vida.

Jane ficou ali sentada com Morgan enquanto ela chorava. Ela não sabia o que dizer. Pela primeira vez em muito tempo, ela também achou que não queria isso para a sua vida.

49

Jane acordou com Grace batendo na janela do carro. Morgan já tinha ido embora e a luz do dia filtrava-se através das árvores em raios brancos. A camisa de Grace estava coberta de manchas de tons variados e seus olhos estavam inchados, mas quando ela sentou no banco do carona, sua expressão estava tranquila.

— Ele ficou estável — disse Grace. — Liguei para Betty vir me substituir.

Jane viu que havia outro carro estacionado na entrada da casa. Ela não ligou o motor, queria entrar e ver por si mesma.

— Precisamos ir, Jane — disse Grace. — Ele vai ficar bem.

Enquanto voltavam para Regent's Cove, Grace especulou que Jesse devia ter se drogado no momento em que o incêndio estava começando. Sua sobrevivência se resumia a fatores que ninguém poderia ter previsto ou controlado.

— Ele é tão sortudo — disse Grace. — Acho que nunca conheci um homem mais sortudo.

A Silo não teve tanta sorte. Quando Jane e Grace entraram na cozinha, encontraram Elsie olhando para uma foto da boate em ruínas na primeira página do *Island Gazette*.

O corpo de bombeiros suspeitava que o incêndio fora provocado por um cigarro não devidamente apagado; eles haviam chegado ao local em menos de dez minutos, mas o telhado já havia pegado fogo. Quando conseguiram conter as chamas, a estrutura havia desabado.

O acontecido foi a gota d'água para Morgan. Quando Grace voltou à casa dos dois mais tarde para examinar Jesse, ela encontrou Morgan implorando a ele que se internasse em uma clínica. Jesse se recusava abertamente.

— Você precisa de tratamento especializado — disse Morgan desesperadamente. — Eu... eu não posso lidar com isso. E não vou.

Ela ligou para o Dr. Reid, que foi buscar o filho. Grace ajudou Jesse a se sentar no banco do passageiro do BMW de seu pai, segurando sua bolsa de soro como uma criança que ganhou um peixinho dourado em uma feira.

— Você... vem? — o Dr. Reid perguntou a Grace através da janela do carro. Grace assentiu e os seguiu de volta ao Barraco. Algumas horas depois, Morgan pegou um avião para Nova York.

Naquela noite, Jane desceu e viu Elsie e Grace conversando em voz baixa na varanda. Vaga-lumes voejavam entre galhos de lilás não cortados. Jane parou no corredor e ficou ouvindo sem ser vista.

— O Dr. Reid está dando Metadona para diminuir os sintomas de abstinência, mas ele realmente precisa de um tratamento — disse Grace. — Assim que a depressão se instalar, não haverá nada que o impeça de voltar às drogas. Ou pior.

— Ele deve estar apavorado — disse Elsie. — Talvez assustado demais para aceitar como o caso dele é grave? Existe alguém em quem ele confia que possa ajudá-lo a aceitar um tratamento?

— O pai dele se preocupa, mas ele é autoritário — disse Grace.

— Quem sabe um amigo?

Grace resmungou.

— As pessoas do show business são tão falsas. Além disso, as pessoas desaparecem quando se trata de doenças mentais, elas não querem ver.

Elsie considerou.

— O que o ajudou a sobreviver alguns verões atrás? Ele estava em piores condições físicas na época, por conta do acidente.

— Acho que foi Jane — respondeu Grace. — Eu ainda acho que, para ele, é Jane que importa. Quando ele abriu os olhos ontem de manhã e me viu, disse o nome dela e começou a chorar.

Jane prendeu a respiração.

— Lamento pelo rapaz — disse Elsie. — Mas Jane ainda está tentando esquecê-lo. Isso não é responsabilidade dela.

— Eu sei — disse Grace. — Eu sei. Eu só sinto que... mãe, ele pode morrer. — Jane percebeu que Grace estava chorando.

Elsie colocou um braço em volta dela.

— Grace, também não é sua responsabilidade.

Jane nunca tinha visto Grace chorar ou deixado Elsie ser sua mãe. Ao se afastar da varanda, Jane se viu olhando seu próprio reflexo no espelho do corredor. Jesse estava realmente em perigo.

Jane ficou acordada naquela noite pensando no que aconteceria se ela aparecesse no Barraco. Fazia dois anos que eles haviam se separado. Tanta coisa mudou — mas, naquele momento, ela sentiu como se nada tivesse mudado. Ela se lembrou das palavras de Jesse na véspera de Natal.

Quanto mais eu pensava nisso, mais parecia que tudo que eu precisava fazer era entrar no carro e dirigir até aqui. E foi o que fiz.

Na manhã seguinte, Jane tomou café da manhã, entrou no carro para ir à casa de Maggie, mas em vez disso foi até o Barraco. Ela não tinha nenhum plano, apenas a convicção de que precisava fazer isso. O caminho até lá parecia natural e familiar; quantas vezes ela fizera esse trajeto em sua mente?

Ela se anunciou no portão de segurança e, quando parou em frente à casa, o Dr. Reid saiu para cumprimentá-la.

— Jane — disse ele, com uma cordialidade que a surpreendeu. A figura imponente de que se lembrava anos antes fora substituída por um velho apavorado por seu filho. Jane entendeu que sempre foi assim, ela é que não conseguia perceber.

O Dr. Reid conduziu Jane pela sala de estar até a varanda dos fundos, com vista para o gramado. Através das portas francesas, Jane pôde ver Jesse sentado em uma cadeira de vime.

— Jesse — disse o Dr. Reid. — Você tem uma visita.

Quando Jane saiu para a varanda, Jesse se aprumou na cadeira. Seus olhos encontraram os dela, depois se afastaram para longe.

— Vou deixar vocês dois a sós — disse o Dr. Reid. Ele voltou para dentro de casa.

Jesse parecia emaciado; grandes círculos violeta sombreavam seus olhos e seus braços estavam manchados de hematomas. Ele não estava mais no soro, Jane notou. Havia um cigarro em sua mão.

— Posso fumar um dos seus? — Jane perguntou. Jesse não se mexeu e Jane começou a se perguntar se aquilo tinha sido um erro. Então ele empurrou o maço de cigarros e os fósforos na direção dela.

— Suponho que seja o mínimo que posso fazer — disse ele. E ergueu os olhos. — Obrigado — disse ele.

— É bom ver você — disse Jane pouco depois.

Jesse desviou o olhar.

Jane acendeu um cigarro e inalou. Era um dia nublado e o ar estava abafado. A varanda parecia estar segurando a luz do sol como uma grelha — ela podia ver um brilho de suor na testa de Jesse.

— Você pode andar? — ela perguntou. Ele olhou para ela, depois para o jardim. Ele assentiu.

— Você não... — Ele apoiou-se nos braços da cadeira para se levantar, e Jane o ajudou a ficar de pé. Ela o ajudou a descer as escadas, e ele continuou a apoiar-se nela enquanto atravessavam o gramado. Ele cheirava a etanol, mas também a si mesmo. Sem dizer uma palavra, eles seguiram até um pequeno caminho no bosque de que Jane se lembrava dos verões anteriores.

Sob as copas frondosas das árvores, Jesse parecia respirar melhor. Eles caminharam juntos, ouvindo os sons da mata, seguindo ao longo de um riacho escorregadio até chegarem a uma passarela. Lá eles pararam para que Jesse pudesse descansar encostado na grade. Ele largou o braço de Jane e acendeu outro cigarro, e os dois ficaram ali, passando o cigarro de um para o outro. Por fim, Jesse falou.

— Por que você está aqui?

Jane engoliu em seco.

— Eu queria ter certeza de que você estava bem — respondeu ela.

Jesse olhou-a com desconfiança.

— Você está aqui para tentar fazer com que eu me comprometa com uma reabilitação — disse ele. — Alguém pediu para você fazer isso? Foi o meu pai?

Jane não disse nada.

Jesse soltou um gemido de frustração.

— Você deve lembrar que não tive exatamente experiências agradáveis com essas instituições — disse ele, sua expressão se fechando como uma ponte levadiça.

— Você deve lembrar que eu sei disso melhor do que a maioria das pessoas — disse Jane, instintivamente.

As sobrancelhas de Jesse se ergueram. Ele esperou que ela continuasse.

— Eu... eu espero que você saiba que não foi nada pessoal — disse Jane. — Eu não queria te enganar.

Jesse olhou para os hematomas em seu braço.

— Você provavelmente pensou que eu merecia.

— Nunca pensei isso — disse Jane. — Eu queria te contar.

— Sei.

— É verdade — disse Jane. — Na noite em que você me convidou para fazer uma turnê com você, eu ia fazer isso.

Jesse olhou para ela.

— Então... o que aconteceu? — ele perguntou.

Jane olhou para ele.

— Você me beijou — respondeu ela.

Os olhos de Jesse se fixaram na boca de Jane. Ele desviou o olhar.

— Você teve outras oportunidades depois disso — disse ele.

— E fiz outras tentativas — disse Jane.

Seus olhos se cravaram nela.

— Como quando?

Jane respirou fundo. Tudo tinha acontecido havia muito tempo, ela se perguntou se ele ao menos se lembraria.

— Em Chicago — respondeu ela. — No show na London House, quando aquela mulher surtou.

— A que jogou a taça de vinho no palco? — perguntou Jesse.

Jane assentiu.

— Na noite em que minha mãe surtou, ela havia jogado uma garrafa no palco do Festival Folk. Para atingir Tommy Patton.

Os olhos de Jesse piscaram, em concordância.

— Eu me lembro... você começou a me dizer algo — disse ele.

— Eu queria falar sobre Charlie — disse Jane. — Eu... queria te contar havia semanas, mas não tinha coragem.

Jesse a observou, sua expressão ilegível.

— Depois houve o Natal — continuou ela. Mesmo sem querer, os olhos de Jesse brilharam, lembrando.

— Foi por isso que você ficou tão abalada quando Tommy Patton não a reconheceu — disse Jesse. — Você estava com medo de que "Lilac Waltz" tivesse sido uma ilusão.

— Eu cheguei tão perto de contar naquela noite, mais perto do que nunca — disse Jane, fazendo que sim. — Mas quando a gente vive com um segredo há tanto tempo... as palavras nem sempre aparecem.

— Eles apareceram na "Ursa Major" — disse ele.

Jane colocou uma mecha de cabelo atrás da orelha.

— Sim — ela disse.

— "As noites transformadas em colher" — disse Jesse. — Eu estava tão convencido de que era sobre mim.

— E era — disse Jane. — Eu simplesmente não percebi na época.

Os olhos de Jesse se arregalaram.

— Havia muita coisa que eu escondia de mim mesma — falou Jane. — Eu tinha tanto para enfrentar que não conseguia suportar encarar de frente, e então tudo... saía pelos lados, através da minha música. Eu... achava que "Ursa Major" era uma composição inspirada em Charlie. Foi só mais tarde que comecei a ver do que a música falava realmente.

Jesse a observava com atenção.

— "Os próprios sinais das estrelas refletem"... isso não sou eu e Charlie — disse ela. — É você e Charlie. Parte do motivo pelo qual sinto essa conexão com você é porque... porque você é como ela. Quer dizer, vocês dois são originais, talentosos...

A expressão de Jesse ficou sombria.

— Desequilibrados.

— Você me inspirou — disse Jane, franzindo a testa.

Jesse respirou fundo.

— Eu só não estava preparada ainda — explicou Jane. — Levei anos e distância para entender como eu estava ligada a Charlie e seu universo insano. Era triste, mas era seguro. Seguro porque, não importava o quanto eu tentasse consertar, eu sempre poderia prever o resultado. Você era diferente. Você era perigoso.

Jesse riu.

— Perigoso como? — ele quis saber.

Jane respirou fundo.

— Perigoso porque, com você, eu realmente poderia ter esperança — disse ela. — Mas quando vi o que você estava fazendo consigo mesmo, eu tive uma visão de mim mesma me apoiando por anos apenas naquela esperança, então... eu tive que sair fora.

Por um momento, Jane pensou que ela o irritara. Mas ele baixou os olhos.

— Você estava certa — disse ele. — Você passaria anos esperando.

Uma rajada de vento farfalhou as árvores.

— Desde que minha mãe morreu, luto com o fato de que estou aqui e ela não — disse ele. — Eu gostaria que você pudesse tê-la conhecido, Jane. Sua luz, sua bondade... nunca fez sentido para mim que ela tenha morrido e eu tenha sobrevivido. — Ele esfregou o queixo. — Quando te conheci, você simplesmente brilhava. Eu queria cuidar de você... como se eu não tivesse sido capaz de cuidar dela.

Ele sorriu fracamente.

— Você não aceitou, no entanto — disse ele. — Esse é o seu problema. Você era a única pessoa que parecia nunca querer nada de mim.

Ele franziu a testa.

— Fiz coisas das quais não me orgulho. Eu nunca deveria ter me casado com Morgan. Parte de mim queria acreditar que daria certo, mas no fundo eu sabia que não. Eu só fiz isso porque a gravadora disse que eu deveria e porque você não me quis.

Jane corou.

— Naquela noite na Silo — continuou ele — eu estava com muita raiva. Eu estava com raiva por você ter mentido, mas, no fundo, estava apenas com raiva por você ter dito não. Queria fazer você se arrepender. Cantar aquela música com Morgan foi cruel. E as coisas que eu disse depois... — Ele balançou sua cabeça. — Mesmo assim, tudo em que eu conseguia pensar pelo resto da noite foi, *Será que ela foi embora com Hannibal Fang?*

Ele pigarreou.

— Foi só depois que você desapareceu que comecei a perceber como eu tinha sido injusto — disse ele. — Eu coloquei você em um pedestal em que ninguém estaria à sua altura.

— E agora você sabe que sou apenas outra pessoa — disse Jane, as faces ardendo.

— Não — disse Jesse com as sobrancelhas franzidas. — Você nunca será apenas uma pessoa como as outras para mim.

Por um momento, a brisa parou.

— Eu pensei, por um tempo, que havia superado — disse ele. — Mas quando ouvi você cantar "Wallflower" e eu... eu sou apenas um bobo apaixonado por você. Eu pensei, *Preciso ficar longe, ou eu não tenho a menor chance de ser um marido.*

— Quando cantei essa música, eu realmente estava lutando — disse Jane com a boca seca. — Tudo o que você disse sobre a gravadora se cumpriu. Eu me senti tão derrotada que não conseguia ver uma saída.

Jesse olhou para ela com aqueles olhos azuis brilhantes, e Jane percebeu como ela o achava bonito — ao mesmo tempo surpreendente e familiar.

— Na verdade, eu ia tocar "Spring Fling" naquela noite. Mas então eu vi você e apenas me senti... — Ela levou a mão ao estômago.

— Sentiu o quê? — ele perguntou.

Jane engoliu em seco.

— Feliz — respondeu ela. — Você sempre me deixava feliz.

Jesse deu um passo em sua direção.

Jane respirou fundo.

— Você olhava para mim e eu pensava, *foda-se o mundo.*

Jane olhou para o rosto dele. A luz do sol mudou e, por um momento, Jesse pareceu-lhe restaurado, forte e jovem.

— Senti tanto a sua falta — disse ela.

— Oh, Jane — disse ele. Seus dedos se fecharam em torno dos dela.

Ele se curvou para que suas testas se tocassem. Enquanto estavam juntos, Jane fechou os olhos e se permitiu entrar em um mundo onde poderia ser apenas isso. Eles ficariam juntos e, por causa disso, nada mais importaria.

Eles ficaram assim, até que uma brisa soprou. Quando Jane reabriu os olhos, ela viu que o sol havia se movido novamente e Jesse havia começado a suar. O medo a arrepiou.

Jesse não estava bem. Correntes frias de pavor serpentearam por seu peito, puxando, puxando.

Por favor, não me deixe só.

Jane começou a chorar. Jesse a envolveu em seus braços e deixou que suas lágrimas caíssem em sua camisa.

— Eu não quero que você morra — disse ela. O sangue fluiu para os seus ouvidos, enchendo-os com um som informe.

Quando suas lágrimas cederam, ela voltou a ouvir o sussurro das folhas. Ela deu um passo para trás. Jesse estudou os rastros de suas lágrimas, depois estendeu a mão e as enxugou. Ele pegou a mão dela.

— Não é ficar limpo que me preocupa — disse ele. — É o que vem depois, quando sou apenas eu, preso em meu próprio cérebro, todos os dias, pelo resto da minha vida.

O coração de Jane começou a bater forte. Ele estava baixando a ponte levadiça.

— Você não sabe como será — disse Jane. — Você não sabe. Talvez viva até ser um velhinho que olha para o próprio passado com admiração.

Ele balançou sua cabeça.

— Não acho que viverei tanto.

Jane se encolheu.

— Estou apenas sendo sincero — disse ele. — Cada dia em que eu acordar será um dia em que terei que enfrentar isso. Não há um dia que não seja uma luta. Por que eu deveria tentar?

Jane lembrou-se de uma noite em que ficou deitada sob as estrelas, com medo de enfrentar a si mesma. Ela agarrou a mão de Jesse.

— Porque você pode. Porque ser capaz de lutar é uma dádiva.

Jane podia sentir a energia da ilha vibrando em torno deles, o sal no ar, o estreitamento da terra. Havia música no vento, acordes simples esperando para serem tocados em harmonias. Ela olhou nos olhos de Jesse e sabia que ele também podia ouvi-los.

Eles passaram um longo momento ouvindo juntos às canções nas árvores. Então, com cutela, eles deixaram a passarela e voltaram para a casa.

Quando Grace chegou ao Centro naquela noite, a sala dos funcionários estava agitada. Mais cedo naquele dia, Jesse Reid havia se internado para tratamento.

50

The Island Gazette
1º de agosto de 2022
Jen Edison

Este domingo marcou a cerimônia de inauguração do Silo Park and Wildlife Refuge. Entre os participantes, Trent Mayhew, beneficiário do parque, bem como membros do conselho municipal de Caverswall e uma série de personalidades da ilha com ligações pessoais com a lendária casa noturna Silo.

Grande parte da estrutura original foi removida durante a demorada construção do parque, sujeita a frequentes atrasos, mas a equipe de desenvolvimento foi capaz de salvar alguns artefatos.

Um olhar mais atento pode reconhecer o plantário no centro do Jardim de Meditação como o antigo lustre rústico de roda de carroça, agora preenchido com plantas perenes coloridas. O caramanchão de glicínias que leva agora ao jardim de ervas conduzia, originalmente, da trilha de conchinhas à entrada da boate. E a caixa de areia para crianças ocupa agora o que antes era a área do palco.

A cerimônia foi realizada em frente à obra *The Spirit of Song*, uma escultura de ferro fundido do artista local Lou Stanger representando uma clave de sol; em torno da base, é possível ler os nomes de todas as estrelas que se apresentaram em shows na boate durante o ano mais marcante de sua vida, algumas das quais estiveram presentes na cerimônia.

Ausência sentida foi a da ex-proprietária, Morgan Vidal. "É muito emocionante, disse a mulher de setenta e quatro anos, agora residente em Nova York. "Fico feliz que outras pessoas aproveitem a propriedade, mas preciso deixar o passado no passado."

Morgan Vidal, após o término de seu célebre casamento com Jesse Reid, teve uma união ainda mais histórica com o líder da banda Fair Play, Hannibal Fang. Após outra década emplacando sucessos e discos de platina, Vidal aposentou-se para passar mais tempo com sua família e encontrou uma segunda carreira de sucesso como autora da série de livros infantis *Rocker Billie*.

Também esteve presente à inauguração a vencedora do EGOT, Loretta Mays, que teve sua biografia cinematográfica *Safe Passage* lançada no ano passado. Mays e seu colega Jesse Reid, também presente, acabaram de postar as datas da *Safe Passage*, uma turnê íntima que farão — mais detalhes podem ser encontrados no site IslandGazette.org.

Rich Holt e Simon Spector, os atuais proprietários da famosa loja de discos Beach Track, compareceram com outros ex-membros da banda cult The Breakers, Kyle e Greg Lightfoot e Jane Quinn. "Nunca perdemos a oportunidade de um reencontro", disse Greg Lightfoot, setenta e quatro anos, que, junto com sua parceira, Maggie Quinn, e suas três filhas, foi fundamental para fundar a Folk Friends, a organização sem fins lucrativos que supervisionou a produção do Festival Folk da Ilha desde sua reintegração em 2009.

"A Silos é um marco muito importante da nossa história cultural", disse a diretora de cinema Ashley Kramer, 62, que compareceu com seu marido, Kyle Lightfoot. Os dois se conheceram enquanto Lightfoot compunha a trilha sonora do blockbuster distópico de Kramer realizado em 1987, *Black Sand*, e viajaram especialmente para comparecer ao evento.

Os residentes locais Jane Quinn e Jesse Reid falaram na apresentação do evento.

A carreira musical de Quinn abrangeu as décadas de 1970 e 1980. Seu quarto álbum de estúdio, *Glitter and Grime*, levou para casa os Grammys de Melhor Álbum e Melhor Gravação, em 1974. Embora *Glitter and Grime* tenha tido mais sucesso em sua época, *Songs in Ursa Major* é amplamente reconhecido como a obra-prima de Quinn. No ano 2000, o *New York Times* o indicou como um dos vinte e cinco álbuns que foram o "ponto de virada mais importante da música popular do século XX", e desde então o álbum superou as vendas de *Glitter and Grime*, e agora possui a certificação de platina tripla.

Depois de afastar-se dos estúdios de gravação, Quinn fez parceria com a lenda do soul Lacey Dormon e dirigiu uma produtora voltada para o sexo feminino, Vit & Vim, que definiu a revolução pop feminina do final dos anos 1990. Após a morte de Dormon, em 2006, Quinn aposentou-se na ilha. Aqui, ela continua seu trabalho como defensora do Mind Matters, o grupo de defesa da saúde mental fundado por sua avó Lila Charlotte (Elsie) e sua tia Grace Quinn no final dos anos 1970.

"Aqui é um lugar especial", disse Quinn, de setenta e três anos, durante a apresentação. "Sempre me lembrará das mulheres que me criaram, e estou emocionada por poder compartilhar isso com minhas próprias meninas." A cantora, famosa por nunca ter se casado, compareceu à cerimônia com suas filhas, Lila e Suzie, e sua neta, Caro.

Jesse Reid falou por último e cortou a fita inaugural como um dos ex-proprietários do parque.

Também membro defensor do Mind Matters, Reid prestou homenagem ao Hospital e Centro de Reabilitação Cedar Crescent localizado na ilha, que ele chamava de seu "porto seguro em uma tempestade" ao longo de sua luta de uma década contra o vício, que lhe custou seu primeiro casamento, com Vidal (1971-1972), e o segundo, com a advogada de entretenimento Vita Spruce (1979-1981).

Reid acabou encontrando a sobriedade e um amor duradouro com Shelby Green, da própria ilha, uma coach de meditação que ele conheceu em um retiro de ioga na ilha, em 1987. Juntos, tiveram quatro filhos, dois dos quais, Alison e Kate, compareceram à cerimônia. Green faleceu em 2010 após uma longa batalha contra a esclerose lateral amiotrófica, durante a qual Reid nunca saiu de seu lado.

Apesar dos altos e baixos de sua vida pessoal, Reid nunca lançou um álbum que vendesse menos de um milhão de cópias. Seu último trabalho, *Lone Pine: A Jesse Reid Christmas*, deve sair pela Black Sheep Omnimedia ainda este ano.

Em seu discurso, Reid citou o apoio de seus amigos, mencionando Jane Quinn e Loretta Mays, e agradecendo ao seu ex-gerente de A&R, Willy Lambert, cujo gosto e visão fizeram a Black Sheep prosperar tanto na revolução do CD quanto na do streaming, antes de seu falecimento em 2012.

"Como tudo foi tenso no início", afirmou Reid, setenta e seis anos. "Agora tudo o que vejo é alegria. Esse tipo de coisa é importante, há tão poucos que ainda conseguem se lembrar daquela época."

Uma época de mito, uma época de beleza, uma época de Rock and Roll.

Após a cerimônia, Reid juntou-se a Quinn para uma conversa tranquila na sombra. Mesmo décadas depois, fica evidente que eles têm um grande carinho um pelo outro. Ao vê-los agora, ela com sua bengala, ele com seu boné, você nem imaginaria que um dia eles caminharam entre nós como deuses.

Agradecimentos

Este livro tem uma família numerosa e amorosa o suficiente para lotar um estádio. Mas existem algumas estrelas do rock a quem devo dar os holofotes e confessar-me uma fã.

Agradeço à minha inimitável agente e amiga, Susan Golomb, por tornar esse processo tão divertido e por colocar Janie Q no palco principal, de várias formas. Agradeço também a Mariah Stovall, Sarah Fornshell, Jessica Berger e à fantástica equipe da Writers House — tenho sorte por ter vocês ao meu lado!

Agradeço a Jenny Jackson, minha editora cósmica e amiga — seu feedback competente e instrutivo ajudou-me a fazer coisas que eu não sabia fazer e deu a esta história um brilho estelar. Adorei cada minuto em que trabalhamos neste livro.

Agradeço à minha equipe da Knopf, incluindo Reagan Arthur, Maya Mavjee, Maris Dyer, Erinn Hartman, Demetris Papadimitropoulos, Emily Murphy, Morgan Fenton, Peggy Samedi, Lydia Buechler, Anne Zaroff--Evans, Maria Carella, Kathy Hourigan, Kelly Blair e Dan Novack. Vocês são o máximo.

Agradeço à adorável Charlotte Brabbin, minha editora no Reino Unido, e à sua equipe na HarperCollins UK, e a todas as minhas casas editoriais internacionais, meu muito obrigada.

Agradeço a Sylvie Rabineau, Anastasia Alen e à equipe do WME por levar o show da *Ursa Major* para a estrada, e com tanto estilo e elegância.

Agradeço a Anna Pitoniak, Johanna Gustavvson e Emma Parry por seus insights e incentivo.

Meus agradecimentos aos meus amados mentores, Carita Gardiner, Margie Friedman, Lindley Boegehold e Sherry Moore, por me orientarem com tanta sabedoria e humor sobre o ofício de escrever, ser uma mulher na mídia, integridade criativa e natureza humana.

Agradeço à minha heroína de longa data, Mandy Moore, cujo álbum de 2003, *Coverage*, me apresentou pela primeira vez a Joni Mitchell.

Agradeço a Caroline Hill, domadora de pianos, por me deixar acompanhá-la em tantas sessões de prática.

Não posso esquecer de uma rodada de agradecimentos aos que me ensinaram como é estar em uma banda. Especialmente a Phoebe Quin, Tom Murphy e Kevin Uy. Obrigada Eric Brodie, por ser a Jane para o meu Rich e por me levar à maioria dos locais da turnê *Painted Lady*.

Agradeço aos clãs Brodie, Casey e Garcia por tanto amor e apoio.

Obrigada, mamãe, papai, Clara e Ben: os pássaros voam para as estrelas, eu acho, e vocês sempre foram o meu farol. Pai, obrigada por me apresentar ao *Sweet Baby James* e por me levar a sério. Clara, obrigada por ser uma primeira leitora e uma "fora da lei" da maior confiança. Mãe, sua voz e seus ensinamentos tiveram um impacto tão fundamental nesta história; obrigada por compartilhar sua magia comigo. Ben, seu virtuosismo é puro folk; obrigada por fazer as canções deste livro ganharem vida com a sua música.

Agradeço acima de tudo ao meu doce e brilhante marido, Kevin — por me fazer tão feliz e me dar tantas boas ideias gratuitamente. Acho que mencionei isso alguns setembros atrás, mas você me coroa e me ancora.

Impressão e Acabamento:
GRÁFICA E EDITORA CRUZADO